KB010425

개구리 남자

김종옥 소설집
개구리 남자

펴낸날 2024년 4월 25일

지은이 김종옥
펴낸이 이광호
주간 이근혜
편집 이주이 방원경 김필균 허단 윤소진 유하은
마케팅 이가은 최지애 허황 남미리 맹정현
제작 강병석
펴낸곳 ㈜문학과지성사
등록번호 제1993-000098호
주소 04034 서울 마포구 잔다리로7길 18(서교동 377-20)
전화 02)338-7224
팩스 02)323-4180(편집) 02)338-7221(영업)
대표메일 moonji@moonji.com
저작권 문의 copyright@moonji.com
홈페이지 www.moonji.com

ⓒ 김종옥, 2024. Printed in Seoul, Korea

ISBN 978-89-320-4273-2 03810

개구리 남자

김종옥 소설집

문학과지성사

차례

엘리베이터

금속판에 거울처럼 내 얼굴이 비친다. 아주 잘 닦아놓은 금속판이다. 손자국 하나 없다. 그래도 거울보다는 선명하지 않다. 뭐랄까, 환하지 않다. 마치 그 너머의 공간에는 불이 꺼져 있는 것처럼. 나는 그 어두운 공간 속에서, 정확히 나와 금속판 사이 거리의 두 배만큼 떨어져 있는 내 얼굴을 본다. 엄숙한 표정을 지어본다. 인생에 있어 몇 번 오지 않을 아주 중대한 결심을 앞둔 사람처럼. 아니, 언제나 그래왔듯이, 인생 그 자체에 대해 언제나 진지했다는 듯이. 입을 앙다물고, 어금니를 꽉 맞물리게 한다.

엘리베이터가 멈춘다. 나는 반사적으로 문 위에 일렬로 늘어서 있는 숫자 버튼 중에 밝혀진 숫자를 본다. 내가 내려야 할 층이 아니다. 문이 열리고 여자 하나가 들어온다. 여자는 넓은 챙이 중력의 힘에 의해 자연스럽게 휘어진 모자를 쓰고, 그러데이션이 들어간 짙은 선글라스를 끼고 있다. 자세가 똑바르고, 몸동작이 세련됐다. 허리춤에는 거의 무엇도 담을 수 없을 것 같은 조그만 클러치백을 들고 있다. 그외에는 아무것도 지니고 있지 않다. 그녀는 자연스럽게 나와 가장 멀리 떨어진 엘리베이터 구석 자리에 선다. 나는 거의 미동도 하지 않는다. 문이 열린 그 짧은 순간에 힐끗 시선을 한 번 주었을 뿐, 곧 아까와 똑같은 자세로 금속판을 바라본다. 하지만 이제 나는 내 얼굴을 보고 있지 않다. 희미한 향수 냄새가 난다. 하지만 향수 냄새라고 하기에는 너무 옅다. 그건 그냥 그녀가 생활하는 공간의 냄새가 자연스럽게 그녀에게 달라붙어 있는 듯하다. 좋은 냄새다. 무언가를 떠올리게 했는데, 그게 무엇인지는 모르겠다. 문이 닫히고 엘리베이터가 다시 움직이기 시작한다.

그녀가 내릴 때 나는 그녀의 뒷모습을 본다. 등과 허리, 팽팽하게 당겨진 천 아래로 드러나는 엉덩이의 윤곽, 검은색 스타킹으로 감싸인 매끈한 다리. 그녀는 엘리베이터 앞에서 그대로 멈춰 선 채 좌우로 고개를 돌려 무언가를 찾는 듯하다. 문이 닫힐 때까지 그녀는 그곳에 서 있다. 그러나 그뿐이다. 문이 완전히 닫히고 다시 엘리베이터는 움직인다. 처음처럼 나는 다시 혼자가 된다.

엘리베이터 안에는 은은하게 음악이 흐른다. 스피커가 어디에 달려 있는지는 모르겠다. CCTV는, 폭격기의 배면에 달린 지상 공격용 포탑처럼 생긴 반구형의 그것은, 왼쪽 천장 구석에 달려 있다. 나는 그것을 처음 엘리베이터에 들어오면서 확인했다. 그 후로 단 한 번도 그쪽을 쳐다보지 않는다. 만일 누군가 그것을 통해 나를 보고 있다면, 내 뒤통수만 보고 있는 셈이다. 그녀가 내리고 나자, 금속판 저쪽의 공간이 한층 더 어두워진 것처럼 느껴졌는데, 그건 물론 그렇게 느껴진 것뿐이다. 실제로 그럴 이유는 없다. 그리고 나는 여전히 그곳에 서서 엄숙한 표정을 짓고 있다. 흔들림 없이. 애초에 결심했던 것의 내용이 무엇이든, 결심 그 자체가 더욱 중요하다는 듯이. 우리 모두가 그것을 알고 있듯이.

10분 후, 나는 다시 그녀를 본다. 일을 마치고 나와 등 뒤로 문을 닫은 후, 장갑을 벗어 점퍼 주머니에 넣고 복도 저편에 있는 엘리베이터를 향해 돌아섰을 때, 그녀가 그편에서 이리로 걸어오는 게 보인다. 스쳐 지나갈 때 그녀가 나를 알아봤는지 모르겠다. 그녀의 눈은 여전히 짙은 선글라스 뒤에 감춰져 있다. 복도의 끝까지 가서 오른쪽으로 돌아 엘리베이터 쪽으로 걸어가다, 문득 멈춰 서서, 난간 너머로 그녀가 어디로 갔는지 찾는다. 그녀가 문 안으로 들어가는 게 보인다. 문이 닫히고 얼마 동안 나는 무슨 일이 일어나기를 기다린다. 다시 문이 열리거나, 아니면 무슨 소리라도 흘러나오지 않을까, 기다린다. 하지만 아무 일도 일어나지 않는다. 나는 엘리베이터 앞에 선다. 버튼을 누르려다가 멈춘다. 엘리베이터 안에서 보았던 것과 똑같은 위치에 똑같은 모양으로 달려 있는 숫자 계기판을 올려다본다. 한참 동안 엘리베이터는 움직이지 않는다.

그녀가 곁에 선다. 나는 그녀가 걸음을 멈춘 걸 확인하고 버튼을 누른다. 그녀가 먼저 안으로 들어간다. 우리는 아까와 똑같은 위치에 선다. 문이 닫히고 엘리베이터가 움직이기 시작한다. 여전히 엘리베이터 안에는 음악이 흘러나온다. 나는 금속판을 통해서 그녀를 주시한다. 금속판 너머 그녀의 모습은 10분 전과 전혀 달라진 게 없다. 나는 그것이 지금 내가 보는 것인지, 과거에 내가 보았던 것인지 구분할 수 없어진다. 마치 시간이 거꾸로 돌아서, 과거의 어느 한순간을 내가 다시 경험하는 것 같다. 클러치백의 위치도 똑같다. 챙이 구부러진 형태가 미묘하게 달라진 것 같았는데, 확실한 건 아니다. 음악이 잠시 멈추고, 그녀의 목소리가 불쑥 그 틈으로 끼어든다. 마치 어긋난 시간을 제대로 맞추려는 듯이.

"뭘 봤어요?"

나는 금속판 너머로 그녀를 본다.

"당신이 보지 못한 것을 봤고, 당신이 본 것을 봤죠."

"커튼에 대해 기억해요?"

"커튼은 쳐져 있었죠."

"걷어 봤나요?"

"아뇨. 그래야 했나요?"

"내가 골라준 커튼이에요."

"커튼을 걷으면 뭐가 보이죠?"

"아니, 내 말은 그 커튼이 더러워졌다는 거예요. 난 그 커튼을 도로 가져갈 생각이었어요."

"미안해요."

잠시 후 문이 열린다. 나는 숫자판을 올려다본다. 내가 내려야 할 층이다. 나는 망설인다. 금속판 너머의 그녀는 꼼짝도 하지 않는다. 그녀가 내려야 할 층이 아니다. 나는 그녀 앞에 있는 내 얼굴을 본다. 망설이는 표정이 그대로 드러난다. 나는 흔들린다. 마음을 잃는다. 다시 문이 닫힌다. 하지만 엘리베이터는 움직이지 않는다. 불이 밝혀진 버튼이 없다. 목적지를 잃어버린 엘리베이터 안에서, 우리는 그대로 오랫동안 서 있다.

"나는 당신이 어디로 가고 싶은지 알아요."

"우리 모두가 그것을 알고 있죠."

"하지만 그곳은 너무나 어둡죠."

나는 그녀의 말을 듣는다. 그녀는 내 뒤에 서 있고, 동시에 금속판 너머 앞에 서 있다.

"그는 어땠나요?"

"예전에 그가 어땠는지 모르지만, 이제는 누구와도 다를 바가 없어졌죠."

음악이 멈추고 다시 시작되고, 다시 멈춘다. 음악은 계속 새 음악이다. 영원히 그치지 않고 반복되지도 않을 것 같다.

"왜 버튼을 누르지 않죠?"

"몇 층에 가시는데요?"

"당신은 아까 내려야 했어요."

"저도 그렇게 생각해요. 하지만 우리는 여전히 똑같은 층에 있어요."

"정말로 그렇게 생각해요?"

"사실은 아까 커튼을 걷어 보았어요."

"뭘 봤어요?"

"당신이 본 것을 봤고, 당신이 보지 못한 것을 봤죠."

"우리 모두가 그것을 알고 있죠."

"당신이 보지 못한 것을 얘기해줄까요?"

"아뇨. 결국에는 모든 게 똑같아질 거예요. 지금의 그처럼."

"예. 지금의 그처럼."

"당신, 여전히 나를 보고 있나요?"

나는 금속판을 통해 그녀를 지켜보고 있다.

그녀가 선글라스를 벗는다. 하지만 그곳은 너무 어두워서 여전히 나는 그녀의 눈을 볼 수 없다. 대신 그녀의 다른 손이 클러치백을 향해 천천히 움직이는 걸 본다. 무엇도 담을 수 없을 것 같은 작은 클러치백. 그녀가 무엇을 하는지, 무엇을 하려는지 모르겠다. 그러나 곧 나는 그것을 알게 된다. 걸쇠가 돌아가는 희미한 금속성의 소리가 들린다. 그 소리에 놀란 듯이 그녀의 손이 멈춘다.

"당신이 가려는 곳에 내가 불을 켜줄 수 있어요."

"어떻게요?"

"버튼을 누르면 되죠."

"어떤 버튼?"

"열림."

"열림?"

"잘 살펴봐요. 당신이 지금 보고 있는 금속판 아래에, 그러니까 숫자들이 양옆으로 늘어선 계기판 아래에, 두 개의 버튼이 있어요. 하나는 닫힘이고, 다른 하나는 열림이에요. 그러니까 잘 살펴봐야 돼요. 실수는 용납되지 않아요."

나는 망설인다. 그가 마지막으로 나를 보던 눈빛이 떠오른다. 그는 끝내 눈을 감고, 나를 외면했다. 나는 바닥에 누운 그를 지나쳐 창가로 다가가 커튼을 걷고 그것을 보았다. 세상. 나는 금속판에서 그녀를 놓친다. 열림 버튼을 찾아야 한다. 그때 갑자기 모든 버튼에 불이 들어온다. 나는 반사적으로 고개를 들어 문 위에 늘어선 숫자들을 본다. 그곳에도 모두 불이 들어온다. 세상이, 밝기가 조절되는 화면처럼, 일순간에 환해지고, 나는 그 환해진 금속판 너머로 그녀가 클러치백에서 무언가를 꺼내는 걸 본다. 엘리베이터의 문이 열린다. 그곳에 그녀가 서 있다. 나를 향해 정면으로. 나는 깜짝 놀라 뒤를 돌아본다. 그녀는 방아쇠를 당긴다.

그녀는 다시 선글라스를 끼고, 클러치백을 닫는다. 잠시 그대로 서서 마음속으로 무언가를 정리하듯이 고개를 약간 숙인 채 있다가, 신경질적으로 모자챙을 매만진다. 그러고도 무언가 부족하다는 듯이 주위를 휘휘 둘러보고, 얼마 후 평정을 되찾는다. 클러치백을 허리춤에 대고, 아까와 똑같은 자세로 정면을 주시한다. 문이 닫히고, 엘리베이터가 움직이기 시작한다. 금속판이 거울처럼 그녀의 그 모든 행동들을 비춘다.

골프백

한다경은 그 골프백에 무엇이 들어 있는지 몰랐다. 물론 짐작은 해보았다. 돈다발이다. 골프백을 가득 채울 만큼의 돈다발, 그것이 다 5만 원권이라면 모두 얼마일까? 그것은 짐작이 되지 않았다. 하지만 가슴이 두근두근했다.

그것은 조금 이상한 일이었다. 왜냐하면 첫째로, 정말 그게 돈다발인지 아닌지 확실하지 않았기 때문이다. 그저 짐작, 상상했을 뿐이었다. 그런데도 가슴이 뛰다니. 두번째로 설혹 그게 돈다발이라 하더라도, 그건 고작 종이 쪼가리에 지나지 않는 게 아닌가? 단순히 그 돈이 자기 것이 아니라는 의미가 아니었다. 자기 것이라 해도, 그건 여전히 종이가 아닌가? 보는 것만으로 가슴이 뛰게 하는 것, 정말 아름다운 것, 놀라운 자연의 풍경 또는 금덩이라든지 어떤 예술 작품이라든지 하는 게 아니지 않은가?

하지만 정말로 이상한 것은 이런 그녀의 생각이었는지도 모르겠다. 왜냐하면 누구도 그것을 이상하게 여기지 않을 것이기 때문이다. 적어도 골프백을 가득 채울 만큼의 돈이라면.

형사 송은철은 그 골프백에 아내를 넣었다. 이 표현은 말 그대로지만, 물론 부가적인 설명이 필요할 것이다. 정확히 말하면 토막 낸 아내의 시체를 넣었다. 시체는, 역시 이런 표현이 적당한지 알 수 없지만, 매우 깨끗했다. 며칠에 걸쳐 조금씩 피를 빼내고, 상하지 않도록 냉장고에 보관했다. 송은철의 아버지는 평생에 걸쳐 도축장에서 일을 했고, 그 때문에 송은철도 웬만한 동물의 사체를 다루는 데 익숙했다. 게다가 형사 생활을 통해 많지는 않지만 사람의 시체를 겪어보았고, 그것도 도움이 되었다. 피는 다용도실의 하수구를 통해 버렸다. 거기에는 아무 문제가 없었다. 토막을 내는 것은…… 물론 모든 과정이 쉽지는 않았지만, 적어도 일반인들보다는 나았다. 송은철은 그것을 다행으로 여겼다. 아내의 몸무게는 50킬로그램 내외에 불과했고 그것은 생후 4, 5개월 된 송아지 몸무게의 절반에 불과했다. 골프백 하나에 꽉 담겼다. 무게는 훨씬 더 줄어들었다. 송은철이 생각하기에 거기에는 이상한 완성의 느낌이 있었다.

언젠가 아내는 어느 소설의 문구를 인용한 적이 있었다.

법이 사람들에게서 죄를 찾는 게 아니다. 죄가 법을 끌어당기는 것이다. 그렇다면 여기에 '꽉' 담겨 있는 것은 아내의 시체가 아니라 죄라는 생각이 송은철의 머리에 들었다. 그리고 그것은 다름 아닌 바로 '나'의 죄다. 내 것이다! 그는 지퍼를 올려 잠갔다. 하지만 당연히 무언가 꽉 차 있다는 느낌은 바뀌지 않았다. 오히려 더 커졌다. 언젠가…… 송은철은 생각했다, 법이 이것을 찾아낼 것이다. 아니, 충분히 이 죄는 법을 끌어당길 것이다. 가슴이 두근두근했다.

물론 이것은 사실이 아니다. 송은철은 아내를 죽이지도 않았고 토막 내지도 않았다. 아마 그런 일은 없었을 것이다. 송은철이 확신할 수 있는 한 가지는 어쨌든 현재 아내가 없다는 것이다. 어느 날 집에 돌아와 보니 아내는 사라져 있었다. 아내가 마지막으로 한 말은 생각나지 않았지만, 많은 말 중에 무엇이 마지막 말이었는지 생각나지 않았지만, 마지막 모습은 생각났다. 방문을 열고 안으로 들어가는 뒷모습이었다. 그때 그녀가 입었던 옷, 집에 있을 때면 항상 입던, 어중간하게 종아리까지 올라와 펄럭이는 얇은 재질의 바지도 기억났다. 그것은 방문이 닫힘과 동시에 사라졌다. 사라진 건 아내뿐만이 아니었다. 며칠 후에 골프백이 사라졌다는 것도 발견했다. 어느 날 꿈속에서 아내를 보았다. 골프백의 지퍼를 열었더니 그 안에 아내가 있었다.

한다경이 그 골프백에 돈이 들어 있을 거라고 짐작한 데에는 나름 타당한 이유가 있었다.

M은 그녀를 뒷골목으로 데려갔다. 그곳은 말 그대로 뒷골목이었다. 큰길가에서 그다지 멀리 떨어지지도 않았다. 그저 사람들이 북적거리는 큰길가를 따라 걷다 그 중간에 나 있는, 거기에 그런 게 있는지도 몰랐을 건물과 건물 사이의 좁은 길로 꺾여져, 조금만 걸어 들어가면 어딘가…… 뒤편, 다시 차 한 대가 지날 수 있을 정도의 길이 나왔다. 하지만 아무도 그것을 길이라고 여기지 않을 것 같다. 그 길은 어디로도 연결되지 않을 것 같다.

고작 큰길에서 몇 분 걸어 들어왔을 뿐인데도, 분위기는 180도 달라져 있었다. 더 어둡고 더 조용했다. 공기 자체도 다른 것 같았다. 그건 아마 냄새 때문일 것이다. 어디선가 부스럭거리는 소리, 날카로운 금속성 소리가 들려왔지만, 그 소리가 무엇 때문인지는 영원히 알 수 없을 터였다.

하지만 오히려 한다경의 마음은 차분해졌다. 그리고 엉뚱하게도 그곳이 마치 영화의 한 장면, 영화 속 어떤 공간 같다는 생각이 들었다. 오래된 누아르 영화. 그것도 다른 나라, 다른 시대의 것이다. 마치 그 골목의 저편 끝에서, 큰길로 이어지는 입구에서 누군가, 긴 코트를 걸친 남자 하나가 급하게 뛰어 들어올 것만 같았다. 그는 누군가에게 쫓기거나 또는 누군가를 쫓고 있는 것이다.

그 남자를 바라보다, 필사적으로 달려가는 그 남자를 눈으로 좇다가 한다경은 바닥에 놓인 '그것'을 발견했다. 마치 버려진 조그만 아이처럼, 그 골프백은, 물에 젖지 않았는데도 검붉게 번들거리는 것 같은 골목 바닥에 놓여 있었다. 아무도 그런 곳에 놓인 골프백 안에 골프채가 들어 있으리라고 예상하지는 않을 것이다.

한다경은 그것을 바라보았고, 그 옆으로 매우 기묘한 방식으로 늘어진 M의 그림자를 바라보았다. 그리고 또 뭔가, 마치 또 다른 하나의 그림자를 바닥에서 떼어내 그대로 일으킨 것처럼, 팔다리가 길고 가는, 다시 말해서 마르고 키가 큰, 어떤 사람을 보았다. M보다 머리 하나는 더 있는 것 같았다.

골프백을 들어줄 사람. M은 말했고, 그녀보다 나이가 어리다고 덧붙였다. 그러니까 고등학교 1학년이거나 중학생이었다. 농구 감독이라면 분명히 탐냈을 만한 인재였지만, 모든 학교에 농구부가 있는 건 아니었다.

송은철이 전달받기에, 그녀, 한다경은 가출 소녀였다. 하지만 그녀의 집에서 제일 먼저 가출한 사람은 그녀가 아니었다. 그녀의 어머니였다. 한다경의 아버지는 송은철과 마찬가지로 경찰이었다. 아내가 집을 나간 시기와 겹쳐서 그는 경찰을 그만두었는데, 이 일의 선후 관계와 인과관계는 분명치 않았다. 그가 경찰을 그만둔 것이 아내의 가출 때문인지, 아니면 그가 그만두었기 때문에 아내가 가출을 한 건지. 그렇다면 그는 왜 갑자기 경찰을 그만두었는지. 무슨 비리에 연루된 건 아닌지. 그것도 아니면 그저 이 모든 일이 아무 연관 없이, 또 아무 이유 없이 일어난 건지…… 하지만 이제 와서는 아무 상관 없는 일일 것이다. 송은철에게는 더욱 그랬다. 하지만 그렇게 되지 않았다.

문제는 그녀를 만난 이후로, 더 정확히 말해 그녀가 참고인 진술을 한 조사실의 CCTV 녹화 영상을 본 이후로, 그녀를 잊을 수가 없다는 것이었다. 이상하다면 이상한 일이었다. 왜냐하면 바로 그 진술을 받은 게 송은철이었기 때문이다. 그는 그곳에서 그녀를 바로 코앞에서 보았고, 그녀와 상당 시간 동안 대화를 나눴다. 물론 그것은 일반적인 대화는 아니었지만 그렇다고 적대적인 분위기도 아니었다. 그녀는 주요 참고인도 아니었다. 어떤 의미에서는 그녀가 어린 학생이기 때문이기도 하겠지만, 친밀감을 느낄 수도 있는 대화였다. 그런 분위기는 고스란히 녹화 영상에 담겨 있었다. 그것은 전혀 문제가 되지 않았다. 어떤 의미에서는 바로 그랬기 때문에 송은철이, 형사부에서 나이가 젊은 축에 속하는 그가, 한다경의 조사에 배정됐는지도 모른다. 여기서 얘기하려는 바는, 바로 그 순간에는, 조사실에서 그녀는, 송은철에게 아무도 아니었다는 것이다. 그는 그녀에게 어떤 특별한 점도 발견할 수 없었다. 하지만 이제, 그 모든 순간이 특별한 것이 되어버린 것 같았다.

잊을 수 없다는 것은 무엇일까?

내가 그녀와 사랑에 빠졌다는 걸까? 물론 이것은 지나친 과장일 것이다. 그저 호감을 느끼게 되었다는, 또는 관심이 생겼다는 표현이 적당할 것이다. 하지만 거기에 무슨 차이가 있겠는가?

왜냐하면 거기에는, 즉 그와 한다경 사이에는 아무 일도 일어나지 않을 것이기 때문이다. 모든 것은 그의 마음속에서만 일어날 것이다.

물론 그는 다시 한다경을 만날 수도 있었다. 송은철은 앞으로 수사가 어떻게 진행될지 정확히 몰랐다. 하지만 돌아가는 분위기로 봐서는, 일단 그가 속한 형사부에서 사건이 떠날 가능성이 높았다. 애초에 이것은 소위 말하는 '정치' 사건이었다. 애초에 지역에서 맡을 사건이 아니었다. 아마도 속도 조절을 하는 것일 수도 있고, 무언가 위에서, 경찰청 수준에서 아직 정리가 끝나지 않았는지도 몰랐다. 수사는 느슨하게 진행되고 있었다. 아마 어느 시점에 이르면 아예 중단되거나, 반대로 갑자기 급물살을 탈 수도 있다. 그러면 사건은 송은철의 형사부를 떠날 것이다. 설혹 떠나지 않는다 해도 송은철 본인이 수사팀에서 제외될 수도 있다. 제외되지 않는다 해도 한다경의 조사가 또 다시 그에게 배정되지 않을 수도 있고…… 아무튼 그녀를 다시 만나게 될 거라고 송은철은 여기지 않았다. 하지만 그것은 아무것도 아니었다. 그의 마음에는 아무런 아쉬움이 없었다.

나는 그녀와 사랑에 빠졌어. 송은철은 그렇게 생각했다. 그것은 그에게 아무런 거리낌 없는 즐거움을 주었다. 그녀는 열일곱 살이었고, 송은철은 서른네 살이었다. 그것조차 아무런 상관이 없는 일이었다. 왜냐하면 그녀는 영상 속에서만 존재했기 때문이다. 송은철은 조사실의 CCTV 영상을 복사해 왔다. 그래선 안 되는 일이지만, 그러지 않을 수가 없었다.

집에는 아무도 없었다. 아내는 없었다. 오랫동안. 그래도 방 안에서 송은철은 뒤가 불안했다.

그는 영상을 재생시켰다. 그녀가 테이블에 앉아 있었다. 그 모습은 화면 우측 상단에 위치했다. 어림잡아 45도 각도였다. 화면의 중앙에 테이블이 있었고, 그것은 원근법에 따라 화면의 위쪽으로 올라갈수록 좁아졌다. 그는 그녀가 앉은 자리, 다시 말해서 화면으로 보이는 그녀의 자리가 맘에 들었다. 좋은 구도였다. 그는 그것이 말이 안 된다는 걸 알았다. 좋다는 게 뭔가? 이것은 아주 전형적인 CCTV 영상에 불과했지, 영화가 아니었다. 미장센이라고 할 것도 없었다. 하지만…… 만일 화면 속에서 그녀가 그 자리에 있지 않았더라면, 매우 나빴을 거라는 생각이 들었다. 화면은 한 시간, 정확히 57분 28초 내내 조금도 변하지 않고 고정되어 있었다. 그녀도 내내 같은 자리에 앉아 있었다. 조금 있다가 한 남자가 화면의 상단 쪽에서 들어오는데, 자기 자신이었다. 그는 이미 바지를 내리고 있었다. 화면이 아니라, 그것을 바라보는 그가 말이다. 그는 이것이 말이 안 된다는 걸 알고 있었다. 하지만 실제로 일어나는 일이다.

그는 중간중간 영상을 스킵했다. 그는 자신이 보고 싶어하는 장면이 어디에 있는지 정확히 알고 있었다. 그는 이미 몇 번이나 이 영상을 돌려봤다. 그리고 마침내 마지막 장면이 가까워졌다. 그는 동작을 빨리했다. 43분 16초. 갑자기 그녀가 고개를 들어 카메라를 쳐다봤다. 마치 여러 대의 카메라로 찍는 무대 위 가수처럼 정확히 렌즈의 위치를 찾아냈다. 조금의 망설임도, 어긋남도 없었다. 물론 송은철은 그것이 매우 이상하게 생각되었다. 당연히 그녀는 그 조사실이 처음이었을 테니까. 나중에 생각해보기를 이 영상의 앞부분에, 그러니까 그녀가 혼자 있을 때, 그것을 찾아냈을 것이었다. 그러니까 적어도 어느 정도 앞부분 녹화분이 잘린 셈이었다. 그것은 매우 아쉬운 일이었다. 왜냐하면 그가 가지고 있는 것은, 그녀의 영상은, 어떤 의미에서 그가 공유하고 있는 그녀 인생의 어느 부분은, 고작해야 57분 28초에 불과했으니까. 하지만 어떤 의미에서는 충분했다고 할 수도 있다. 그리고 바로 그 순간이었다. 그녀는 꽤 오랫동안 카메라를 쳐다보았다. 다시 말해서 지금 영상을 보고 있는 그를 쳐다보았다. 바로 그 얼굴을 송은철은 잊을 수가 없었다. 바로 그래서 이렇게 몇 번이나 영상을 돌려보고 있는 것이다. 그는 동작을 멈췄다.

뒷수습을 하는 동안 깜박 영상을 끄는 걸 잊어버렸다. 영상은 계속되었고, 그가 가장 불쾌하게 여기는 장면이 이어졌다. 그녀가 오랫동안 카메라를 쳐다보자 그 앞에 있던 남자가 그녀의 시선을 따라 카메라를 쳐다보는 장면이었다. 그와도 눈이 마주쳤다. 영상 내내 그 남자는 화면 좌측 하단에 뒤통수만 비쳐졌다. 그는, 송은철은 그 남자에 대해 전혀 신경 쓰지 않았다. 그는 아무것도 아니었다. 하지만 그 순간만큼은 그러기 어려웠다. 그는 화면 속 자신의 얼굴을 바라보았다. 마치 죽은 사람의 얼굴을 보는 것 같았다. 죽은 자가 눈을 뜨고 고개를 들어 자기를 쳐다보는 것 같았다. 그러한 느낌이 무엇인지 송은철은 몰랐다. 그는 눈을 감았다.

"누나, 저는 카메라에 찍히지 않아요."

한수가 말했다. 그 애의 이름이 한수였다. 성은 몰랐다. 한다경은 한수의 얼굴을 쳐다보았다. 밝은 데서 보니 그 나이처럼 보였다. 단지 키만 클 뿐이었다. 하지만 그 나이처럼 보인 건, 외모 때문이 아니라 태도 때문인지도 몰랐다. 만일 사진을 찍는다면, 그것도 전신사진이라면 그는 결코 학생처럼 보이지 않을지 몰랐다. 하지만 이렇게 대화를 나눠보면 영락없이 어린아이였다. 오히려 그 나이보다 어리게 느껴졌다. 어쩌면…… 한다경은 생각했다, 진짜 어린아이인지도 몰랐다. 그의 신체적인 키가 남들보다 더 자라는 동안, 정신적인 키는 성장을 멈췄는지도 몰랐다. 한수는 계속 말했다.

"정확히 말하면 카메라가 아니라, 뭐라고 하죠, 엘리베이터나 그런 데 달려 있는 거요."

CCTV, 하고 한다경은 말했다.

"네 맞아요. CCTV. 맞아요. 폐쇄 회로 TV. 알아요. 무언가 막혀 있다는 거죠. 폐쇄라는 뜻이. 근데 어디가 막혀 있다는 건지는 모르겠네요."

그것은 어디로도 연결되지 않는다는 뜻이야,라고 한다경은 마음속으로 말했지만 그게 정확히 뭘 의미하는지는 그녀도 몰랐다.

"저는 그런 TV에는 찍히지 않아요. 제가 그걸 어떻게 알게 되었는지 말해줄까요?"

한다경은 한수가 농담을 하는 거라고 느껴지지 않았다. 하지만 진지하게 받아들이기도 어려운 얘기였다. 자신이 투명인간이라고 주장하는 건가? 정확히 그렇지는 않았다. 그의 말은 이랬다.

어느 날 자신이 어느 아파트의 옥상에 올라갔다고 했다. 그는 엘리베이터를 탔고, 거기에는 당연히 CCTV가 달려 있었다. 그는 옥상에 올라갔다가 다시 내려왔다. 하지만 무슨 이유에선지, 그가 옥상에, 바로 그 시간에 올라갔다는 사실을 증명해야 하는 상황에 놓이게 되었다. 그는 그것이 실제로 일어난 일이라고 말했다. 어른들은 자연스럽게 CCTV를 확인하자고 했다. CCTV요? 그래. 만일 네가 그 시간에 옥상에 올라갔다면, 엘리베이터를 타고 그랬다면 CCTV에 그 모습이 담겨 있을 거야. 한수는 그런 게 있는지도 몰랐지만, 어쨌든 있다면 오히려 다행스러운 일이라고 생각했다. 좋아요. 하지만 CCTV에는 그 애의 모습이 담겨 있지 않았다. 몇 번이나 돌려봤지만 그랬다. 그 애는 거짓말쟁이가 되었다. 그래서 그다음에 어떻게 되었냐고? 물론 어떻게도 되지 않았다. 그 애는 아직 어린아이였으니까. 심한 곤란을 겪은 건 아니었다. 물론 그 후로 사람들은 그 애의 말을 신뢰하지 않게 되었는데, 사실 그것은 누구나 마찬가지였다. 그러니까 만일 그 애의 말이 진실로 판명되었다 해도, 그러니까 만일 어떤 사람이 매일매일 진실만을 말한다 해도, 그 모든 말이 지금까지는 진실로 판명되었다 해도, 사람들은 결코 그를 백 퍼센트 신뢰하지 않는다. 항상 그다음 말은 거짓일 수 있으니까. 누구나 거짓말을 한다. 언젠가는.

"하지만 제가 진짜 비밀을 얘기해줄게요. 저는 봤어요. 왜냐하면 그 엘리베이터를 탔던 건 저니까요. 제 말은 내가 엘리베이터를 탔던 순간을 저는 정확히 기억한다는 거죠. 그리고 바로 그때 분명히 엘리베이터 문이 열렸어요. 그리고 화면상에는 아무도 타지 않고, 다시 문이 닫혔죠. 그러고 나서, 그래요, 바로 엘리베이터는 올라갔어요. 바로 내가 내린 꼭대기 층까지. 하지만 나는 아무 말도 안 했죠. 어른들은 그게 뭔지 몰랐어요. 그런 건 신경도 쓰지 않았죠. 내가 무슨 말 하는지 누나는 알겠죠. 나는 거기에 탔지만 찍히지 않았던 거예요. 하지만 나는 거기 있었어요. 단지 보이지 않았을 뿐. 그래서 M이 저를 누나와 함께 보내는 거예요. 왜냐하면 저는 CCTV에 찍히지 않으니까요. 아무도 우리가 어디에 있는지, 어디로 가는지 알 수 없을 거예요."

그들은 전철에서 내렸다. 어디에나 CCTV는 있었다. 만일 그 애의 말이 맞다면, 지금 저기에 찍히고 있는 건 나 혼자뿐일 거라는 생각이 한다경에게 들었다. 물론 그 애의 말을 진지하게 받아들인 건 아니었다. 하지만 어떤 장면은 머릿속에 선명하게 떠올랐다. 곁에 아무도 없이 이렇게 플랫폼에 혼자 서 있는 여자아이. 그녀와 함께 전철에서 내린 사람들이 그녀의 곁을 빠르게 스쳐 지나가고, 그 수는 점점 줄어들더니 이윽고 화면에는 그녀밖에 남지 않았다. 그 순간 그녀가 갑자기 고개를 들어 카메라를 쳐다봤다. 마치 이미 알고 있었다는 듯이. 언제나, 곁에 아무도 없을 때조차, 누군가 항상 자기를 지켜보고 있다는 것을. 언제나 누군가 한 명은 있다는 것을.

한다경의 아버지는 경찰이었다. 경찰을 그만두고 나서 그는 한동안 아무 일도 하지 않았다. 몇 번인가 이사를 했다. 그때마다 집은 조금씩 작아졌다. 공간은 줄어들었다. 마치 그들 부녀에게서 무언가 조금씩 사라져버리는 것 같았다. 마치 풍선의 바람이 빠지듯이. 하지만 그와 반대로 그녀는 커졌다. 자랐다. 물론 그렇게 줄어든 만큼을 채울 정도는 아니었다. 하지만 또래에 비해선 그녀는 조금 더 큰 편이었다. 또래에 비해서 키도, 몸도 컸고, 훨씬 더 빨리 여자가 되었다. 그녀는 자신이 직접 브래지어를 사야 했다. 그녀는 아직 초등학생이었다. 집에는 그녀의 방이 따로 없었다. 한다경의 아버지는 다정한 아버지는 아니었다.

그렇다고 두드러지게 무뚝뚝한 것도 아니었다. 손을 잡고, 안아 올리고, 옷을 갈아입히고, 머리를 빗어주는 정도의 스킨십은 매우 자연스러웠다. 여러 가지 일들을 그녀의 어머니 대신 처리해야 했다. 드문드문 일을 나가긴 했지만, 그녀가 초등학교에 들어간 이후로도, 정기적으로 매일 출근하는 직업을 갖지는 않았다. 그는 많은 시간을 집에서 보냈다. 그녀는 많은 시간을 집에서 아버지와 함께 보냈다. 그녀의 가슴이 충분히 자란 후에도.

솔직히 말해서 그녀는 그 시간을 좋아했다. 오래도록. 누군가 자기를 지켜봐주는 게 좋았다. 물론 잊어버릴 때도 있었다. 노는 것에 빠져서. 그 사람의 존재를 까먹을 때도 있었다. 그러다 문득 생각나는 것이다. 고개를 돌리면 그가 있었다. 그녀의 아버지는 결코 다정한 아버지는 아니었다. 그래도 그녀는 그것으로 충분하다고 생각했다. 아빠. 봐봐. 이것 좀 봐. 봐줘요. 거기 있어. 날 봐주세요. 계속. 계속.

그녀는 멈춰 섰다. 이 길이 맞았고, 그렇다면 눈앞에 보이는 저 건물이 그들이 목적하는 곳이었다. 그곳은 반대의 의미에서 골프백이 놓여 있던 '뒷골목'과 닮아 있었다. 단지 화려하게 보이는 것, 마치 유럽의 어느 관광지에서 유명한 건축물을 밝히는 것 같은 조명이 사방에서 비추는 것, 누가 봐도 특별한 부자들만 사는 고급 빌라처럼 보인다는 의미에서만 그런 게 아니다. 이런 곳이 일상적인 공간에서, 평범한 사람들이 지나다니는 길가에서, 전철역에서, 상점들에서 그다지 멀리 떨어져 있지 않다는 점에서, 닮아 있었다. 그 앞에 서기 전까지, 그 건물이 보이는 데에 이르기까지, 한다경은 그런 건물이 그곳에 있으리라고 예상하지 못했다. 그러고 보면 어느 정도는 거리가 있긴 했다. 어느 지점에 이르러서는 걸어서 그 길을 가는 사람이 없었다. 하지만 그러려고 마음을 먹으면 충분히 걸어서 전철역까지 오고 갈 수 있는 거리였다. 단지 그 경계가 모호해서, 여기에 이르자, 갑자기 주변의 상황들이 달라진 것처럼 느껴졌다. 한다경은 이런 건물은, 부자들의 주거지는, 자신들과는 상관없는 외딴 곳에 떨어져 있을 거라고 생각했던 것이다. 그리고 허락받지 않고는 가까이 접근할 수 없으리라고 생각했다. 하지만 그렇기 때문에 어떤 의미에서는 그곳이 더 특별하게 느껴지는 것 같았다. 그러니까 어쩌면…… 자기들은 허락받은 게 아닐까? 보통의 사람의 눈에는, 이 평범한 길이, 여기에 이르기까지 그들이 자연스럽게 걸었던 통행로가 보이지 않는 게 아닐까? 그렇다면 우리가 허락받았다는 증표는 뭘까? 그것은 말할 것도 없이 골프백일 것이다. 이상한 뒷골목에서 M으로부터 전달받은 것.

한다경은 그 골프백에 무엇이 들어 있는지 몰랐다. 그것은 겉보기에 무거워 보였지만, 무언가 꽉 차 있는 것처럼 보였지만, 어쩌면 전혀 그렇지 않은지도 몰랐다. 한수가 그것을 너무나 쉽게 들어 올렸기 때문이다. 그는 전혀 힘이 들지 않는 것처럼 그것을 들고 그녀와 함께 여기까지 왔다.

그리고 그의 주장대로라면 그것은, 그 골프백은 어느 CCTV에도 찍히지 않을 것이었다. 왜냐하면 한수가 그것을 들고 있었기 때문이다. 그리고 바로 그러한 이유로, 즉, 골프백의 존재를 숨기기 위해 M은 한수에게 그 역할을 맡겼다.

하지만 한다경의 생각은 달랐다. 단순히 그녀가, CCTV에 찍히지 않는다는 둥의 한수의 황당한 말을 믿지 못했기 때문이 아니었다.

한다경은 그 골프백에 돈이 들어 있을 거라고 생각했다. 그것도 백을 가득 채울 만큼의 돈. 그래서 M은 한수를 끌어들였다. 왜냐하면 그녀를 백 퍼센트 믿을 수 없다고 생각했기 때문이다. 이것은 그녀가 문제가 아니었다. 또 M의 문제도 아니었다. 그렇다. 돈의 문제였다. 엄청나게 많은 돈. 진짜로 거기에 돈이 들어 있다는 생각이 들자마자, 물론 그 생각의 어느 부분은 돈이 아닐 수도 있다는 가능성을 분명히 염두에 두고 있었지만, 그럼에도 그녀의 마음은 이전에 한번도 경험해본 적이 없는 두근거림으로 속이 메슥거릴 지경이었다. 그것은 그녀에게 이상하게 생각되었다. 대체 무슨일이 일어나고 있는지, 앞으로 일어날지 그녀는 알 수 없었다. 하지만 그 골프백을 볼 때마다 그 생각을 떨쳐버리기 어려웠고, 마침내 그것을 열어봐야겠다는 생각이 들었다. 실제로 무슨 일이 일어날지 해봐야겠다는 생각. 하지만 한수는 반대했다. "이것을 열어봐서는 안 돼요." "왜?" "그래선 안 되기 때문이죠." 물론 M이 한수에게 그렇게 지시했다고 한다경은 생각했고, 그때야 깨달았다. 왜 한수가 그것을 들어야 하는지.

아버지와 함께 살 때는, 집을 나오기 전까지는, 그녀는 돈에 대해 많이 생각하지 않았다. 돈 걱정이 없었다는 게 아니다. 당연히 돈이 있으면, 많으면 좋겠다는 생각을 하지 않은 게 아니었다. 돈을 많이 벌고 싶다는 생각도 했다. 단지 그녀가 하지 못했던 생각은, 돈이 어떻게 만들어지는가였다. 사람들이 어떻게 돈을 쓰는가였다. 그리고 그것을 알았다면, 즉 사람들로부터 돈을 쓰게 만들 수 있다면, 그것을 자기에게 쓰게 만드는 것은 너무나 쉬운 일이었다. 한 가지는 분명했다. 돈은 오직 사람들로부터 나온다는 것. 마치…… 돈이 사람의 일부분인 것처럼, 그래서 만일 누군가 돈을 벌지 못하고 쓰기만 한다면, 그는 자기의 일부분을 계속 잃기만 하는 것이다. 마치 살이나 피를 잃듯이.

그게 M이 하는 일이었다. 그리고 부분적으로 한다경이 하는 일이었다.

구체적으로 말하면 M은 영상을 팔았다. 그리고 한다경은 그 영상을 찍었다.

한다경은 처음에 왜 사람들이 자신의 영상에, 자신의 벗은 몸에, 맨가슴에 돈을 쓰는지 잘 이해하지 못했다. 아니, 그럴 가치가 전혀 없다는 게 아니다. 하지만 너무 많은 돈이었다. 물론 그녀도 시스템을 전혀 이해하지 못하고 있는 건 아니다. 그것은 범죄와 연관되어 있다. 거기에는 실제 연기가 아닌 것도 있다. 실제로 일어나고 있는 일도 있다. 일반적인 영상보다 더 희귀하다고 할 수 있었다.

M의 방송국은—그것을 방송국이라고 부를 수 있다면—회원제였다. 그곳에서 한다경의 이름은 '여고생 HDK

1832'였다.

처음 M을 알게 된 경위에 대해서 한다경은 남들에게 잘 설명하지 못했다. 그렇게 오래전 일이 아닌데도 마치 최면에 걸린 듯, 기억을 지워버린 듯, 그 시기의 일들은 모호했다. 집을 나오기 전부터 M과 문자를 주고받았는지, 그래서 집을 나오게 된 건지, 그를 채팅 앱에서 처음 만났는지, 아니면 바로 그녀의 전화번호로—대체 내 전화번호를 어떻게 알았을까?—직접 문자가 왔는지…… 그리고 그 모든 '그'가, 즉 지금도 여전히 여러 아이디를 쓰고 있는 '그'가 똑같은 '그'인지……

하지만 한 가지 확실한 건 처음 그를 실제로 봤을 때 너무나 무서웠다는 것이다. 하지만 지금은 아니었다. 적어도 그 골프백을 맡기면서 한수를 붙인 순간부터. M은 나를 믿지 못하고 있다. 내가 자신의 지시에 따르지 않을지도 모른다고 의심하고 있다. 그렇다면 나는 그럴 수 있는 게 아니겠는가? 그 의심 속에서 나는 그것을 실현시킬 수 있는 능력을 가지게 된 게 아닌가?

하지면 여전히 이해하지 못하는 것은, 사람들은 왜 스스로 범죄를 저지르면서 돈까지 쓰는가,이다. 왜냐하면 영상에는 아무 내용이 없기 때문이다. 그것은 그저 하나의 단순한 행위, CCTV 화면 같은 단순한 이미지에 불과하기 때문이다. 누구나 알고 있고, 예상할 수 있는.

송은철의 예상대로 수사는 중단되었다. 아니면 위로 올라 가버렸다. 그는 제시간에 퇴근할 수 있었다. 아파트는 여전 히 텅 비어 있었다. 하지면 여전히 그는 기대를 버리지 않고 있었다. 이 세상에는 무슨 일이든 일어날 수 있다.

그는 불을 켜지 않고 옷도 그대로 입은 채 거실 창문을 통 해 바깥을 내다보고 있었다. 그의 집은 아파트 1층이었고 단 지 내 자동차 도로를 사이에 두고 놀이터를 마주 보고 있었 다. 정확히 말하면 창문 바로 앞은 화단이었고, 그다음이 도 로, 주차 구획선이 그려진 주차 공간과 실제로 차가 지날 수 있는 공간, 그리고 다시 주차 구획선, 그 너머가 놀이터였다. 그래서 얼마 전까지만 해도, 무성한 나뭇잎과 빽빽이 들어 선 자동차들로 놀이터는 거의 보이지 않았다. 하지만 이제 는 보였다. 나뭇잎은 졌고, 텅 빈 것은 아니지만 주차 구획선 의 차들도 눈에 띄게 줄어들었다. 아파트는 재건축을 앞두 고 있었다. 입구에는 이주 공고가 붙었다. 그게 얼마 전인 것 같은데, 따져보니 아내가 아직 여기에 있었을 때도 그것을 본 것 같았다. 그랬다. 분명히 아내의 입으로 그런 말을 들었 던 것 같다. 집주인에게서 연락을 받았다. 이주 시한이 6개 월이라고 했나? 그럼 얼마나 남은 거지? 송은철은 언제 아 내가 사라졌는지 정확히 기억하지 못했다. 하지만 그게 6개 월이라면, 반은 지난 것 같다.

이중 주차를 해야 할 정도로 꽉 찼던 단지 내 도로 위의 차들이 싸악 빠진 걸 보니, 어쩌면 그보다 조금 남았을지도 모른다.

송은철은 그렇게 눈앞에 보이는 놀이터가, 이곳에 이사 오고 몇 년이 지난 후에야 결국 볼 수 있게 된, 거실에서 바라보이는 그 놀이터가 마치 처음 본 것처럼 신기했다.

그리고 그것이 자신의 고등학교 시절 등하굣길에 지나쳐야 했던 놀이터와 매우 닮았다고 생각했다. 가장 빠른 길이 그 놀이터를 가로지르는 것이었다.

그 시절 송은철에게는 '죽이고 싶은 새끼'가 있었다.

그 놀이터의 한 귀퉁이에 벤치가 여럿 놓여 있는 공간이 있었고, 거기에 항상 그와 그의 친구들이 모여 앉아 있었다.

어느 날 '어이' 하고 그 '죽이고 싶은 새끼'가, 같은 반이었던 새끼가, 신준식이가—당연히 아직도 송은철은 그의 이름을 기억했다—그를 불렀다. 만일 그들을 의식하지 않고 있었다면, 놀이터 입구에서 그들이 거기에 있는 걸 보고 망설이지 않았더라면, 송은철은 그냥 지나칠 수도 있었을 것이다. 그는 그 소리를 무시할 수도 있었고, 어쩌면 실제로 들리지 않았을 수도 있었다. 왜냐하면 그들은, 그는, 신준식이는 그의 이름을 부른 게 아니었기 때문이다. 그는 단지 '어이' 하고 불렀을 뿐이다. 하지만 송은철은 멈춰 섰다. 그리고 그들 쪽으로 고개를 돌렸다. 그때는 이미 돌이킬 수 없었다.

"겁먹었네." 신준식이 웃으면서, 그 앞에 선 송은철에게 말했다. "겁먹지 마. 내가 널 뭐 어떻게 하냐?"

송은철은 아내가 왜 자신을 겁내는지 몰랐다. 그는 그것이 아내에 대한 유일한 불만이었다. "내가 널 뭐 어떻게 해?"

하지만 그것은 진실이었다. 신준식이를 죽이고 싶었다. 왜냐고? 그가 겁났으니까.

송은철은 계획을 짰다. 아버지의 작업장에서 특별히 끝이 뾰족한 칼을 가져왔다. 아버지에게 방법을 가르쳐달라고 했다. "틈틈이 짬을 내서 저도 아버지를 도울게요." 송은철은 아버지의 자랑이었다. 그래서 그를 강남의 좋은 학군의 고등학교에 보냈다. 거래처 사장의 주소지로 위장 전입시켰다. 그가 한 시간이나 전철을 타고 학교를 다니는 걸 친구들에게 숨기기는 어려웠다. 신문지로 돌돌 싼 도축용 칼을 가방에 숨기기는 어려웠다. 하지만 송은철은 그렇게 해야 했다. 둘 중의 하나는 결국 들통났다.

그는 신준식이를 죽이지 못했다. 그는 칼을 가지고 학교에 가지 못했다. 대신 신준식의 옆자리에 앉았다. 놀이터에서 칼을 보여줬다. 근육은 물론이고 웬만한 뼈도 쉽게 자를 수 있는. "장난이 아닌데." 신준식이 감탄했다.

이제 '어이' 하고 송은철이 불렀다. 만일 돌아본다면 그때는 돌이킬 수 없다.

그가 돌아봤다. 그 애의 이름이 뭐였지? 송은철은 말도 안 된다고 생각했다. 하지만 그럴 수도 있었다. 그 애를 다룬 모든 신문 기사에는, 방송에는, 그 애의 이름이 나오지 않았다. 그저 고등학교 1학년 김 모 군이었다. 오히려 그런 기사들을 통해 그 애에 대해 더 많은 걸 알게 된 기분이었다. 그리고 그중 가장 결정적인 것은 하나의 영상이었다.

엘리베이터의 문이 열리고 그 애가 탔다. 화면은 그 모습을 45도 정도 위쪽에서 아래로 잡고 있었다. 그러니까 굳이 모자이크를 하지 않아도 그 애의 얼굴은 거의 보이지 않았다. 그저 출입문을 향해 서 있는 그 애의 뒤통수와 정수리 부분만 보일 뿐이었다. 화면의 왜곡 때문인지 실제보다 키가 작아 보였다. 하지만 그 애가 맞았다. 경찰이 몇 번이고 확인했다. 엘리베이터는 꼭대기 층을 향해 천천히 올라갔다. 그 중간에 아무도 타지 않았다. 그러다 갑자기 그 애가 바닥에 주저앉듯 쪼그려 앉았다. 고개를 푹 숙였다. 마치 울고 있는 것 같았다. 그때쯤 해서, 송은철은 입안이 바짝바짝 말랐다. 아니, 반대로 입안에 침이 고였다. 송은철은 그게 어떤 기분인지 몰랐다. 수십, 수백 번을 돌려봐도 마찬가지였다. 다만 입안에서 어떤 말이 자꾸 맴돌았다. 내려오는 영상은 없었다. 경찰은, 그리고 사람들은 그 애가 어떻게 그 아파트에서 내려왔는지 이미 알고 있었다. 그래서 굳이 찾을 필요가 없었다. 어쩌면 그게 문제일지 모른다고 송은철은 생각했다.

어쩌면 내려오는 영상이 있었을 수도 있다. 다만 보이지 않을 뿐. CCTV에 찍히지 않았을 뿐. 기계가 뭘 알겠는가?

그 영상은 여전히 그의 노트북에 저장되어 있었다. 오랫동안 보지 않았다. 그러다 한다경의 영상을 보기 시작하면서 그게 생각났다. 그리고 그때 입안에서 맴돌았던 그 말이 뭔지 알았다. 43분 16초. 그녀가 갑자기 고개를 들어 카메라를 쳐다봤다. 송은철은 바로 그 순간에, 더 정확히 말해 그 직전 43분 15초에 소리쳤다. '어이.'

그 애의 뒤통수와 정수리 부분을 보고, 소리쳤다. '어이.' 그 애는 고개를 돌리지 않았다. 그는 다시 크게 소리쳤다. '어이.' 집에는 아무도 없었다. 아무도 그 소리를 듣는 사람이 없었다.

"왜 그래요? 여보, 왜 나한테 이렇게 해요? 내가 어떻게 했으면 좋겠어요?"

나는 네가 겁냈으면 좋겠어. 물론 송은철은 아내에게 그렇게 말하지 않았다. 자신이 왜 그러는지 몰랐다. 그냥 그 새끼를 죽여버리고 싶었다.

43분 16초. 한다경은 고개를 돌려 그를 쳐다봤다. 그는 사정했다.

한다경은 왜 그랬는지 몰랐지만 스스로 벗은 몸을 찍었다. 처음에 그것은 인증숏이었다.

그녀는 자신의 가슴이 또래에 비해 크다는 게 콤플렉스였다. 하지만 사람들은 그렇게 생각하지 않았다. 많은 사람이…… 얼마나 많이? 얼마나 많은 사람이, 얼마나 간절히 내가 그것을 보여주길 원하는 거야? 그녀는 대답을 듣고 싶었다.

언젠가부터 한다경의 아버지는 그녀에게 손을 대지 않았다. 말 그대로 머리털 하나 건드리지 않았다. 지나다 식탁에 앉은 그녀의 어깨를 짚거나 머리를 쓰다듬거나 하지 않았다. 이제 대부분의 일들은, 아니 모든 일들은 그녀 혼자서 처리할 수 있었다. 더 이상 신발 끈을 묶어주거나 손을 잡고 일으켜 세워줄 필요가 없었다. 그녀는 자신이 그렇게 할 수 있는 걸 알았지만, 그게 뭘 의미하는지 몰랐다. 언제부터일까? 내가 뭘 잘못한 걸까? 그녀는 한참의 시간이 흐른 후에 그랬다는 걸 알았지만, 언제부터 아버지가 그랬는지 몰랐지만, 앞으로 영원히 그러리라는 건 알았다.

그는 정기적으로 일하는 직업을 구했다. 유니폼을 입는 일이었다. 한쪽 가슴에 조그만 글씨로 '시큐리티'라고 써 있었다. 그녀는 그 단어의 뜻을 찾아보았다. 안전. 보안. 경비.

출퇴근 시간이 불규칙했다. 집에 있는 시간도 짧았지만, 그 시간 대부분 그는 잠들어 있었다. 그녀는 소리를 내지 않아야 했다. 그가 집에 없을 때도 그러한 습관은 이어졌다.

"여러분. 조용조용히 말해야 해요. 우리는 아무도 깨우지 말아야 해요. 그러니까 이건 여러분과 저만의 비밀이에요.

그것만 지켜줄 수 있다면 내가 보여줄게요.”

그녀는 자신의 아이디를 종이에 적어 함께 찍었다. 그들이 그것을 원했다. 종이에 'HDK1832'라고 적었다.

“이게 나예요. 이제 믿을 수 있겠죠?”

그녀는 마스크를 썼다. 그 외에는 아무것도 '쓰지' 않았다.

혼자 집에 있는 시간이 많아졌다. 얼마 후에 그들은 다락이 있는 집으로 이사했다. 다락이 그녀의 방이었고, 촬영장이었다. 어쩔 수 없이 시간이 흐르면서 다락에는 집 안의 여러 짐들이 쌓여갔다. 다락의 구석에. 기울어진 벽의 틈새에.

놀랍게도 그것을 처음 발견한 것은 그녀가 아니었다. 그들 중 하나였다. “저기 뭔가 있어요.” 어떻게 그럴 수 있었을까? 그것은 고작해야 별다른 조명도 없이, 픽셀이 그대로 드러나는 조악한 화면에 불과했는데. 그들은 얼마나 많은 것을 볼 수 있는 걸까? 그것은 카메라였다. 그녀의 카메라가 아니었다. 그렇게 작지도 않았다. 셔츠 포켓에 꽂을 수 있는 정도였다. 집 안의 여러 짐들, 아버지의 짐들과 함께 자연스럽게 놓여 있었다. 그래서 더 발견하기 어려웠다. 하지만 켜져 있었다. 뒷면을 보니 조그맣게 뭔가 쓰여 있었다. '시큐리티'. 안전. 보안. 경비. 그녀는 속이 메슥거렸다. 가슴이 미친 듯이 뛰었다. 한다경은 그게 무슨 기분인지 몰랐다. 눈물이 날 것 같았다. 날 봐줘요. 계속. 계속.

그녀는 그것을 끄는 법도, 저장된 메모리 카드를 꺼내는 법도 알지 못했다. 하지만 그래야 한다는 걸 알았다. 영상을 지워야 한다. 그러니까, 내가 이걸 발견했다는 걸 이것의 주인이 몰라야 한다. 그다음에는 어떻게 하지?

M에게 물었다. 어떡해요? 그에게 답장이 왔다. 휴대폰으로. 그녀의 번호로. 그는 대체 어떻게 내 번호를 알았을까?

"M에 대해서 말해봐." 송은철이 물었다.

"뭐에 대해서요?" 한다경이 반문했다.

송은철은 그녀를 쳐다보지도 않았다. 노트북 화면만 봤다. 그의 손가락은 빨랐다. 분명 보지 않고도 칠 수 있을 텐데 자기를 쳐다보지 않는 게 이상했다. 예상했던 것보다 젊었고, 깔끔한 외모였다. 형사처럼 보이지 않았다.

"어떻게 알았지?"

"그냥요."

"어디서 처음 만났어?"

"그냥…… 거리에서요. 오다가다."

송은철은 기다렸다. 여전히 고개를 들지 않았다.

"저기요, 형사님. 우리는 거리에 있어요. 거긴 학교가 아니라고요. 자기소개 같은 건 하지 않죠. 제가 M에 대해서 알고 있는 사실 하나는, 그가 맥도날드에서 일한다는 거예요. 왜인지 알아요? 4대보험이 되기 때문이죠. 건강보험 피부양자로 아버지를 등록했어요. 대단하지 않아요?"

"우리가 알고 있는 사실이 있다는 걸 생각 안 하나?"

"왜 그래요. 저는 아무것도 모른다고요. 저는 그냥 배달을 했을 뿐이에요. 그 안에 뭐가 들어 있는지도 모른다고요."

"어디 안에?"

"골프백이요."

"그런 일이 처음이야?"

"어떤 일이요?"

"배달."

한다경은 의자에 등을 기댔다.

"여러 일들이 있죠. 우린 서로 도와요. 아뇨. 솔직히 말해서 제가 그의 도움을 많이 받았죠. 밥도 사주고 술도 사주고 노래방도 데려가주고. 방도 구해주고. 물론 제가 해준 것도 있어요. 제가 할 수 있는 게 있다면…… 그중에 이런 일도 있죠."

"배달 말고 어떤 일?"

"그건 상관없잖아요. 그건 저와 M 사이의 일이에요."

"두 사람의 일?"

"연애 같은 것일 수도 있죠."

"사귄다고?"

"아뇨. 마음을 나누는 거죠. 그게 연애 아닌가요?"

"왜 집을 나왔지? 아버지가 때렸나? 건드렸어?"

"그것에 대해선 얘기하고 싶지 않아요. 하지만 이렇게만 말해두죠. 집에는 아무것도 없어요. 이해하겠어요? 그냥 어느 순간 그렇게 느낀 거예요. 여긴 아무것도 없다."

"엄마하고는 연락해?"

"지금 대화의 방향을 저는 잘 모르겠어요. 여긴 상담 센터인가요?"

"아니지. 여긴 경찰서고, 너는 언제든 피의자로 바뀔 수 있어."

"그건 제가 뭘 했는지, 골프백 안에 뭐가 들었는지 알았을 때 얘기 아닌가요? 그게 범죄인가요?"

"너는 범죄에 대해서 몰라."

"예전에…… 제가 학교에 있을 때 이런 얘기를 들은 적이 있어요. 돼지 눈에는 돼지만 보이고 부처 눈에는 부처만 보인다. 그러자 상대방은, 그러니까 두 사람이 말다툼을 하고 있었는데, 그 말을 들은 애가 이렇게 받아쳤어요. 그럼 도둑 눈에는 도둑만 보이고 경찰 눈에는 경찰만 보이면, 경찰은 어떻게 도둑을 잡냐? 대단하지 않아요?"

"대단하네."

"하지만 나중에 생각하니까, 그 애의 말이 맞았어요. 아니 틀렸다고 해야 되나요? 맞은 건 도둑 눈에는 도둑만 보이고 경찰 눈에는 경찰만 보인다는 말이에요. 하지만 틀린 건, 그래서 경찰은 도둑을 잡을 수 있다는 거죠. 제 말 이해하겠어요?"

"모르겠는데."

"경찰이 바로 도둑인 거예요. 이건 단지 경찰 중에 나쁜 경찰이 있다는 말도 아니고, 경찰이 다 나쁘다는 얘기도 아니에요. 그냥 경찰은 합법적으로 범죄를 저지를 수 있다는 거예요. 사람을 붙잡고 가두고 죽일 수 있죠. 사형시킬 수 있어요. 그게 범죄와 뭐가 달라요? 합법적이라는 것만 빼면요."

송은철은 고개를 들어 그녀를 쳐다봤다. 이상한 기분이 들었다. 그녀도 그를 똑바로 쳐다봤다. 그녀의 눈, 하고 송은철은 생각했다. 그다음에는 아무 생각도 떠오르지 않았다. 먼저 눈을 피한 건 송은철이었다. 조금 있다 송은철이 물었다.

"근데 M은 무슨 뜻이지? 왜 M이라고 불러?"

"M은 DM의 줄인 말이에요."

"DM?"

"DM. 다이렉트 메시지."

"그게 뭐야?"

"직접적으로 전하는 메시지요. 바로 당신에게만. 당신만 들을 수 있는 목소리죠."

건물의 외관은 유럽풍으로 꾸며져 있었다. 고딕식이거나 빅토리아식이거나. 한다경은 그 차이를 잘 모르지만 영화 같은 데서 봤다. 페인트칠이거나 타일 등을 붙인 게 아니라, 진짜 돌로 만들어진 것 같았다. 커다란 돌을 한 장 한 장 쌓아 올린 것 같았다. 광택은 없지만 아주 매끈했고, 무거워 보이는데 날렵한 느낌이 드는 돌이었다. 창문틀이나 층간, 모서리 등에는 부드러운 몰딩이 덧대어져 있었고 지붕에는 첨탑 같은 뾰족한 구조물과 하늘을 향해 나 있는 조그만 창들도 보였다. 한마디로 유럽의 성 같았다.

하지만 보안은 허술해서 그들은 너무 쉽게 지하 주차장으로 들어갈 수 있었다. 아무도 그런 압도적인 건물의 지하 주차장에 사람이 걸어 들어갈 거라고 생각하지 못한 모양이었다. 아니면, 이 건물의 주인이(공동주택인 빌라에 그런 존재가 있는지 모르겠지만), 그러니까 이 골프백을 전달받을 사람이 미리 다 준비해둔지도 몰랐다. 지하 주차장 입구에는 얼핏 봐서는 경비실처럼 보이지 않는, 건물의 일부인 것 같은 창이 달린 조그만 공간이 있었는데, 아무 생각 없이 지나치고 나서야, 그게 경비실인 것 같았다. 하지만 창에는 사람의 모습이 보이지 않았다.

아주 조용했다.

주차장 내부도 볼만했다. 하지만 이쪽은 현대식에 가까웠다. 바닥이 차가 다닐 수 있도록 단단하다는 점을 제외하면, 차들이 주차되어 있다는 것만 제외하면, 그곳은 주차장이라기보다 고급 호텔의 로비 같았다. 아주 커다란. 어째서 차들이 주차되어 있는데 이렇게 은은한 조명이 비쳐야 하는지

한다경은 이해할 수 없었다. 그래서 그곳에 있는 차들은 주차되어 있다기보다는 휴식을 취하고 있거나 잠이 든 것처럼 보였다.

그들을 깨우지 않기 위해 두 사람은 최대한 발소리를 죽이고 내부를 걸었다.

M은 자동차 번호를 가르쳐줬다. 따로 적어주지는 않았다. 외우기 쉬울 거야. 네가 잘 알고 있는 번호니까.

물론 그것은 우연이었다. 기분 좋은 우연.

반 정도 돌았을 때 그 번호를 발견했다. 예상보다 훨씬 멋진 차였다. 커다란 대형 세단이었다. 주차장에 있는 대부분의 차들이 한다경이 한 번도 본 적이 없는 것들이었고, 이 차도 마찬가지였다. 그래도 이 차가 가장 이 건물에 어울렸다. 유럽의 성에 딱 어울리는 차였다. 그릴은 철문처럼 웅장했고, 몸체는 전체적으로 각이 져서 성곽처럼 단단하게 보였다.

"이 차에요?" 한수가 물었다.

"응." 한다경이 대답했다.

"멋지네요."

두 사람은 차의 뒤쪽으로 갔다. 트렁크를 앞에 두고 나란히 섰다. "자, 그럼." 한수가 말했다. 그 애는 주머니에서 조약돌 모양의 무언가를 꺼내더니 버튼을 눌렀다. 덜컹하는 소리와 함께 트렁크 문이 열렸다. 적당한 속도로, 천천히 들어 올려졌다. 그 문이 다 열리기 전, 순간적으로 한다경은 그 안에 사람이 누워 있는 걸 본 것 같았다. 아니었다. 안은 텅 비어 있었다. 하지만 정말 웬만한 사람은 편하게 누울 수 있을 정도로 커다란 공간이었다. 자동으로 불이 들어와서 그곳을 비췄다. 다시 봐도 그 안에는 아무것도 없었다. 한다경은 눈을 감았다. 잠시 후 누군가 그녀의 어깨에 손을 얹었다. 마치 어린 시절 아버지가 그랬던 것처럼.

"무서워하지 말아요. 누나. 여긴 아무것도 없어요."

"알아. 아무것도 없어."

그래도 그녀의 몸은 계속 떨렸다.

왜 안 되지? 그녀는 생각했다. 아버지의 컴퓨터에는 비밀번호가 걸려 있었다. "왜 안 돼, 아빠? 그냥 보기만 하는 건데." "거기에는 아무것도 없어." "근데 왜 못 보게 해요?" "내 말을 이해하지 못하는구나." 한다경의 아버지는 알 듯 말 듯한 미소를 지었다. "아무것도 없기 때문에 봐서는 안 되는 거야."

"누나는 이 안에 뭐가 들어 있다고 생각해요?" 한수는 트렁크에 골프백을 내려놓았다.

그녀는 그것을 내려다봤다. 트렁크에 넣고 보니 골프백은 오히려 더 작아 보였다. 하지만 제자리에 왔다는 느낌은 있었다. 자신들이 제대로 된 곳에 이것을 데리고 왔다고. 그것은 이제 몸을 누이고 편하게 쉬고 있는 것 같았다. 마치 자궁

속의 태아처럼.

"돈. 더러운 돈." 그녀는 말했다.

"그럴까요?" 한수는 트렁크의 문을 닫지 않았다.

"제가 보기에 여기엔 아주 끔찍한 게 들어 있을 것 같아
요."

"시체?"

"그보다 더 끔찍한 거."

"그게 뭐야."

"공포요."

한다경은 한수를 쳐다봤다. 그는 계속 골프백을 내려다보
고 있었다.

"저는 이곳이 무서워요."

"어디?"

"바로 여기요. 이 차들, 이 주차장, 이 건물, 그리고 여기에
사는 사람들. 부자들. 하지만 그들은 어떤 것도 무서워하지
않을 테죠. 돈이 있으니까. 돈은 공포를 멈추게 해주는 거예
요. 공포를 다른 걸로 바꾼 거죠. 어떤 사람들은 그것을 믿음
으로 바꿔요. 어떤 사람들은 법이나 정의로 바꾸죠. 힘으로.
하지만 어떤 것으로도 바꿀 수 없는 공포가 있어요. 그것은
죽음으로도 바꿀 수 없어요. 죽은 후에도…… 그것은 살아
있어요."

"마치 좀비처럼." 한다경은 웃었다.

"맞아요. 좀비처럼."

"그게 여기에?"

두 사람은 잠시 트렁크 안에 있는 골프백을 내려다보았다.

한수는 트렁크를 닫았다. 그것은 처음 열릴 때와 마찬가지로, 그때와 똑같은 속도로 천천히 아래로 내려갔다. 아주 이상한 속도였다. 빠르지도 느리지도 않았다. 그리고 한수는 다시 조약돌의 어떤 버튼을 눌렀다. 그러자 문의 잠금쇠가 열리는 소리가 들렸다. 차는 마치 잠에서 깨어난 것처럼 아주 조금 부르르 몸을 떠는 것 같았다. 유리창 안으로 계기반의 불이 밝혀진 게 보였다.

"이 차의 이름이 뭔지 알아요?" 한수가 물었다.

"뭔데?"

"유령."

"정말?"

"정말로요."

"말도 안 돼."

"우린 아무 데나 갈 수 있어요." 한수는 말했다. "누나, M은 잊어버려요. 우리는 골프백을 여기까지 가지고 왔어요. 그리고 트렁크에 넣었죠. 이걸로 그가 지시한 건 다 한 셈이에요. 이다음부터는 우리 마음대로예요. 지금 가장 하고 싶은 게 뭐예요?"

한다경은 생각했다.

"한 가지." 한다경은 말했다. "골프백에 정말 뭐가 들어 있는지 보고 싶어."

1832. 이 숫자는 송은철에게도 낯익었다. 한다경이 트렁크에 골프백을 넣은 자동차 번호였다. 그녀는 말했다.

"그 번호는 외우기 쉬웠죠. 왜냐하면 제 아이디와 같았기 때문이에요. 숫자가 똑같았죠. 그건 정말 기분 좋은 우연이었어요. 그 차는 정말 멋졌거든요. 어차피 경찰도 다 알고 있을 거라고 생각해서 말하는 거예요."

수사는 중단되었다. 아니면…… 어쨌든 그와는 상관없는 일이 되어버렸다.

이미 말했듯이 송은철은 사건의 전모를 파악하고 있는 건 아니었다. 그는 그저 아주 작은 부분만을 봤을 뿐이다. 그런 면에서, 한다경과 마찬가지라고 할 수 있다. 그런데 정말 그녀는 그냥 배달원에 불과했을까?

하지만 이 일의 큰 줄기에 대해서는 대충 짐작이 갔다. 한쪽 편과 다른 한쪽 편이 있다. 양편은 지금까지 균형 상태를 이루고 있었거나 아니면 줄을 당겨본 적이 없다. 서로에게 무관심했을 수도 있고, 이해관계가 전혀 다른 영역에 있었을 수도 있다. 하지만 무슨 일인가로 서로를 바라보게 되었고 줄을 당기기 시작했다. 그것은 물리적인 힘 외에 아무것도 아니다. 그리고 그 힘 중에는 가장 강력한 '정보'라는 게 있다. 한쪽 편의 주변을 파자 당연하다는 듯이 구린 데가 나왔다. 이번 건은 분명히 어느 한 편의 한 줌의 힘 정도는 됐을 것이다. 1832의 차주가 곧바로 '다른 한편'일 수도 있지만, 아닐 가능성이 높았다. 이게 줄다리기라고 한다면 그 차주는 그리 뒤편에 서 있는 것도 아닐 수 있다. 경찰 조직을 움직일 수 있는 힘들끼리의 싸움이라면, 그 극단에 있는 인물의 번호가 그렇게 간단히 나올 것 같지는 않았다. 하지만 지금은 다시 균형 상태가 되었거나 아니면 이 한 번의 '당김'으로 시합이 끝이 난 것이다.

한다경의 말이 맞았다. 경찰 눈에는 경찰만 보이기 때문에 도둑을 잡을 수 있는 것이다.

악은 어디에 있을까? 만일 선과 악이 한판의 줄다리기라면 우리는 어떻게 우리 뒤에 서 있는 게 신이라고 확신할 수 있을까?

하지만 이제, 정확히 말하면 한다경의 입에서 1832라는 숫자가 나왔을 때, 그리고 지나가듯이 그것이 자신의 아이디와 같다고 했을 때, 이 사건은 송은철에게 전혀 다른 의미가 되었다. 그녀의 눈을 자세히 살펴볼 필요도 없었다. 그녀의 입을 마스크로 가릴 필요도 없었다. 그것을 상상할 필요가 없었다. 송은철은 그녀를 알고 있었다. 여고생 HDK1832.

그 숫자에는 무슨 의미가 있을까? 그가 알기로 그것은

원소 주기율표의 주기성을 나타내는 숫자와 닮아 있었다. 281832. 하지만 그녀가 이것을 두고 그 숫자를 썼을 것 같지는 않았다. 생일이나 기념일 등의 날짜도 아니다. 어쩌면 전화번호일 수도 있고 주소의 일부분일 수도 있다. 아니면 그저 아무 숫자를 썼을 수도 있다. 아이디를 정해야 할 때 우연히 주변에 있던 어떤 것의 숫자. 이 모든 게 다 우연일 수 있다. 하지만 281832. 이 숫자는 우연이 아니다. 송은철이 알기에, 오랫동안 물리학자들은 그 숫자의 의미를 이해하지 못했다. 왜 양성자와 전자의 숫자가 저런 주기성을 띠게 되는지 설명하지 못했다. 그것을 이해하는 과정에서 스핀이라는 개념이 나왔다. 스핀은 오직 입자의 세계에서만 통용되는 개념으로, 스핀, 즉 회전이라고 불리지만 실제로 입자가 회전하고 있는 것은 아니다. 그럼 어떻게 하고 있나? 스핀이란 입자의 어떤 상태를 나타내는 건가? 모른다. 아니, 더 정확히 말하면 그것을 머릿속에 그릴 수는 없다. 우리는 그것을 영원히 볼 수 없다. 하지만 더 그럴 수 없을 정도로 정확히 측정된다. 그것을 안다고 말할 수 있을까?

그것은 그렇게 간단한 문제가 아니다.

송은철은 '여고생HDK1832'의 영상을 어디서 볼 수 있는지 안다. 어떤 사람들은 그곳을 '방송국'이라 부르는데 사실 '방송국'이라기보다는 프로덕션에 가깝다. 하지만 뭐라 부르든 상관없는 일일 것이다. 그곳은 결코 어디에도 등록될 수 없는 사업이기 때문이다. 그곳은 회원제로 운영되었고, 송은철은 그곳의 회원이었다.

문제가 무엇인지는 분명해졌다. 왜 한다경이었을까? 그것을 배달한 사람이. 그 방송국과 이 배달 건은 전혀 무관한 것일까? 그럴 수는 없다는 게 송은철의 결론이었다. 그것이 우연일 수는 없다. 한다경은 결코 평범한 가출 소녀일 수가 없다. 하지만 그렇게 치자면, 만일 그 방송국이 이 배달 건과 깊숙이 연관되어 있다면, 심지어 줄다리기의 한편에 있는 게, 그들 중 하나가 그 방송국이라면 그들이 왜 한다경을 배달원으로 써야 한단 말인가? 오히려 자신의 존재가 더 쉽게 노출되는 게 아닌가? 물론 송은철은 누구에게도, 자신의 가장 가까운 동료에게도 한다경의 정체를 말할 수는 없었다.

이것이 또 다른 문제였다.

송은철은 직감적으로 수사는 결코 중단되지 않으리라는 걸 깨달았다. 그 방송국이 줄다리기의 어느 편에 속해 있는지는 알 수 없었다. 어쩌면 어느 편에도 속하지 않고, 말 그대로 그 줄 위에서, 말 그대로 위태로운 외줄타기를 할 수도 있다. 양측으로부터 비호를 받고, 또 어느 순간에 양측으로부터 버려질 수도 있다. 하지만 그것이 어느 편이든, 두 편 중의 하나는 그것을 자기 자신의 무기로 사용할 것이다. 그러기 위해서는 다시 경찰 조직이 동원될 것이다. 어느 정도까지는 요리를 해놔야 한다. 비록 테이블에 오르기 전에 폐기 처분될지라도. 이것의 의미는 송은철의 이름이 포함된 회원 명부가 어둠 속에서 끌어 올려져 누군가의 책상 위에 오른다는 것이다. 그것은 경찰 간부일 수도 있고, 언론사 기자일 수도 있다. 어느 쪽이 그래도 더 나은지 송은철은 생각해보지 않았다.

송은철은 기다렸다.

마치 한다경의 43분 16초를 기다리듯이.

사라진 아내를 기다리듯이.

그리고 김 모 군이 내려가는 엘리베이터를 기다리듯이.

그러자 정말 그 일이 일어났다.

송은철은 놀이터의 벤치에 앉아 있었다. 오래도록 아무도 찾지 않는 놀이터였다. 오래도록 방치된, 관리되지 않은 놀이터였다. 그럴 필요가 없었다. 다들 떠나갈 테니까. 그리고 다 밀어붙여지고, 땅이 파이고, 이중 주차를 할 필요 없는 지하 2층의 주차장이 만들어질 것이다. 아내가 그토록 원했던. 주차 자리가 없어서 몇십 분이고 빙빙 돌 필요가 없는 여유로운 주차장. 물론 한다경이 묘사했던 그 건물의 주차장과는 비교할 수 없을 것이다. 하지만 그저 차를 댈 수만 있다면 무슨 상관이 있겠는가? 물론 그들은 세입자에 불과했고 어떤 주차장이 만들어지든 그곳에 차를 댈 일은 없을 것이다. 그런데 그 차의 이름이 정말 유령이란 건 아이러니하지 않은가? 한다경은 정말 그 차가 유령이란 이름을 가지고 있을 줄은 몰랐다고 했다. 그저 한수의 농담이라고 여겼다. 송은철은 김 모 군이 그런 농담을 잘하는 아이가 아니라는 걸 이미 알고 있었기 때문에 놀라지 않았다.

"아니지. 그건 진짜 농담이었어."

"진짜 있는 차잖아." 송은철이 말했다.

"그래 진짜 있는 차지. 하지만 그렇다고 그게 농담이 아닌 건 아니야. 우리는 진실을 가지고 거짓말을 할 수 있는 거야."

"말도 안 되는 소리 하지 말고…… 근데 한 가지만 물어볼게."

"뭐?"

"내가 아내를 죽였나?"

"왜 그렇게 생각하지?"

"그녀가 내 영상들을 봤어. 컴퓨터의 패스워드를 풀었지. 281832."

"어떤 영상?"

"더러운 영상."

"내 영상도?"

"그게 가장 더럽지."

"말을 막 하는군."

"나는 화가 났어. 그건 진짜 아무것도 아니잖아. 내가 한 일이 아니라고. 나는 그것을 봤을 뿐이야."

"그게 전부는 아니지."

"맞아. 나한테는 문제가 있어. 아버지 때문인지도 몰라. 어렸을 때 아버지가……"

"너 자신도 믿지 않는 얘기를 하지 마."

"그녀는 나를 경멸하는 눈으로 쳐다봤어. 씨발. 나를 말이야. 꼭 무슨……"

"죽여버리고 싶었어?"

"몰라. 그 비슷한 기분은 느꼈지만. 하지만 나는 봤어. 그녀가 방으로 들어가는 걸. 그게 내가 기억하고 있는 마지막 모습이야."

"아니지."

"뭐가?"

"지퍼를 열었을 때도 봤잖아."

송은철은 가만히 있었다.

"당신은 끝장났어요." 한다경이 말했다.

"알아."

"도둑 눈에는 도둑만 보이고 경찰 눈에는 경찰만 보이죠."

"사람 눈에는 사람만 보이고 유령 눈에는 유령만 보이지. 그럼 지금 내가 보고 있는 것은 뭘까? 나는 사람일까? 유령일까?"

"스핀이에요." 한다경은 웃었다.

"네가 본 것을 말해줘."

"뭘요?"

"골프백 안에는 뭐가 들었지?"

"내가 봤다고 생각해요?"

"너는 봤어."

"봤다고 쳐도, 그걸 내가 경찰 아저씨에게 말할 것 같아요?"

"여긴 경찰서가 아니야. 놀이터잖아."

"맞아요. 놀이터죠. 저기 한수가 지나가네요. 어이, 하고 불러봐요."

송은철은 가만히 있었다. 한다경은 자신이 지나친 농담을 했다는 걸 깨달았다.

"알았어요. 말해줄게요. 내가 뭘 봤는지. 골프백 안에 뭐가 들어 있었는지."

송은철은 기다렸다.

"하지만 그것은 긴 얘기가 될 거예요."

스토킹

주경은 어느 날 M에게 자신이 스토킹을 당하고 있다고 말했다. 그녀는 M이 행정 조교로 근무하는 학과 사무실의 학부 조교였다.

"저는 스토킹을 당하고 있어요."

"스토킹?" M은 바보스럽게 반문했다. 마치 그 뜻이 뭔지 모른다는 듯이.

"예." 주경은 짧게 답했다. 마치 그것으로 자신의 할 말은 끝이 났고, 이제 모든 문제가 해결되었다는 듯이.

하지만 M은 여전히 모르고 있었다. 물론 스토킹이란 말의 뜻을 모르는 건 아니었다. M이 모르는 건, 그녀가 왜 자신에게 그 얘기를 하는지였다. 마치 마땅히 그런 일을 자기에게…… 이 자기란 누구인가? 나, M인가? 물론 아닐 것이다. 나는 그녀와 아무 관계도 아니니까. 그렇다면 행정 조교인 M? 그쪽이 더 설득력 있긴 했지만, 그것도 분명치 않았다. 학과 사무실은 일반적인 직장과는 달라서 행정 조교가 결코 다른 조교나, 학부 조교 등의 상사나 책임자 같은 게 아니었다. 어떤 의미에서 그들 모두는 수평적인 관계였다. 아니, 관계랄 것도 없이 그들 모두는 그저 일정 시간 사무실을 지키면서 누구나 할 수 있는 잡무를 처리하고 장학금을 타는 걸로 족한 관계였다. 그렇다면 내가 선배라서? 하지만 그녀와 M은 학번 차이가 적지 않고, 선배라고 해도 단 한 번도, 자판기 커피 같은 것이라도 마주 보고 마셔본 적이 없는 사이다. 게다가 선배는 무수히 많다―말하는 게 맞다는 듯이.

M은 머릿속이 복잡했다. 그러다 문득 그녀가 자신을 시험하고 있는 게 아닌가 하는 생각이 들었다. 어쩌면 그녀의 뒤에는 무슨 단체 같은 게 있는지 몰랐다. 얼마 전에도 그런 공문이 내려왔었다. 성희롱이니, 직장 내 괴롭힘이니 하는 것에 대한 내용이었다. 거의 매 학기 대자보나 게시판의 글들 때문에 학교가 시끌시끌했다. 그게 좋고 나쁘고를 떠나서, 그것에 대한, 그러한 분위기와 방향에 대한 개인적인 선호나 입장을 떠나서, 아무래도 여학생, 특히 나이 차가 많이 나는 주경 같은 학부생을 대하는 게 결코 편하지만은 않다. 그러나 아마 누군가한테 이런 얘기를 한다면, 그게 바로 그러한 운동의 '올바른' 결과라고 말할지도 모르겠다. 즉, 단순

히 성인지 감수성이니 하는 문제가 아니라, 그게 여성이든 아니든, 사람을 대할 때는 언제나 그런 조심성, 배려심을 가져야 하는 거라고.

그래서 어쩌면 지금 '스토킹을 당하고 있다'는 주경의 말에, 더 공식적인 표현을 빌리자면 그러한 보고, 또는 고발에 올바르게 대처하지 않는다면, 자신은 크게 책망받을지도 몰랐다. 무슨 꼴을 당할지 몰랐다. 혹은 단체가 아니라 학교 본부일까? 학부 조교, 또는 학부생의 고발에 대처하는 올바른 행정 조교의 자세, 이런 게 있는 걸까? 하지만, 최근의 분위기와 그에 대한 과도한 두려움을 제거하면, 그런 게 있을 것 같지는 않았다. 왜냐하면 행정 조교가 뭐라고?

아니면 무슨 내기가 걸린 장난 같은 건지도 몰랐다. 지금 그들의 모습을 멀리서 바라보고 있는 무리들이 있을지 몰랐다. 주경의 평소 모습을 보건대 그럴 것 같지 않았지만, 그녀가 이런 식의 장난에 동조할 것 같지 않았지만, 사람에게는 여러 면이 있는 법이니까. 하지만 공교롭게도 지금 그들이 있는 장소는, 건물과 건물을 연결하는 구름다리 위로, 양쪽 철문은 모두 닫혀 있어서 그들의 모습을 바라보려면 망원경 같은 게 필요할 것이다. M은 그런데도 무심코 사방을 둘러보았다. 그리고 곧 망원경이 있다 해도, 캠퍼스가 끼고 있는 산을 타고 올라가지 않으면 안 될 거라는 걸 깨달았다. 그들의 모습을 볼 만한 다른 건물이 근처에 없었다. 아니 한 군데 있기는 했다. 바로 구름다리로 연결된 옆 건물, 학생들이 흔히 '산대 건물'이라고 부르는 건물의 창에서 내려다보는 건 가능했다. 하지만 그 건물은 오랫동안 비어 있었다. 물론 1층과 2층에 무슨 연구실이니 실습실이니 하는 게 있어서, 완전히 비어 있다고 할 수는 없었지만, 거의 버려졌다고 해도 무방한 건물이었다. 그 건물의 특징적인 면은 7층이나 되는데도 엘리베이터가 없다는 것이었다. 그만큼 오래된 건물이었다. 불리는 이름으로 유추해보건대 그곳은 원래 '산대', 확실치 않지만 '산업대' 건물이었을 텐데, M이 대학에 입학한 10여 년 전에도 그런 단과대는 캠퍼스에 존재하지 않았다. 그래서 구름다리로 연결된 바로 옆 건물, M이 속한 인문대에서 일종의 예비 건물 같은 개념으로 사용했었다. 하지만 건물 자체가 워낙 낡았고, 엘리베이터도 없는 탓에 아무도 그곳을 좋아하지 않았다. 도저히 공간이 부족할 때만 울며 겨자 먹기로 연구실이니 강의실이니 하는 것들이 그곳에 생겼다. 하지만 그것도 캠퍼스의 다른 공간에 종합 강의동 등의 건물 등이 새로 세워지면서 그곳으로 옮겨 갔다. 아마 그 건물은 앞으로도 영원히 버려진 채로 있을 것이다. M은 바로 그 건물의 창문을 올려다보았다. 그리고 문득 최근 누군가에게서 그곳에 귀신이 돌아다닌다는 소문을 들었던 게 기억났다. 이제 아무도 올라가지 않는 맨 꼭대기 층. 거기에는 나름대로 그럴싸한 이유가 있긴 했다.

"선배님은 상황을 전혀 이해하지 못하고 있어요." 한동안 M이 말이 없자 주경이 다시 말했다. 그녀의 말이 맞았다.

"그러니까…… 그걸 왜 나한테……"

"무서워요." 그녀가 M의 말을 끊었다.

M은 입을 다물었다. 무섭다고? 그녀는 마치 금방이라도 M에게 달려들어 안길 것처럼 몸을 움찔거리는 것 같았다. 바로 지금 이 순간에도 '스토커'가 근처에 있다는 듯이. 그렇다면 망원경을 들고 지금 이곳을 바라보는 누군가는 그녀의 친구들, 내기를 건 친구들이 아니라, 스토커란 말인가?

그녀의 말에 따르면 스토커는 그녀의 전 남자친구였다. M은 고개를 끄덕였다. 그렇지. 그럴 수 있지. 아니, 그럴 수는 없는 거잖아요. M은 당황했다. 아니, 내 말은 대개 스토커는 전 남자친구인 경우가 많지 않을까라는 거야. 그녀는 계속 말을 이었다. 스토커이자 전 남자친구인 그는, M이 막연히 추측했던 것처럼 같은 학과 학생이었다. 그러니까 나한테 얘기한 거겠지. 아마 내가 학과 사무실 행정 조교이니까, 거기에 어떤 권한이 있다고 생각한 거겠지. M은 이해가 갔다. 하지만 자신한테 그런 권한, 또는 어떤 권한이라도 있는지 궁금했다.

그 남자는 재학생이었다. 말하자면 그녀와 함께 지금 학교를 다니고 있고, 그녀와 같은 강의를 들었다. 학교에서 그를 만나고, 그의 얼굴을 보는 것도 괴로운 일이지만, 정작 문제는 그가 그녀의 집까지 거의 매일 쫓아온다는 것이었다. 하지만 일정한 거리를 유지하고 있었다. 말 그대로 그저 바라보기만 했다. 그래서, 그러한 행동을 하지 못하게 하기 위해서 그에게 말을 걸려고 하면, 이를테면 전화나 문자를 하면, 전화는 받지 않고 문자에는 답이 없었다. 어느 날, 그날도 여전히 그는 얼마간 떨어져 그녀의 뒤쪽에서 걷고 있었는데, 그녀가 돌아서서 그에게 다가가려 하자 우습게도 그는 도망쳐버렸다. 몇 번이나 그러한 일이 반복됐다. 심지어 그런 그를 붙잡기 위해 뛴 적도 있었다. 물론 그가 더 빨랐다. 또 한 번은, 이를테면 코너를 돌자마자 또는 어느 모퉁이 구조물 등에 몸을 숨기고 그가 다가오기를 기다린 적도 있었다. 하지만 그는 귀신같이 그녀가 숨어 있는 것을 알아차리는 것 같았다. 경찰에 신고하고 싶지는 않았다. 그가 전 남자친구이자 같은 학과 학생이기 때문에도 그랬지만, 어떤 위협적인 행동도 하지 않았기 때문에 경찰이 적극적으로 나서줄 것 같지도 않았다. 또 한 가지 문제는 학과에서 그들이 사귀었다는 사실을 아는 사람이 아무도 없다는 것이다. 그녀의 가장 친한 친구도 그랬고, 아마 그의 가장 친한 친구도 그럴 것이다. 그것은 그녀가 원해서 그랬다. 굳이 나서서 알릴 필요가 없다고도 생각했고, 그녀가 다른 대학에서 온 편입생이었기 때문에, 어쨌든 편입하자마자 기존 재학생 남자와 사귄다는 사실이 알려지는 게 어쩐지 꺼려졌다. 그녀는 망설이다가 말을 이었다. "게다가 그때, 그 사람에게는 여자친구가 있었어요. 물론 저와 사귀고 나서 얼마 지나지 않아 헤어지긴 했지만. 그 애, 그러니까 그의 전 여자친구에게는 친구가 많았어요. 여자친구뿐만 아니라 남자애들도 다 그 애와 아주 친하게 지내는 것처럼 보였죠. 이해하시겠어요? 결과적으로 나는 우리 학과에서 일종의 여왕벌 같은 존재의 남자친구를 뺏은 거예요." 그녀는 누구에게도 이 사실, 그에게 스토킹을 당하고 있다는 사실을 털어놓지 못했다.

"그래서." 그녀는 말했다. "저는 선배님이 그를 만나줬으면 해요."

M은 그것은 그다지 어려운 일이 아니라고 생각했다.

"좋아. 그게 누군데?"

그때 갑자기 인문대와 연결된 철문이 덜컹 열렸다. 두 사람은 깜짝 놀랐다. 심지어 그녀는 비명을 지르기까지 했다. 그런데 M은 왜 놀랐을까? 대체 누구라고, 또는 뭐라고 생각했던 걸까?

나타난 사람은 뜻밖에도 학과장인 젊은 교수 K였다. 그런데 그는 의미심장한 눈초리로 두 사람을 쳐다보았다. 어떻게 보면 좀 능글맞은 눈빛이었다. 원래부터 다분히 그런 끼가 있는 사람이었다. 학과에서 가장 젊은 교수였고, 미남이라고 할 것까지는 없지만, 꽤 단정한 외모였다. 그는 자신이 다른 사람들에게 좋은 인상을 준다는 걸 아주 잘 알고 있는 것처럼 행동했다. 그리고 대체로 그의 그런 생각은 맞았다. M은 꾸벅 인사를 했고, 곧이어 주경도 따랐다. 그는 M에게 다가와 찾았다고 했다. "무슨 일이시죠?" 그는 주경 쪽을 힐끗 쳐다보더니 과 사무실로 가자고 했다. 두 사람은 주경을 그 자리에 두고 과 사무실로 걸어갔다. 사무실 출입문 앞에서 문을 열기 전에 문득 젊은 교수 케이는 M에게 물었다.

"무슨 재밌는 얘기를 하고 있으셨나?"

M은 뭐라 대답해야 할지 몰랐고, 그러니까 주경이 스토킹을 당하고 있다는 것을 학과장에게 얘기하는 게 맞는지 어떤지 몰랐고, 일단 두고 보기로 했다. 그건 그렇고 우리가 재밌는 얘기를 하고 있는 것처럼 보였던 건가? M은 아무 얘기도 아니라고 했다. 그래도 K교수는 그런 대답에 만족하지 못하는지 문손잡이를 잡은 채 열지 않았다. 표정이 순식간에 딱딱하게 굳었다. M은 당황했다. 조금 있다가 K교수는 문손잡이를 놓았다. 그러고는 M을 반대편 벽 쪽으로 잡아끌더니 속삭이듯 말했다.

"조심하는 게 좋을 거야."

"뭘 말입니까?"

"뭐든. 자네의 그런 태도는 별로 좋지 않아."

M은 어리둥절했다. 갑자기 K교수는 다시금 아까의 좀 능글맞은 미소를 짓더니 짐짓 밝은 목소리로 말했다.

"행정 조교는 처신을 잘해야 하네. 누구라도 지금 자네들이 있었던 곳에 갈 수 있었어. 내 말 알겠나?"

"저희가 뭘⋯⋯"

"주경은 이상하게 나이 많은 남자를 좋아하지."

"주경을 아십니까?"

K교수는 다시 아까의 딱딱한 표정으로 바뀌었다.

"그게 무슨 소리야. 당연히 주경을 알지. 우리 과 학생이 아닌가? 자네 무슨 뜻으로 그렇게 나한테 물은 건가?"

"아. 죄송합니다." M은 재빨리 말했다.

K교수는 말없이 M을 바라보았다. 마치 M을 심판하듯이.

"M조교. 나는 때때로 자네가 좀 바보 같다는 생각을 하네. 이런 얘길 당사자 앞에서 하는 게 예의가 아닌 걸 알지만 나는 아주 솔직한 사람이야. 뒤에서 하는 것보다 앞에서 하는 게 맞지. 알겠나? 자네는 아무것도 아니야. 자네 인생을 생각해봐. 그리고 내가, 그런 자네의 인생에 어떤 도움을 줄 수 있는지도 생각해보고. 이건 정말 순수한 도움이야. 이 모든 게 M조교 너한테 달려 있는 일이야. 이제 자네도 자기 인생을 책임져야 할 나이지 않나. 언제까지나 부모님의 도움이나 받으면서 그렇게 흐리멍덩하게 살아서야 되겠어."

M은 때때로 자기 인생이 완전히 실패했다고 느꼈다. 물론 그건 느낌일 뿐이었다. 다르게 말하면 그것에 대해 깊이

생각하지는 않았다. 그리고 자주 그런 느낌이 드는 것도 아니었다. 가령 어느 주말에 주방 싱크대가 바로 코앞에 있는 좁은 거실의 2인용 소파에 누워 현관문 옆 자투리 공간에 놓인 TV를 볼 때면. 아니, 더 정확히 말하면 TV를 보다가 문득 그 옆의 현관문—노란기가 도는 회색으로 도장된 철문을 볼 때면. 그 문은 매우 커다랗게 보였는데, 그건 집이 좁기 때문일 것이다. 현관문과 나. 이렇게 둘만, 그 집에서 유난히 거대하게 보이는 것 같다고 M은 때때로 생각했다. 소인국의 집. 처음 이 집에 이사 왔을 때는 여자친구가 있었다. 그녀는 힘이 매우 세서 M이 나갔다 돌아오면 때때로 집 안의 가구 배치가 완전히 달라져 있고는 했다. 그래 봤자 몇 개 되지도 않았지만. 그래 봤자 옮길 공간도 없었지만. 그래 봤자 몇 번 옮겨보고 나서는, 더 이상 새로운 형태의 배치가 불가능했지만. 어느 날 그녀는 오늘은 그 집에 가지 못하겠다고 말했다. 갑자기 일이 생겼다. 다음 날 가겠다. 그러니까 내일이다. 그날 그녀에게는 아무 연락이 없었다. 그리고 그다음 날 아침에 M은 알았다. 그녀가 얼마 전에 그녀가 일하는 방송국의 젊은 PD에 대해 말했던 게 떠올랐다. 자기보다도 나이가 어리다고 했던가? 아니면 단지 그렇게 보인다고 했던가? 그는 명문대생이었고, 젊었고, 평범한 흰색 면 티셔츠가 잘 어울릴 만큼 몸매가 좋았다. 아니, 면 티셔츠 얘기는 그녀가 한 게 아닌 것 같다. 문득 그런 이미지가 떠올랐을 뿐이다. 소파에 누우면, 바로 정면으로, 그러니까 자기 발끝을 넘어서 그 철제 현관문이 커다랗게 눈에 들어온다. M의 집은 6층이었고, 엘리베이터가 없었다. 6층까지 올라오는 발소리를 뚜렷하게 구분할 수 있었다. 문을 열기도 전에, 문고리를 잡기도 전에 M은 자리에서 벌떡 일어날 수 있었다. 그리고 먼저 문을 열 수 있었다. 그런 일에 그녀는 즐거워했었다. 어느 주말에 M은 때때로 자기 인생이 완전히 실패했다고 느꼈다.

그러나 이번 주말에는 그런 생각을 하지 않았다.

주경의 스토커이자 전 남자친구는 주말밖에 시간이 되지 않는다고 했다. 굳이 묻지도 않았는데 무척 바쁘다는 것이었다. M은 그렇게 긴 얘기가 될 거라고 생각하지 않았다. 학과 사무실에 찾아올 필요도 없었다. 아니, 당연히 그가 그렇게 할 거라고 예상하지도 않았다. 주경에게서 받은 전화번호로 전화를 걸었을 때, 그는 재깍 전화를 받았다. M은 학과 사무실이라 했고, 자기는 행정 조교라고 했다. 그리고 학번도 댔다. 내가 네 선배야라고 대놓고 말하지는 않았지만, 또 처음부터 그런 마음을 먹은 것도 아니지만, 자연스럽게 그런 식의 자기소개가 되었다. "예. 무슨 일이시죠?" M은 주경의 문제라고 말했다. "강주경. 지금 과 사무실에서 학부 조교로 일하는 거 알고 있지?" "예. 알고 있습니다. 잘 지내나요?" M은 이게 무슨 대화인지 잠깐 헷갈렸다. "잠깐 봤으면 하는데……" 침묵이 있었다. "어디서 볼 수 있지? 지금 어디에 있지?" M이 물었다. "지금은 안 됩니다." "학교에 없나 보지." "행정 조교라고 했죠?" "그래." "주경이와 같이 근무하고 있고요." "응." "그녀를 좋아하시나요?" M은 말문이 막혔다. 상대방도, 스토커도 말이 없었다. M은 말했다. "아니, 그렇지 않아. 나는 단지……" "좋아요." 스토커가 말을 끊었다. "오늘은 안 돼요. 내일도 안 되고요. 주말에는 시간이 날 것 같아요." "바쁜가 보지." "바빠요. 아주 바빠요." "뭣 때문에?" "제가 그런 얘기까지 해야 합니까?" M은 점점 이 대화가 어떤 종류의 대화인지 알 수가 없었다. 그리고 다시금 자신에게, 행정 조교로서 어떤 권한이 있는지 궁금했다. 아무것도 없는 것 같았다. 선배로서도 마찬가지고. 자신이 무슨 짓을 하고 있는지 몰랐다. 하지만 여기서 물러설 수는 없었다. 단지 상대방의 말투가 기분 나쁘다는 이유로. 그게 오히려 패배 같았다. 더 기분이 나쁠 것 같았다. 하지만 솔직히 말해서 조금 주눅이 든 것도 사실이었다. 얘기를 하면 할수록 자기 자신이 아무것도 아니게 되는 것 같았다.

그녀는, 무척이나 힘이 셌던 전 여자친구는 그 마지막 전화, 오늘은 안 되고 내일 가겠다는 그 전화 이후에 다시는 M에게 전화하지 않았다. 문자는 했는지도 기억나지 않았다. 그리고 M도 그녀에게 전화하지 않았다. 어쩌면 한 번쯤은 했었을지 모르겠다. 아니면 두 번. 하지만 그녀는 받지 않았고, 세번째 전화도 받지 않으리라는 건 분명한 사실이었다. 네번째라고 다를까? 어쩌면…… 한 백 번쯤 하면 받을지도 몰랐다. M은 거기에 걸려 있는 것이 무엇인지 분명히 알았다. 그러니까 그가 정말로 궁금한 것이, 대체 몇 번을 전화하면 그녀가 전화를 받을 것인가가 아니라는 사실이었다. 하지만 우습게도 그게 궁금했다. 다른 어떤 궁금증도 없었다. 궁금한 것이 없었다.

그는, 주경의 전 남자친구이자 스토커는 학생회관에서 보자고 했다. "괜찮으시겠어요?" M은 좋다고 했다. 그러고 나서 금방 자신의 대답을 후회했다. 한 번쯤은, 그러지 말고 네가 학과 사무실로 오는 게 어떻겠느냐고 물었어야 했다. 하지만 그가 안 된다고 하면?

M은 교문을 들어서면서부터 마음이 무거웠다. 그를 박사과정에 받아준 교수가 건강이 안 좋아져서 갑자기 학교를 그만둔다는 소식을 동기에게 전해 들었다. 일찌감치 그런 소문이 있긴 했는데, 건강이 안 좋다는 그런 얘기는 아니고, 무슨 이유에선지 학교를 그만둔다는 것이었다. 다른 학교로 옮기기 위해서는 절대 아니었다. 정년이 이제 몇 년 남지 않은 노교수였다. 그렇지만 정말로 건강 때문이라고 전혀 여겨지지 않았다. 게시판 때문일 수도 있었다. 그에 대한 안 좋은 글이 올라왔었더랬다. 올라오자마자 금방 글은 삭제되었

지만 그 내용을 본 몇몇 사람이 있었다. 다행히 그들의 목소리는 그렇게 크지 않았다. 아니면, 누군가 그 볼륨을 줄여버렸을 수도 있다. 문제는 그렇다면 M은 논문 지도 교수를 바꿔야 한다는 것이었고, 지금의 학과장 젊은 K교수 외에는 다른 선택지가 없다는 사실이었다. 그의 능글맞은 미소가 떠올랐다. 물론 아예 전공 자체를 바꿀 수도 있었다. 하지만 왜 그래야 하는가? 하지만 M은 그러고 싶었다. 사실 지금의 전공에, 아니 박사과정 자체에 M 자신이 특별한 열의를 가지고 있는 것도 아니었다. 사실 그랬다면 애초에 그 노교수의 밑에 들어가지도 않았을 것이다. 게다가 다른 어떤 용무도 없이, 단지 그, 주경의 전 남자친구이자 스토커를 만나기 위해 학교에 왔다는 사실 자체도 M은 이해할 수가 없었다. 그러다 문득 가지 말자는 생각이 들었다. 그래, 지금 전화해서 갑자기 급한 일이 생겨서 약속을 미뤄야겠다고 말해야겠다. 그러고 나서 내가 다시 연락하겠다고 하든지, 아니면 다른 적당한 시간에, 그러니까 네가 바쁘지 않은 시간에 학과 사무실에 한번 들르라고 말해야겠다. 왜 진작 이런 멘트를 생각하지 못했는지 M은 자신을 탓했다.

하지만 M은 그러지 않았다. 그 모든 게 쓸데없는 짓거리 같았다. M은 자신이 그를 만나러 가는 것에 아무런 문제가 없다고 생각했다. 만나야 하기 때문에 만나는 것이다. 그가 바쁘다면 내가 그를 만나러 가면 된다. 그것이 나의 의무다.

나는 지금 올바른 일을 하는 것이다. 거기에는 자존심 같은 게 개입할 여지가 없다. 오히려 이러한 나의 상황, 굴욕적이라 할 만한 어떤 선택들이 내 행위를 더 정당하게 만들어줄 것이다. 그의 무례, 비도덕, 또는 비겁함을 더 두드러져 보이게 할 것이다. 그리고 무엇보다…… 나는 그를 만나고 싶다!

M은 며칠 동안 전화로 나눈 그와의 대화 전체를 몇 번이나 곱씹어보았다. 무엇보다 주경을 좋아하느냐는 그의 질문을 그랬다. 내가 주경을 좋아하느냐고? 물론 아니지. 왜냐하면 M은 그녀에 대해 전혀 모르기 때문이었다. 그녀도 마찬가지였다. 이미 말했듯이, 어떤 의미에서 그날의 구름다리에서의 대화가 그들의 '사적인' 첫 대화와 다름없었다. 하지만 따져보면 '좋아하는 것, 좋아하게 되는 것'은 그런 것과 상관이 없는 게 아닌가? 그러자 몇 가지 장면이 M의 머릿속에 떠올랐다.

사무실에서 그녀의 자리는 출입문 바로 앞이었는데 말하자면 가장 안 좋은 자리였다. 그에 반해 M의 자리는 사무실 가장 안쪽, 커다란 창을 등진 자리였다. 블라인드를 쳐도 햇빛이 강한 날에는 눈이 부셔서 책상 위의 서류 글씨가 보이지 않을 정도였다. 그에 반해 그녀의 자리는 햇빛이 가장 많이 드는 시간에도, 그것은 거의 해가 질 무렵인데, 그늘졌다. M은 어느 날 그 사실을 분명히 알았다. 보았다. 그때 사무실에는 두 사람밖에 없었다. 하지만 처음에 M은 그녀가 사무실에 있다는 사실을 몰랐다. M의 자리에서 보면, 자리에 앉은 그녀는 옆모습이 보였는데, 그것도 약간 사선 방향으로, 약 45도 정도 뒷모습이 걸친 옆모습이었다. 그러니까 그건 햇빛 때문인지도 몰랐다. 정확히 그녀의 자리 앞, 아주 조금 못 미쳐서 햇빛은 바닥에 사다리꼴 모양의 빛의 웅덩이를 만들었다. 그리고 그 너머의 그녀는 멀고 아주 흐릿하게 보였다. 마치 어떤 얼룩처럼. 또는 흔들리는 어떤 덩어리처럼. 그러니까 그게 그녀인지 몰랐다. 아니면 M은 딴생각에 빠져 있었는지 몰랐다. 그날 있었던 일들 모두가 조금 흐릿했다. 왜 그 시간까지 나는 남아 있었던 걸까? 그리고 그녀는? 하지만 얼룩에 대해서만은 아주 분명하게 기억했다. 그것은 그녀가 입은 옷 색깔이었다. 흰색이거나, 아니면 흰색에 가까운 아이보리나 베이지색의 니트. 바닥의 햇빛이 사라지면서 점차 그 얼룩은 분명한 형태를 갖추기 시작했고, 어느 순간 그녀가 입은 옷이 되었고, 그녀가 되었다. M은 아주 오랫동안 그런 그녀를 바라보았다. 이미 말했듯이 약간 사선 방향으로 뒤쪽에 있었기 때문에, M은 자신이 그렇게 뚫어지게 바라본다 해도 그녀가 눈치채지 못할 거라는 걸 알았다. 하지만 왜 그렇게 자신이 그녀를 바라보고 있는지는 몰랐다.

두번째 장면은 복도였다. 그녀는 복도 중간에 서서 어떤 남자와 마주 보고 대화를 나누고 있었는데─그가 전 남자

친구일까? ─ 이번에도 M은 처음에 그녀인지 몰랐다. 뒷모습만 보였기 때문이다. 그때 그녀는 짙은 청색의, 아마도 생지라고 부르는 청바지를 입고 있었는데, 그것은 아주 타이트한 것이었다. 엉덩이와 다리의 굴곡이 그대로 드러났다. 그리고 그것은 보기에 아주 좋았다. M은 그들 쪽으로 걸어가는 중이었다. 그리고 너무 노골적으로 그녀의 허리와 엉덩이와 다리를 쳐다보았는지 몰랐다. 남자와 눈이 마주쳤고, 그 눈빛이 공격적이었다. M은 뜨끔했다. 얼른 시선을 돌리고 속도를 줄이지 않고 계속 앞으로 걸어갔다. 남자의 시선이 자신을 따라오는 것 같았다. 그들을 지나치는데 갑자기 그녀가 인사를 했다. "어, 그래." M은 그때 그녀가 주경이란 걸 알았다. 그리고 다른 것도 깨달았는데, 얼마 전 자신이 보았던 하얀 얼룩에 관한 것이었다. 그것은 그녀의 가슴이었다.

M은 자신이 올바른 일을 하고 있다고 믿었다. 그녀가 말했다. "무서워요." 어쩌면 자신이 주경을 좋아하는지도 모르겠다는 생각이 들었다. 적어도 호감이 있다. 하지만 아무리 생각해도 잘될 것 같지 않았다. 아니, 자신이 잘되고 싶어 하는지 몰랐다. 그녀를 사귀고 싶은가? 그녀와 연애가 하고 싶어? 이상하게도 이 질문에 선뜻 그렇다고 대답하기 어려웠다. 하지만 그녀를 원한다는 건 확실했다. 그렇다. 그녀가 보고 싶었다. M은 갑자기, 방금 전까지만 해도 무거웠던 마

음이 부풀어 오르는 것처럼 느꼈는데, 마치 지금 자기가 가려는 곳에, 그녀의 전 남자친구이자 현 스토커가 아니라 그녀가 있는 것처럼 그랬다.

학생회관 8층에 그가 있었다. 학생회관도 무척 오래된 건물이었지만, 엘리베이터는 있었다. 일요일이라 그런지 복도는 아주 조용했다. 오래된 건물 특유의 무슨 비린내 같은 게 났다. 천장에 달린 형광등에는 거뭇거뭇한 얼룩 그림자가 있었다. M은 그런 형광등을 아주 오래전에 봤던 기억이 났다. 그때도 M은 혼자서 복도를 걷고 있었다.

그가 얘기한 호수의 사무실 출입문에는 '날개선거본부'라는 팻말이 달려 있었고, 그 아래에는 선거 포스터 특유의 각도와 표정의 남자 사진이 커다랗게 들어 있는 선거 포스터가 붙어 있었다. 그러고 보니 지금 대학은 총학생회 선거 기간이었다. 캠퍼스 곳곳에서 형광빛 원색의 점퍼를 입고 무리 지어 있는 선거운동원들을 봤던 게 기억났다.

사무실 중앙에는 아주 커다란 탁자가 놓여 있었다. 낡고 여러 군데 팬 홈집이 있고 조금 촌스러운 붉은 체리빛의 탁자였지만, 어쩌면 그랬기 때문에 더 위압적으로 보이는 탁자였다. 그 끝에, 상석이라 할 만한 자리에 그가 앉아 있었다. 복도를 걷는 M의 발소리를 이미 들었기 때문인지 그는 똑바로 앉아서 문을 열고 들어오는 M을 쳐다보고 있었다.

들어가자마자 눈이 마주쳤다. 그는 자리에서 일어나지 않았지만 자동적으로 아주 자연스러운 미소로 M을 맞았다. 그것은 선거 포스터 사진의 그것과 기묘할 정도로 똑같았다. 하지만 당연하지 않은가? 사진 속의 남자가 바로 그니까. 하지만 그렇지 않았다. 그것은 전혀 당연하게 느껴지지 않았다. 세상에서 가장 기묘한 일처럼 느껴졌다. M은 이상한 현기증을 느꼈다.

사무실 안에도 그의 포스터가 여러 장 붙어 있었다. 그는 커다란 탁자의 끝에 혼자 앉아 있었지만, 사무실에는 그 외에는 아무도 없었지만, 혼자인 것처럼 느껴지지 않았다. 너무나 많은 '그'가 있었다.

M은 용기를 내야 했다. 천천히 걸음을 옮겼다. 그러다 문득 힘이 셌던 전 여자친구는 지금의 이 탁자도 옮길 수 있을까 궁금해졌다. 그녀는 지금 어디서 누구의 집 가구를 옮기고 있을까?

아직 자리에 앉지도 않았는데, 충분히 가까워지지도 않았는데, 갑자기 그가 크게 소리쳤다.

"M조교님."

M은 깜짝 놀라 멈춰 섰다. 마치 사방에서, 마치 그 사진들 속에서 들려오는 소리 같았다.

그는 조금 사이를 두었다가 이번에는 조금 낮은 목소리로 물었다. "맞으시죠?"

M은 고개를 끄덕였다.

"앉으시죠."

M은 어쩐지 후들거리는 듯한 다리에 애써 힘을 주며 그의 대각선 방향 의자에 가서 앉았다.

그는 다시 미소 지었다.

"제 소개를 따로 할 필요는 없을 것 같네요."

그는 힐끗 자신의 포스터에 눈길을 줬다가 다시 M을 바라봤다. 가까이서 보니 사진보다 어리게 보였다. 어쩌면 주경보다도 어리게 보였다. 아니, 주경의 얼굴이 잘 떠오르지 않았다. 상당히 가는 선의 얼굴이라고 M은 생각했다. 하지만 잘생겼다. 그런 그가 높은 단상에 올라 큰 목소리로 구호를 외치거나 선거 연설을 할 거라고 생각하니, 그 장면이 머릿속에 잘 떠올랐다. 호소력 있는 모습이었다. 그가 당선될 것 같았다.

"아마 믿지 못하시겠지만." 그가 말했다. "조교님, 아니 선배님이 처음이 아니랍니다."

"뭐가?" 자기 목소리 같지 않았다.

"주경이가 보낸 남자요."

주경이가 보낸 남자. M은 마음속으로 그 말을 따라 했다.

"저는 선배님이 여기에 왜 왔는지 압니다. 그리고 무슨 말을 할지도요. 제 말을 이해하시겠습니까?"

이해할 수 없었다. M은 기다렸다.

그는 웃으며 말을 이었다.

"이런 말 하면 뭣하지만 선배님은 좀 바보스러운 면이 있군요. 주경이가 왜 선배님을 좋아하는지 알 것 같습니다."

주경이가 날 좋아한다고? M은 그 말만은 금방 알아들을 수 있었다. 하지만 그 말은 곧 그가 주경과 대화를 나눴다는 사실을 전제한다는 것을 깨달았다. 주경은 분명 그가 자신을 피한다고 말하지 않았던가?

마치 M의 마음속 궁금증을 들여다보기라도 한 듯 그가 계속 말했다.

"물론 저는 주경이와 통화를 합니다. 바로 방금 전까지만 해도 그렇게 했죠. 그녀는 선배님에 대해 얘기했더랬죠. 선배님이 궁금하시다면 자세히 얘기해드릴 수 있겠습니다만 지금은 먼저 이 상황을 전부 설명하는 게 시급한 일이겠죠.

분명히 주경이는 저와 통화가 되지 않는다고 말했을 겁니다. 하지만 그것은 사실이 아닙니다. 우리는 통화를 할 뿐만 아니라 자주 합니다. 물론 대부분 그녀가 전화를 하죠. 그렇다고 제가 이 상황을 기꺼워하고 있는 것은 아닙니다. 저도 어쩔 수 없는 부분이 있습니다. 그러니까 제가 전화를 받지 않거나 피하면 그녀는 화를 냅니다. 그리고 남자를 보내죠. 바로 선배님 같은 남자요. 그렇습니다. 그녀의 말은 모두 거짓말입니다. 아니, 전부는 아니더라도 대부분 그렇습니다. 저는 그녀를 스토킹 한 적도 없고 하지도 않습니다. 심지어,

그래요, 그녀와 사귄 적도 없습니다. 제 기준에서는 말입니다. 물론 우리가 전혀 친분이 없는 것은 아닙니다. 그녀가 처음 이 대학에 편입했을 때 저는 그녀에게 잘 대해줬습니다. 저는 그때 학생 회장이었죠. 솔직히 말해서, 단지 그 이유 때문만은 아니었다고 말해야 될지도 모르겠습니다. 그녀는 분명 미인은 아니지만, 누구라도 단박에 반할 만한 외모는 아니지만 매력이 있습니다. 특히…… 선배님도 그렇게 느끼셨겠죠. 아무래도 좋습니다. 분명히 저는 그녀에게 호감이 있었고 어떤 면에서는 기회를 노렸던 것도 사실입니다. 하지만 그렇게 되지 않았습니다. 자세한 얘기는 하지 않겠습니다만, 저는 그때 이미 그녀에게 어떤 문제가 있다고 느꼈던 것 같습니다. 예를 들어…… 아뇨. 이 얘기는 하지 않겠습니다. 다만 딱 한 번 그녀의 집에 방문했던 적이 있습니다. 그러나 저는 아무 짓도 안 하고 그대로 나왔습니다. 그러고 나서 집에 돌아왔죠. 그다음부터 그녀와 거리를 두었습니다. 그리고 그녀의 거짓말이 시작되었죠. 그게 벌써 반년이 넘었습니다. 저는 교내 양성평등 인권센터의 조사도 받았습니다. 그들은 철저하게 조사했죠. 하지만 내가 그녀를 스토킹한다는 어떤 증거도 발견하지 못했습니다. 아주 간단합니다. 그녀가 주장하기를, 그녀의 집까지 쫓아갔다는 그 시간에 저는 다른 장소에 있었으니까요. 저는 아주 바쁩니다. 낮뿐만 아니라 밤에도, 거의 새벽까지도 회의를 거듭합니다.

물론 그 모든 시간을 증명할 수 없고 저도 개인적인 시간을 보내기는 합니다만, 그녀 진술의 신빙성은 충분히 무너뜨릴 수 있었습니다. 그리고 남자들이 왔습니다. 주경이가 보낸 남자들이요. 이런 말까지 할 필요가 없을는지 모르겠지만, 그중에는 교수님도 있었습니다. 한심한 일입니다. 믿을 수 없으시다면 일단 저의 통화 목록을 보여드리겠습니다."

그러면서 그는 휴대폰을 꺼내 통화 목록 화면을 열어 M에게 건넸다. 그의 말 그대로였다. M이 도착하기 얼마 전에 통화한 기록도 남아 있었다. 시간이 거의 한 시간가량 되었다. 그중에서 나에 대한 얘기를 얼마나 했을까? 그 외에도 여러 번이었다. 마치 사귀는 사이처럼. M은 대체 이게 다 무슨 일인지 알 수가 없었다. 그는 휴대폰을 돌려받고는 이번에는 메모지에 전화번호를 하나 적어서 M의 앞으로 밀어주었다.

"이건 양성평등 인권센터에서 저를 조사했던 조사관의 전화번호입니다. 센터에 직접 전화하면 아마 개인 신상에 관한 일이라 조사 내용을 가르쳐주지는 않을 겁니다. 하지만 이분은 제가 미리 부탁드렸기 때문에, 단지 저에 대한 조사가 무혐의로 처리되었다는 것 정도는 확인해줄 겁니다. 지금 전화하셔도 됩니다."

M은 그것을 받아 들고 번호를 한동안 바라보았다. 하지만 전화를 걸지는 않았다. 너무도 간단한 일처럼 생각되었

다. 한심하다. 그의 말 그대로였다. 따져보면 스토킹을 당하고 있다는 건 처음부터 그녀의 말뿐이지 않았는가? M은 지금 바로 눈앞에 있는 이 남자가, 캠퍼스 곳곳에 자기 얼굴이 커다랗게 실린 포스터를 붙인 이 남자가, 밤마다 여자를 쫓아다녔다는 게 말이 되지 않는다는 사실을 깨달았다. 너무도 간단한 일이었다.

M은 엘리베이터를 타고 1층으로 내려왔다. 주머니에는 그가 건넨 메모지가 들어 있었다. M은 그것을 손가락으로 느끼면서도 그게 무엇인지 잘 모르는 것 같았다. 심지어 그게 메모지, 종이라는 것도 잊은 것 같았다. 떠나기 전에 그는 말했다.

"하지만 저는 그녀를 탓하지는 않습니다. 그렇다고 제가 뭘 잘못했다는 건 아니지만, 저에게도 책임이 있다고 생각합니다. 그건 어떤 의미에서 인간으로서의 책임이죠. 그녀 마음에는 뭔가 비정상적인 것이 있습니다. 그것을 외로움이라 부를 수도 있겠죠. 만일 그렇다면 그건 그녀의 잘못도 아닌 겁니다. 다만 지금 저의 가장 큰 걱정은 선배님이 마지막이 아닐지도 모른다는 겁니다. 외람된 말이지만, 이번에는 제가 부탁드리고 싶습니다. 그녀를 만나주세요. 저는 선배님이 그 일을 할 수 있다고 생각합니다."

"내가 그 일을 할 수 있다고? 대체 무슨 일을?"

그러고 나서 그는 뜬금없이 '박환덕'에 대한 얘기를 꺼냈다. "XX 학번이라면 박환덕 선배님을 아시겠네요?" M은 그렇다고 대답했다. "잘 아셨나요?" "동기니까." 그는 사이를 두었다가, 최근에 산대 건물에 대한 소문을 들은 적이 있느냐고 물었다. M은 긍정도 부정도 하지 않았다.

"사람들은 어떤 일이 일어나면 그것이 다른 어떤 것을 상징한다고 생각하는 경향이 있죠. 또는 상징이 그 어떤 일을 통해 스스로를 드러낸다고 말이죠. 하지만 저는 그렇게 생각하지 않습니다. 일은 아무 이유 없이 일어나죠. 우연히 말입니다. 물론 그렇다고 상징이 아무 일도 하지 않는 건 아닙니다. 상징은 바로 그 우연을 필연으로 바꾸어줍니다. 왜냐하면 사람들은 우연을 두려워하기 때문입니다. 일이 아무 이유 없이 일어난다는 걸 견딜 수 없기 때문입니다. 하지만 상징이 언제나 성공하는 건 아닙니다. 그리고 또 누구에게나 성공하는 것도 아니죠. 그 상징이 실패할 때, 상징조차 우연을 필연으로 바꾸지 못했을 때, 그다음에 무엇이 그 자리에 나타날까요? 유령입니다. 저는 그렇게 생각합니다. 유령은 실제로 존재하지 않고 사람들 마음속에 있는 겁니다. 하지만 진짜 문제는, 그것이 존재해야 한다는 겁니다. 산대 건물에 나타난 박환덕 선배님의 유령은 사람들의 어떤 마음을 위한 것일까요? 저는 선배님이 주경이를 도와줄 수 있다고 생각합니다."

M은 구름다리에 서서 산대 건물의 맨 꼭대기 층, 인문대 쪽으로 난 창문을 올려다보았다. 통로는 2층이었기 때문에 창은 제대로 보이지 않았고, 그저 창이 있으리라 짐작되는 곳에 거무스레한 그림자 같은 것만 보였다. 그러다 문득 어느 곳에서도 그 창문이 제대로 보이지 않으리라는 생각이 들었다. 왜냐하면 인문대 건물은 4층 건물이었기 때문이었다. 물론 이곳보다는 많은 부분이 보일 것이다. 하지만 연결 통로가 아닌 인문대 건물 내부에는 그쪽 방향으로 창이 나 있지 않았다. 모르겠다. 4층에 올라가서 확인해보면 알겠지만, 아무래도 M은 누군가 산대 건물의 꼭대기 층, 엘리베이터도 없는 7층까지 올라가야만 그곳에서 무언가를 볼 수 있는 게 아닌가 생각했다. 누군가 올라갔다! 왜? 거기에는 아무것도 없는데……

M은 자신이 또다시 바보 같은 짓을 저질렀다는 걸 깨달았다.

주경은 울었다. "제가 미친 것처럼 보이나요? 제가 그런 미친 짓을 할 여자라고 생각하신 거예요?"

M은 가만히 있었다.

"좋아요. 맘대로 생각하세요." 그녀는 이를 악물었다. "이제 아무래도 상관없어요. 저는 그냥 미친 여자로 남아 있을게요. 하지만 제가 진짜 화가 나는 게 뭔지 아세요? 선배님이 그의 말을 아무 의심 없이 믿어버렸다는 거예요. 다른 사람은 다 그럴 수 있어도 선배님은 그러지 않을 거라고 생각했어요. 아니, 그러지 않았어야 한다고 생각했어요."

M은 무척 당황스러웠고, 어떻게 말해야 할지 몰랐지만, 그저 듣고만 있을 수밖에 없었지만, 엉뚱하게도 점점 기분이 좋아졌다. 그녀의 말 속에 포함되어 있는 어떤 것, 그녀의 분노와 눈물 속에 포함되어 있는 어떤 것이, 그를 그렇게 만들었다. M은 자신이 그녀에게 어떤 특별한 존재가 된 것 같은 느낌이 들었던 것이다. 그녀는 눈물을 흘렸고 소리를 쳤고 몸을 바르르 떨었다. M은 팔만 뻗으면 곧바로 그녀의 어깨에 손이 닿으리라는 걸 알았다. 그리고 그녀도 그것을 바란다고 느꼈다. 그녀의 어깨가, 마치 그렇게 말하는 것처럼 느껴졌다. '나를 안아줘요.' 하지만 그러지 못했다. 그녀는 학부생이었고 학부 조교였다. 그리고 자신은 대학원생이고 행정 조교였다. 그런 둘 사이에는 게시판이 있었다. 그리고 어쩌면 양성평등 인권센터가 있었다. 하지만 마음속으로는 이미 수십 차례 그녀를 껴안았다. 그리고 그것은 실제로 껴안은 것과 똑같은 행복감을 M에게 가져다주었다. M은 그게 신기했다.

그녀는 주장했다. 저는 그와 통화를 한 적이 없어요. 그녀는 M이 보았다는 통화 목록에서 자신의 번호를 확인했는지 물었다. M은 이름을 봤다고 했다. 그렇게 말하면서 자신이 얼마나 바보 같았는지 깨달았다. 사실 번호를 확인했다 해도 그게 그녀의 번호인지 아닌지 알 수 없었을 것이다. 그녀의 번호를 몰랐으니까. 그렇다면 전화를 걸어봤어야 했다. 그래, 전화번호가 있었다. 양성평등 인권센터의 조사관. 하지만 주머니에 메모지가 없었다. 똑같은 바지인데. 그것을 버린 기억이 없는데, 없었다. 집에 가면 있을지도 몰랐다. 바지를 벗으면서, 혹은, 다시 입으면서 바닥에 떨어졌을 수도 있다.

그녀는 말했다. 이 얘기를 한 건 M이 처음이라고. 자신은 어떤 남자에게도 이 얘기를 한 적이 없고, 어떤 남자도 그에게 보낸 적이 없다고.

M은 빈 바지 주머니에 손을 넣은 채 아무 말도 할 수가 없었다. 번호가 기억날 것 같기도 했다. 하지만 그것이 정확한 기억이라 해도, 다른 엉뚱한 사람이 받을 수도 있었다. 그가 틀린 번호를 가르쳐주었다는 걸 증명해야 한다. 그가 자신의 손으로 직접 쓴 메모지가 있어야 했다. 아, 난 왜 이렇게 바보 같은가? 전화를 걸어봤어야 했다. 아니다. 걸었더라도 그가 자신의 친구 번호를 줬을 수도 있다. 그러고 나서 조사관인 척 연기를 시켰을 수도 있다.

주경은 울음을 그쳤다. 그녀는 한결 차분해진 목소리로 말했다.

"미안해요. 선배님은 절 도와주려고 했을 뿐인데. 선배님은 잘못한 게 없어요. 절 잘 모르시잖아요."

M은 그녀의 말에 마음이 아팠다. M은 다급하게 그녀의 말을 잘랐다.

"아냐. 내가 잘못한 거야. 내가 바보 같았어."

주경은 M을 바라봤다. M은 자신을 바라보는 주경을 보며 사람의 피부가 이렇게 투명하게 보일 수 있는지 깜짝 놀랐다. 화장기가 거의 없는데도 빛이 나는 것 같았다. 심장이 쿵쾅거렸다.

"그렇지 않아요. 저라도 그의 말을 믿었을 거예요. 저는 아무것도 아닌데요. 그는…… 그래요, 어떻게 보면 참 멋진 남자죠. 저도 그가 이렇게 행동할 줄은 꿈에도 상상하지 못했어요. 사귀는 동안에도 저한테 참 잘해줬죠. 모든 사람에게 신뢰받는 남자가 있다면, 아직 젊은 나이인데도 그렇게 주변 사람들을 끌어당기는 매력을 지닌 남자가 있다면, 그게 바로 그일 거예요. 그래서 저도 믿을 수가 없어요."

그녀는 잠시 말을 멈추었다.

"어쩌면 그의 말이 맞는지도 몰라요. 어쩌면…… 그는 저를 따라다닌 적이 없는지도 몰라요."

"그게 무슨 소리야."

"제 말은, 그래요, 제가 정말 미쳤는지도 모르죠."

M은 그렇지 않다고 말했다. M은 마침내 그녀의 팔에, 팔꿈치에 손을 올렸다. 그녀는 가만히 있었다. 그 사실을 모르

는 것 같았다. 그녀는 조그맣게 중얼거렸다.

"아니에요. 저를 밤마다 쫓아다닌 건 그가 아닌지도 몰라
요. 얘기했잖아요. 나는 그저 멀리서만 볼 수 있을 뿐이었어
요. 당연히 그라고 생각했죠. 그처럼 보였어요. 아, 모르겠어
요. 그라고 생각해서 그처럼 보인 건지. 아니면 보고 나서 그
라고 생각한 건지. 왜냐하면 밤은 어두우니까요. 그럼 그동
안 저를 쫓은 건 누구죠? 무서워요."

"아니야. 생각해봐. 그 친구는 나한테 단지 자신이 너를
쫓아다니지 않았다고 말한 것뿐만이 아니야. 다른 거짓말도
많이 했다고. 네가 남자를 보냈다든지, 너와 통화를 했다든
지……"

M은 말했다. 하지만 문득, 만일 그녀의 말이 거짓이라면,
그의 말이 맞다면…… 아니, 그중에서 몇 가지만 거짓이고
몇 가지만 진실이라면, 그러니까 정말로 누군가 그녀를 스
토킹하지만, 그게 그가 아니라면…… 그녀의 말대로 그녀는
단지 스토킹 하는 남자가 그라고 생각해서…… 나 이전에도
여러 남자에게 부탁했다면…… M은 여러 가능성을 따져보
았지만, 그러니까 둘 다 진실을, 적어도 부분적인 진실일지
라도, 말할 가능성을 따져보았지만, 어떤 것도 잘 맞아 떨어
지지 않았다. 어딘가 빈틈이 있었다. 실패했다. 진실이 실패
할 때, 무엇이 그 자리에 나타날까?

어느새 M은 그녀의 다른 쪽 팔꿈치도 붙잡고 있었다. 그

녀는 아무런 저항도 하지 않았다. M은 그 자세가 매우 어정쩡하다고 생각했다. 자신이 너무 바보 같았다.

"무서워요. 그의 말이 맞아도 무섭고, 틀려도 무서워요. 내가 미친 거라 해도 무섭고, 그가 그렇게 감쪽같이 선배님을 속인 거라 해도. 또 주변 사람 모두를 속이고, 아, 그런 사람이 선거에 나가다니요? 단지 그건 어떤 여자를 스토킹한다는 게 문제가 아니잖아요. 그가 그렇게 다른 사람을 감쪽같이 속이고, 그것을 계획하고, 시나리오를 짜고, 그런 사람이라는 거잖아요."

M은 문득 그녀의 손이 자신의 허리를 감싸고 있다는 걸 깨달았고, 그녀의 가슴이 자신의 가슴에 닿아 있다는 걸 깨달았다. 언제 그렇게 되었는지 모르는 새에, M은 그녀를 안고 있었다. 그녀가 그것을 완성했다! M은 가슴이 터질 것만 같았다.

그녀가 먼저 구름다리를 떠났다. 철문이 닫히고 나서 M은 혼자가 되었다. 하지만 결코 혼자라고 느껴지지 않았다. 오늘 밤부터, 하고 M은 생각했다. 오늘 밤부터, 내가 그녀를 쫓아야 한다. 그녀가 말했다. "저는 아무것도 증명할 수가 없어요. 저는 그냥 제가 본 것을 말할 수 있을 뿐이에요. 하지만 이제는 제가 본 것도 믿을 수가 없어요. 제가 본 것이 그인지, 아니면 다른 남자인지, 그것도 아니면…… 유령인지." M은 그녀의 팔을 쓸어내렸다. "그렇다면 내가 그것을 보면 돼.” “어떻게요?” “이제부터, 오늘 밤부터 내가 널 쫓을게. 따라 다닐게. 멀리서 말이야. 누가 널 쫓는지 볼 수 있게.”

M은 그런 생각을 해낸 자신이 대견했다. 그녀는 그러지 않아도 된다고, 언제 그가 나타날지, 그가 아니라 누구라도 나타날지 모른다고, 어쩌면 단지 M이 그를 찾아간 걸로 다시는 그런 짓을 않을지도 모른다고 말했다. 그렇게 되면 헛수고를 하는 게 아니냐고. 하지만 M은 그건 그것대로 좋은 거라고 말했다. 어쨌든 한번 시도해볼 만한 가치는 있다. 한 번, 또는 두 번, 적어도 세 번은 그렇게 해보자. 그건 그렇게 어려운 일이 아니라고 M은 말했다. 자신이 행정 조교니까, 아마 그런 의무가 있을 것이다. “너는 학부 조교고 학부생이니까.” “단지 그것뿐이에요?” 그녀는 웃으며 말했다. M은 입이 벌어졌다. 지금도 그 입은 완전히 다물어지지 않았다.

그때 갑자기 철문이 열렸다. 산대 건물 쪽의 철문이었다. M은 깜짝 놀랐다. 그쪽이 열리는 일은 거의 없었기 때문이다. 그리고 얼굴 하나가 빼꼼히 나타났다. K교수였다. M은 왜 그가 그쪽에서 나타났는지 이해할 수가 없었다. 어쨌든 인사를 하려고 하는데 다시 그 얼굴은 들어갔다. 그러고나서 문이 다시 닫혔다. M은 대체 이게 무슨 일인가 싶어 잠시 동안 움직일 수가 없었다. M은 철문 쪽으로 다가가 천천히 문을 열어보았다. 복도에는 아무도 없었다. M은 계단 쪽을 바라봤다. 산대 건물은 연결 통로를 통해 들어가면 곧바로 계단을 이용할 수 있었다. M은 문손잡이를 놓고 완전히 건물 안으로 들어가서 계단 아래와 위를 살펴보았다. 철문이 등 뒤에서 닫혔다. 그 소리가 텅 빈 공간에 잔잔하게 울려 퍼졌다. M은 귀를 기울였다. 생각보다 울리는 소리는 오래 지속되었다. 언제 그것이 사라졌는지 모르겠는데, M은 더 이상 아무 소리도 들리지 않는 단단한 침묵 속에 자신이 서 있다는 걸 깨달았다. M은 그 시간이, K교수가 계단의 위나 아래로 이동해서 3층 복도를 지나 어느 연구실에 들어가거나, 아니면 1층 출입문을 통해 완전히 빠져나가기에 충분한 시간인지 따져보았다.

그녀가 저 앞에 있었다. 아주 오래전부터 그랬던 것 같다. M은 이렇게 그녀의 뒤를 쫓는 게, 그녀의 등 뒤에서 그녀의 뒷모습을 바라보며 따라 걷는 게 얼마나 자신을 행복하게 만들어줄 수 있는지, 미처 예상하지 못했다. 물론 그녀를 도와준다는 것, 또는 그녀를 지켜준다는 것, 거기에도 행복감은 있었다. 하지만 이것은 전혀 다른 행복감이었다. 어쩌면 M은 그녀를 자기 여자라고 생각했기 때문에 그런지도 모른다고 생각했다. 나는 단지 나랑 아무 상관도 없는 여자를 쫓는 게 아니다. 나는 언제든, 내가 마음먹기만 하면 가질 수 있는, 나란히 설 수 있는, 껴안을 수 있는 여자를, 뒤에서 쫓고 있는 것이다. 어떤 면에서 이것은 사냥감을 쫓는 사냥꾼의 마음 같을까? M은 웃음이 나왔다. 그건 너무 잔인하지 않은가? 나는 그녀를 죽이려는 게 아니다. 물론 이건 순전히 M 혼자만의 생각이었다. 두 사람의 관계는 이전과 달라진 게 없었다. 적어도 표면적으로는. 그날 이후 더 이상의 신체 접촉은 없었다. 물론 그녀가 M을 대하는 태도가 이전과 똑같다고 볼 수는 없었다. 특히 짧은 시간이지만 통화를 할 때는. 그녀의 목소리 톤에는 분명한 변화가 있었다. 하지만 결정적으로 단둘이 있는 시간이 절대적으로 부족했다. 학교에서, 사무실에서 그들은, 여전히 다른 사람들에게는 행정 조교와 학부 조교의 관계 그 이상도 이하도 아니었다. 하지만 그것도 M의 행복감을 전혀 훼손하지 않았다. 그녀의 자리는 사무실 출입문 바로 앞이었고, M은 고개만 들면 언제든 그녀를 볼 수 있었다. 일부러 몸을 틀거나 고개를 돌릴 필요도 없었다. 게다가 출입문 앞이었기 때문에, 그녀 쪽으로 M이 시선을 두는 것에는 아무런 어색함이 없었다. 남들이 보기에 M은 멍하니 그저 뭔가를 보고 있을 뿐이었다. 무슨 생각을 하고 있을 뿐이었다. 하지만 M은 아무 생각도 하지 않고 있었다. 그저 그녀를 바라볼 뿐이었다. 그리고 분명히 그녀도 M이 자신을 바라보는 걸 느끼고 있는 것 같았다. 그녀 쪽에서는 고개를 돌려야만 M을 볼 수 있음에도, M은 분명히 그것을 느꼈다. 그녀는 그것을 즐기는 것 같았다! 나를 보세요. 나를 더 많이 바라봐주세요! 나는 부끄러워요. 하지만 즐거워요. 그것을 알기 때문에 M은 더욱 행복했다. 학교 밖에서도 마찬가지였다. 그녀가 저 앞에서 걷고 있다! 그녀는 어느 날 복도에서 우연히 마주쳤을 때 입었던 바로 그 청바지를 입고 있다. 그녀가 걷는 모습은 얼마나 사람을 흥분시키는지. 특히 그 뒷모습은.

처음 몇 번은 그녀의 개인적인 일정, 카페 아르바이트, 논술 그룹 과외 등의 일정이 끝나면 그녀가 전화를 했다. M은 학교에서 대기하다가 전화를 받으면 곧장 그곳으로 이동했다. 하지만 절대 그녀를 만나거나 옆에 가까이 가지 않았다. 그저 도착했다고만 전화했다. "이제 집으로 출발해." 처음 몇 번은 그녀가 M이 어디에 있는지 확인했고 M도 어디에 있다고 알려줬다. 하지만 몇 번 반복되자, 또 아무도 그녀를 뒤쫓는 사람을 발견할 수 없자, M은 더 신중해져야 한다고 생각했다. 대개 그녀의 동선은 일주일 단위로 패턴이 반복되었다. 굳이 전화할 필요가 없었다. M이 어디에 있는지 그녀는 확인하지 않았다. M은 기다렸고 그녀가 나타나면 몸을 숨겼다. 때로 M은 그녀가 자신의 존재를 잊어버린 것 같다고 느꼈다. 어쩌면 오늘은 M이 시간이 되지 않는다고 생각했을 수도 있다. 이전과 뭔가 분위기가 다르다고 느꼈다. 더 여유로워졌고, 더 사적인 것 같았다. 가령 그녀는 거리를 지나다 멈춰 서 뭔가를 바라보았다. 그것은 옷 가게 디스플레이일 때도 있고, 가판의 음식들일 때도 있다. 걷는 모습만 해도 뭔가 달랐다. 누군가 자기를 바라보고 있다고 느꼈을 때 어쩔 수 없이 나타나는 긴장감이 전혀 없었다. 그녀는 완전히 자유로워진 것 같았다. 하지만 어느 순간 M은 깨달았다. 그녀가 알고 있다는 것을! 그녀가 자기 자신을 연기하고 있다는 것을. 그리고 그것은 분명히 M 하나만을 위한 연기였다. M은 미칠 것만 같은 기분을 느꼈다. 그리고 분명히 그것은 M 하나만을 위한 연기였지만, 그것을 바라보는 사람이 M 하나만이 아니기 때문에 더욱 미칠 것만 같은 흥분을 불러일으킨다는 것도 깨달았다. 왜냐하면 M은 부끄러움을 느꼈기 때문이다. 그녀의 부끄러움이 M에게 전해진 것이 아니라, M 자신이 부끄러웠다. 마치 자기 자신이 바라보여지는 것 같았다.

M은 꿈속에서도 그녀를 뒤쫓았다. 혼자일 때도, 그녀와 전혀 상관없이 거리를 걸을 때도 그녀를 뒤쫓았다. 그러다 정말 그녀를 발견한 것 같았다. 그녀와 뒷모습이 너무나 닮았다. 쫓아가서 그녀인지 확인하고 싶었다. 뒤돌려 세우고 싶었다. 하지만 그럴 수 없었다. M이 그러지 못한 것은, 두려워한 것은 정말 그녀이면 어쩌나 하는 생각 때문이었다. 그러다…… 그 뒷모습이 그녀와 전혀 닮지 않았다는 사실을 깨달았다. 그것은 다른 여자의 뒷모습이었다. 힘이 셌던 전 여자친구. M은 그녀가 떠났다는 사실보다, 자신이 마침내 그녀가 떠날 만한 남자가 되었다는 사실에 힘이 들었다. 그

녀는 M이 대학원에 진학하는 걸 달가워하지 않았다. 전혀 전망이 없는 전공이었다. 잘돼봐야 지방 사립대 교수였다. 하지만 그것도 M이 기대하기는 어려웠다. 그녀는 자신이 존경할 수 있는 남자가 이상형이라고 말했다. "그럼 나는 아닌걸." M은 웃으며 말했다. 그녀는 눈을 동그랗게 뜨고 나는 정말 오빠가 너무 똑똑하다고 생각한다고 말했다. 하지만 더 똑똑해지는 건 싫어했다. M은 자신에게 뭔가 있다고 생각했다. 그녀도 그것을 느꼈다. 그래도 그녀는 좁은 M의 집이 싫었고, M이 사다 주는 값싼 선물이 싫었고, 자기 돈으로 구입한 코트의 보풀이 싫었다. M은 더 똑똑해지고 싶은 게 아니었다. 하지만 어느 순간 자기에게 아무것도 없다는 걸 깨달았다. 이 세상에도…… 그녀도 그것을 느꼈다. '미안해요.' 그녀는 사과하지 않았다. 그녀는 전화 한 통 하지 않았다. 헤어지자는 말조차 없었다. 그런 그녀가 저 앞에 걸어가고 있다. M은 걸음을 멈췄다. 아무것도 없어. 내가 원하는 건 주경의 뒤를 쫓는 것뿐이야.

그러다 문득 누군가 자기를 바라보고 있다는 걸 느꼈다. 누군가 줄곧 자기 뒤를 쫓아왔다는 것을 느꼈다. 박환덕.

"그래서 뭘 어떡할 건데? 너는 그녀를 가질 수 없어."

"왜?"

"너도 알잖아."

"아니. 나는 몰라."

"바보로군."

"너만큼 바보는 아니야."

"맞다. 바보들의 대화로군."

"너는 왜 죽었지?"

"그건 중요한 게 아니야. 중요한 건 포스터 속의 그 남자지."

"그는 아무것도 아니야. 내가 그를 잡을 수 있어."

"픽이나. 같은 바보로서 충고 한마디 한다면 잡힌 건 너야."

"그게 무슨 말이지?"

"지금 너를 봐봐."

"내가 뭐?"

그 순간 누군가 M의 어깨를 두드렸다. M은 돌아보지 않아야 한다는 것을 알았다. 누군가 M의 이름을 소리쳐 크게 불렀다. 한 번, 두 번, 세 번…… M은 거기에 걸려 있는 것이 무엇인지 분명히 알았다. M이 궁금한 것이 결코 그 소리가 몇 번이나 반복될 것인지, 그가, 그 누군가가 언제까지 자기 이름을 부를 것인지가 아니라는 사실은 분명했다. 하지만 그게 정말 궁금했다. 다른 궁금증은 없었다. M은 뒤돌아봤다. M은 자기가 본 것이 무엇인지 알았다. 철문이 닫히는 소리가 들렸다. 아니, 어쩌면 그것은 바닥에 무언가 떨어지는 소리였는지도 모른다. 굉장히 높은 곳에서. 그리고 잠에서 깨어났다.

계속해서 무언가 떨어졌다. 떨어질수록 그것은 더욱 끔찍하게 뭉개졌다. 이상한 일이다. 떨어진 것이 어떻게 다시 떨어질 수 있을까? 전화였다. 테이블에 올려두었던 휴대폰이 계속 진동하고 있었다. M은 번호를 확인했다. 주경이었다.

"누군가 문을 두드리고 있어요." 주경이 바들바들 떨리는 목소리로 말했다.

"뭐?"

"누군가 문밖에 있어요. 구멍으로는 아무것도 보이지 않아요. 그 사람이 손으로 가리고 있나 봐요."

M은 귀에서 전화기를 떼고 시계를 봤다. 어떻게 된 일인지 그 숫자를 읽을 수가 없었다. 더 정확히 말하면 숫자를 읽었지만 그게 몇 시인지 알 수가 없었다. 다시 전화기를 귀에 댔다. 이제 그녀의 목소리는 들리지 않고 그녀의 말대로 누군가 현관문을 두드리는 소리가 들렸다. 그것은 너무 가까워서 자기 집 문소리 같았다. 누군가 올라온다면 M은 발소리를 먼저 들을 수 있다. 6층이 마지막 층이기 때문에 M의 집이 아니라면 아무도 6층까지 올라오지 않는다. M은 문을 열었다. 아무도 없었다. M은 계속 전화기를 귀에 대고 있었다. 그리고 주경의 이름을 불렀다. 대답이 없었다. 다시 크게 불렀다. 주경이 대답했다. "금방 갈 수 있어. 조금만 기다려. 전화기 계속 들고 있어." M은 계단을 뛰어 내려갔다.

M은 한 번도 주경의 집에 올라가본 적이 없었다. 언제나

그녀가 건물로 들어가는 것만 지켜봤을 뿐이었다. 그것도 아무 인사도 없이. 건물은 주변의 2층짜리 단독주택들과 엘리베이터가 없는 5층 높이의 상가 건물들 속에서 좀 뜬금없다 싶을 만큼 높고 커다란 오피스텔 건물이었다. 그것도 대로변이 아니라 골목을 조금 올라간 곳에 있었다. 그래서 시설에 비해 값이 싼 편에 속한다고 주경이 말했던 적이 있다. 그 밤의 통화는 얼마나 달콤했는지. M은 전화를 끊고 싶지 않았지만, 아니 당장 전화를 끊고 너무도 익숙한 그 건물로 달려가서, 마침내 건물 출입구를 통과해서 그녀의 집으로 올라가고 싶었지만 그럴 수 없었다. 하지만 정말로 그럴 수 없었을까? 그녀도 마음속으로는 그것을 바라지 않았을까?

그리고 이제 마침내 그녀의 집으로 올라간다는 생각을 하자, 여전히 전화기 속에서 들리는 무서운 노크 소리에도 불구하고 M은 이상한 행복감을 느꼈다. M은 엘리베이터를 타서 9층을 눌렀다. 그녀가 현관 출입문 비밀번호와 호수를 불러줬다. M은 이제 건물로 들어왔고 엘리베이터를 기다린다고 말했다. 어쩌면 엘리베이터에서는 전화가 끊길지도 모른다. 끊기면 내가 탔다는 거니까 걱정하지 말라고 M은 말했다.

엘리베이터 안에서 M은 건물의 엘리베이터가 이것 한 대뿐인지 궁금했다. 타기 전에 확인했어야 했는데. 그리고 보니 1층 로비 정면에는 한 대뿐이었지만 뒤편으로 복도가 좀

더 이어져 있었다. 그쪽에 다른 엘리베이터가 있을지도 몰랐다.

M의 예상은 틀렸다. 9층에 내려서 보니 한 대뿐이었다. 건물 중앙이 뻥 뚫려서 그것을 둘러싸고 네모나게 이어진 복도를 따라 문들이 나 있는 구조의 건물이었다. M은 호수를 확인했다. 한 면을 지나 코너를 돌아야 했다. M은 엘리베이터에서 내리자마자 그 네모난 복도의 각 면을 전체적으로 훑었다. 중앙 통로를 통해서 네 면이 웬만큼 보였다. 아무도 없었다. M은 걸어가면서 엘리베이터에서 끊긴 전화를 다시 걸었다. 받지 않았다. 문 앞에 섰다. 음성 사서함으로 넘어간 전화를 끊고 다시 걸었다. 받지 않았다. M은 철문에 귀를 갖다 댔다. 아무 소리도 들리지 않았다. 전화벨 소리도. 어쩌면 휴대폰을 진동으로 해놨을지 몰랐다. 다시 음성 사서함으로 넘어가서 M은 전화를 끊었다. 그러고 나서 기다렸다. 조용했다. M은 택시를 타고 오면서 줄곧 들었던 문 두드리는 소리를 떠올렸다. 그리고 양옆의 다른 호수의 문을 바라보았고, 다른 면 복도의 문들도 바라보았다. 그렇게 크게, 그렇게 오랫동안 철문을 두드렸다면 분명히 이 층의 다른 집 사람들도 그 소리를 들었을 것 같았다. M은 기분이 이상했다. M은 다시 전화를 걸었고, 이번에는 문도 두드렸다. 예상대로, 비록 최대한 부드럽게 두드렸지만, 그 소리는 조용한 복도에 크게 울려 퍼졌다. 가운데 통로를 따라서 다른 층

에까지도 들릴 것 같았다. M은 그 소리가 방금 전까지 자신이 전화로 들었던 소리와 똑같다고 느꼈다. 어떻게 그럴 수 있을까? 왜냐하면 전화는 소리를 왜곡하기 때문이다. 벨소리는 계속 이어졌고 문 두드리는 소리도 그랬다. M은 순간적으로 그 소리가 전화로 들리는 것처럼 느껴졌다. 하지만 그것은 자신이 두드리는 소리였다. 전화가 연결되었다. 여보세요, 하고 M은 말했다. 자신이 왜 주경의 이름을 부르지 않고 여보세요라고 말했는지 이해할 수가 없었다. "여보세요." 순간적으로 다른 남자의 목소리가 들린 것 같았다. 아니었다. 주경이었다.

"어디에요?"

"문 앞이야."

"그 사람이 아직도 문을 두드리고 있어요."

"아니, 그건 나야."

"믿을 수가 없어요."

M은 그녀의 호수를 댔다. 그 앞에 있어. 구멍을 통해서 봐봐.

"보이지 않아요."

"그럼 내가 이제 한 번 두드리고 쉬었다가 다시 한번 두드릴게. 잘 들어봐."

M은 그렇게 했다. 그러자 문이 열렸다.

그녀의 얼굴은 눈물범벅이었다. "왜 이렇게 늦었어요. 왜 이제야 올라왔어요." M은 안으로 들어갔다. 그리고 등 뒤로 문을 닫고 그녀를 안았다. M은 미안하다고 말했다.

"이제 안전해."

M은 그녀를 똑바로 바라보기가 어려웠다. 그녀가 입은 옷 때문이었다. 어깨가 다 드러나는 나시를 입고 있었는데, 목과 겨드랑이가 깊숙이 파여 있었다. 아니, 그 이상이었다. 가슴의 형태가 얇은 천을 사이에 두고 뚜렷이 보이는 것은 물론이고 그 은밀한 곡선의 일부가 느슨하게 늘어진 천의 경계 바깥으로 드러나 있었다.

방은 일반적인 원룸보다는 조금 크게 느껴졌다. 조금 길쭉한 형태였다. 침대와 주방 사이에는 중간 정도 높이의 가림막이 있었다. 그녀는 침대에 걸터앉아 있었고 M은 식탁 의자를 가져와 그 앞에 앉아 있었다.

그녀는 여전히 흥분해 있었다. M은 올라왔을 때 그녀의 집 문 앞은 물론이고 복도에도 아무도 없었다고 말했다. 그녀는 그럴 리 없다고 했다. 계속 문 두드리는 소리가 났다고 했다. M은 그건 내가 두드린 소리였을 거라고 말했다. 그래도 그녀는 믿을 수 없다는 듯이 M을 쳐다봤다가 고개를 숙이고 머리를 감쌌다. 그녀의 가슴이 더 많이 드러나 보였다. M은 입이 바짝 말랐다. 자신이 어떤 기분인지 몰랐다. 아까 문밖에서 느꼈던 이상한 기분이 여전히 계속되는 것 같았고, 한편으로 신경이 잔뜩 곤두선 것 같은 느낌도 들었다. 아니면 어떤 기대, 그녀가 입은 옷과 그녀가 앉아 있는 침대를 눈앞에 두고 당연히 느끼는 기대로 인한 흥분감인지도 몰랐다. M은 마음속으로 왠지 주경의 이름을 불렀다.

그러자 마치 그녀가 그것을 듣기라도 한 듯 고개를 들고 물었다.

"왜 거기 앉아 있어요? 왜 내 옆에 앉지 않아요?"

M은 그녀의 옆에 앉았다. 그녀가 몸을 기대왔다. M은 그녀의 맨 어깨에 팔을 두르고 그녀의 머리를 자기의 목덜미와 어깨 사이로 더 파고들게 했다. 그녀의 머리칼에서 좋은 냄새가 났다. 한 번도 맡아보지 못한 냄새. 그 냄새에 대해 뭔가 농담이라도 해야 할 것 같았다. M은 자신이 다시 어린아이가 된 것 같았다. 그녀가 속삭였다. "키스해줘요." M은 고개를 기울였다.

시간이 흘렀고 M은 자꾸 입이 말랐다. 그녀를 침대에 눕힌 채 M은 일어나서 주방 쪽으로 갔다. "물이 어딨어?" "냉장고 안에 있어요." M은 물을 꺼내서 식탁 위에 놓인 아무 컵에 따랐다. 물을 마시면서 식탁 위에 놓인 메모지를 무심코 바라보았다. M은 물을 다 마시지 않고 컵을 내려놓았다. 메모지에 손을 대지는 않았다. 이미 그것은 펼쳐져 있었으니까. 낯익은 숫자의 전화번호였다. 그 필체도 낯이 익었다. M은 어떻게 그것을 자신이 기억하고 있는지 신기했다. 그것을 바라본 시간은 채 1분도 되지 않았는데. M은 문득 그를 찾아가면서 걸었던 복도의 형광등 얼룩이 떠올랐다. 아주 예전에, 어디선가 그것과 똑같은 얼룩의 형광등을 본 적이 있다. 그리고 그때 자기 옆에 누가 있었는지가 기억났다.

그녀가 가림막 위로 얼굴을 내밀고, 침대 위에서 무릎을 꿇고 앉아서 자신을 바라보고 있는 걸 발견했다.

"이게 무슨 전화번호지?"

"어떻게 모를 수가 있어요?"

M은 그녀가 무슨 말을 하는지 몰랐다.

"그건 박환덕 선배님의 전화번호잖아요." 그녀가 웃고 있었다. M은 새삼스레 그녀의 가슴이 정말 예쁘다고 생각했다. 가림막 위로 다 볼 수 있었다.

다음 날 M은 혼자 사무실에 앉아 있었다. 사무실 출입문 앞의 그녀 자리에는 그녀가 없었다. 그것은 이상한 일이 아니었다. 지금은 그녀가 수업을 듣고 있을 시간이다. M은 그녀의 모든 시간을 완벽히 파악하고 있었다. 수업을 듣고 있을 그녀의 모습도 완벽히 떠올릴 수 있었다. 물론 그 모습을 실제로 본 것은 아니다. 아니, 어쩌면 봤을지도 모르겠다. 전화벨이 울렸다. M은 그것이 세 번 울릴 때까지 기다렸다가 받았다. K교수였다.

"자네 어디 있나?"

M은 사무실에 있다고 말했다.

"알았어." K교수는 전화를 끊었다. M은 기다렸다. 얼마 지나지 않아 사무실 문을 열고 그가 들어왔다. 그는 누구일까? 그는 M의 이름을 불렀다. M은 고개를 끄덕였다.

"양성평등 인권센터 조사관입니다. 잠시 물어볼 게 있으니까 같이 가주셔야 할 것 같아요."

M은 곧바로 일어나지 않았다. 하지만 일어나야 할 것이다. M은 자신이 체포되었다고 느꼈다. 조사관은 문 앞에서 기다리고 있었다. 그에게는 시간이 충분한 모양이었다. M은 이제야 비로소 스토킹을 멈출 수 있게 된 것을 다행스럽게 생각했다.

개죽음

나는 아침에 깨어나서 오랫동안 이불 속에 드러누워 있었다. 오늘 용진의 집으로 가야겠다고 어젯밤 내내 생각을 했던 것이다. 그러나 밤에 생각했던 것들이 그다음 날에는 별로 의미 없는 일이라고 느껴질 때가 있었다. 진작에 나는 생각하기를, 그것은 진짜 감정적인 일이라고 생각했다. 막상 아침이 되어 이렇게 용진의 집에 가야 된다는 생각을 하자마자, 그의 집에 가서 내가 무엇을 할 수 있으며 그게 무슨 의미가 있을 것인가를 회의하지 않을 수 없었다. 그러나 감정을 개입시키는 건 우스운 짓이다. 밤새 나는 그 당위성을 머릿속에 새겨두지 않았던가. 결국 나는 이불 속에서 오늘은 꼭 용진의 집에 찾아가봐야겠다고 맘을 먹었다.

　그러고 나서 시계를 본 건 아니지만—나는 항상 일어나면 가장 먼저 시계를 보니까 말이다—어찌 되었든 다시 시계를 보니 벌써 11시가 넘은 늦은 시각이었다. 대입 시험을 치르고 나서는 항상 이 시간에 일어나는 것이 일상이 되었다. 피곤한 것도 아니고 밤에 늦게까지 깨어 있는 것도 아니지만 대입 시험을 준비하면서 쫓기듯이 일어나야 했던 아침을 생각해보면 아마 정신적인 여유를 맛보고 싶어서인지도 모른다. 아직은 합격자 발표가 나지 않았다. 예정대로라면 일주일을 더 기다려야 하니 그때까지만은 그래도 자유로울 수 있으리라. 이렇게 아침 11시에 일어난다고 해서 가족 누구도 나를 나무라지 않는 것이다.

나는 늦잠으로 더욱 피곤해진 몸을 일으켜 세우고는 화장실에 들어가 늦은 세수를 했다. 얼굴에 물을 끼얹고 나서 젖은 얼굴로 거울을 들여다보았다. 가끔씩 거울을 보고 있으면 재미있어지는 경우가 있다. 거울 안은 항상 나에게 또 다른 세계였던 것이다. 그래서 거울에 얼굴을 가까이 대고 마치 거울 속으로 빨려 들어가는 듯한 자세로 거울의 이면을 보려고 애쓴다. 거울의 이면을 본다는 것은 거울 면에 얼굴을 대고 내가 있는 바깥 세계를 본다는 것이다. 그러려면 먼저 정면에서는 보이지 않는 거울 안을 보아야 한다. 그것은 또한 무엇을 말하느냐 하면, 얼굴을 거울에 맞대고 눈을 아래로 내리깔면 내가 있는 바깥 세계와 거울 안의 세계가 맞닿은 단면을 볼 수 있으며 그것은 또한 두 세계를 한눈에 볼 수 있다는 거다. 그러나 결국 내 머리는 거울에 막혀서 더 자세히 볼 수 없고 나는 또다시 거울의 이면을 보는 데 실패하고 만다. 오늘은 달랐다. 나는 좀더 오랜 시간 동안 거울에 얼굴을 맞댄 채 있었다. 노크 소리가 들리고 나서야 나는 거울에서 얼굴을 떼었다. 면도를 하고 머리를 드라이어로 말리고 무슨 옷을 입을까를 생각하며 책상 앞에 앉아 담배를 피우는 동안 나는 또다시 용진의 집에 가는 일을 깜박 잊어버렸던 건지도 모른다. 그사이 제경에게 전화가 왔고 나는 그와 만나기로 약속을 해버렸던 것이다.

지하철을 기다리는 동안 나는 또다시 시간을 생각했다. 대학 합격자 발표가 일주일 후에 있을 것이다. 오늘은 수요일일 것이다. 확신할 수는 없다. 어쨌든 따져본다면 수요일이라는 것을 확인할 수도 있겠지만 그런 것은 아무 의미가 없는 것이다. 요즘은 모든 것이 불확실하게 느껴진다. 그러나 그것은 느낌일 뿐이다. 오늘은 분명 수요일이다. 그리고 다음 주 수요일 오전 10시에는 대학 합격자 발표가 있을 것이다.

나는 주머니에서 담배를 꺼내려다 지하철역 내에서는 금연이라는 것을 떠올렸다. 도무지 내가 무엇을 하려고 하는 건지 모르겠다고 느껴진다. 사람들이 신문을 보거나, 얘기를 나누거나 아니면 그저 의미 없이 왔다 갔다 하며 내 주위를 맴돌고 있다. 열차는 오랜 시간 동안 오지 않았다. 나는 열차가 오는 방향을 향해 서 있었다. 철로가 뱀 같은 몸을 유연하게 휘며 모습을 감추고, 지금이라도 당장 경적을 울리며 열차가 튀어나올 듯한 어두운 구멍. 나는 멍하니 그 속을 들여다보았다. 폐쇄된 공간. 담배 연기도 빠져나가지 못할 듯한 지하철역 안에서 나는 목을 빼고 열차가 언제쯤 올 것인가를 생각하며 어두운 구멍을 응시했다. 그리고 잠깐 동안 나는 저 구멍 깊은 곳에서 누군가 나를 지켜보고 있다는 상상을 하며 두려워했다.

"구파발, 구파발행 열차가 도착하고 있습니다. 승객 여러분께서는 안전선 밖으로 한 걸음 물러나주시기 바랍니다."

내 귀에 환청이 들리는 것처럼 느껴졌다. 열차의 불빛이 보이지도 않는데 방송이 나온다. 바람이 불고 내 머리는 흩날렸다. 환청이 아니었다. 무시무시한 경적을 울리며 열차는 내 쪽으로 달려왔고 소리가 그치면 또다시 덜컹거리는 기계음. 나는 막연한 두려움에 잠시 눈을 감았다. 플랫폼에 있던 사람들이 열차를 타러 움직이고 있었다. 빠른 속도로 내 눈앞을 스쳐 가는 열차 안엔 하얀 형광등 조명에 파리해진 사람들의 유령 같은 얼굴이 내가 그 안을 들여다보는 것처럼 내 쪽을 바라보고 있었다. 눈이 마주치지는 않는다. 나는 알고 있었다. 그들은 굴속에서 창밖의 어둠을 무심하게 바라보고 있었을 것이다. 그리고 그 안에서 조금은 외로웠을 것이다. 문이 열리고 나는 열차에 올라탔다. 외로웠다. 어디로 가는 걸까? 나는 제경의 집에 가는 것뿐이다.

K는 손잡이에 매달린 채 조금 삐딱한 자세로 서 있었다. 사실 K는 출입문에 몸을 기대고 싶었지만 그곳에는 벌써 두 사람이 기대서서 창밖을 바라보고 있었다. 아무것도 보이지 않는 창, 열차가 역을 벗어나서 다음 역에 도착할 때까지는 시커먼 배경에 바깥을 내다보는 자신의 얼굴밖에 볼 수 없는 그런 창이었다. 열차 안은 형광등 불빛으로 온통 하얬다. K는 잠시 어지러웠다. K는 열차 벽면에 가득 붙은 광고판을 보고 있었지만 사실 아무것도 보고 싶지 않았다. 사람들이 서 있었고, 문이 열리면 몇 명은 내리고 또 몇 명은 올라탔다.

누군가 K의 눈에 들어왔다. 그는 K가 마주 보고 선 좌석의 맨 구석 자리에 앉아 있었다. 고개를 숙이고 있었고 머리는 물기에 젖어 있었다. K는 그를 유심히 살펴보았다. 그가 반팔 티를 입고 있었던 것이다. 지금은 12월이다. 게다가 옷 또한 물기에 젖은 것처럼 몸에 달라붙어 있었다. 좀더 자세히 보기 위해 그의 곁으로 자리를 옮기고 싶지는 않았다. 그래도 시선을 돌릴 수 없었다. 아무도 그를 주의해 보고 있지 않다는 사실조차 K는 납득할 수가 없었다. 열차가 다시 멈춰 서고 그는 자리에서 일어났다. 출입문 곁으로 가서 문이 열리길 기다리는 그의 체구는 왜소했다. 문이 열리고 그가 내렸다. K는 창밖으로 그의 뒷모습을 지켜보았다. 출입문이 닫히고 열차는 역을 천천히 벗어나고 있었다. 방배라고 씌어져 있는, 초록색 테두리가 둘러쳐진 표지판이 K의 눈앞을 스쳤다.

제경은 침대에 누워 있었다. 나는 방에 들어서서 침대에 누워 있는 제경을 보았다. 재수 시절 나도 그 침대에 누워 담배를 피우며 제경과 얘기를 하곤 했다. 방은 여전했다. 담배 연기 때문에 열어놓은 침대 뒤쪽 창에서 차가운 바람이 들어와 제경은 이불을 당겨 가슴 부근까지 덮고 있었다. 제경은 옆으로 비스듬히 누워 있었고, 나를 향해 고개를 들고 있었다. 그리고 침대 위엔 담배꽁초가 가득 찬 유리 재떨이가 놓여 있었다. 나는 책상 앞에 앉았다. 책상 앞 의자는 회전의자여서 나는 몸을 이리저리 돌려보곤 했었다.

"몇 시야?"

나는 시계를 보았다. 2시 17분.

"2시가 넘었어."

오늘도 2시가 넘었다. 곧 해가 질 것이다. 늦은 오후의 노란 햇살에 쓸쓸한 내 그림자가 길어질 것이다.

"뭐 할 거야?"

제경의 침대 뒤로 커다란 창이 있다고 말했던가? 그래, 커다란 창이 있다. 나는 의자에서 일어나 침대 쪽으로 다가갔다. 제경은 나에게 담배를 한 대 건네주며 다시 물었다.

"오랜만에 SAGA나 갈까?"

"오늘은 지민이 안 만나?"

나는 침대를 밟고서 제경의 등을 타 넘고 열린 창틀에 걸
터앉았다. 아직 양다리는 침대를 딛고 있었다. 시원하다.

"문 닫아."

나는 다시 책상으로 가서 책상 위에 놓인 카세트의 스타
트 버튼을 눌렀다. 나는 이 음악을 알고 있다.

"기억나? 이 음악."

제경은 나에게 물었다. 바보 같은 질문…… 나는 너를 알
고 있는 것처럼 이 음악을 알고 있다. 나는 말했다.

"그래, 오랜만에 SAGA나 가자……"

*

머리가 지끈지끈 아프다. 몸이 많이 약해졌다는 생각이
든다. 몇 시지? 나는 시계를 본다. 아직 새벽인 것 같다. 방이
어두워서 나는 아직 새벽이라고 생각했다. 무슨 이유에선
지 나는 매일 밤 이불의 배치를 바꾼다. 시계는 항상 같은 곳
에 놓여 있다. 결국 나는 일어나서 항상 같은 쪽을 바라보지
만 시계는 다른 곳에 놓여 있는 것이다. 아니다. 시계는 항상
같은 곳에 있다. 달라진 건 내가 보는 방향이다. 나는 고개를

쳐들고 어젯밤 내가 어떤 형태로 누워서 잤는지를 살폈다. 문가에 머리를 처박고 잤구나. 나는 시계를 보았다. 희미한 어둠 속에서도 검은 바탕에 흰 시곗바늘, 6시가 조금 넘은 시각이다. 나는 일어나서 방문을 열고 부엌으로 갔다. 찬물을 들이켰다. 갈증. 다시 이불 속으로 몸을 파묻으며 나는 갈증을 느꼈다. 어젯밤 내가 무슨 짓을 한 건가?

잠은 오지 않는다. 머리는 맑아졌다. 몇 시지? 오늘은 무슨 요일일까? 현주가 나한테 물었다.

"내가 좋아?"

바보 같은 질문이다. 나는 이불 속에서 눈을 떴다. 현주의 얼굴이 또렷하게 눈앞에 떠올랐다. 다시 눈을 감았다. 오늘은 목요일임이 분명하다.

전화벨 소리가 울렸다. 나는 전화를 받았다. 제경이었다.

"왜 그냥 갔어?"

"……"

"어떡하지? 너희 집 전화번호를 가르쳐달라고 하는데."

"아직 거기 있는 거야?"

나는 책상 위에 다리를 포개 올리며 담배를 물었다.

"물론."

"걔도?"

"바로 옆에. 바꿔줄게."

내가 뭐라 대답하기도 전에 제경은 전화를 바꿨다. 나는 담배를 깊이 한 모금 빨았다. 책상 위에 놓인 손목시계가 8시를 가리킨다.

"왜 그냥 갔어?"

"집에 들어가야 했어."

"바보같이 나는 왜 몰랐을까?"

"잘 자던데."

나는 전화를 끊었다. 이불 속으로 기어들어 갔다. 따뜻하다. 겨울이 너무 길다고 생각된 적은 없나? 아직 12월이다. 모든 게 12월엔 분명해진다. 이불 속에 누워 있어도 현주의 얼굴이 또렷하게 떠오르는 것처럼. 사실 내게는 아까운 여자였다. 그래서 나는 금요일 날 만나기로 약속을 했다. 모든 게 그 애의 뜻대로 된 것이다. 나는 습격당했다. 그 애는 나를 데리고 놀다가 싫증이 나면 도망칠 것이다. 그래도 나는 상관없다. 오늘이 아직 많이 남은 시간이다.

수요일은 이상한 요일이다. 제경과 나는 수요일 저녁 7시쯤에 SAGA에 도착했다. 그러니까 어제다. 오늘은 목요일임이 분명하다. 오늘이 목요일이 분명한 것처럼 분명한 건 너무나 많다. 만약 이 세상에서 분명한 것과 분명하지 않은 것을 나눈다면 실은 어느 쪽이든 많다. 제경과 나 그리고 성재, 셋은 분명하게도 여자를 원했다. 성재는 제경을 통해서 알게 된 친구다. 그에게는 차가 있고 그래서 그를 만나는 자리는 이런 자리뿐이다. 우연한 일은 아니지만 어찌 되었든 그런 자리에서 그를 만나게 되는 건지 그를 만나면 그런 자리에 가게 되는지는 불분명하다. 모두 서로가 필요해서 만나는 것이다. SAGA 같은 호텔 나이트에서는 차가 필요하다. 내가 SAGA에 가는 이유는 단 한 가지, 여자를 원했기 때문이고 여자를 얻기 위해서 내게 필요한 건 돈과 차와 같이 잠을 잘 집이다. 그 모든 것이 다 수요일 저녁 7시쯤에 내 곁에 있었던 것이다. 그러므로 알게 되겠지만, 수요일 저녁 7시에 그날 밤 여자와 자게 되리라는 건 분명한 사실이었다. 모든 것이 분명한 수요일 저녁 7시에 나는 SAGA에 있었다.

사실 나는 상당히 얼이 빠져 있다는 생각이 들 때가 있다. 가령 예를 들어 현주와 약속을 정한 금요일에 대해서도, 조금만 생각을 한다면 금요일에 이미 선약이 있다는 걸 생각해낼 수도 있었는데 나는 현주가 "내일 어때?"라고 묻자 "어디서?"라고 대답하고 만 것이다. 오늘은 목요일이다.

나는 오늘이 목요일이라는 것을 알고 있다. 시계를 보았다. 12시…… 아직 나는 이불 속에 드러누워 있다. 일어나야겠다고 생각했다. 숙취. 새벽 6시에 일어나 물을 들이켜고도 채워지지 않는 갈증이라든지 지끈거리는 머리라든지, 이런 게 숙취라는 걸까? 입안이 껄끄럽다. 양치질이라도 하면 괜찮아지겠지.

"저도 요번에 시험 봤어요."

현주가 말했다. 수요일 저녁 9시가 가까워서였다. 우리에 겐 현주가 네번째 부킹 상대였다. 사실 현주에게 우리가 몇 번째인지는 모른다. 우리의 테이블 위엔 국산 양주 한 병과 콜라 두 병—그중 한 병은 이미 다 비워져 있었고—우유와 소고기튀김이 놓여 있었다. 이 모든 것이 10만 원의 값어치 로 계산될 것이다. 아니다. 우리가 나이트에서 10만 원을 지 불하는 것은 테이블 위에 놓여 있는 그런 것들을 위해서가 아니라 여자 때문일 것이다. 제경이 현주에게 술을 권한다. 나는 항상 같은 질문을 던진다. 몇 년생이에요? 어디 사시 죠? 여긴 자주 오나요? 향수는 뭘 쓰세요? 그리고 여자의 웃 음을 강요하는 농담들. 시끄러운 음악이 내 귀를 파고든다. 맘만 먹으면 현주를 무시할 수도 있었다. 현주가 하는 얘기 들은 내 귀에 들어오지 않는다. 현주의 얼굴도 명확히 보이 지 않는다. 그러나 그럴 필요는 없다. 나는 현주가 필요했고 그래서 현주의 얘기에 귀를 기울였으며 머리를 짜내 우스운 말 한마디를 현주에게 찔러넣는다. 현주의 웃음소리가 즐거 웠다.

"또 놀러 올게요."

9시 반경 현주는 친구 한 명을 데리고 다시 우리의 테이블 로 건너왔다. 10시가 넘어서 우리는 나이트를 빠져나왔다. 우리는 성재가 구해놓은 빈집으로 갔다. 성재는 제경과 나에게는 상당히 요긴한 친구였다. 현주와 같이 성재의 차 뒷 좌석에 몸을 싣고 가면서 나는 얼굴이 달아오를 만큼 흥분 했던 것 같다. 나는 현주의 어깨에 팔을 얹고 그녀의 가슴 쪽으로 손을 내리뻗고 있었다.

양치질을 하면서 거울을 들여다본다. 살아 있다는 것을 확인하는 순간이란 결국 현주의 배 위에서가 아니라 거울을 들여다보며 나의 얼굴을 확인하는 순간인 것이다. 그렇다. 오늘은 유별나다. 내 목요일은 텅 비어 있다. 나는 쉴 필요 가 있음을 느꼈다. 대입 시험을 치르고 나서 일주일가량이 흘렀다. 나는 손가락을 하나씩 접으며 날짜를 헤아려본다. 22일, 23일, 24, 25, 26, 27…… 모든 게 엉망이다. 작년 겨울 이맘때 나는 행복했었다. 활기에 차 있었으며 하루는 항상 꽉 차 있었다. 그런데 왜 지금은 모든 게 퇴색되어버린 느낌 이 드는 걸까? 1년은 그냥 흘러서 다시금 겨울이 오고 나는 작년과 다를 바가 없는 얼굴을 하고 똑같은 거울을 들여다 보고 있다. 그러나 분명 무언가 달라졌음을 난 알고 있다. 나는 화장실을 나와서 내 방 책상 앞에 앉았다. 카세트에 테이 프를 꽂고 스타트 버튼을 눌렀다.

전화가 왔다. 텅 빈 나의 목요일은 전화가 옴으로써 시작 되는 느낌이 들었다. 수요일은 어제다.

"이거 네가 쓴 거야?"

용진이 물었다. K는 빗자루로 책상 밑 먼지들을 통로 쪽으로 쓸어내다가 고개를 들었다. 용진은 K가 쓸고 있던 줄의 책상에 엉덩이를 반쯤 비스듬히 걸치고 눈은 여전히 연습장의 펼쳐진 부분을 향한 채 다시 물었다.

"네가 쓴 거야?"

K는 연습장을 신경질적으로 가로챘다.

"왜 남의 연습장을 함부로 넘겨보는 거야?"

"미안해. 그냥 바닥에 떨어져 있길래."

그러나 용진의 표정은 그렇게 미안해 보이지 않았다. 그리고 다시 한번 웃으면서 K에게 똑같은 질문을 던지는 것이었다. K는 그렇다고 대답했다. 그러자 용진은 시를 잘 쓴다면서 다른 것도 보여달라고 졸랐다. K는 아무 대답도 하지 않고 허리를 숙여 빗자루를 책상 밑으로 밀어 넣었다. 용진은 앉아 있던 책상에서 내려서더니 옆 분단 바닥을 청소하면서 K에게 끈덕지게 다른 시들도 보여달라고 졸라댔다. 아무 대답도 하지 않았지만 K는 기분이 좋았다. 처음으로 누군가가 자신의 시에 대해 말해준 것이다. 게다가 대단한 호평이었다. 다음 날 K는 자신의 습작 노트를 가지고 와서 용진에게 보여주었다. 두 사람은 학교 스탠드에 앉았다. 수업이 모두 끝난 오후의 운동장에는 흙먼지가 일었다. 용진은 K의 시를 끝까지 읽고 나서 웃으면서 K에게 말했다.

"나도 너에게 보여주고 싶은 시가 몇 편 있어. 물론 대단한 것은 아니지만……"

K는 가방을 둘러메면서 잠깐 동안 하늘을 바라보았다.

*

목요일 오후 나는 외출을 했다. 체크무늬 코트의 깃을 세우며 나는 주머니에 손을 꽂아 넣었다. 주머니 속에 담배 한 갑이 만져졌다. 오랜만에 꺼내 입는 옷이었다. 날씨는 매서웠다. 이런 날씨에 매섭다 이외의 표현은 어색할 거라는 생각이 든다. 전철역까지 걸으며 나는 담배 두 대를 태웠다. 하늘은 낮고 침울하게 보여서 곧 눈이라도 쏟아질 것 같았고, 대기에 습한 기운도 느껴졌다. 전철을 타고 방배역에서 내렸다. 신호등 앞에 서서 나는 다시 담배 한 대를 꺼내 물었다. 그때 나에게 무슨 일인가가 일어났던 것이다.

나는 왜 이 신호등 앞에 서 있을까? 신호가 바뀌기를 기다리며 그런 생각을 하게 된 건 순전히 신호등 때문이었다. 나는 지금 어디로 가고 있는 걸까? 신호가 바뀌면 나는 이 횡단보도를 건널 것이다. 그리고 어디로? 다시 건너편에서 이쪽 편으로 건너기 위해 신호가 바뀌기를 기다릴 것만 같았다. 그렇다면 결국 나는 다시 지금 이쪽 편으로 건너오기 위해 신호가 바뀌기를 기다리는 건가? 달라지는 건 시간뿐이다. 나는 여기에 서 있다. 그리고 이후에도 여기 서게 되는 것이다. 10분 후, 아니 5분 후에 나는 다시 여기에 설 것이다. 그때 나는 뭐가 달라지는 걸까? 저쪽 편으로 갔다 왔다는 것이 무슨 의미일까? 나는 왜 이 신호등 앞에 서 있는 걸까?

나는 담배에 불을 붙이지도 못하고 신호가 바뀌어도 움직이지 못한다. 사람들이 이상한 눈초리로 나를 쳐다본다. 총총한 걸음으로 그들은 횡단보도를 건넌다. 건너지 않는 사람은 나뿐이다. 신호등 앞에 서 있던 사람들은 모두 건너편으로 건너간다. 이쪽 편의 사람들은 저쪽 편으로 저쪽 편의 사람들은 이쪽 편으로 각자의 목적을 가지고 횡단보도를 건너고 있다. 나는 목요일 오후 신호등 앞에서 길을 잃은 미아처럼 멍한 표정을 짓고 있다. 담배를 물고 불을 붙이지도 못한 채……

나는 실은 당황했던 것이다. 여태껏 한 번도 그러한 일은 없었다. 목요일 오후 나는 집으로 돌아와 옷을 벗어 옷걸이에 걸며 두려움까지 느꼈다. 집엔 아무도 없었다. 나는 거실로 나와 TV를 켜고 10시까지 혼자 TV를 보았다. 10시가 되어서야 형이 들어왔다. 나는 방으로 들어와 전화기 앞에 앉았다. 전화를 걸어야겠다고 생각했다. 목요일이 다 가기 전에 이런 기분을 떨쳐버려야 된다고 결론지었다. 지갑 속에서 전화번호를 찾아내 전화를 걸었다. 오랜만에 동영에게 걸었다. 동영은 작년에 대학에 붙은 친구였다. 다행히도 동영은 집에 있었다.

나는 전화를 끊었다. 방 안엔 나밖에 없었다. 나는 잠시 멍한 기분이 들었다. 용진과 내가 알게 된 건 고등학교 2학년 때였던 것 같다. 그는 나의 시를 읽었고 나도 또한 그의 시를 읽었다. 나는 아직도 그와 함께 시를 주고받던, 수업이 끝난 오후의 스탠드를 기억해낼 수 있다. 아이들은 가방을 운동장 한구석에 처박아두고는 축구나 뭐 다른 놀이들을 하고 있었다. 운동장엔 항상 뿌옇게 흙먼지가 일었다. 그래서 가끔 나는 고개를 들어 하늘을 보곤 했다. 나는 책상에서 일어나 창을 열었다. 창밖으로 앞 동의 아파트 건물이 시야에 꽉 차게 들어왔고, 고개를 들어보아도 좁은 하늘에 낮게 깔린 구름이 가로등 불빛에 빨갛게 반사되어 음침하게 보일 뿐이었다. 용진은 죽었다. 그리 오래전의 일은 아니지.

수요일 밤 나는 현주와 잠을 잤다. 잠을 잤다는 말은 너무 완곡하게 느껴진다. 내가 싫어하는 표현이지만 그 이상의 표현도 없다. 사실을 얘기하자면 나는 현주와 잠을 자지는 않았다. 단지 같이 누웠고, 그녀가 자는 걸 지켜보았을 뿐이니까. 그다음 나는 옷을 챙겨 입고 집으로 돌아온 것이다. 그 집은 성재의 친구네 집이었는데 그 친구는 시골 유지의 아들이었고 서울에서 아파트 하나를 자기 자췻집으로 쓰는 놈이다. 그 집엔 방이 세 개였다. 우리는 처음 그 집에 도착해서 찌개를 끓였고 끓인 찌개를 안주로 술을 마셨다. 안주로 끓인 찌개는 패나 맛이 있었던 걸로 기억된다. 우리는 새벽 1시까지 술을 마셨다. 처음 방으로 들어간 건 제경과 그의 여자였다. 나와 현주가 제일 마지막까지 거실에 남아 술을 마셨다. 처음 방으로 들어가자고 한 건 나였다. 더 이상 술을 마실 기분이 아니었다. 현주는 좀더 마시자고 했고 나는 그럼 너 혼자 마시라고 나는 들어가 자야겠다고 말했다. 그리고 정말로 나는 혼자 일어나서 방으로 들어가 침대 위에 몸을 눕혔다. 피곤했다. 현주는 곧 따라 들어왔다. 엉거주춤 문 곁에 서 있던 그녀를 침대로 끌어들이고 불을 껐다. 그녀 옆에 누워서 그녀의 입술에 입을 맞추었다. 혀를 밀어 넣으려 하자 그녀가 미미한 거부를 표시했고 나는 그녀의 상의를 벗기고는 얇은 블라우스 위로 가슴을 만졌다. 그때쯤 해서는 그녀도 입을 열었다. 내가 입을 떼고 블라우스의 단추를 풀려고 할 때 그녀가 나에게 물었다.

"내가 좋아?"

사실 한 손은 블라우스의 단추를 풀고 있었지만, 다른 한 손은 그녀의 치마 속으로 집어넣고 있던 나에게 그런 질문은 어리석은 것이었다. 나는 대답했다.

"응."

좋으니까 너와 자려고 하는 거야. 나는 그녀의 허벅지 안쪽을 쓰다듬으며 마음속으로 중얼거렸다. 나는 습격당하고 있는 건지도 모른다. 슬펐다. 그래서 현주가 자는 동안 나는 내 집으로 돌아와 이불을 뒤집어쓰고 울었다.

그런 기분은 어느 때고 느낄 수 있는 것이다. 나는 그날 술을 많이 마셨고 술이란 게 사람의 감정을 터무니없이 격앙시키고 또는 비뚤어진 방향으로 이끄는 수도 있는 법이다. 나는 생각 못하고 있었는데 수요일 새벽, 아니 목요일 새벽 나는 분명 집으로 돌아와 울었다. 나는 그것을 금요일 아침에야 새삼스레 떠올리게 되었다. 왜 나는 그녀의 배 위에서 살아 있다는 것을 느끼게 되는 것일까? 용진이 보고 싶다. 그래, 오늘은 용진의 집에 찾아가야겠다. 나는 금요일 아침 이불 속에서 오늘은 꼭 용진의 집을 찾아가보겠다고 다짐했다.

*

"CNN에서 3시에 만나기로 하자."

나의 금요일은 현주에게 전화를 걸면서 시작되었다고 보는 게 옳다. 그녀에게 오전 10시경에 전화를 걸었다. 오늘 약속을 다시 확인하는 전화였다. 나는 어차피 용진의 집도 방배동이고 그렇다면 오전에 그의 집에 들른 후에 현주와 CNN에서 오후 3시에 만날 수 있을 거라고 생각했다. 상당히 계산적인 생각이었다. 그러나 다시 생각해보니 용진의 집에 갔다가 그녀와 만난다는 게 용서받지 못할 짓처럼 느껴졌다. 나는 현주의 집으로 전화를 걸어 약속을 취소하려고 했지만 이미 그녀는 집에 없었다. 용진의 집에 가는 게 급할 것은 없지 않은가? 나는 바깥의 날씨를 살피고 오늘 입을 옷을 고르며 그렇게 생각했다. 왜 이놈의 머리칼이 내 뜻대로 되지 않는 걸까? 참 우스운 세상이다. 거울을 보며 나는 키득키득 웃음을 터뜨렸다. 지갑에 돈을 챙겨 넣으며 모텔비를 제외하면 별로 큰돈이 아니라는 생각까지 하며 즐거워했다. 현주는 그만큼 괜찮은 여자였다. 수요일 밤을 떠올리면 현주와의 통화는 금요일이 행복한 날이 될 거라는 무슨 일기예보처럼 느껴졌다.

K는 금요일 오후 3시 20분경 방배동 카페 CNN의 문을 열었다. 목재로 만든 좁은 계단을 걸어 올라가면 2층에 위치한 카페였다. 아래층은 K가 고등학교 시절 자주 드나들던 BENZ라는 카페였는데 사실 지금은 CNN이 더 맘에 드는 터였다. 문을 열면서 자신이 늦은 만큼 그녀가 이미 와 있으리라고 예상했다. 물론 그녀가 왜 늦었느냐고 묻는다면 대답할 뚜렷한 변명 같은 건 준비해두지 않았지만 사실 그

런 건 중요하지 않다고 K는 생각했다. 20분쯤이야 언제든지 용서받을 수 있는 시간이고, 누구라도 개의치 않을 시간이었다. 그런데도 은근히 걱정이 되는 것도 사실이었다. 왜냐하면 K는 그녀가 화를 내는 걸 바라진 않았기 때문이다. 그러나 종종 자신의 생각과는 달리 상대편의 반응은 기습적이다. 시간을 중요하게 생각하고 약속 시간에 늦는 남자에게 어떤 편견을 가지고 있는 여자도 K는 알고 있는 터였다. 그런 모든 것을 염두에 두어야 한다고 K는 자신을 탓했다. 사소한 일에서부터 상대방과 어떤 마찰이 생기는 것을 피해야 한다. 사소한 일이란 정말로 사소해서 어처구니없게 화를 내고 다시는 얼굴을 보지 못하게 될지도 모르는 것이다. 그렇다면 너무 억울한 일이라고 K는 생각했다. 사소한 일 때문에 그녀에게서 얻을 수 있는 즐거움과 쾌락을 놓친다는 건 어떠한 경우에서건 어리석은 짓이다. 그러나 변명거리를 생각하는 건 K에겐 어울리지 않았다. 그는 단지 그녀가 왜 늦었느냐고 묻는다면 장난처럼 웃으면서 오늘 머리가 잘 되지 않아서라고 대답해야겠다고 마음먹었다.

목재로 된 바닥부터 사람의 마음을 편하게 하는 카페였다. 들어서면 왼편으로 넓게 카페의 한쪽 면을 차지한 창가 자리는 조명을 쓰지 않아도 햇빛이 들어 밝은 쪽이었고, 반대편은 안쪽으로 들어갈수록 어두워졌는데, 커다란 소파가 듬성듬성 자리를 차지하고 있었다. K는 밝은 쪽에서 어두운 쪽으로 천천히 시선을 돌렸다. 창가 자리에 놓인 세 개의 테이블 중 두 개는 이미 사람들이 앉아 있었다. 들어서면서 이미 K를 발견한 현주가 손을 들어 보인 곳은 밝은 쪽과 어두운 쪽의 중간쯤 되는, 그러니까 카페의 중앙 부근에 놓인 소파 자리였다. 그녀는 K가 들어서는 것을 확인하기 위해서였는지 출입문을 향해 앉아 있었다. K는 잠시 문 앞에서 그녀를 바라보았다. 그리고 다시 한번 '이번엔 진짜 잘되고 있어'라고 생각했다. 현주는 어쩌면 지금껏 자신이 알았던 어떤 여자보다도 쉽게 잠자리를 한 여자였지만 반대로 함부로 그러겠다고 무리하게 대들 만큼 호락호락하게 보이는 여자도 아니었다. 행운이었다. 저런 여자를 자신이 알게 된 건. 그리고 행복한 금요일은 이제부터 시작이라고 K는 생각했다. 천천히 자리로 다가서면서 K는 몸이 조금 달아오르는 기분이었다. 그녀는 무릎 위에 아무것도 올려놓지 않은 채 푹신한 소파에 몸을 파묻고 있기에는 너무 짧은 스커트를 입고 있었던 것이다. 자리에 앉으면서 K는 스커트 아래로 그녀의 하얀 허벅지와 더 깊숙이 자리한 레이스 달린 팬티를 보았다. 현주는 말했다.

"20분이나 늦었어."

K는 준비해둔 말을 천연덕스럽게 찔러 넣었다. 그리고 덧붙여서 물었다.

"오늘 머리 스타일 어때?"

현주가 웃으면서 괜찮다고 말했지만 K는 온통 그녀의 짧은 스커트와 레이스 팬티에 대한 생각과 오늘 밤에 대한 생각만을 하고 있을 뿐이었다. 그러나 그녀는 입구 쪽을 향해 앉아 있었고 그렇다면 누구나 CNN의 문을 열고 입구에 서면 그녀의 하얀 허벅지와 레이스가 달린 팬티를 볼 수 있으며 또한 그녀와 같이 잘 수도 있다는 생각이 들었다. K는 잠깐 동안 우울해졌으나 다시금 오늘 밤만은 온전히 자신의 것인 그녀를 바라보았다. 빛을 뿜는 듯한 그녀의 미소였다.

*

나는 금요일 밤 그녀와 잤다. 이번엔 진짜로 나는 그녀와 잠을 잤다고 볼 수 있다. 그날 밤 나는 집으로 돌아가지 않았으니까. 토요일 아침 현주는 나보다 일찍 깨어나서는 이불 속에서 나를 깨웠다. 나는 다시 그녀를 안았다.

그녀는 내 팔을 베고 누웠다. 그러다 몸을 일으켜서 머리맡의 담뱃갑에서 담배를 꺼내 입에 물고는 그대로 엎드려 가슴으로 내 팔을 누른 채로 담배를 피웠다.

"너도 담배 피우니?"

현주는 한 모금 빨고는 담배를 나에게 건네주었고 나도 똑같이 한 모금을 빨았다가 그녀에게 주었다. 팔이 저렸다. 나는 웃음을 터뜨렸다. 그녀가 내게 이렇게 물었던 것이다.

"나 좋아해?"

나는 고개를 끄덕였다.

"거짓말, 나에 대해 뭘 알고 있는데."

나는 현주에 대해 알고 있는 모든 걸 얘기했다. 그녀가 얼마나 예쁜 다리를 가지고 있는지, 어디에 살고 있는지, 어느 대학에 원서를 넣었으며 몇 년생인지, 무슨 향수를 쓰고 있는지, 전화번호는 어떻게 되는지, 언니만 하나 있다는 것, 작은 입을 가지고 있으며 머리는 어디서 하는지, 어느 나이트를 자주 가는지, 술은 얼마나 잘 마시는지, 무슨 안주를 좋아하는지, 어느 고등학교를 나왔는지…… 어쨌든 말하지 않은 것은 잠시 기억이 안 날 뿐이고, 너에 대해 나는 다른 누구보다 많은 걸 알고 있다고 얘기했다.

사실 지금 생각해보면 나는 그녀에 대해 아무것도 아는 게 없었다. 물론 좋아는 했지만 그건 단지 그녀의 예쁜 다리 때문이었을 뿐이며 만일 그녀가 그렇게 예쁜 다리를 가지고 있지 않았다면 나는 결코 그녀를 좋아하지 않았을 것이다. 그러나 그녀는 예쁜 다리를 가지고 있으며 가지고 있지 않았다면이라는 가정은 쓸데없는 짓이었다. 그것은 분명한 사실이다. 우리가 누군가를 좋아한다는 건 바로 그런 게 아닐까?

나는 토요일 오후를 집에서 보냈다고 할 수 있다. 그녀와 헤어진 후 나는 집으로 돌아왔다. 일부러 그 장소를 택한 것은 아니지만 여느 때처럼 나는 방배동의 H모텔에서 집까지 걸어서 왔다. 그녀가 택시를 타고 떠나갈 때 나는 그녀에게 말했다.

"전화해."

그녀가 고개를 끄덕이는 것 같았다. 집까지 걸어오는 동안 나는 사실 조금 붕 떠 있는 듯한 어지러움을 느꼈다. 내 발은 분명 땅을 밟고 있다. 그런 느낌은 정말 그냥 느낌일 뿐이다. 피로했다. 나의 토요일은 텅 비었고 나는 오래된 수첩에서 그 텅 빈 시간을 메울 무언가를 찾아봤다. 머릿속에 여러 친구의 이름과 얼굴과 그들의 목소리가 맴을 돌았다. 맴을 돌다가 결국엔 다시 한번 피로를 느꼈고 그들이 나에게 요구할 것은 분명 내 피로를 더는 일이 아니라 더하는 일일 뿐이리라는 생각이 들었다. 나는 집에서 쉬어야 할 필요성을 느꼈다.

집까지 걸어오는 동안 나는 습관처럼 앞으로만 나가는 내 발걸음이 미웠다. 입안이 껄끄러웠다. 횡단보도를 건너면서 그녀가 나에게 말했다.

"횡단보도를 건널 때면 차 안의 사람들이 나를 쳐다보는 것 같아요. 기분 나빠."

나는 혼자서 횡단보도를 건너면서, 그녀가 내게 했던 얘기를 떠올렸다. 횡단보도를 건너면서 그녀를 떠올렸지만 다 건너가서는 그녀 생각은 떠올리지 않으리라 마음먹었다. 나는 담배를 입에 물었다.

이수교 횡단보도는 길었다. 나는 다리 위에 있었다. 그러나 물은 보이지 않고 심지어 물소리도 들리지 않았다. 물 위에 다리가 세워지고 다리와 다리를 잇는 다리가 이어지고 또 그 위에 다리가 세워진다. 결국 물은 보이지 않는다. 그래도 나는 내가 다리 위에 서 있다는 걸 알고 있다. 알고 있을 뿐 생각하지 않았다. 아마도 내가 서 있는 이 땅 밑에 물이 흐르고 있을지도 몰랐다. 차들이 그 다리를 건너고 있었다. 여러 종류의 차들, 신호 대기를 받으며 사람들은 창문을 열었다. 담배 연기가 열린 창을 통해 대기로 스며 나왔다. 나는 코트 깃을 세웠다. 아침의 바람은 이산화탄소를 머금고 있었다. 나무들은 어두운 밤 동안 이산화탄소를 배출한다. 나는 그 길가의 나무들에 손을 비볐다. 그녀와 잡고 있었던 손엔 아직도 끈적끈적하게 땀이 배어 있었던 것이다. 그녀는 말했다.

"그럼 내 손을 잡아줘. 그리고 내가 허락할 때까지 놓지 마."

결국 그녀가 택시를 탈 때에야 나는 그녀의 손을 놓을 수 있었다. 재미있는 여자였다. 사실 손을 잡아주는 거야 어렵지 않았다. 단지 나는 손을 잡고 걷는 것보다는 팔짱을 끼는 것을 좋아할 뿐이다. 왜냐면 팔짱을 끼면 내 팔로 그녀의 탄력 있는 가슴을 느낄 수 있기 때문이다. 길을 걷다가 나는 종종 팔꿈치를 들어 그녀의 가슴을 밀어 올려보고는 했다.

그러나 지금 그녀는 내 옆에 없다. 나는 걸어서 반포까지 왔다. 대로에 인접한 반포의 옷가게들은 아직 문을 열지 않았다. 버스 정류장에는 사람들이 버스를 기다리며 서 있었다. 나는 그들 사이를 패잔병처럼 걸었다. 사람들의 눈에는 내가 어떻게 보일까? 빗지 않은 머리, 아마도 현주의 머리카락이 내 웃옷에 붙어 있을지도 모른다. 입술은 바짝 타들어가다 못해 갈라져 있다. 입술에는 아직 현주의 화장품 맛이 남아 있다. 나는 그녀의 입술을 빨았다. 마치 그것이 유일하게 그녀와 내가 주고받을 수 있는 사랑의 확인인 듯 나는 미친 듯이 그녀의 몸을 훑었던 것이다. 그 입술에서 나는 그녀의 화장품 냄새만을 맡을 뿐이다. 바지 위로 빼 입은 셔츠는 심하게 구겨져 있고 다리는 후들거린다. 아무것도 남은 것은 없다. 그녀가 택시에 타서 문을 닫기 바로 직전에 나는 그녀에게 말했다.

"전화해."

그녀는 전화하지 않을지도 모른다. 그럼 나는 그녀에게 전화를 걸까? 물론 전화를 하지 않을 이유란 없다. 그러나 나는 알고 있다. 그녀에게 전화하지 않으리라는 것을.

토요일 오후 나는 집에서 잠을 잤다. 깊은 잠이었다. 꿈속에서는 아무도 만나지 않았다. 그리고 잠에서 깨어났을 때 나는 내 어두운 방 안에서 갈증을 느끼고 있었다.

*

식은 커피를 마셨다. 커피를 끓여서 방으로 가지고 들어온 후 다시 거실에 나가 TV를 한 시간가량 보다가 들어온 것이다. 일요일 아침 나는 잠에서 깨어났다. 토요일 오후 1시부터 잠을 자기 시작해서 그날 밤 9시에 일어나 밥을 먹고 다시 잠을 자서 일요일 오전 10시경에 일어났다. 일요일 아침 나는 끈적끈적한 기분을 느꼈다. 마치 벌레 같은 것이 내 몸속에 들어와서 기어다니는데 나는 즐거이 그들의 삶을 지탱시켜주는 숙주가 된 듯한 기분이었다. 머리는 멍했다. 누군가 내 머리통을 한 대 쥐어박기라도 하면 덜그럭거리는 소리가 날지도 몰랐다. 뇌가 없어진 건 아닐까? 뇌가 없어져도 사람은 살 수 있다. 생각이란 그냥 장식 같은 거고 삶에 필요한 음식 같은 것과 비교하면 보잘것없을지도 모른다. 그래서 나는 늦은 아침을 먹고 뇌가 없어도 할 수 있는 TV 시청을 했다. TV에서는 연예인들이 나와 팀을 나누고 게임을 하는 그런 시시껄렁한 프로가 나오고 있었다. 나는 TV 속에 나오는 젊고 발랄한 여자들의 허벅다리에 관심이 있었을 뿐이다. 하얀 허벅다리가 카메라를 통해 내 눈에 빛을 뿜고 있었다. 소파 깊숙이 몸을 파묻고 발은 나무 등걸 같은 장식대 위에다 올려놓고서 나는 커피를 방 안에 갖다놓았다는 것도 잊은 채 한 시간 동안 그 프로를 보고 있었다.

일요일 아침은 이제 아무런 의미가 없다. 일요일이란 그냥 평일과도 같은 날이 되어버렸다. 학원에 가지 않아도 된다. 나는 빈둥거리면서 일요일 오전을 보냈다. 커피는 식었고 식은 커피는 색다른 맛이다. 식은 커피를 마시면서 나는 담배를 피웠다. 내 방은 넓고 휑하다. 조금 심심하다는 느낌도 들었지만, 나는 피곤했고 쉬어야겠다는 생각으로 꾹 참아냈다. 식은 커피를 마시고 담배를 피우면서 나는 음악도 들었다. 재수 시절 워크맨에 넣고 다니면서 들었던 음악들, 나는 학원에 남아 공부를 할 때나 집으로 돌아오는 버스 안에서 그 음악을 들었다. 식상한 느낌이다. 그러나 생각해보면 언젠가는 재수 시절을 떠올리게 할 그런 음악이다. 그러다 오후가 되었다고 할 수 있다. 시간은 그냥 그렇게 거기서 버티고 서 있고 나는 일요일 오후라는 시간을 거기서 만났다. 어쩐 일일까? 일요일이 평일과 같은 날이 되어버렸다는 나의 생각은 잘못된 것이었다. 일요일 오후의 우울함은 여전히 나를 괴롭힌다. 내가 즐겨 듣던 노래 중에 「오후만 있던 일요일」이라는 제목의 노래가 있었다. 특별한 변주 없이 낮은 음이 처음부터 끝까지 이어지는 아주 우울한 음악이다. 나는 문득 그 노래가 듣고 싶어져 책상을 뒤져보지만 테이프를 찾을 수가 없다. 이제 나에게는 밤을 기다리는 일밖에 남은 일이 없다. 식은 커피는 다시 따뜻해지지 않는 것처럼 한번 빠져든 우울함이란 대책이 없다. 나는 뇌가 특별한 대안 없이 그렇게 비정상적으로 발달한 인간이라는 종족에 대해 우울해하다가 허벅지가 너무 하얘서 슬퍼 보이는 현주를 떠올리며 우울해했다. 심지어는 아름다운 꽃을 꺾는 것은 너무 잔인한 일이라는 생각, 그래서 나는 현주를 다른 사람과 공유해야 될지도 모른다는 터무니없는 생각까지 했다. 나 혼자서 그녀를 차지하기에는 내가 힘들다. 그러나 내가 공유하고 싶지 않아도 그런 여자는 공유될 것이다. 비록 시간상의 선후는 있다. 내가 먼저 그리고 어떤 다른 사람이 그 다음이 되겠지. 나는 나의 금요일을 상기했다. 그리고 그녀의 바보 같은 물음, 그 물음이 나를 붙잡고 나를 놔주지 않는다. 그녀에게 전화를 해야겠다. 보고 싶다고 말해주어야지.

K는 전화를 끊었다. 잠시 책상에 앉아서 담배 한 대를 피우며 시간을 보냈다. 그러다가 시계를 보았는데 벌써 새벽 1시가 넘은 시각이었다. 자리에서 일어나 방을 나와 방 바로 맞은편에 있는 화장실로 들어갔다. 거울을 바라보다가 문득 뒤를 돌아보았다. 거울 안에 누군가가 서 있었다. 그러나 그 사람은 전혀 본 적이 없는 낯선 사람이었다. 아무도 없었다. K는 피식 웃음을 터뜨렸다. 그리고 참으로 우스운 생각

이라고 생각하며 자신을 우스워했다. 욕조에 걸터앉아서 자위행위를 했다. 현주 생각을 했지만 잘 되지 않았다. 결국엔 예전에 보았던 포르노 영상의 한 장면을 떠올리고서야 일을 끝마칠 수 있었다. K는 손과 바닥을 물로 씻어냈다. 화장실을 나와서 방으로 다시 돌아왔다. 서늘했다. 이불 속에 들어가 눈을 감았지만 잠이 오지 않았다. K는 그러다 용진의 생각을 했다고 볼 수 있다. 참으로 오랜만에 그의 생각을 했다. 어쩌면 자신은 이미 그의 생각을 하고 있었는지도 모른다고 의심해보기도 했다. 어쨌든 그런 생각을 확인할 길은 없다. 천장을 향했던 고개를 비스듬히 모로 누이며 K는 용진의 생각을 했다. K는 다시 일어나서 책상 위에 놓여 있던 담뱃갑에서 담배 한 대를 꺼내어 불을 붙였다. 재떨이를 머리맡에 놓고 이불 속으로 기어들어 가면서 담배를 손에서 놓지 않았다. 담배 한 대를 다 피우고 잘 생각이었지만 그것도 그리 쉬운 일은 아니었다. 재떨이에 담배를 비벼 끄고 K는 눈을 감았다. 용진은 죽었다. 그것이 언제인지는 잘 모르겠다고 K는 생각했다. K는 잠시 용진과 함께 술을 마셨던 기억을 더듬었다. 빈집에서였는데 방 안에서 여럿이 어울려 마시다가 둘만 집 밖으로 빠져나와서 달을 바라보며 술을 마셨다. K는 자신의 어깨에 기대어 울던 용진이 그때 왜 울었는지를 아직도 이해 못 하고 있었다. 그때가 고등학교 2학년 서클 시화전 뒤풀이 때였다. K는 다시 일어나서 책상 위에 놓인 담뱃갑을 머리맡에 옮겨놓고 이불 속으로 기어들어 갔다. 그리고 담뱃갑에서 담배를 꺼내 불을 붙였다. 빌어먹을…… K는 내일 용진의 집에 찾아가보는 것이 좋겠다고 생각하자 구역질이 일었다.

*

월요일 오후 2시 20분쯤 나는 NATO에 도착했다. 문을 열었다. 문은 유리로 되어 있어 밖에서도 안이 훤히 들여다보였다. 지하에 위치한 그 카페는 어두웠다고 할 수 있다. 문을 열자 왼편에 카운터가 있었고, 나는 자리를 잡기 위해 카페 안을 휘둘러본다. 안쪽으로 걸어 들어갔다. 테이블마다 사람이 앉아 있다. 물론 빈 테이블이 있기는 했지만 주위에 앉아 있는 사람들이 내 눈에 거슬린다. 바깥쪽으로 나왔다. 빈 테이블이 눈에 띄었다. 그러나 그 위에는 찻잔이 놓여 있다. 레몬차일 거다. 노란색 물이며 레몬이 떠 있는 걸로 보아 그것은 레몬차였다. 차는 한 잔뿐이었다. 누군가 차를 시켜놓고 다른 곳에 간 모양이었다. 화장실쯤 되겠지라고 생각했다. 찻잔 옆에는 담배가 놓여 있었다. 나는 그 앞쪽 테이블에 앉았다. 그곳은 출입문과 가까웠지만 문을 열면 곧장 보이는 것이 아니라 안쪽으로 숨어 있어서, 카운터와 너무 가깝다는 점만 제외하면 그런대로 나 혼자 시간을 보내기에 방

해받지 않으리라 생각되었다. 나는 문을 등지고 자리에 앉았다. 레몬차가 놓여 있는 테이블 쪽을 향한 것이었다. 블랙진에 하얀색 미치코런던 티를 입은 남자가 메뉴판을 내 테이블 위에 올려놓는다. 나는 커피를 주문하면서 "엷게 타주세요"라는 말을 잊지 않았다.

약속 시간은 3시였고 나는 남은 시간을 카페에서 책을 읽으며 보낼 생각으로 집을 나왔다. 책을 펴 들었다. 활자는 너무 작았고 책의 내용은 어려웠다. 내가 책을 읽는 사이 내 앞 테이블엔 레몬차를 시키고 잠시 자리를 비웠던 여자가 도로 앉았다. 나는 시선을 책에 고정시킨 채 그녀를 보았다. 그러니까 대놓고 본 것은 아니고 그저 말 그대로 힐끗 본 것뿐이다. 책은 어려웠다. 그녀는 빨간색 티 위에 검은색 조끼를 입고 있었다. 머리는 파마를 한 지 오래되지 않은 것처럼 풍성하게 얼굴 양편으로 부풀려져 있었고 입술의 화장이 유난히 두드러져 보였다. 책 너머로 보이는 그녀의 모습이 마치 길을 가다 걸려 넘어지는 돌부리처럼 나를 어지럽혔다. 그녀가 나를 보고 있었다. 그녀가 담배를 피웠다. 레몬차를 홀짝거리면서 천천히 마시고 있었다. 나는 커피에 설탕만 반 스푼을 넣었다. 책은 무척이나 어려웠다. 활자는 책 속에서 나를 비웃고 있었다. 활자는 내 눈을 때리는 것처럼 자극했지만 그 의미들은 이어지지가 않았다. 단지 '나는'이라고 시작해서 '……했다'라고 끝나는 문장의 앞뒤만이 나의 주의를

퍼뜩퍼뜩 깨웠다. 나는 웃옷 주머니에서 담배를 꺼냈다. 아직도 그녀가 나를 보고 있을까 궁금해하며 담배에 불을 붙이는 척하다가 그녀 쪽을 다시 힐끗 쳐다보았다. 아니었다. 그녀는 나를 보고 있지 않았다. 나는 그녀도 누군가를 기다리고 있다고 생각했다. 오래 살펴보고 있을 수는 없다. 그녀가 눈치채지 못하게 나는 그녀를 본다. 더 이상 책은 나를 괴롭히지 못한다. 나는 책으로 얼굴을 가린 채 그녀를 본다. 책은 어려웠고 이런 책이란 대개 어렵다는 것 외엔 아무것도 남지 않는다. 그러나 나를 가리기 위해서라도 나는 책이 필요하다. 나는 커피를 한 모금 마시고 그 옆에 놓인 컵 안의 물도 한 모금 마셨다. 2시 50분경에 그녀는 자리에서 일어섰다. 나는 그녀가 자리에서 일어서는 것이 무척이나 아쉬웠나 보다. 그녀의 뒷모습을 보았다. 그녀가 카운터에서 돈을 지불하고 문을 열고 밖으로 나가는 것을 보았다. 나는 가끔 그녀가 보고 싶을지도 모른다. 그녀는 아름답지 않았다. 입술 화장이 유난히 두드러져 보이고 파마를 한 지 오래되지 않은 듯한 풍성한 머리는 천박했다. 그래도 나는 그녀에게 말을 걸고 싶었다. 그녀는 누구를 기다리고 있었던 걸까? 아마도 나를 기다리고 있었던 건지도 모른다. 그래서 그녀가 자리에서 일어섰을 때 내가 다가가 '미안해. 늦어서'라고 말하면 그녀는 얼굴을 찌푸리면서 그러나 싫지 않은 표정으로 화를 냈을지도 모른다. 그러나 그녀는 밖으로 나갔고,

나는 다시 커피를 한 모금 마셨다. 다시 책에 얼굴을 파묻고 눈에 들어오지도 않는 활자와 머리에 들어오지도 않는 의미들과 힘들게 '관계'하고 싶지 않았다. 관계. 고개만 돌리면 나는 모든 것으로부터 분리될 수 있을 것처럼 느껴졌다. 그래서 나는 고개를 들었다. 천장에는 커다란 팬이 돌아가고 있다. 그것이 어떤 용도로 쓰이는지 나는 한 번도 궁금해하지 않았다. 아마도 공기를 환기시키거나 아님 시원하게 만들기 위한 것이겠지. 아니다. 그것이 선풍기의 역할을 한다고 볼 수는 없다. 곧이어 나는 그런 것은 중요하지 않다고 생각했다.

나는 이 카페가 낯설다. 마치 처음 걷는 거리의 풍경이 낯설듯 나는 이 카페가 낯설다. 사람들의 얼굴처럼 이 카페는 정지되어 있다. 카운터에서 하얀색 미치코런던 티를 입은 남자가 나를 보고 있다. 그의 얼굴은 낯이 익다. 그는 내 자리로 와서 주문을 받았다. 나는 그가 반갑다. 오랜만에 용진을 생각했다. 용진은 죽었다. 그의 죽음을 내게 알려준 사람은 용진과 고3 때 같은 반이던 내 학원 친구였다. 여름방학 때 그에게서 전화가 왔고 그는 용진이 죽었다고 얘기했다. 익사였다. 시골집 저수지 물에 빠져 죽었다고 한다. 누군가 카페 문을 열고 들어왔다. 나는 현주일지도 모른다고 생각했고 고개만 돌리면 그것을 확인할 수 있었지만 그러지 않았다. 카페 문을 연 사람이 내 테이블 옆을 지나쳐서 나는 고개를 돌리지 않고도 현주가 아님을 확인했다. 전화를 받은 날 밤 나는 제경과 술을 마셨다. 나는 제경에게 용진이 죽었다고 말했다. 제경도 용진을 알았다. 제경은 어떻게 죽었느냐고 물었고 나는 익사라고 대답했다. 그러자 제경이 말했다.

"개죽음이군."

방금 카페 문을 연 사람이 내 앞 테이블에 앉는다. 남자였고, 그리 신경이 쓰이지 않았다. 그는 아까 레몬차를 마신 여자가 앉았던 자리에 앉았다. 하얀색 미치코런던 티를 입은 남자가 메뉴판과 물 한 컵을 테이블 위에 올려놓았다. 나는 그가 레몬차를 마신 여자가 기다리던 남자일지도 모른다는 생각이 들어 유심히 살펴보았다. 짙은 초록색 바바리를 걸쳤고 안에는 노란 스웨터를 입었다. 머리는 평범했지만 세련돼 보였고 얼굴은 귀엽게 생겼다. 그리고 며칠 후 고등학교 서클 멤버들이 모여 용진의 죽음을 애도하는 술자리를 가졌다. 그 전날 서클 부장이 나에게 전화를 했다. 나는 바빠서 나가지 못한다고 얘기했다. 서클 부장은 그 후에 한 번도 전화를 하지 않았다. 그리고 그 후에 한 번도 나는 용진의 죽음을 생각하지 않았다. 나는 정신없이 공부를 했고 시험을 쳤다. 오늘은 월요일이다. 내일모레 그 시험의 합격자 발표가 있을 거다. 3시가 넘었는데도 현주는 오지 않았다. 나는 책을 테이블 위에 올려놓고 다리를 편하게 뻗었다. 커피는 식었다. 용진은 죽었고 나는 시험을 쳤다. 그가 죽은 지반년이 지났다. 내 앞 테이블 남자는 홍차를 시켰다. 힐끗 나를 한번 보고는 다른 데로 시선을 돌렸다. 나는 카페 안의 공기가 탁하다고 느꼈다. 어지러웠다. 카페는 사람들로 붐볐다. 그들은 앞자리에 앉은 사람들과 얘기를 하고 있었다. 단지 나와 내 앞 테이블 남자만이 혼자 앉아 있었을 뿐이다. 처음엔 간헐적으로 사람들의 목소리가 내 귀를 파고들었다. 그렇다. 사람들의 목소리가 내 귀를 파고들었다. 처음이었다. 나는 그들의 목소리에 귀를 기울였다. 그러자 들리기 시작한 것이다. 나는 행복했다. 나는 귀에다 모든 신경을 집중시키기 위해 노력했고 그러자 몇 마디의 말이 내 귀에 와닿은 것이다. 선의취득, 유실물 횡령, 사형, 오판, 불임, 인공수정, 낙태, 도의적 책임…… 나는 테이블을 내리쳤다. 사실 내리쳤다기보다는 그냥 팔을 테이블 위에 올려놓았다. 아무도 나의 그런 행동을 보지 않았다. 단지 내 앞 테이블에 혼자 앉아 있던 짙은 초록색 바바리의 사내가 내 쪽으로 시선을 힐끗 돌리며 뭐냐는 듯한 눈초리였다. 그러나 곧 다른 데로 시선을 돌렸다. 나는 소파에 몸을 깊숙이 파묻었다. 땅속 깊숙이 몸이 꺼지는 듯한 느낌이었다. 나는 두려움을 느꼈다. 3시가 훨씬 넘었는데도 현주는 오지 않았다. 아마 영원히 현주는 오지 않을지도 모른다. 나는 소파의 팔걸이에 손을 걸었다. 땅속으로 꺼진다는 것은 우스운 일이다. 용진 또

한 그렇게 생각했을 거다. 그러나 용진에겐 손을 걸 팔걸이 같은 것이 없었다. 그리고 물속 깊숙이 빠져 들어갔다. 아무도 용진을 구하지 못했다. 나는 그 저수지를 알고 있다. 어느 날 밤 꿈속에서 용진이 나를 불렀다. 나는 미친 듯이 그쪽으로 달려갔다. 저수지의 한복판에 용진은 서 있었다. 어두웠고, 마치 이 카페처럼 어두웠고 사람들이 주위에서 무슨 말인가를 중얼거렸지만 나는 그저 손을 들어 테이블을 내리쳤다. 용진이 말했다. '이거 네가 쓴 거야?' 천장에는 커다란 팬이 돌아가고 있었고, 나는 소파의 팔걸이에 간신히 팔을 걸어놓은 채 두려움에 떨고 있었다.

하얀색 미치코런던 티를 입은 남자가 내 쪽으로 걸어오고 있다. 그는 정확히 내가 앉은 테이블 앞에 선다. 나는 고개를 들어 그의 얼굴을 올려다본다. 그는 가면 같은 얼굴을 가지고 있다. 그가 할 수 있는 말은 아무것도 없다. 그저 메뉴판과 물 한 컵을 테이블 위에 올려놓는 행위만을 반복할 뿐이다. 그는 나에게 말을 하고 싶어 한다. 그러나 나는 알고 있다. 그는 아무 말도 하지 못한다. 모두가 알고 있다. 용진도 알고 있었을 거다. 용진은 물에 빠져 죽었다. 그리고 며칠이 지나서 친구에게서 전화가 왔고 나는 용진이 물에 빠져 죽었다는 소식을 들었다. 나는 아무것도 할 수가 없었다. 그날 밤 제경이 나에게 말했다.

"개죽음이군."

그렇다. 개죽음이다. 사람들이 모여서 용진을 생각하며 술을 마신다. 나는 가지 않았다. 그러나 그것이 무슨 상관인가? 너도 알고 있지? 나는 하얀색 미치코런던 티를 입은 남자를 올려다본다. 그는 슬픈 표정을 짓고 있다. 그러나 결코 슬퍼 보이지 않는다.

나는 일어선다. 카운터로 걸어가 돈을 지불하고 그 카페를 나왔다. 거리는 낯설다. 사람들로 붐볐다. 나는 그 사람들 사이를 걸었다. 저 앞에 현주가 걸어오는 게 보였다. 나는 사람들 사이로 현주의 얼굴을 보았다. 사람들이 나와 현주 사이를 가로막고 있다고 생각했다. 개새끼들…… 나는 힘차게 사람들을 헤치고 현주에게 다가갔다.

월요일 나는 바람을 맞았다. 집으로 돌아와서 새벽 1시까지 현주의 전화를 기다렸다. 현주의 집으로 전화를 했다. 그녀는 집에 없었다. 새벽 1시가 넘도록 현주는 집에 들어오지 않았다. 아마 누군가의 배 밑에서 나와 그랬던 것처럼 헐떡대고 있겠지. 그러고 나서 그에게 물을 것이다.

"내가 좋아?"

그래 네가 좋아, 그러니까 너와 자려고 하는 거야. 나는 카세트의 스타트 버튼을 눌렀다. 담배를 피우고 커피를 마셨다. 새벽 4시까지 나는 잠을 자지 않았다. 의자에 등을 기댄 채 발을 책상 위에 올려놓고 담배 두 갑을 다 태우고 나서야 바닥에 몸을 던졌다. 목이 타는 듯이 아팠고 헛구역질이 나왔다. 아무도 내 방문을 열지 않았다. 나는 항상 방문을 걸어 잠근다. 나는 내 방을 좋아한다. 창가에 책상을 두었다. 그리고 책상 위엔 전화기가 있다. 나는 그 전화로 얼마나 많은 사람에게 전화를 하고 좋아한다고 말했던 걸까? 나는 그때마다 담배를 피운다. 음악을 듣는다. 그리고 아침마다 헛구역질을 하는 것이다. 책상 옆에는 책장이 있고 책장에는 책들이 꽂혀 있다. 당연한 것이다. 대부분의 책들은 어렵다. 나는 아까 카페에서 읽으려다 실패한 책을 책장에 꽂아 넣는다. 다시는 읽지 않을 거다. 책장 옆에는 옷걸이가 있다. 내가 현주와 처음 만난 날 입었던 회색 반코트가 걸린 옷걸이가 책장 옆에 있다. 나는 바닥에 누워 천장을 올려다보았다. 창밖으로 바람 소리가 들리고 가로등 불빛이 창을 통해 들어와 천장에 붉은빛을 드리운다. 가끔씩 차들의 헤드라이트 불빛이 천장을 가로지를 때도 있다. 그들은 차를 타고 도로를 질주한다. 나는 천장을 올려다보고 있는 것이 지겨워서 바닥에 엎드려 담배를 피웠다. 현주에 대해 내가 알고 있는 것들을 하나하나 떠올렸다. 그녀의 다리, 하얀 허벅지…… 나는 다시는 그 다리를 보지 못할지도 모른다. 그렇다. 나는 다시는 용진을 보지 못할 거다. 용진은 죽었다. 거리에서 사람들 사이로 용진의 얼굴을 보는 일 따위는 결코 없을 거다. 슬프지 않고 단지 어색한 일이다.

K는 자신이 용진을 좋아한다고 생각했다. 작년 겨울 용진은 대학에 합격했고 K는 학원에 등록했다. 후기 시험 합격자 발표가 나고 대학 입학식이 있기 전 K는 역시 대학에 붙은 동영과 용진의 집에서 밤을 새웠다. 새벽에는 셋이서 거리를 쏘다니다가 경찰에게 검문을 받기도 했었다. K는 용진의 집 가로등 앞에 앉아서 말했다.

"무서워."

용진은 아무 말도 하지 않았다. 그 후로 K는 용진의 얼굴을 보지 못했다. 그리고 용진은 죽었다. K는 그 무렵 제경과 어울리고 있었다. 제경은 K에게 많은 것을 알려주었다. K는 가끔씩 생각하기를 제경이야말로 지금껏 자신이 관계했던 많은 사람들 중에 가장 필요한 사람이었고 지금도 마찬가지라고 느꼈다. 그리고 제경과 여자들을 만났다. 동영은 살아 있다. 물론 제경도 마찬가지다. 다만 용진만이 죽었다. 그러나 그가 언제 죽었는지 K는 알 수가 없었다. 학원에서 1학기를 보내면서 K는 용진에게 연락하지 않았고 용진 또한 마찬가지였다. 모든 일이 당연한 것처럼 K에겐 느껴졌다. 단지 용진이 언제 죽었는지만이 불분명했다. 여름방학 이전이었을지도 모른다. 아니면 이후일지도 모른다. K는 용진이 실은 죽지 않았을지도 모른다고 생각했지만 곧 우스운 생각이라고 단정 지었다. K는 용진이 보고 싶다고 생각했다. 그러나 자신도 알다시피 그것은 거짓말이다. 용진이 죽었다고 연락한 친구에게 K는 물었다.

"정말이야?"

목소리가 너무 담담하게 나왔고, 그래서 오히려 친구에게 자신의 속마음을 들키지 않을까 불안했다. K는 방 안의 불을 껐다. 어두웠다. 가끔씩 K는 어둠 속에서 눈을 뜨고 사물을 분간하려고 애를 쓰곤 했다. 그것은 여전히 거기에 있지만 어두워서 눈에 보이지 않을 뿐이다. 누군가 자신의 앞에 있다고 해도 K는 그 사람을 알아보지 못할 거라고 생각하면서 몸을 돌렸다.

*

화요일, 내가 오후 2시가 되어서야 일어난 것은 그리 대단한 일이 아니다. 왜냐하면 나는 새벽 6시까지 잠을 자지 못했으니까 시간을 세어본다면 평소보다도 훨씬 덜 잔 것이었다. 만일 제경에게서 전화가 오지 않았다면 나는 그보다도 더 늦게 잠에서 깨었을 거다. 제경은 나에게 내일이 발표라고 말했다. 제경 또한 내일이 발표였다. 내일은 수요일이다. 내일 오전 10시에 발표가 있을 것이다. 오늘은 화요일이다. 어제는 월요일. 나는 월요일에 현주를 만나지 못했다. 화요일 오후 2시에 현주의 집에 전화를 걸었다. 지금 없다고 한다. 나는 감히 어제 안 들어왔어요?라고 묻지 못한다. 그러나 현주가 어제 집에 들어오지 않았다는 것을 나는 알고 있다. 왜냐면 현주는 예쁜 다리를 가지고 있기 때문이다. 그런 여자가 집에 들어오지 않았다는 것은 대단한 일이 아니다. 세상에 대단한 일은 없다. 모든 게 퍼즐처럼 정확하다. 분명한 사실은 단 한 가지, 관계란 쉽게 끊어진다는 것이다. 나는 토요일 오전 10시 이후 현주를 보지 못했다. 그렇다. 내가본 그녀의 마지막 모습은 택시에 올라타던 그 뒷모습이었으며 좁은 택시 좌석에 올라타기 위해 구부린 다리 사이의 하얀 허벅지였다. 나는 그녀에게 말했다.

"전화해."

현주는 고개를 끄덕였다. 관계란 쉽게 끊어진다. 화요일, 나는 토요일 날 끊어진 현주와 나의 관계를 깨달았다. 일요일에 나는 현주의 집에 전화를 걸었고 월요일 오후 3시에 압구정동 NATO에서 만나기로 했다. 그러나 현주는 오지 않았다. 그녀가 그 시각 어디에 있었는지 나는 알지 못한다. 그리고 지금 용진 또한 어디에 있는지 나는 알지 못한다. 어찌 되었든 화요일 오후 2시에 나는 조금 실망을 했다. 현주는 아까운 여자였다. 그러나 그것은 그리 대단한 일은 아니다. 나는 그녀와의 관계가 끊어지리라는 것을 처음부터 알고 있었다. 단지 그 시기가 너무 빨라서 나는 당황했던 것이다. 아니다. 나는 현주와의 정사를 생각했고 아쉬워졌다. 나

154

에겐 여자가 필요했다. 그래서 제경이 내일 발표가 나기 전에 마음 편하게 오늘 밤 SAGA나 가자고 했을 때 그러자고 말해버렸다. 전화를 끊고 나는 화장실에 들어가 세수를 하고 면도를 했다. 거울을 보았다. 새벽까지 잠을 자지 못한 탓에 얼굴이 조금 부어 있었고 눈 밑에 검은빛이 감돌았다. 나는 나를 보았다. 거울 안에 내가 있었고 그 외엔 아무도 없었다. 그래서 거울을 볼 때마다 나는 내가 누군가와 함께 있다는 느낌이 들고 행복해지는지도 모른다. 손을 뻗어 거울 면에 대어본다. 손에 와닿는 차가운 감촉, 조금 외로웠다. 머리에 무스를 바르고 오늘 입을 옷을 옷장에서 차곡차곡 꺼내는 사이에 나는 다시금 명랑해졌다. 화요일 오후 4시, 나는 제경의 집에 도착했다. 제경은 여전히 침대에 누워서 나를 맞았다. 나는 제경에게 물었다.

"오늘 머리 스타일 어때?"

"괜찮아요."

그녀가 웃으며 나에게 말했다. 나는 그녀의 입술을 보았다. 나이트 안의 소음은 어떤 말이라도 입술을 유심히 보지 않으면 알아듣지 못하도록 만들곤 한다. 대부분은 또한 팔 동작까지 섞어야 하는 법이다. 가령 상대방이 몇 년생이에요?라고 물으면 73년생이라고 말하면서 손가락을 세 개 들어서 3이라는 표시를 하곤 한다. 나는 내 옆에 앉아 내 머리

스타일이 괜찮다고 말한 여자를 살펴봤다. '이 정도면 괜찮아'라고 생각했다. 몸의 윤곽이 드러나는 하얀색 타이트 원피스를 입었다. 머리엔 똑같은 하얀색 모자를 쓰고 화장 또한 조명을 의식해서 세련되게 했다. 특히 내 마음에 들었던 것은 얼굴에서 파인 가슴 부근까지 이어지는 가는 목이었는데, 나는 그녀의 목에 내 입술을 비벼대고 싶은 충동에 머리가 어지러웠다. 그때 그녀가 팔을 들었다. 나는 그녀가 무슨 말인가를 했다는 걸 기억한다. 그러나 아무런 소리도 들리지 않았다. 제경과 성재가 웃고 있었다. 나도 웃었다. 그녀는 팔을 내렸다. 그리고 곧 자기 얼굴을 한번 쓰다듬고서는 조금 이상한 자세를 취했다. 나는 그녀에게 말을 걸었다. 그녀가 귀를 내 쪽으로 향하고서는 잘 듣지 못했다는 의사표시를 하고, 나는 다시 그녀에게 말을 했다. 그녀는 알아듣지 못하고 있다. 나는 제경을 쳐다보았다. 제경은 플로어 쪽을 바라보고 있었다. 나도 제경의 시선을 좇아서 플로어를 쳐다보았다. 사람들이 춤을 추고 있었다. 당연한 거다. 아무것도 달라지는 것은 없었다. 나는 플로어에서 춤을 추는 사람들을 보고 있었다. 하얀색 원피스는 무엇을 하고 있는가? 나는 하얀색 원피스를 바라보았다. 그렇다. 그녀는 나를 보고 있었다. 나도 그녀를 바라보았다. 널 갖고 싶어. 나는 입속으로 중얼거렸다. 그녀는 귀를 다시 나에게 향했다. 나는 아무것도 아니라는 손짓을 했다. 아무것도 아닌 게 아니다. 나는 너를 갖고 싶은 거야. 너의 젖가슴을 두 손으로 움켜잡고 너의 입술을 빨고 아래로 내려가 너의 그 가느다란 목 위에서 잠시 머물다가 너의 가슴 한가운데로 내 혀를 밀어 넣고 싶은 거야. 나는 웃었다. 성재는 무엇을 하고 있을까? 나는 성재 쪽을 바라봤다. 나와 똑같은 생각을 하고 있는 걸까? 상당히 재밌는 상황이라고 나는 생각했다. 사실 성재가 무슨 생각을 하는지를 나로서는 전혀 알 수 없지만 나는 성재가 하얀색 원피스를 원한다고 생각하고 싶어 했다. 그렇다면 일은 더욱 재밌어진다. 나는 은밀하게 성재와 거래를 해야 하는 것이다. 나는 성재에게 무언가를 주고 하얀색 원피스를 빼앗아 오든 아니면 하얀색 원피스가 나에게 마음이 있다는 걸 성재에게 확신시켜야 한다. 대부분의 경우는 내가 물러섰던 것이 사실이다. 성재는 차가 있었고 돈이 있었다. 그리고 얼굴 붉히고 싸울 만큼 내가 하얀색 원피스를 원하는 것도 아니다. 어느 정도 원하느냐는 중요하지 않다. 단지 하얀색 원피스와 하룻밤을 자기 위해 내가 지불해야 할 것과 얻을 것을 냉정하게 계산해야 한다. 그리고 아무리 생각해도 성재와 얼굴을 붉히면서까지 싸울 만큼 그리 대단한 하룻밤은 아닌 것이다. 물론 성재가 자진해서 하얀색 원피스가 나한테 마음이 있으며 자신은 잘되지 않을 것 같다며 물러선다면 일은 간단해진다. 어쨌든 지금의 나에게는 성재가 이후 어떤 방향으로 나올 것인지 지켜보는 게 재미있다.

하얀색 원피스는 여전히 내 옆자리에 앉아 있고 제경은 플로어를 바라보고 사람들은 춤을 추고 있다. 나는 성재를 바라보고 있다. 모든 것이 정지되어 있는 것처럼 느껴져서 나는 또다시 시간을 생각했다. 시계를 보니 아직 9시다. 화요일 저녁 9시, 열세 시간이 흐르고 나면 대입 시험의 합격자 발표가 있다. 나는 술을 한 잔 마셨다. 우유를 한 모금 마시고 안주를 한 조각 집으려고 젓가락을 뻗는데 하얀색 원피스가 내 잔에 술을 따르려는 건지 양주병을 들고서 나를 쳐다보고 있었다. 나는 미소를 지으며 술잔을 들었다. 그녀가 다시 나에게 무슨 말인가를 하려는 듯이 고개를 내 쪽으로 향해서 나도 그녀 쪽을 향해 귀를 댔다. 그녀가 말했다.

"무슨 생각해요?"

처음엔 그녀의 물음을 잘 알아듣지 못했던 것 같다. 내가 무슨 생각을 하느냐고? 나는 그녀의 얼굴을 빤히 쳐다보았다. 이런 바보 같은…… 그녀는 진짜로 내가 무슨 생각을 하느냐고 물었던 것이다. 사실 그녀가 나에게 무슨 생각해요, 라고 묻기 전에 나는 내가 무슨 생각을 하고 있는지 알지 못했다. 생각은 그냥 머릿속에 아무런 이유 없이 떠올랐다가 금방 사라지고 또는 생각이 생각의 꼬리를 물어서 결국엔 처음에 떠올렸던 생각이 무엇인지 알지 못하게 되어버린다. 바로 그랬다. 생각이 시작되어 그 생각이 다른 생각을 낳았고 결국 처음 내가 어떤 생각을 했는지 알지 못하게 되겠구나,라는 느낌을 받았는데 그 순간에 그녀가 내 머리통을 툭 치면서 무슨 생각을 하느냐고 물은 듯했다. 그래서 결국엔 모든 게 분명해졌다. 나는 현주의 생각을 했다. 그리고 그다음엔 용진의 생각을 했다. 둘은 기묘하게 연관되어 있었고 마치 처음부터 그랬던 것처럼 내 의식 저편에 웅크리고 앉아서는 나를 비웃고 있는 듯했다. 나는 그런 생각을 하면서 조금 당황했지만 곧 우습다는 생각을 했다. 그리고 그녀에게 말했다.

"그쪽이 너무 예쁘다는 생각을 하고 있었어요."

화요일 밤 10시경 K는 호텔 나이트 SAGA에 있었다. 그리고 자신이 왜 용진과 현주를 생각했는지 의아하게 생각하고 있었다. 하얀색 원피스는 자신의 테이블로 돌아갔다. 제경이 그녀에게 2차를 가자고 했고 그녀는 친구들에게 물어보고 온다고 했던 것이다. 그녀는 오지 않았다. 그것은 그리 대단한 일은 아니었다. 실패란 언제나 있는 거라고 K는 생각했다. 제경이 일어서서 그녀의 테이블로 가서는 전화번호를 얻어 왔다. 그녀는 압구정동에 사는 여자였다. 국번이 5로 시작되는 전화번호. K는 만일 자신이 그녀와 만나게 된다면 YESSS에서 보아야겠다고 생각하고 있었다. 전화번호를 적은 쪽지는 제경의 주머니 속으로 들어갔다. 그러나 그

것 또한 대단한 일은 아니었다. 만일 자신이 그녀에게 마음이 있다고 말하면 제경은 당연히 전화번호를 넘겨줄 것이었다. 단지 지금은 별로 그러고 싶은 마음이 없어서 K는 아무 말도 하지 않았다. K는 시계를 보았다. 10시 30분이었다. 늦은 시각이다. K는 늦은 시각이라고 생각했다. 앞으로 몇 번의 부킹이 더 있을지 아무도 알 수 없는 일이었다. 어쨌든 오늘 밤 여자와 자고 싶다면 좀더 성실하게 처신해야 했다. 그리고 K는 현주에게 전화 걸기에도 그리 이른 시간은 아니라는 생각을 했다.

K는 자리에서 일어났다. 한 번도 춤을 추지 않고 자리에만 앉아 있었더니 조금 취기가 올라왔다. 전화 부스에는 통화를 하고 있는 사람이 있었다. K는 부스 앞에서 그가 전화를 끊기를 기다리며 서 있었다. 그러다가 현주에게 굳이 전화를 할 필요가 없을지도 모른다고 생각했다. 물론 현주를 생각하고 있었던 건 사실이지만 K 자신 또한 왜 그랬는지 알 수가 없었던 것이다. 이미 모든 건 분명해졌다고 생각했다. 어찌 되었든 K는 그녀를 다시 만나고 싶은 생각이 없었다. 무엇이 자신을 이끌어 이 전화 부스 앞에 서 있게 하는 건지 다시 한번 생각해볼 필요가 있다고 K는 느꼈다. 전화 부스에서 사람이 나왔다. 그는 K에게 미안하다는 듯이 고개를 까닥였다. K는 그의 얼굴을 잘 보지 못했다. 그러나 K를

스쳐 가는 그의 몸에서는 이상한 냄새가 풍겨 왔다. K는 얼굴을 찌푸렸는데 그것은 땀냄새와는 조금 다르지만 그것보다 훨씬 지독한 것이었다. K는 전화 부스 안에 들어가고 싶은 마음이 싹 가셨다. 그가 들어가 있었던 전화 부스 안에서, 입에 갖다 대었던 수화기를 들고 싶은 마음이 완전히 가실 정도로 그의 몸에서 난 악취는 구역질을 일으키게 하는 것이었다.

K는 화장실로 들어갔다. 화장실 문을 열자 소변기에 누군가 서 있었고 세면기에도 거울을 보는 또 한 사람이 서 있었다. K는 일단 오줌을 누고 손을 씻었다. 한 사람씩 화장실을 빠져나가 K 혼자 화장실에 남게 되었다. 손을 씻다가 아무래도 술이 상당히 취한 것 같아 세수까지 했다. 얼굴에 배어 있는 물기를 손으로 훔쳤다. 일단 눈가부터 물기를 털어 내고는 거울을 보았다. 문득 자신의 등 뒤에 누군가 서 있다는 느낌이 들어서였다. 아무도 없었다. 거울을 통해 본 등 뒤에는 아무도 없었다. 하얀색 타일과 일렬로 늘어선 소변기가 있을 뿐이었다. K는 가만히 서 있었다. 뒤돌아보지 않았다. 조금 있다 K는 조금 우습다는 생각이 들었다. 다시 얼굴에 물을 한차례 끼얹고는 고개를 들었다. 그때 무슨 일인가가 일어났다. 기묘한 일이었다. K는 어떤 생각을 했냐 하면, 지금 내가 어디에 있는 걸까,라는 엉뚱한 생각을 했던 것이

다. 곧 바보 같은 생각이라며 웃었다. 화장실의 문이 열리고 또 한 사람이 들어왔다. 거울을 통해 본 그 사람의 얼굴이 섬 뜩했다. 머리가 온통 물기에 젖은 채 뒤돌아 서 있는 그 사람의 뒷모습이 어디선가 본 듯했다. 그는 소변기에 오줌을 누는 것 같았다. K는 뒤돌아보지 못했다. 헝클어진 머리를 매만지면서 아무 일도 아니라고 K는 자신을 진정시켰다. 저수지 냄새가 났다. 그 사람은 K 쪽으로 얼굴도 한 번 돌리지 않고 화장실을 나갔다. K는 거울을 통해 그 모습을 내내 지켜보았다. 잠시 있다가 K도 화장실을 나와버렸다.

K는 전화 부스 앞에서 잠시 망설이다가 결국 안으로 들어가서 문을 닫았다. 일단 담배에 불을 붙이고 현주의 전화번호를 눌렀다. 잠깐 동안 반복적인 신호음이 울리고 현주의 목소리가 전화기 저편에서 들렸다.

"K구나."

"어떻게 된 거야?"

"뭐가?"

K는 잠시 할 말이 없었다. 그러나 곧 다시 물었다.

"어디 갔었어?"

"언제?"

"월요일부터 지금까지."

"미안해. 일이 있었어."

"괜찮아."

미안한 건 오히려 나다. K는 전화를 걸지 말았어야 했는데,라는 후회가 들었다. 담배를 깊게 한 모금 빨았다. 현주는 아무 말이 없었다. K도 굳이 할 말이 없었고 다시 한번 전화를 걸지 말았어야 했는데,라는 후회를 했다. 그녀가 말했다.

"전화하려고 했었어."

"왜?"

"지금은 말할 수 없고 나중에 내가 다시 전화할게."

"그래."

K는 전화를 끊었다. 그녀가 전화하지 않을 거라는 걸 K는 알고 있었다. 그러나 그것은 그리 대단한 일이 아니다. 마치 당연하게 보이기까지 할 만큼 분명한 일이었다. 아무도 끊어진 관계의 끈을 다시 이을 수는 없다고 K는 생각했다. 그래서 K는 조금 슬펐는지 모르지만 그것은 현주가 아니라 현주와 붙들고 있던 관계 때문이었다. 누군가 밖에서 안을 기웃거리고 있어서 K는 전화 부스를 나왔다. 시계를 보았다. 11시, K는 11시라고 중얼거렸다. 자리로 돌아왔다. 자리로 돌아와서도 K는 무언가를 생각하고 있는 것처럼 보였다. 그렇다. K는 그제야 무언가를 깨달은 기분이었다. 용진은 죽었다. 그는 일찌감치 죽은 것이다. 용진은 K가 그의 집에 가서 밤을 새운 날 그의 집 앞 가로등에서 그리고 피곤한 몸을 이끌고 집으로 돌아오는 K의 등 뒤에서 이미 죽은 것이다.

K는 무언가를 응시하듯이 플로어 쪽을 바라보았다. 사람들이 춤을 추고 있었다. K는 고개를 저었다. 그러나 K는 왜 용진이 자신의 곁에서 맴돌고 있는지 이해할 수가 없었다. 결국 K는 자리에서 일어나 플로어 쪽으로 걸어갔다.

용진이 서 있었다. 화장실에서부터 전화 부스에 들렀다가 다시 자리로 돌아와 앉아 있는 동안 계속 그는 K를 바라보고 있었다. 머리는 온통 물기에 젖고 수초에 하반신이 둘둘 말린 채 투명한 젤리 같은 것이 낀 눈을 뜨고서 K를 노려보고 있었다. 춤을 추고 있는 사람들의 모습 뒤에 자신을 숨기고 있었지만 정신없이 돌아가는 나이트의 불빛 속에도 그는 너무 도드라져 보였던 것이다. K는 사람들을 헤치고 용진의 정면에 서서 그의 멱살을 잡았다. 그의 옷을 틀어쥐는 순간 손을 타고 섬뜩한 물기가 팔로 흘러들었다. 가까이 다가서자 고무를 태우는 듯한 역겨운 냄새가 코로 확 풍겨 왔다. K는 소리쳤다.

"너는 왜 여기에 있는 거지? 너는 죽지 않았던가?"

용진이 대답했다.

"미안해. 나도 잘 모르겠어. 내가 어떻게 된 건지."

K는 웃음을 터뜨렸다. 그러자 용진이 K에게 물었다.

"너는 왜 여기에 있는 거지?"

"씨발, 나는 당연히 여기에 있지. 너는 죽어서도 멍청한 질문만 하는군."

K는 버럭 소리쳤다. 용진은 조금 의아스럽다는 듯이 물었다.

"왜 그렇게 화를 내는 거야?"

K는 잠시 할 말을 잃었다. 자신도 왜 그렇게 화가 나는지 잘 이해할 수가 없었다. 그러나 어쨌든 그는 죽은 사람이 아닌가? 죽은 사람이 자신의 곁을 맴돈다는 것은 그리 유쾌한 일이 못 된다. K는 조금 부드럽게 말했다.

"나는 너의 죽음에 책임이 없어. 알잖아?"

"그런 건 중요하지 않아. 전혀. 나의 죽음에 그 누구도 책임이 없어. 나는 단지 수초에 감겨 물에 빠져 죽은 거야. 개죽음이지. 누구도 나를 구할 수 없었지. 물론 너도 마찬가지고. 그건 나의 실수였고, 너를 탓하려고 여기에 서 있는 건 아니야."

"그럼 뭐지? 왜 내 앞에 그 흉측한 몰골을 하고 나타난 거야?"

"모르겠어?"

K는 고개를 저었다. 당연하다. 자신이 알 이유가 없다는 걸 용진도 알고 있을 거라고 K는 생각했다. 아니 오히려 그 해답은 용진이 쥐고 있다고 K는 확신했다. 용진은 빤히 K의 얼굴을 쳐다보았다. K는 다시 한번 모르겠다고 말했다. 용진이 한숨을 쉬었다.

"그건 네가 나를 놔주지 않기 때문이야."

"무슨 소리지?"

K는 용진의 말을 이해할 수 없었다. 용진은 갑자기 음산한 목소리로 말을 이었다. 게다가 얼굴까지 K의 눈앞으로 바짝 들이댔기 때문에 K는 잠시 그의 악취에 정신을 차릴 수가 없었다.

"나는 죽었어. 그런데 너는 나를 불렀던 거야. 이미 나는 너에게 죽은 인물이었는데 너는 일주일 전 나를 불렀지. 죽은 자를 부르는 게 너의 취미는 아니겠지만 그걸 너는 몰랐었다고 얘기하는 거야?"

K는 얼굴을 돌렸다. 그리고 소리쳤다.

"더러운 얼굴 치워! 나는 너를 부르지 않았어. 내가 왜?"

용진은 더더욱 소름 끼치도록 낮은 목소리로 K의 귓가에 속삭였다.

"그건 네가 더 잘 알고 있을 텐데……"

"몰라. 모르겠어. 제발 이젠 돌아가줘. 내 곁에서 사라져버려!"

K는 말했다. 용진은 고개를 저었다.

"안타까운 일이야. 내가 너의 곁에서 사라지는 것은 아주 간단한 일이지. 너무나 간단해서 어렵다고 말한다면 너는 비웃겠지. 그러나 그런 건 상관없어. 그래, 문제의 핵심을 파고들자. 너는 항상 논리적이었지. 그런데 오늘은 좀 실망스

럽군. 이미 말했듯이 너는 나를 풀어주지 않았어. 마치 지금처럼 나의 멱살을 쥐고는 돼지처럼 비명을 지르지. 제발 가버려, 사라져줘!"

용진의 목소리가 K의 목소리를 흉내 내듯 뾰족해졌다. K는 등줄기에 소름이 돋는 것을 느꼈다.

"뭐라고?"

"멱살을 풀어!"

용진이 얼굴을 들이밀며 명령했다. K는 그것이 별로 어려운 일이 아니라고 생각했다. K는 그의 멱살을 쥔 손을 풀었다. 그때 우스운 일이 일어났다. K는 풀었다고 생각했는데 다시 보니 자신은 여전히 용진의 멱살을 쥐고 있는 것이 아닌가? K는 당황스럽기도 하고 우습기도 해서 다시 한번 자신의 손을 풀어보았지만 결과는 똑같았다. K는 그것이 용진의 장난이라고 생각했고 신기했지만 화가 나기도 해서 그에게 말했다.

"장난치지 마."

"장난이 아니야. 이제야 알겠어? 나도 돌아가고 싶어. 근데 네가 나를 놔주지 않잖아?"

그가 말을 하고 있는 동안에도 K는 여전히 멱살을 쥔 자신의 손을 풀지 못했다. 식은땀이 흘렀다. 손을 털어보기도 하고 멱살을 쥔 오른손을 왼손으로 힘껏 잡아당겨보기도 했지만 마치 용진의 멱살과 K의 손이 한 몸이 된 것처럼 떨어지지 않았다. 화가 나서 K는 왼손으로 용진의 얼굴을 후려쳤다. 용진의 고개가 뒤로 젖혀지는 게 보이고 무언가 K의 오른손을 확 잡아끌었는데, 그것은 용진이 넘어지면서 풀리지 않은 K의 손이 함께 아래로 당겨진 것이었다. 결국 넘어진 용진의 몸 위로 K도 엎어지는 꼴이 되었다. 물컹거리는 용진의 몸의 느낌은 마치 시체 위에 엎어진 듯 구역질을 일으키게 하는 것이었다. 당연하다. 용진은 죽었으니까. K는 얼굴이 시뻘겋게 달아올라서 겨우 몸을 옆으로 틀었고, 용진의 옆에 나란히 누운 셈이 되었다. 그러고는 다시 몸을 일으켜 무릎을 꿇고 앉아서 용진의 목을 왼손으로 조르며 말했다.

"죽여버리겠어."

용진이 웃었다. 그의 웃음소리를 듣고서야 K는 다시금 용진이 이미 죽었다는 사실을 깨달았다. K는 씁쓰레한 표정을 지었다. 용진이 말했다.

"자네 웃기는군."

K는 용진에게 말했다.

"제발 나를 풀어줘."

그러나 용진은 다시 한번 크게 웃더니 말했다.

"아직도 몰라? 나는 너를 풀어줄 수가 없어. 자, 보라고. 누가 누구를 붙들고 있는지."

용진의 그 말이 끝나자마자 K는 미친 듯이 그의 웃음 띤 얼굴을 후려쳤다. 발이 닿는다면 발로 짓밟고도 싶었다. 마치 포대 자루를 치는 듯한 둔탁한 소리를 내며 치는 대로 푹푹 일그러지는 그의 얼굴을 K는 보았다. 결국엔 얼굴을 덮고 있는 살점이 떨어져 나가 뼈만 앙상하게 남아서 치면 칠수록 K의 주먹만 아파왔고 딱딱한 뼈에 찢겨 주먹에서 피가 튀었다. 그러나 용진의 흉측한 얼굴에선 여전히 악마 같은 미소가 흐르고 있었다. 그러다 용진은 갑자기 오른손을 들어 K의 왼손을 거머쥐었다.

"너에게 기회를 주지."

입술이 떨어져 나가 바람이 새는 듯한 이상한 목소리였다.

"나는 너를 좋아했으니까."

용진은 K의 두 손을 붙들고는 자신의 몸을 일으켰다. 그는 마주 보고 서서 멱살을 쥔 K의 오른손 끝을 왼손으로 살며시 쥐고는 그의 몸에서 떼어내었다. 그리고 역시 거머쥔 K의 왼손까지 놓아주고는 말했다.

"그리 어려운 일은 아니잖아?"

그런데 이상하게도 어떻게 했는지 알 수 없지만 K의 오른손은 이번엔 용진의 왼손 팔목을 쥔 채로 아까와 마찬가지로 떨어지지 않았다.

"무슨 소리야? 여전히 너는 나를 풀어주지 않았잖아."

K는 화가 나서 소리쳤다. 그러자 용진은 너덜너덜한 입가에, 보이지도 않는 섬뜩한 미소를 띠며 자유로운 자신의 오

른손을 들어 보였다. 그의 오른손엔 날이 하얗게 선 벌목도가 들려 있었다. 그러고는 순식간에 그의 왼손을 붙들고 있는 K의 오른손을 내리쳤다. K는 비명을 질렀다. 그러나 아무 일도 일어나지 않았다. K의 오른쪽 팔목 바로 위에서 벌목도는 멈추어져 있었다. K는 그러고 싶지 않았지만 너무나 겁이 나서 떨리는 목소리로 용진에게 물었다.

"대체 무슨 짓을 하려는 거지?"

"살고 싶으면 너의 팔목을 내리쳐. 네가 나의 팔목에서 손을 떼지 못한다면 결국 너는 죽은 나를 따라 지옥으로 떨어질 테니까."

용진은 벌목도를 K의 왼손에 쥐여 주었다. K는 아무 말도 할 수가 없었다. 그러나 바람이 새는 듯한 용진의 목소리에는 거역할 수 없는 어떤 힘이 느껴졌다. 이마에서 식은땀이 K의 볼을 타고 흘러서는 턱 밑에 고였다가 K의 발아래로 떨어졌다. 그의 팔과 K의 팔은 풀리지 않는 밧줄처럼 꽁꽁 묶여 있는 듯이 보였고, 결국 그의 말대로 밧줄을 끊어내야만 했다. K는 다시금 억울하다는 생각이 들었다. 그러나 선택의 여지는 없었다. 왼손으로 벌목도를 굳게 움켜쥐고 잠시 망설이다가 무슨 생각을 떠올리고는 용진을 쳐다보고 웃으며 말했다.

"미안하군."

K는 어금니를 깨물고 자신의 팔목이 아니라 용진의 팔목

을 힘껏 내리쳤다. 그의 팔목은 쉽게 베어졌다. 잘린 팔뚝에서 피가 K의 얼굴로 튀어 올라 눈에 들어가서 K는 눈을 감았다. 벌목도를 땅에 내던지고 눈가에 튄 용진의 피를 씻어내는데 용진의 웃음소리가 들렸다. 그 소리는 마치 사방에서 K를 둘러싼 여러 사람이 돌아가면서 웃는 것 같았다. 그러나 그건 분명히 단 한 사람의 목소리, 용진의 웃음소리였다. 눈이 떠지지 않았다. 용진은 빠르게 K의 주위를 돌면서 끊임없이 웃었는데 그건 웃음이 끊길 때쯤 목구멍으로 컥컥거리며 의식적으로 내는 기분 나쁜 웃음소리였다.

"왜 웃는 거지?"

K는 웃음소리가 나는 방향으로 몸을 틀면서 소리쳤다. 그러나 K가 '왜'라고 말했을 때 그는 K의 왼편에 있는 듯이 느껴졌고 '웃는'이라고 말을 이었을 때는 정면, 그리고 '거지?'라고 말을 끝마칠 때에는 오른편에 서서 예의 그 웃음을 K의 귓가에 흘려보내고 있었다.

"눈을 뜨면 알 수 있을 거야."

용진이 말했다. K는 왼손으로 눈을 비볐다. 그러자 간신히 눈을 뜰 수 있었는데 처음엔 모든 게 희뿌옇게 보여서 단지 용진 말고 누군가 자신의 앞에 서 있다는 것만을, 그리고 시간이 흐르자 그것이 여자라는 것을 알 수 있을 정도였다. 약간의 시간이 더 흐르고 나서야 K는 자신 앞의 여자가 누구인지 확연히 알 수 있었다. 그녀의 팔뚝에서는 끊임없이 피가 흘렀고 그 피는 바닥에 고였다가 흘러서 K의 발밑까지 차올랐다. K는 구역질을 했다. 현주가 끊어진 팔목을 슬프게 내려다보며 말했다.

"나를 좋아한다고 했잖아."

*

머리가 지끈지끈 아프다. 몸이 많이 약해졌다는 생각이 든다. 몇 시지? 나는 시계를 본다. 아직 새벽인 것 같다. 방이 어두워서 나는 아직 새벽이라고 생각했다. 나는 시계를 보았다. 희미한 어둠 속에서도 검은 바탕에 흰 시곗바늘, 6시가 조금 넘은 시각이다. 나는 일어나서 방문을 열고 부엌으로 갔다. 찬물을 들이켰다. 갈증. 다시 이불 속으로 몸을 파묻으며 나는 갈증을 느꼈다. 어젯밤 내가 무슨 짓을 한 건가?

잠은 오지 않는다. 머리는 맑아졌다. 몇 시지? 오늘은 무슨 요일일까? 제경이 말했다.

"내일은 발표니까 집에 일찍 들어가야지."

그래, 오늘은 수요일이다. 오늘 발표가 있는 것이다. 바보같이…… 나는 그것을 까맣게 잊고 있었던 건지도 모른다. 나는 대체 무슨 생각을 하며 사는 걸까? 요즘의 나는 도무지 내가 무엇을 하려고 하는 건지 모르겠다고 느껴진다.

발표는 예정보다 일찍 실시되었다. 나는 수요일 오전 8시 20분경에 합격을 확인했다. 합격이라는 것이 물론 기분 나쁜 일은 아니었지만 사실 그리 유쾌하지도 않았다. 내 예상 점수는 커트라인을 훨씬 웃돌았던 것이다. 어떤 의미에서는 삼수의 길로 들어설까 망설였던, 시험을 치르고 난 뒤 며칠 밤을 생각하면 오늘의 합격은 나에게 별로 감흥이 없었다. 그러나 결국엔 대학을 다녀야 한다는 생각과 삼수는 안 된다는 생각이 나를 조금 기분 좋게 했다. 오랜만에 가족끼리 나가서 점심을 했다. 나는 집으로 돌아와서 무엇을 할까 생각하다가 제경에게 전화를 걸었다. 제경은 불합격이었다. 그는 나에게 오늘 밤 술이나 한잔하자고 했다. 나는 망설이다가 하얀색 원피스의 전화번호를 그가 아직 가지고 있다는 것을 떠올렸고 그럼 어디서 만날까 물었다. 하얀색 원피스는 그만한 가치가 있었다. 그러다 문득 현주의 생각을 했다고 하는 게 옳다. 사실 나는 한동안 내가 현주를 좋아한다고 생각했다. 그러나 이제 와서 생각해보면 내가 좋아한 것이 현주인지 아니면 그녀의 하얀 허벅지인지 모호했다. 단지 현주에 대해 생각하면 그녀에게 미안한 마음이 반, 그녀 또한 나를 바람맞혔으니 결국엔 그녀와 나 사이엔 아무것도 남아 있지 않은 거라는 떳떳한 마음이 반이었다. 또한 그러다 용진을 생각했다. 나는 내가 대학에 합격하면 그와 다시 만날 수 있을 거라는 생각도 했었다. 그러나 용진은 죽었다.

그것은 분명한 일이다. 그리고 나는 용진의 집에 가겠다는 생각을 다신 하지 않을 것이다. 그것은 어리석은 짓이다. 어쩌면 동영을 다시 만날 수도 있겠지. 어쨌든 나는 모든 생활을 다시금 시작해보겠다는 각오가 생긴 것이다. 나는 담배를 한 대 피웠다. 제경을 오늘 밤 만나야 한다. 그에게서 하얀색 원피스의 전화번호를 받을 생각이었다. 그리고 내일쯤 그녀를 만나야지라고 생각하니 기분이 좋아졌다. 나는 화장실로 들어갔다.

　화장실로 들어가 거울을 들여다보았다. 가끔씩 거울을 보고 있으면 재미있어지는 경우가 있다. 거울 안은 항상 나에게 또 다른 세계였던 것이다. 그래서 그런 생각에 거울에 얼굴을 가까이 대고 마치 거울 속으로 빨려 들어가는 듯한 자세로 거울의 이면을 보려고 애쓴다. 거울의 이면을 본다는 것은 거울 면에 얼굴을 대고 내가 있는 바깥 세계를 본다는 것이다. 그러려면 먼저 정면에서는 보이지 않는 거울 안을 보아야 한다. 그것은 또한 무엇을 말하느냐 하면, 얼굴을 거울에 맞대고 눈을 아래로 내리깔면 내가 있는 바깥 세계와 거울 안의 세계가 맞닿은 단면을 볼 수 있으며 그것은 또한 두 세계를 한눈에 볼 수 있다는 거다. 그러나 결국 내 머리는 거울에 막혀서 더 자세히 볼 수 없고 나는 또다시 거울의 이면을 보는 데에는 실패하고 만다. 오늘은 달랐다. 나는 좀더 오랜 시간 동안 거울에 얼굴을 맞댄 채 있었다. 그리고 어떤 생각을 했느냐 하면 거울 안의 세계란 지금의 세계와 별 다를 바가 없다고 생각했다. 사실 거울 안에서 바깥을 보든 거울 밖에서 안을 보든 내가 볼 수 있는 건 나 자신밖에 없다. 거울을 통해 누군가를 본다는 건 어리석은 짓이다. 거울을 통해 사람들을 보면 그들은 전혀 낯선 사람이 되고 만다. 거울에서 가장 익숙한 건 자신밖에 없다. 나는 손을 뻗어본다. 손을 뻗어 거울 면에 대본다. 차가웠다. 나는 문득 뒤를 돌아보았다. 거울 안에 누군가가 서 있었다. 그러나 그 사람은 전혀 본 적이 없는 낯선 사람이었다. 나는 피식 웃음을 터뜨렸다. 그리고 참으로 우스운 생각이라고 단정 지었다. 욕조에 걸터앉아서 자위행위를 했다. 현주 생각을 했지만 잘 되지 않았다. 결국엔 예전에 보았던 포르노 테이프의 한 장면을 떠올리고서야 일을 끝마칠 수 있었다. 나는 손과 바닥을 물로 씻어냈다. 화장실을 나와서 방으로 다시 돌아왔다. 커피를 마시면서 잠시 앞으로의 대학 생활에 대해 생각했다. 그렇게 대단한 것은 없겠지……

*

목요일 오후 나는 외출을 했다. 체크무늬 코트의 깃을 세우며 나는 주머니에 손을 꽂아 넣었다. 주머니 속에 담배 한

갑이 만져졌다. 오랜만에 꺼내 입는 옷이었다. 날씨는 매서웠다. 이런 날씨에 매섭다 이외의 표현은 어색할 거라는 생각이 든다. 전철역까지 걸으며 나는 담배 두 대를 태웠다. 하늘은 낮고 침울하게 보여서 곧 눈이라도 쏟아질 것 같았고, 대기에 습한 기운도 느껴졌다. 전철을 타고 방배역에서 내렸다. 신호등 앞에 서서 나는 다시 담배 한 대를 꺼내 물었다. 그때 나에게 무슨 일인가가 일어났던 것이다.

나는 왜 이 신호등 앞에 서 있을까? 신호가 바뀌기를 기다리며 그런 생각을 하게 된 건 순전히 신호등 때문이었다. 나는 지금 어디로 가고 있는 걸까? 신호가 바뀌면 나는 이 횡단보도를 건널 것이다. 그리고 어디로? 다시 건너편에서 이쪽 편으로 건너기 위해 신호가 바뀌기를 기다릴 것만 같았다. 그렇담 결국 나는 다시 지금 이쪽 편으로 건너오기 위해 신호가 바뀌기를 기다리는 건가? 달라지는 건 시간뿐이다. 나는 여기에 서 있다. 그리고 이후에도 여기 서게 되는 것이다. 10분 후, 아니 5분 후에 나는 다시 여기에 설 것이다. 그때 나는 뭐가 달라지는 걸까? 저쪽 편으로 갔다 왔다는 것이 무슨 의미일까? 나는 왜 이 신호등 앞에 서 있는 걸까?

나는 담배에 불을 붙이지도 못하고 신호가 바뀌어도 움직이지 못한다. 사람들이 이상한 눈초리로 나를 쳐다본다. 총총한 걸음으로 그들은 횡단보도를 건넌다. 건너지 않는 사람은 나뿐이다. 신호등 앞에 서 있던 사람들은 모두 건너편으로 건너간다. 이쪽 편의 사람들은 저쪽 편으로 저쪽 편의 사람들은 이쪽 편으로 각자의 목적을 가지고 횡단보도를 건너고 있다.

나는 담배에 불을 붙였다. 담배 한 대를 다 태울 동안 나는 여전히 거기에 그러고 있었다. 왜냐하면 어쩐지 이 동네가 낯이 익다는 생각이 들어서였다. 특히 길 건너 주유소가 내 시선을 붙들고 놔주지 않았다. 그래서 다음 신호에서 나는 길을 건넜다. 주유소 근처에 다다랐을 때 나는 주유소 옆에 있는 공중전화 부스를 보았다. 우습게도 전화벨 소리가 들렸던 것이다. 나는 조금 멍청해져서 주위를 둘러보았다. 사람들은 추운 날씨에 종종걸음을 치며 걸음을 서두를 뿐 공중전화 부스 쪽으로는 눈길을 주지 않았다. 마치 그들의 귀에는 전화벨 소리가 들리지 않는 것처럼 말이다. 나는 공중전화 부스 안으로 들어가 수화기를 들었다.

"여보세요."

"K구나."

현주의 목소리였다. 나는 물었다.

"웬일이야?"

"전화한다고 했잖아."

나는 할 말이 없었다. 화요일에 있었던 일이 생각났다. 빨리 전화를 끊어야지,라고 생각했다. 현주는 잠시 말이 없다가 곧 다시 내게 물었다.

"왜, 전화 안 해?"

"조금 바빴어."

"그래?"

그녀는 말꼬리를 흐렸다. 그리고 이제쯤 전화를 끊어야겠다고 생각했을 때 그녀는 다시 내게 물었다.

"근데 아직 난 너의 집 전화번호를 몰라. 왜 가르쳐주지 않는 거지?"

나는 뭐라고 답해야 할지 몰랐다. 사실 나는 현주에게 전화번호를 가르쳐주지 않았던 것이다. 그건 바보 같은 짓이다. 나는 그녀를 좋아하지 않았다. 그리고 지금도 여전히 그녀에게 전화번호를 가르쳐주는 어리석은 짓은 하고 싶지 않았다. 나는 이미 끝나버린 여자가 귀찮게 우리 집에 전화하는 걸 용납하지 않는다.

"나 지금 어디 가봐야 되거든. 나중에 내가 전화할게."

"어디?"

"친구 집에."

"응, 용진의 집에 가는구나."

나는 전화를 끊었다. 몸을 돌리려는데 발밑이 끈적끈적했다. 아래를 내려다보았다. 전화 부스 안엔 피가 흥건히 고여 있었고 그 피는 수화기에서 떨어진 것이었다. 나는 지금껏 내가 들고 있던 것이 현주의 잘린 팔이었음을 깨달았다. 구역질이 느껴졌다. 나는 공중전화 부스의 문을 밀어보았지만 열리지 않았다. 수화기에서 현주의 목소리가 흘러나왔다.

"나를 좋아한다고 했잖아?"

나는 공중전화 부스 밖을 내다보았다. 멀리 용진의 집이 보였다.

목요일 오후 4시 K는 압구정동 카페 YESSS의 문을 열었다. 오랜만에 약속에 늦지 않았다는 생각을 했다. 잠시 그녀가 오지 않은 게 아닐까 의심했지만 카페의 구석진 자리에서 그녀가 손을 흔들어 보였다. 그녀는 압구정동에 살고 있다. K는 그 자리로 걸어가면서 잠시 무슨 말을 할까 머릿속으로 생각해보았다. 자리에 앉으면서 K는 말했다.

"오늘은 하얀색 원피스가 아니네."

춤추는 소녀

주희는 춤을 추고 있었다. 승오는 우연히 그것을 발견했다. 그녀에게는 아무 관객이 없었다. 그녀는 운동장 귀퉁이에 있는 체육관 건물 옆쪽의 공간, 철망 펜스와 맞닿아 있는 좁은 공간에서 춤을 췄다. 그곳은 일반적으로 출입이 금지되어 있었다. 선생들은 그곳에 학생이 모여 있으면 나가라고 소리쳤다.

　하지만 그런 데를 원하는 학생이라면, 즉, 어딘가 으슥한 데를 원하는 학생이라면, 그들을 만족시킬 더 그럴듯한 장소는 여러 군데 있었다. 출입이 금지되어 있지만, 굳이 금지시킬 만한 데는 아니었다. 그런 이유에서 그곳에는 대개 사람이 없었다. 그녀는 왜 이런 곳에서 혼자 춤을 추고 있을까?

　동영상을 찍고 있었다. 춤을 마치고 나서 철망 바닥에 비스듬히 놓여 있던 휴대폰을 집어 드는 걸 보고 승오는 상황을 파악했다. 그녀는 마스크를 벗었다. 그제야 승오는 그녀가 주희인 줄 알았다. 주희도 승오를 발견했다. 두 사람은 같은 반이었다. 언젠가 상황에 맞는 짧은 대화를 주고받았던 기억이 있었는데, 그게 언제인지 무슨 대화였는지 승오는 기억하지 못했다.

"뭐 하냐?" 승오가 먼저 물었다.

"어땠어?" 그녀는 가만히 승오를 바라보다가 갑자기 수줍은 듯한 말투로 되물었다.

"좋았어. 아주 잘 추던데. 깜짝 놀랐어." 진심이었다. 하지만 더 놀란 건 그녀의 말투였다. 이 애가 이렇게 다정한 애였나?

"난 이걸 인터넷에 올려. 짐작할 수 있겠지만."
사람들은 그것을 본다. 뜻밖에도 많은 사람이.

그녀의 영상에는 특별한 점이 없었지만, 그래서 더 특별했다. 예를 들어 이런 것이다.

가령 그녀가 주로 촬영하는 장소 중에는 고층 건물의 계단실이 있었는데, 모두가 알다시피 대부분의 사람들이 그 장소가 있다는 것을 알지만, 그러니까 구조적으로 반드시 그곳이 존재해야 한다는 것을 알지만, 또 그것이 대개 어떻게 생겼는지, 어떤 공간인지도 알지만, 일반적으로 전혀 사용하지 않는다. 당연히 모두들 엘리베이터를 이용하는 것이다.

거기에 어떤 의미가 있을까? 그녀는 왜 그곳을 선택했을까?

그녀가 말하기를 그것은 우연이라고 했다. 실제로 그곳은 그녀가 사는 아파트의 계단실이었다. 그녀는 그저 사람들이 없는 곳에서 동영상을 찍고 싶었던 것뿐이다. 그리고 그냥 인터넷에 올렸을 뿐이다. 그녀가 한 것은 단지 공개, 비공개 중에 '공개'를 선택한 것뿐이다.

승오는 그 동영상을 봤다. 조회 수가 어마어마했다. 아마도 알고리즘의 간택을 받았으리라. 거기에 어떤 특별한 점이 있었을까?

물론 그녀는 춤을 잘 췄다. 프로라고 해도 무리가 없을 만큼 췄다. 물론 실제 프로가 본다면 뭔가 지적할 것이 있을 테지만 적어도 승오가 보기에는 실제 TV에 나오는 이이돌만큼 또는 그 이상으로 췄다. 그녀의 외모는, 구체적으로 얼굴은 평범했지만 마스크를 써서 상관이 없었다. 나머지 부분은 괜찮았다. 즉, 팔다리가 가늘고 긴 편이었다. 흔히 그런 동영상의 다른 여자들처럼 몸매가 굉장히 부각되는 것은 아니지만, 즉 볼륨감이 있다고는 할 수 없지만 굉장히 균형 잡히고 탄탄하게 보였다. 실제 그녀를 알고 있는 승오로서는 조금 신기한 일이었다. 실제 학교에서 그녀는 그렇게 보이지 않기 때문이다.

어쩌면 카메라의 각도도 영향을 끼쳤을 것이다. 즉, 아래에서 위로, 발끝에서 천장까지의 높이와 세로 화면의 좁은 폭 등, 프레임의 효과도 있었을 것이다.

물론 나중에 그 동영상을 보고 나서 다시 학교에서 그녀를 봤을 때, 그렇게 유심히 바라본다면, 그녀가 가진 몸의 장점을 발견하기는 어렵지 않았다.

하지만 동영상의 특별한 점은, 바로 그녀가 그 장소와 완벽히 일치한다는 것이었다. 그런 느낌을 승오는 처음에 이해하기 어려웠다. 오히려 그 반대이지 않은가? 그런 허름한, 구석진 듯한 공간에서 어린 여자애가 화려한, 또는 귀엽거나 섹시한 아이돌 댄스를 추는 것이, 오히려 대비되는 게 아닌가? 마치 폐공장이나 폐건물 등에서 찍는 실제 그들의 뮤직비디오처럼 말이다.

하지만 아니었다. 거기에는 대비되는 점이 전혀 없었다.

그녀가 허름하거나 구석지게 보인다는 게 아니었다. 특히 그녀의 춤을 보면 절대 그렇게 말할 수 없었다. 물론 그녀가 아무리 잘 춰봤자 그것은 흔한 아이돌 카피 댄스에 불과했다. 대단한 창작 안무가 아니였다.

하지만 그녀가 거기에 있었다. 허름하고 구석진, 필요하지만 존재하지 않는 것 같은 공간에. 그저 어쩌다 남게 된 것 같은 자투리 공간에. 그리고 바로 그녀가 그렇게 보였다. 이 말은 거꾸로 그런 공간들이 마치 무대 위 아이돌의 모습처럼, 화려하고 귀엽고 섹시하게 보인다는 게 아닌가? 아니, 그 반대일 수 있다. 그런 무대 위 공간이, 바로 계단실처럼 보인다는 것일 수도 있다. 그곳들이 아무 감흥 없는, 필요하지만 무의미한 잉여의 공간처럼, 그녀들이 카피에 불과한 것처럼, 보이는 게 아닌가?

하지만 어떤 것이든 결과는 마찬가지였다. 승오는 그것을 잘 이해하기 어려웠다.

물론 그녀가 그들처럼 대단한 무대 의상을 입은 것은 아니지만, 그렇다고 그 공간만큼 허름한 복장인 것도 아니었다. 교복일 때도 있었지만, 그래도 나름 꾸민 듯한 복장, 로고가 크게 적힌 패션 티와 반바지, 무릎 위까지 오는 데님 치마 등이었다. 대단한 노출은 아니지만, 반바지 아래로, 카메라 앵글에 따라 허벅지 안쪽 꽤 깊은 곳까지 보여지기도 했다. 하지만 당연하게도 그런 노출은 공중파 TV의 음악 방송에도 미치지 못했다. 맘만 먹으면 그보다 더한 것은, 접속 제한을 뚫지 않아도 인터넷에서 숱하게 찾아볼 수 있다. 그럼에도 승오는 동영상을 반복해 보면서 매우 흥분해 있는 자신을 발견했다.

어쩌면 그 동영상을 본 다른 모든 사람도 나와 같이 느끼는 게 아닐까?

처음 몇 개는 알고리즘의 간택이 있었다 해도, 다른 동영상들까지 꾸준히 조회 수가 있는 걸 보면 그럴 수도 있었다.

"어땠어?" 주희는 수줍게 물었다.

승오는 뭐라 대답하기가 어려웠다.

"하지만 이것은 실제의 내가 아냐."

"어째서?"

"내 말은…… 이 사람들이 보는 것은 실제의 나와 다르다는 거야. 다른 것을 보고 있어."

"실제의 너는 어떤데?" 승오가 물었다.

"실제의 나는 실제의 나지. 승오, 네가 알고 있고, 그리고 지금 보고 있는 나지."

승오는 가만히 주희를 쳐다봤다. 마스크를 쓰지 않은 주희. 자신이 이전에 알던 주희. 그리고 지금 보고 있는 주희. 승오는 그녀가 무슨 말을 하고 있는지 대충 짐작이 갔다.

"나는 아무것도 아니지. 나는 평범해. 아니 따지자면 못생긴 쪽에 가깝잖아?"

승오는 그렇지 않다고 말했다. 하지만 어느 쪽이 더 가깝느냐를, 평범과 못생김 사이의 어딘가를 따진다는 것 자체가 우스운 일이었다. 그것은 전혀 다른 문제였다.

그럼에도 분명히 승오는 이전에 그녀의 존재 자체를 잘 몰랐다.

그녀를 눈에 담은 적은 한 번도 없었다. 가끔 길을 가다가, 또는 사람이 많이 모인 공공장소, 카페나 도서관 등에 앉아 있다가, 문득 아무 여자나 바라볼 때가 있다. 눈에 띌 때가 있다. 그녀가 누구라도 한번 보기만 하면 시선을 붙잡는 그런 미녀라서 그런 게 아니다. 오히려 그 반대다. 평범해서, 혹은 평범보다는 조금 나아서, 오히려 매력적으로 느껴지는 때가 있다. 또는 지금 내 눈에 매력적으로 보이는 저 여자가 다른 남자들에게도 그런가 궁금할 때가 있다. 물론 그녀들 중 누구도 아마 평생 다시는 마주칠 일이 없을 것이다. 그럼에도 여러 상상을 해보는 것이다. 아주 짧은 순간이라도.

그렇다고 주희가 성적이 뛰어나거나 다른 특출난 면을 지닌 것도 아니었다. 물론 반대의 의미에서도 그랬다. 성적이 형편없거나, 다른 학생의 먹잇감이 될 정도로, 보기 싫거나 보기 싫은 행동을 하거나, 그래서 그 비슷한 일을 겪는 것을 본 적도 없었다.

하지만 이제는 달랐다. 적어도 승오에게는 그랬다.

실제의 나. 실제의 주희.

승오는 어쩐지 연예인을 보는 것이 이와 비슷하지 않을까 싶은 기분이 들었다. 아니, 조금 다른 면은, 그녀 자신은 얼굴이 공개되지 않았을 뿐더러, 스스로 그런 사람이 아니라고 느낀다는 것이다. 그리고 당연히 조회 수가 일시적으로 많이 나온다고 해서 그녀가 실제 연예인만큼 특별한 사람인 것도 아니다. 언제든 조회 수는 떨어질 수 있고, 아마도 그럴 가능성이 높았다. 콘텐츠 자체에 한계가 있었다. 그녀도 그 것을 알고 있었다.

하지만 핵심은 바로 그녀 자신의 말에 있었다. 그 동영상의 그녀는 실제 그녀가 아니다. 승오는 그 말에 백 퍼센트 동의했다. 실제 그녀는 바로 지금 승오의 눈앞에 있었다. 그리고 그게 더 승오를 흥분시켰다.

"나는 너와 달라." 그녀는 계속 말을 이었다.

"그게 무슨 말인데."

"너는…… 조금 유명하잖아."

"내가?"

"그래. 너 좋아하는 여자애도 많아."

"말도 안 돼."

"너 정도면 괜찮지. 성적도 상위권이고 머리도 좋고 친절하고…… 또 잘생겼지. 물론 엄청 그런 건 아니지만."

그녀는 웃었고 승오도 따라 웃었다. 물론 승오도 자기 자신에 대해, 그러니까 학교에서 자신의 위치에 대해 전혀 무신경한 건 아니었다.

"너는 어떤데?"

"내가 뭐?"

"너도 그렇게 생각해? 내가 잘생겼다고?"

어떤 일이 일어날 때, 사람들은 바로 그 순간에, 그게 어떤 일인지 알 수 있을까?

실제의 나. 실제의 주희. 실제의 승오.

승오는 마스크를 쓰지 않은 주희의 얼굴을 쳐다봤고 그 얼굴은 동영상에 나오지 않는다는 생각을 했다. 하지만 나머지는 그대로였다. 주의를 기울이면, 눈썰미가 있다면, 뒷자리의 여자애들처럼 특별히 손보지 않은, 평범한 교복 아래로 그녀의 몸이 지닌 장점을 알아챌 수 있을 것이다. 물론 그 몸이 어떤 동작을 할 때, 팔을 뻗거나 다리를 구부렸다 찰 때나, 단지 앞이나 뒤로 이동할 때, 그것은 더욱 매력적으로 보인다. 하지만 지금은 가만히 앉아 있다. 그럼에도 승오는 그 모습을 너무나 선명하게 머릿속으로 떠올릴 수 있었다.

그날 두 사람은 사귀기로 했다. 승오는 그녀의 손을 잡았고 팔을 어루만졌다. 입을 맞추고, 재킷 안으로 손을 넣어 블라우스 위로 그녀의 가슴을 만졌다. 실제 가슴이라고 승오는 생각했다. 주희도 그것이 승오의 실제 손이라고 생각했다. 두 사람은 오랫동안 입을 떼지 않았다. 머리끝이 쭈뼛쭈뼛 서는 느낌을 승오는 받았다.

입을 떼고 나서 주희가 물었다. "좋았어?"

두 사람은 사귀는 걸 공개하지 않았다. 특별히 그렇게 하자고 누가 먼저 말을 꺼낸 것도 아니고 별 이견 없이 합의를 본 것도 아닌데, 즉 그 문제를 의논한 적도 없는데, 그냥 자연스럽게 그렇게 됐다. 학교에서 두 사람은 처음 그녀가 춤을 추는 걸 승오가 발견한 그 장소, 체육관 옆 공간에서 시간을 보냈다. 승오는 점점 더 대담해졌다.

승오의 손은 이제 블라우스 안에 있었다. 그녀의 배, 하고 승오는 생각했다. 영상 중에 배가 드러나는 게 있었다. 짧은 크롭 티. 검은색이었다. 군살 하나 없이 탄탄하게 보였다. 승오는 자신이 본 것과 똑같다고 생각했다. 아니, 그 이상이었다. 당연히 따뜻했고 부드러웠다. 승오는 하나하나 확인했다.

이제 그의 손은 아래로 내려갔다. 가장 눈에 띄었던 허벅지. 그 영상이 조회 수가 가장 높았다. 수십만. 물론 사이트에는 그만한 조회 수가 나오는 영상이 수없이 많았다. 누구나 그런 조회 수를 올리는 건 아니지만 한두어 개, 운이 좋으면 기적 같은 일도 아니었다. 그리고 더욱 중요한 건 그만한 조회 수를 꾸준히 올리는 것일 테지만, 승오는 가끔 그 숫자를 생각하면 마음이 이상해졌다. 이게 너희가 보는 거야,라고 승오는 생각했다. 승오는 손가락에 힘을 주었다.

"아파. 이제 그만해."

주희는 불평했지만 승오는 멈추지 않았다. 그녀도 더 적극적으로 말리지 않았다. 승오는 그녀의 그런 순종적인 태도에 더 흥분이 되었다. 하지만 바깥에서 눈에 띄지 않는다 해도, 일부러 찾아와 들여다보지 않으면 그들이 뭘 하는지 발견되지 않는다 해도, 그럼에도 그곳은 학교였다. 승오는 결국에는 손을 빼야 했다.

그들이 더 많은 시간을 보내는 공간은 그녀의 집이었다.

어느 날 쉬는 시간에 그녀에게 문자가 왔다.

'있다 저녁에 집이 비는데 놀러 올래?'

문자가 그녀의 것이라는 것을 확인하자마자 승오는 무의식적으로 교실을 둘러보았다. 그녀의 자리를 확인했다. 그녀는 자기 자리에 앉아 어떤 친구와 대화를 나누고 있었는데, 그녀는 주희와 자주 시간을 보내는 친구였다. 승오가 보기에 단짝 친구까지는 아니고, 두 사람 다 특별한 무리가 없어 서로 시간을 보내는 것 같았다. 신기하게도 문자가 오자마자 주희를 봤는데도 그녀는 방금 막 문자를 보낸 것 같은 분위기가 전혀 아니었다. 휴대폰을 손에 쥐고 있지도 않았다.

"뭐야? 문자 왔어? 우리 반 애야?"

진규가 물으며 승오의 휴대폰을 넘겨보려 했다. 승오는 재빨리 화면을 껐다.

승오는 가끔 진규가 이렇게 친한 척을 하면 짜증이 났다. 항상 그런 건 아니었고, 이를테면 얼마 전 화장실 앞에서 그랬다. 승오는 그가 왜 아무 하는 일 없이 그곳에서 시간을 보내는지 알았다. 망을 보는 것이었다. 하지만 웃기게도 그는 그런 티를 내지 않으려고 애썼다. 누구라도 조금 친분이 있는 친구가 지나가면 말을 거는 것이다. 그렇게 대화를 나누는 시간 동안만큼은 그는 망을 보는 게 아니었다. 승오에게도 말을 걸었다.

우리가 친한 사이인가? 그렇다고 말할 수도 있었다. 중학교 때부터, 정확히는 1학년 때부터 승오는 진규를 알았다. 그때 그는 매력이 넘치는 친구였다. 그와 같은 초등학교를 나온 친구로부터 나중에 들어서 알게 되었는데 반장이니 전교 회장이니 하는 걸 도맡았던 친구였다. 공부를 잘했을 뿐만 아니라, 여러 방면에서 아는 게 많았다.

어쩌면 문제는 더 이상 그의 키가 자라지 않았던 데 있는지 몰랐다. 그리고 외모적 특징, 단점들, 큰 얼굴이라든지, 항상 부은 듯한 눈이라든지, 지저분한 피부 등이 두드러졌다. 그는 더 이상 매력적으로 보이지 않았다. 그는 여전히 공부를 잘했지만 중학교 때 만큼은 아니었다. 그때 그가 받았던 전교 등수가 이제 반 등수가 되었다. 그래도 상위권이었다.

한동안 다른 반이어서 그의 모습을 보지 못했다. 한번은 어쩌다 그 애가 누군가한테 맞았다는 얘기를 들었다. 승오가 가장 놀랐던 건 그를 때린 무리 중에 동명이 있다는 것이었다. 중학교 1학년 때, 승오가 처음 진규를 보았을 때, 그가 아이들을 모아놓고 대화의 중심에 있을 때, 같이 그의 얘기를 듣던 애 중에 하나가 동명이었다. 승오는 누구보다 동명이 진규를 좋아했다고 기억했다.

물론 승오도 진규를 좋아했다. 그는 매력적이었다. 그 애가 반의 중심에 있었다.

　화장실에서 나오자마자 진규가 승오의 팔을 잡았다. 승오는 믿을 수 없을 정도로 짜증이 났다. 그 마음이 승오의 얼굴에 드러났다. 승오는 자신의 얼굴이 어떤지 진규의 표정을 보고 알았다. 하지만 진규는 그것에 대해 별말 하지 않았다. 승오는 자신이 언젠가 진규를 때릴 거라고 느꼈다. 그냥 한 대 때리는 게 아니라, 죽일 듯이 팰 거라고 느꼈다. 하지만 동시에 절대 그런 일은 없을 거라는 걸 알았다. 승오는 그런 아이가 아니었다. 하지만 그러고 싶었다. 왜? 내가 왜 그래야 하지?

　그러면 기분이 좋을 것 같았다. 바로 이 순간, 진규가 그의 휴대폰을 다시금 장난스레 뺏으려 들 때도, 승오는 그를 때리면 얼마나 기분이 좋을까, 지금 그의 목덜미에 손날을 내리꽂거나, 아니면 먼저 저 커다란 얼굴에 정권을 한 대 먹이고, 그의 얼굴을 책상에 누른 채로 마치 망치를 휘두르는 것처럼 주먹으로 내리치면 얼마나 기분이 좋을까 생각했다.

　그 상상은 놀라울 정도로 승오를 기분 좋게 했다. 물론 그만큼 기분 좋은 것은 주희의 문자 내용이었다. 그녀의 집에서 오늘 저녁 하게 될 일, 해도 되는 일, 하고 싶은 일들을 상상하며 승오는 너무 행복했다.

　주희는 처음이 아니었다. 그 사실을 알게 되었을 때 승오는 자신이 그럴 거라고 짐작했다고 생각했다. 하지만 정말일까?

승오는 처음이었다. 하지만 야동 등을 통해 충분히 학습한 덕분인지, 아니면 이미 경험이 있는 주희의 조심스러운 리드 덕분인지 별 어려움은 없었다. 물론 승오는 자신이 처음이란 걸 미리 말하지 않았다. 어느 순간 주희가 물었다. "처음이야?" 승오는 뭐라 대답하기가 어려웠다. 주희는 그런 승오를 꽉 껴안았다.

주희의 집은 자주 비었다. 그녀의 어머니는 변호사라고 했다. 다른 가족은 없는 것 같았다.

섹스를 할 때, 주희는 전혀 다른 사람이 되는 것 같았다. 더 다정해진다고 할까? 평소의 주희, 학교에서 멀찍이 떨어져 바라볼 때의 주희를 생각하면 전혀 상상하기 어려운 모습이었다. 아무도 믿지 못할 것이다. 물론 승오의 입장에서는 더할 나위 없는 일이었다. 승오는 그 순간에, 즉 그녀와 섹스를 할 때면, 자신이 전혀 다른 세계에 있는 것 같은 느낌을 받았다. 그것은 단지 육체적인 것만이 아니었다. 물론 육체적인 감각도 전혀 새로웠지만, 따져보면 단지 그녀와 단둘이 있게 될 때면, 또는 그녀의 비어 있는 집에 들어갈 때면, 바로 그 순간에 자신이 전혀 다른 세계의 문을 여는 것과 같다고 느꼈다. 마치 게임처럼.

그녀는 승오가 요구하는 것을 웬만하면 다 받아들여줬다.

동영상에서 봤던 여러 가지 것들. 심지어 마스크를 쓰고 춤을 춰줬다. 그 외에는 아무것도 입지 않은 채로. 승오는 그 것을 동영상으로 찍었다.

어느 날에 두 사람은 집 밖을 나와 바로 그 층에 있는 계단 실로 갔다.

"여기야." 주희는 말했다.

첫 동영상을 찍었던 데. 그 후에도 자주 이곳이 배경이었 다. 당연히 영상으로 보았던 만큼 눈에 익었는데, 당연히 주 희가 거짓말을 할 이유가 없으니까 똑같은 장소일 텐데, 실 제로 보는 것은 전혀 다른 느낌이었다. 승오는 이상한 기분 이 들었다.

"자, 거기 서봐." 승오는 말하고 그녀가 항상 휴대폰을 두 던 맞은편 벽에 등을 대고 바닥에 앉았다. 그리고 몸을 낮추 고 거의 바닥에 눕다시피 해서, 휴대폰 카메라가 찍는 바로 그 앵글을 눈에 똑같이 담으려고 했다.

"왜 또 무슨 이상한 짓 시키려고?"

"이상한 짓? 이상한 짓 뭐?"

승오는 능글맞게 웃으면서 되물었다. 그러면서도 여전히 불편한 자세로 시선을 그녀에게 고정시키고 있었다. 그 순 간 승오는 자신이 단지 하나의 시선에 불과하다고 느꼈다. 수십, 수백 만의 시선 중 하나. 하지만 자신은 그들과 다르다 고 느꼈다. 그는 화면 속으로 들어갈 수 있었다. 승오는 손을 뻗었다. 마치 존재하지 않는 신기루를 향해 그러듯이. 마치 망원경을 눈에 대고 수백 미터나 떨어진 물체를 눈에 보이는 대로 잡을 수 있을 것처럼.

주희는 그런 그를 미소를 띤 채 가만히 바라보았다. 마치 승오가 정말 이상한 짓을 시키길 바라듯이.

"덕환이 알아?"

"박덕환?"

"그 애가 이 아파트에 살았어."

이제 두 사람은 벽에 나란히 기대 앉아 있었다. 사방은 조용했다. 밀폐력이 높은 두꺼운 방화문이 각 층마다 규정대로 잘 닫혀 있기 때문이기도 했겠지만, 기본적으로 이 아파트의 사람들은 이동을 잘 하지 않는 것 같았다. 물론 특별히 그럴 이유는 없었다. 그리고 전혀 아무 소리도 들리지 않는 건 아니었다. 엘리베이터 벨 소리, 현관문이 닫히는 소리 등이 가끔씩 아주 먼 데서 들리듯이 들려왔다.

몇 년 전의 일이었다. 승오가 아직 중학생 시절일 때 그 애는 다른 중학교였지만, 어차피 한 동네였기 때문에, 한 다리만 건너도 덕환을 아는 애가 있었다. 그 애는 자살했다. 뉴스에 나올 정도로 화제가 되었는지 모르겠지만, 승오는 바로 다음 날 학교에서 전해 들었다. 뉴스에 나왔었나? 본 것 같기도 했다.

"아는 애였어?"

"이 아파트에 살았었어."

승오는 가만히 있었다.

"재밌는 얘길 들려줄게."

"어떤?"

"그 애는 옥상에서 뛰어내렸어. 바로 이 건물 옥상 말이야. 근데…… 그 애 집이 3층인가 4층이었는데, 그 애는 걸어서 35층까지 올라갔어. 바로 여길 지나갔어."

주희는 잠시 말을 멈췄다가 다시 이었다.

"엘리베이터가 있는데…… 35층은 너무 높잖아. 왜 그랬을까?

어쩌면…… 처음에는 아주 단순한 생각이었는지도 몰라. 만일 집이 3층인데, 학교에서 돌아와서 엘리베이터 앞에 섰는데 그게 막 떠난 거야. 그리고 계속 올라가는 거지. 그래서 그냥 걸어서 가기로 했는지 모르지. 3층이라면 그럴 수 있잖아. 예전에도 그랬었는지 모르고. 그러다 그냥 집을 지나친 거야. 그러니까…… 처음에는 옥상까지 올라갈 생각이 없었던 거지. 죽으려고 하지 않았어. 그 애는…… 뭐랄까, 그냥 계속 집으로 가기 위해 올랐던 거야.

두번째는 엘리베이터 CCTV에 찍히고 싶지 않았는지도 모르지. 여기 계단실에는 CCTV가 없거든. 물론 건물 입구나 복도에는 있지만. 35층까지 오르는 동안, 그러니까 나중

춤추는 소녀

에 자신이 죽고 나서 누군가 그것을 확인하면서, 자기 모습을 보는 게 싫은 거지. 치욕적이라고 느꼈는지도 몰라. 30초든 1분이든 엘리베이터가 오르는 동안, 35층까지, 그 마지막 모습을 사람들에게 보이고 싶지 않아. 나도 그랬을 거라 생각해. 생각해보면, 싫어.

왜냐하면…… 어쩌면 35층까지 올랐다가 막상 망설일 수 있잖아. 그럼 다시 엘리베이터를 타고 내려올 수 있고, 그러다 또 맘이 바뀌어서 다시 오르고. 그런 모습들. 그리고 표정 같은 것들. 표정이 아니라도 작은 행동들. 그런 게 남들에게 보이는 게 싫을 수 있지. 하지만 계단실에서는 괜찮은 거야. 망설여도 되고, 또 씩씩하게 올라도 되고, 울어도 되고……

어떤 사람들은 그 애를 바보 같다 여기지.

나는 자세한 얘길 들었어. 그 애를 죽음으로 몬 애들이, 집에까지 찾아와 협박을 하기도 했나 봐. 그래 봤자 어린애들이잖아.

도움을 구했다면…… 모르지.

하지만 우리가 그 애의 마음을 모르나? 그걸 이해할 수 없나? 만일 그 마음을 모른다면, 우리는 그 애를 괴롭힌 애들의 마음도 모르는 거야. 그래 봤자 그 애들이 얻는 게 뭔데? 그래 봤자 애들이고, 돈 몇 푼이고……

하지만 너도 알지만 그게 전부잖아. 그런 마음은 그냥 거기에 있는 거야. 괴롭히고 싶어. 손이 벌벌 떨릴 정도로 기분이 좋잖아.

그 애가 여길 지나갔어. 자, 들어봐. 가만히 있어봐."

주희는 말을 멈추고 가만히 귀를 기울였다. 승오도 숨을
죽였다.

"들려? 발소리?"

승오는 머리털이 쭈뼛쭈뼛 서는 느낌이 들었다. 갑자기
주희와 키스하고 싶어졌다. 정말 발소리가 들리는 것 같았
다. 그런 승오의 마음을 알았는지 주희도 고개를 돌려 승오
를 바라봤다. 승오는 주희의 입술을 봤다. 계속 뭔가 말하는
입술. 동영상에는 그 입이 나오지 않는다. 그 애의 입을 막고
싶었다. 가리고 싶었다.

"그 애는 계속 올라갔어. 멈출 수가 없었어. 어쩌면……
처음에는 자신이 그럴 수 있다고 생각했는지도 모르지. 죽
고 싶어. 이런 생각은 누구나 한 번쯤 하잖아. 그런 생각이
한 10층쯤에서는 멈출 수 있다고 생각했는지 몰라. 뭔가 다
른 생각이 떠오를 수도 있잖아. 그러기에는 엘리베이터가
너무 빠르니까. 그래서 계단을 올랐는지도 몰라. 그래서 그
애의 생각이 바뀐 거야. 그래서 그 애는 죽은 거야.

왜냐하면 오를수록 죽는 게 더 좋은 일처럼 느껴진 거지.
점점 더.

아마 이쯤에서는, 여기 18층쯤에서는 더 빠르게 올랐는지
도 몰라. 막 뛰었는지도 모르지. 계단실이 쾅쾅쾅 울릴 정도

로. 그 소리가 마치, 자신을 잡으러 오는 다른 사람의 소리처럼 느껴졌는지도 몰라. 막 울리니까. 그 사람에게 붙잡히면 자신이 죽지 못할까 봐 겁나서, 막 뛰어오르는 거야. 죽음을 놓치지 않기 위해서."

어디선가 쾅 하고 문이 닫히는 소리가 들렸다. 갑자기 여러 소리들이 들렸다. 승오는 그녀의 손을 꽉 잡았다. 이제 더 이상 그녀의 입에 키스하고 싶은 마음이 없어졌다. 그래도 주희는 계속 승오를 바라보고 있었다. 승오도 그녀에게서 눈을 떼지 못했다.

"죽고 싶어?" 주희가 물었다.

"좋게 해줄까?"

승오는 뭐라고 대답해야 할지 몰랐다.

"자, 일어서봐."

승오는 그녀의 말에 따랐다.

그녀는 승오를 벽에 기대 세우고는 그 앞에 무릎을 꿇고 앉았다. 그리고 승오의 바지 지퍼를 내렸다.

"좋게 해줄게."

진규는 그들이 뭘 하는지 보았다. 처음에 진규가 본 건 승오였다. 그가 체육관 옆으로 돌아 들어가는 걸 보았다. 그다음에 주희였다. 주희는 처음에 못 알아봤다. 둘이 함께 있는 걸 봤을 때도 그랬다. 거리가 멀어서도 그랬지만, 승오의 등에 가려서도 그랬다. 아니, 정확히 말하면 승오의 엉덩이였다. 단지 그녀가 서 있는 승오 앞에 쪼그려 앉아 있는 것만 확인할 수 있었다.

진규는 그들이 없을 때, 다시 그 자리에 가보았다. 거기에는 아무것도 없었다. 구석진 자리에 놓아둘 만한 기물, 장비, 시설 등 어떤 것도 없었다. 의외로 깨끗하고 널찍한 공간이었다. 운동장과 같은 흙바닥. 체육관 건물이 철망 펜스와 나란히 놓여 있는 게 아니어서 입구라고 할 만한 데서부터 조금씩 넓어지는 쐐기 모양을 이루고 있었다. 그러니까 겉에서 보는 것보다 안쪽 공간은 넓었다.

진규는 펜스 철망을 향해 서 있었다. 그 너머는 잡풀들이 우거진 공터였고, 좀더 멀리로는 갑자기 땅이 쑥 꺼지면서, 비가 많이 내리는 날에는 물이 흐르는 작은 계곡 같은 지형이 있었다. 옛날에는 실제로 개천이었던 것 같았다. 물이 줄어든 건지, 물길이 바뀐 건지, 또는 하수 처리 시설이 새로 생긴 건지 잘 몰랐다. 그 마른 개천길과 나란한 도로는 멀게 보였다.

그러니까 이곳에서 뭘 하든지 펜스 방향에서는 들킬 일이 없었다. 그렇다 하더라도 충분히 노출된 공간이었다.

'좋았어?' 갑자기 주희의 목소리가 들리는 것 같았다. '이렇게 노출된 데서 하니까 더 좋아?'

'좋고 싶어.' 진규는 생각했다. '나도.'

실제로 그렇게 말했던 것 같기도 했다. 자기 목소리를 들은 것 같았다.

그는 여자에 대해 생각했다. 여자애들. 어서 빨리 고등학교를 졸업하고 싶었다. 좋은 대학에 가야 했다. 하지만 자꾸만 성적이 떨어졌다. 집중하기가 어려웠다. 여자들 때문에.

그는 승오에 대해 생각했다. 그 친구를 처음 만났을 때. 첫날, 첫 수업, 첫 쉬는 시간. 승오는 진규의 바로 뒷자리였다. 자리에 앉은 채로 몸만 돌려서 승오의 얼굴을 봤다.

"너 되게 예쁘장하게 생겼네. 피부가 왜 이렇게 좋아?"

그런 말을 처음 듣는다는 듯이, 아니면 첫날이라 긴장한 탓인지, 승오는 얼굴이 빨개져서 어물어물했다. 그런 그 애가 며칠 전 화장실 앞에서 소리쳤다.

"씨발. 뭐래는 거야."

진규는 뒤돌아섰다. 콘크리트 벽, 별다른 외장재 없이 밝은 회색 페인트 칠만 되어 있었다. 진규는 가만히 그것을 바라보았다. 잠시 후 그는 쪼그려 앉아 다시 벽을 바라보다가 휴대폰을 꺼내 들었다. 사이트에 들어갔다. 그는 다시 벽면을 바라보았고 휴대폰의 동영상을 바라봤다.

"이거 우리 학교 교복 아니냐?"

진규는 승오에게 자신의 휴대폰을 보여줬다. 승오는 잠시 그것을 바라보는 척했다.

"맞는 것 같은데."

"우리 학교에 이런 애가 있었네."

동영상 속에서 주희가 춤을 추고 있었다. 볼륨이 죽어 있어서 그것은 얼핏 춤처럼 보이지 않았다. 승오가 처음 주희를 봤을 때, 바로 그날의 동영상이었다.

언제 이걸 올렸지? 어쩐 일인지 그날의 것은 올라오지 않았었다. 그저 맘에 들지 않아서라고 승오는 생각했다. 그 후에 찍은 것들은 몇 개 올라왔다. 조회 수는 여전히 잘 나왔고, 댓글도 점점 늘어났다.

언젠가 광고 문의가 들어왔었다고 주희가 말했다.

"어떤?"

"속옷."

"뭐?"

"농담이야. 그냥 의류 쇼핑몰이야. 근데 내가 멘트를 해야 돼. 직접 소개하는 식이야. 그러고 싶지는 않아."

"되게 잘 추네."

"그런가?"

"정말…… 누군지 알고 싶어. 다른 것도 있는데…… 이거 봐봐. 이 다리 봐. 좆나 섹시한데."

승오는 말없이 진규와 주희의 동영상을 봤다. 진규는 재생속도를 느리게 했다. 그리고 특정 구간을 반복했다.

"이봐. 미치겠네. 이상하지. 별 보이는 것도 없는데. 어제 밤새 봤어. 씨발 진짜 쌌대니까. 정말 이상해. 우리 학교 애라고 생각해서 그런가."

"미친놈."

"누군지 알 것 같아?"

"어떻게 알아. 우리 학교 여자애가 몇 명인데. 1학년일 수도 있고."

"아냐. 우리 학년이야. 교복을 봐봐. 우리 교복이 조금 바뀌었잖아. 밑에 애들은 다르다니까. 누굴까?"

진규는 교실을 둘러보았다. 승오는 주희가 어디 있는지 파악했다. 자기 자리에 앉아 있었다. 창가 자리. 그녀를 바라보는 게 어렵지는 않았다. 다행히 승오의 자리보다 앞쪽이었고 각이 크지 않은 대각선이어서 누구도 승오가 그녀를 바라본다고 생각하지 않을 것이다. 물론 그녀의 얼굴이 보이는 건 아니었다. 간신히 머리칼 사이로 그녀의 뺨과 턱선 정도가 보일 뿐이었다. 그럼에도 가만히 보고 있으면, 가끔 가슴이 터질 듯이 행복감에 빠졌다. 그녀의 작은 얼굴, 그녀의 입술, 그녀의 입안……

하지만 지금은 다른 쪽을 보려고 애썼다.

"누군지 알 것 같아." 진규가 말했다.

승오는 진규를 봤다.

"잘 보면 말이야. 키라든지, 몸의 형태라든지, 여기 이 가늘고 긴 팔, 그리고 이 다리. 잘 보면…… 계속 누군지 찾아보면…… 쉽게 찾을 수 있어.

나는 계속 찾아봤어. 여자애들을.

계속 제외시켜나가면서. 키가 작은 애들, 뚱뚱한 애들, 다리가 짧은 애들. 그리고 이 머리 모양, 머리칼 모양. 하루 종일. 화장실 앞에서. 복도를 지나는 애들. 특히 이거 봐봐. 여기 알아? 이건 체육관 건물이잖아. 이 벽이. 내가 가서 확인해봤어. 근데 거기서 내가 누굴 봤는지 알아?"

그때 주희가 자리에서 일어섰다. 그리고 아주 자연스럽게 고개를 돌려 승오를 바라봤다. 평소 같으면 아무도 그게 승오를 바라보는 거라고 생각하지 않을 것이었다. 그것은 매우 짧은 순간이었으니까. 하지만 지금은 아니었다. 승오의 옆에 진규가 있었고, 진규는 바로 그녀를 바라보고 있었다. 주희의 눈은 승오와 마주쳤고, 곧바로 진규와 마주쳤다. 하지만 그녀는 전혀 당황하지 않았다. 그녀의 눈은 순간적으로 아무도 보지 않은 양, 또는 봤지만 그것이 사람이 아닌 어떤 물체인 양, 자연스럽게 두 사람을 지나쳤고, 몸을 돌리면서 정면을 향했다. 그리고 교실 앞을 천천히 가로질러 앞문을 통해 복도로 나아갔다.

그것은 전혀 이상하게 보이지 않았다. 전혀 주목할 만한 장면이 아니었다.

그럼에도 승오는 마치 그런 그녀를 처음 본 것 같은 기분이 들었다. 교실 앞을 가로지르는 그녀의 걸음걸이. 그게 마치 그의 인생에 있어 굉장히 중요한 장면처럼 느껴졌다. 마치 방금 전 진규의 휴대폰으로 본 동영상처럼 아주 느리게 재생되는 것 같았다.

"주희야." 진규가 말했다.

"강주희."

"걔에 대해서 넌 아무것도 몰라." 동명이 말했다. 동명의 주위에는 그의 패거리들이 있었다.

승오는 그들이 그렇게 모여 있는 걸 자주 봤다. 하지만 이렇게 가까이서는 아니었다.

동명은 다른 반이었다. 중학교 1학년 때 이후로 같은 반이었던 적은 한 번도 없었다. 그래도 지나다 마주칠 때면 동명은 꼭 알은체를 했다. 그게 나쁘지는 않았다. 아니, 승오는 그게 너무 좋았다. 그 애가 알은체를 할 때면 자신이 꼭 대단한 사람, 즉 잘 나가는 애들 중 하나가 되는 것 같았다. 동명의 패거리 중 하나이면서 승오와 같은 반인 민기도 은근히 승오를 그렇게 대해주는 것 같았다. 반의 다른 애들도.

하지만 오래 같이 있고 싶지는 않았다. 중학교 때도, 같은 반이었을 때도, 오래 같이 시간을 보내는 사이는 아니었다. 그때 동명과 친했던 건 오히려 진규였다. 특별한 인연이 있

208

다면 휴일 같은 때, 만화방에서 우연히 만나게 된 정도였다. 거의 하루 종일 같이 있었지만 별 대화는 없었다. 점심 때 만화방에서 끓여주는 라면을 시켜 마주 앉아 먹었을 뿐이었다.

고등학교에 올라와서 한 번 동명의 도움을 받은 적이 있었다. 학기 초였는데 이유는 모르겠지만 승오가 타깃이 되었다. 시비가 붙어서 몇 대 맞았다. 쉬는 시간이 끝나고 수업 내내 승오는 자신한테 무슨 일이 일어나고 있는지 파악하기가 어려웠다. 그런데 다음 쉬는 시간에 동명이 왔다. 진규가 동명에게 알린 것이다. 승오를 때린 애는 승오에게 사과했다.

이번에는 진규가 승오를 동명에게 데려갔다.

"동명이 보자는데."

"왜?"

"민기도 있어."

승오는 화장실로 갔다.

화장실 안쪽으로 커다란 창이 하나 있었는데 항상 햇볕이 잘 들었다. 지금도 그랬다. 동명은 그 창을 등지고 창턱에 기대서 있었다. 입구에서 보았을 때 동명의 그 모습이 승오에게는 조금 우습게 보였다. 조금 웃기는 일처럼 느껴졌다. 햇볕이 너무 강해서 창 바깥이 보이지 않을 정도였다.

먼저 동명은 시험에 관한 얘기를 꺼냈다. 이번 시험에서 진규가 못 미더운 모양이었다. 최근 진규의 성적 하락은 가

속도가 붙은 것 같았다. 게다가 스스로도 아무 준비가 되어 있지 않고, 자신이 없다는 것이었다. 진규는 민기와 몇몇 친구들의 커닝을 도와주고 있었다. 그런데 다행히 승오의 자리가 좋다는 것이었다. 게다가 성적도 진규보다 좋았다. 그런데 동명의 친구니까 민기가 직접 부탁할 수는 없었다.

"괜찮지? 이번 시험 한 번만 도와주면 돼. 네가 자신 있는 과목만." 동명이 승오에게 물었다.

"네가 암기 과목의 신이라며."

승오는 곧바로 대답하지는 않았지만 시간을 오래 끌지도 않았다. 잘 모르겠다고 승오는 생각했다. 적당한 시간이. 너무 빨리 대답하는 건 웃기는 일이었다. 그렇다고 너무 오래 끌면……

"고마워." 동명이 말했다. "민기 너도 고맙다고 해. 썹새끼야."

민기도 고맙다고 했다.

승오는 자신이 적당한 시간을 찾아낸 건지 어떤지 잘 몰랐지만, 최악은 아니었다고 생각했다. 그러고 나서 다시 또 시간이 흘렀다. 승오는 다시 적당한 시간을 찾아내야 한다는 걸 깨달았다. 슬슬 돌아가려고 할 때, 동명이 입을 열었다.

"근데…… 내가 되게 재밌는 얘길 들었는데. 네가 주희랑 친하다며?"

"주희?"

"강주희."

"주희를 알아?"

"안다고 할 수 있지."

승오는 갑자기 가슴이 뛰었다. 아마 진규가 말한 것 같았다. 동명이 뭘 알고 있지? 아니, 그 전에 진규가 뭘 알고 있지?

"주희라고?"

"봐봐. 똑같잖아. 지금 저기 걸어가는 주희를 보라고."

주희는 교실 앞을 가로질러 걸어가고 있었다. 웃기게도 그 모습이 너무 멋지게 보였다. 단 한 번도 학교에서 주희를 보면서 그렇게 느끼지 못했는데, 마치 모델처럼 보였다. 동영상에서 본 것처럼, 춤을 추고 있을 때의 그녀처럼. 그녀 몸이 지닌 장점이 온전히 드러나는 것 같았다. 승오는 그게 뭔지 알았다. 직접 봤으니까. 정말 끝내주는 몸이야. 승오는 몇 번이고 그렇게 말했다. 물론 그뿐만이 아니었다. 그것은 단지 형태의 문제가 아니었다. 그랬다. 마치 춤을 출 때처럼, 거기에는 어떤 종류의 신비로운 움직임이 있었다. 눈에 두드러지지 않는 미묘한 움직임들. 그런 게 사람을 미치게 할 때가 있다. 그 존재감이 다른 모든 것을 압도할 때가 있다.

지금 주희는 그렇게 보였다. 누구라도 유의해서 본다면 알아채지 않을 수가 없었다. 진규의 말이 맞았다. 마스크로 가린 얼굴은 아주 작은 부분에 지나지 않았다.

승오는 이전까지 그게 뭔지 몰랐다.

"진규한테 들었어?"

"뭘?"

"나랑 주희."

"정말 친한가 보구나."

"뭐, 어느 정도는."

"걔에 대해서 알아?"

승오는 뭐라 대답해야 할지 몰랐다. 동영상에 대해서 묻는 걸까?

"너는? 너는 어떻게 주희를 알아?"

"걔는 유명해. 물론 한정된 사람들한테만이지만.

몇 년 전에 큰일에 얽힌 적이 있었지. 내가 아는 친구들, 아니 친구라고는 할 수 없지. 그냥 얼굴 아는 애들과 함께.

덕환이 얘기야. 덕환이 알지?"

"응."

"옆 학교 얘기지만…… 주희는 덕환이랑 아주 친했지."

"친했다고?"

"응."

"둘이 사귀기라도 한 건가? 애인이었어?"

승오는 자기 목소리가 너무 높다고 생각했다.

"글쎄. 친했다는 게 꼭 그런 의미는 아니지. 애인이었다면…… 그 애 어머니가, 판사 출신 변호사였던 어머니가 그렇게 애를 쓸 필요는 없었겠지. 물론 그 덕에 그 애 이름은 쏙 빠졌지만."

동명은 담배를 물었다.

"그 시절에 그 애를 본 적이 있어. 나도. 걔가 우리 학교에 왔다는 건 알았지만 웃기게도 한 번도 본 적이 없는 것 같아. 복도 같은 데서도. 얼굴이 바뀌었나? 근데 너희 반이었다니.

나라면 걔랑 친하게 지내지 않을 것 같아.

걔랑 친하게 지낸 애들 중에 지금 멀쩡한 애가 없으니까."

승오는 그 말이 너무 웃기게 들렸다. 처음 밝은 창을 등지고 있던 동명을 봤을 때와 똑같은 기분이었다.

"걔가 무슨 일을 했다는 거지?"

"네가 정말 주희와 친하다면 걔를 통해서 듣는 게 좋지 않겠어? 말이란 게, 한 다리만 건너도 달라지는 거니까. 그리고 그 애 어머니는 아직 동료들이 많으니까.

근데 그거 아나? 걔가 춤을 끝내주게 춘다는 거? 고작 중학생 여자애인데도…… 나는 봤지. 애들 모두가 봤어. 사람 미치게 춘다니까. 나는 춤이 그렇게 보기 좋은 건지 몰랐어.

그 느낌이 뭐냐면…… 막 뛰어가서 뭘 붙잡아야 하는 느낌이야. 놓치면 안 될 게 자꾸 나한테서 멀어지는데…… 그게 조금만 힘내면 붙잡을 수 있을 것 같기도 하거든. 근데 안 잡혀……"

이게 무슨 말인지 알겠어?"

"모르겠는데."

"만화방 친구라서 이해할 줄 알았는데. 그냥, 씨발 너무 좋다는 거야."

승오는 화장실을 나왔다. 그리고 한동안 그 앞에 서 있었다. 여전히 그는 적당한 시간을 찾고 있었다. 나가기 전에 동명이 말했다.

"승오야, 나가면서 밖에 선생 있는지 좀 봐줘. 있으면 알려주고. 금방 피우고 나갈 테니까."

선생은 없었다. 그렇다고 그 자리를 떠날 수는 없었다. 동명이 나올 때까지 그 자리에 있어야 했다. 너무 웃기는 일이었다.

다리 위에서

비가 세차게 내리고 있었지만 다리 밑은 괜찮았다. 하지만 사람들은 그 사실을 모르는 것 같았다. 자기가 보는 곳에 비가 내리니까, 온 세상에 비가 내린다고 생각하는지도 몰랐다. 하지만 그들이 지금 보는 것은 비가 아니었다. 그리고 지금 자기 눈에 보이는 것이, 가능한 한 자기 자신과 가장 멀리 떨어져 있는 것이기를 바랐다. 어쩌면 그들이 우산을 접지 않는 이유가 거기에 있는지 몰랐다.

세찬 비를 맞으면서도 강물 위에는 모터보트가 요란한 소리를 내며 계속해서 오고 갔다. 보트의 측면에는 눈에 띄는 주황색으로 칠해진 구명 튜브가 붙어 있었고, 같은 색깔의 유니폼을 입은 사람들이 갑판에 선 채 곤란한 듯한, 아니 의도적으로 무관심한 듯한 표정을 짓고 있었다. 무전기에 입을 댄 사람은 아예 다른 쪽을 보고 있었다. 서두를 필요는 없었다. 그들이 구하고자 하는 것은 이미 오랫동안 그곳에 있어서, 몇 분이나 몇 시간 뒤라 해도 별 차이가 없기 때문이었다. 땅에서는 유난히 희게 보이는 셔츠를 입은 경찰들이 강둑 앞으로 나오려는 사람들을 막아섰다. 사람들은 굳이 그럴 필요가 없는데도 목소리를 낮췄다. 뒷줄에 있던 호기심 강한 몇몇 사람은 낮은 목소리로 앞사람에게 계속 질문을 던졌다. "뭡니까? 여자예요? 남자예요? 늙었나요? 젊었나요?"

만일 나였다면 이렇게 대답했을 것이다. 그것 중 아무것도 아니라고. 죽은 자는 그저 죽은 자일 뿐이다. 영원히.

강의 중심부를 향해 정확한 간격으로 늘어선 다리 기둥들은 어딘가로 통하는 문의 문설주처럼 보였다. 하지만 아무도 그 문들을 전부 다 통과하지는 못할 것이다. 그것은 갈수록 좁아지는 것처럼 보였기 때문이다. 다리 위로 전철이 지나갔다. 레일의 이음매를 쇠로 된 바퀴가 지나가면서 반복되는 큰 소리를 냈다. 그 소리가 그치자 갑자기 주위가 고요해졌다. 빗소리도 모터 소리도 사람들의 말소리도 들리지 않았다. 침묵은 사람들이 펼친 우산들처럼 얼굴이 없었다.

무서워? 물론 무섭지. 문이 잠기는 소리를 확실히 들었나? 어떤 문?

나는 빈손을 들어 눈앞에 펼쳐보았다. 사람들은 여전히 우산을 접지 않았다. 마치 그 조그마한 우산이 자신들을 지켜줄 거라 믿는 것처럼.

거대한 아치 형태의 푸른색 철골이 다리의 중앙을 가로지르고 있었다. 그것은 다리의 입구부터 끝까지, 아치 형태를 반복하며 물결치듯이 오르락내리락했다. 마치 놀이기구의 레일처럼. 그러나 열차는 그 아래를 달렸다. 빛으로 가득 찬 길쭉한 직사각형 형태의 운송 기구. 아무도 그 안에서 웃거나 소리 지르지 않았다.

때로 아주 선명하게 그들 하나하나의 표정을 볼 수 있는 것처럼 느낄 때도 있다. 때로 그들이 그 안에 있다는 사실이 신기하게 느껴질 때도 있다. 아무 노력도 하지 않고, 그저 서 있는 것만으로 다리를 쉽게 건널 수 있다는 사실이 놀라울 때도 있다. 그러나 그 때문에 그들이 즐거워질 리도 행복해질 리도 없다. 왜냐하면 열차는 놀이 기구 같은 아치 형태의 철골 아래를 달리기 때문이다.

놀이 기구 하면 맨 먼저 떠오르는 것은 어쩐 일인지 다람쥐통이다. 회전목마처럼 빙글빙글 돌아가는 레일 위로 다람쥐통이 굴러간다. 다람쥐통도 빙글빙글 돈다. 사람들은 의자에 앉아 안전벨트를 매고 있기 때문에, 다람쥐통을 따라 돈다. 가만히 있을 수가 없는 것이다. 아니, 사실은 그냥 가만히 앉아 있다. 처음처럼. 도는 건 사람이 아니라, 다람쥐통이다. 내가 기억하는 것은 바닥으로 자꾸만 떨어지는 동전들이었다. 다람쥐통이 멈추기 전까지 그것을 주울 수가 없다. 아슬아슬하게 주울 수 있을 것처럼 느껴지는 순간도 있다. 팔을 뻗어, 처음에 내 주머니에 있었지만 이제 마치 중력의 법칙을 벗어난 듯 머리 위에 저 혼자 떠 있는 동전들을 향해 손가락을 뻗어 움켜쥐려 해본다. 이번이 마지막 기회인 것처럼, 동전은 내 손가락 아주 가까이에 있다. 빙글. 다시 한번. 빙글. 만일 다람쥐통이 영원히 멈추지 않는다면 화가 나서 미쳐버릴 것이다. 그것이 결국에는 멈출 것이기 때문에, 잡힐 듯 잡히지 않는 동전들을 보면서 웃고 즐거워할 수 있는 것이다. 놀이는 언제나 끝나야 한다. 하지만 모든 끝나는 일들이 놀이가 될 수는 없다. 그런 생각은 아주 위험하다. 모든 인생이 즐거운 여행이고, 소풍일 수는 없다. 그건 살아 있는 사람의 생각이고, 아직 죽지 않은 사람의 생각이다. 또한 진짜 소풍 같은 삶을 사는 사람의 생각이다. 그렇게 보자면 인생에는 아무 보편성이 없다. 모든 인생은 각각 다르다. 거기에서부터 출발해야만 여기에 이를 수 있다.

난간에 바짝 붙은, 바닥에 그려진 흰색 동그라미. 그것은 그가 밟았던 지상의 마지막 부분이었다. 동그라미는 물론 그 후에 그려졌다. 흔들면 딸가닥딸가닥 소리가 나는 흰색 래커로. 치이익 소리와 함께 동그라미를 친다. 완벽한 동그라미일 필요는 없다. 어떤 사실을, 또 어떤 사물을 그대로 그릴 필요는 없다. 그래도 누구나 그것이 무엇인지 알 수 있으니까. 마치 화장실 문에 붙어 있는 남녀의 픽토그램처럼. 그 정도 수준에서 사람들은 그를 치워버린다. 과연 그걸로 충분할까?

"응. 충분해. 괜찮아."

나는 입을 다문다. 괜히 난간에 손을 올려본다. 차가웠다. 그래도 다시 뭔가 얘기해본다.

"날씨가 추워졌어."

이번에는 한 호흡 정도 사이가 있었다.

"그건 날씨와 상관없이 차가운 거야. 바람이 세차게 부니까. 강이 바람의 거대한 통로인 거야."

"그렇군. 바람이 심해. 난 그냥 저 자동차들이 일으키는 소용돌이인 줄 알았어."

"물론 그것도 있지. 하지만 가만히 느껴보면 멀리서부터 불어오는 바람을 구별할 수 있어."

"오래 있었어?"

"여기에?"

"응."

"글쎄, 잘 모르겠어. 아무리 오래 있었다 해도 짧은 거겠지. 그렇게 긴 시간은 아니었던 것 같아."

그의 말이 맞았다. 아무리 오래 있어도 짧은 시간이다. 자꾸 어리석은 질문만 한다. 나는 주위를 둘러보았다. 생각했던 것보다 다리 위는 환했다. 마치 무대 위 같았다. 또 한 대,

열차가 지나갔다. 아직 막차가 끊길 시간도 되지 않았다. 나는 다리 건너편 도시의 불빛을 보았다. 불빛 너머 한 줄기 선으로 이어진 산등성이의 검은 실루엣이 도시를 지켜보고 있다. 반대편으로 고개를 돌렸다. 거의 구분할 수 없는 이편과 저편이었지만, 차이는 있었다. 더 환한 편이 있었고, 건물들의 높이도 미묘하게 달랐다.

"저기 저 높은 건물 보여?"

그는 내가 가리키는 방향으로 시선을 주었다.

"저기에 아버지의 집이 있어."

"아버지의 집? 네 집은 아니고?"

"좀 복잡해."

"부자인가 봐."

"응. 저기 저 번쩍거리는 붉은 등 보여? 저걸 충돌방지등이라고 불러. 비행기나 헬리콥터 등이 밤에 건물을 보지 못하고 충돌할까 봐 저렇게 매일 밤 쉼 없이 번쩍거리는 거지. 한 번 저 집에서 하룻밤을 지낸 적이 있는데, 밤새 창문으로 저 빛이 새어 들어와 번쩍거리더라고. 잠을 설치다가 문득 눈을 떴는데 깜짝 놀라고 말았지. 무슨 일이 생긴 걸까? 왜 창문 밖에서 자꾸 붉은빛이 번쩍거리지. 조금 있다 그게 충돌방지등이란 걸 알어. 근데 그걸 알고 나서도 무서움은 가시지 않았지. 마치 이 세계 전체에 저렇게 붉은 등이 번쩍거리는 것 같았어. 마치 비상등처럼. 마치 당장 이 세계를 벗어나라고. 도망치라고 하는 것 같았어."

"그럼 나는 적절히 탈출한 건가?"

"그런지도 모르지."

그렇게 말하고 나서 금방 내 말이 실수라는 걸 알았다. 죽음이 어떻게 탈출이 될 수 있겠는가?

"왜 죽었지?"

그는 나를 봤다. 나는 그 시선을 피하지 않았다. 그가 내 시선을 피했다. 난간을 향해 조금 움직였다. 그가 입을 열었다.

"태어남에 이유가 없는 것처럼, 죽음에도 이유가 없어. 때때로 죽음 뒤에 다시 태어남이 따르는 거야."

"그건 그냥 하는 말이지."

그는 다시 내게 고개를 돌렸다. 그의 얼굴에 미소가 피어 있었다. 참 아름다운 미소였다. 이제껏 내가 한 번도 본 적이 없는.

"이봐. 죽은 자는 말이 없는 법이라고."

"산 자의 말은 모두 거짓이고."

"여러 가지 일이 잘 안됐어. 몇 개는 괜찮았는데, 몇 개는 내가 감당할 수 없는 문제들이었어. 사실 이제 생각하면 감당한다는 게, 그런 게 아니었는데. 감당한다느니, 못 한다느니 하는 식으로 그것을 바라보기 시작하면 그때부터 사는 게 지옥이 되는 거지. 왜냐하면……"

"왜냐하면?"

"글쎄, 사실 이 세상에서 우리가 감당할 수 있는 일이 뭐가 있겠어?"

"고통을 피해야지."

"그래, 고통을 피해야지. 너무 많이 사랑하지 말고."

"네 잘못이라고 생각하는 거야?"

"아니, 사랑하는 일이 어떻게 잘못이겠어."

"그게 잘못이 되기도 해."

"그건 무엇을 사랑하느냐의 문제겠지. 어떻게 사랑하느냐는 문제가 안 돼."

"너도 아버지였나?"

"그런 건 얘기하고 싶지 않아."

그는 더 이상 미소 짓지 않았다. 나도 굳게 입을 다물었다. 그는 난간을 향해 한 발 더 다가갔다. 그리고 난간 틀에 발을 걸치고 올라섰다. 나는 그냥 바라보았다. 그가 무언가를 난간 밖으로 떨어뜨렸다. 강물에 그것이 떨어지는 소리는 들리지 않았다. 소리가 들릴 만큼 커다란 무언가는 아니었다. 다리 위는 시끄러웠다. 나도 난간 틀에 발을 걸치고 올라섰다.

"뭘 떨어뜨렸지?"

"지갑."

그의 목소리가 심하게 떨렸다.

"괜찮아?"

"별로. 참 이상하네. 고작 지갑일 뿐인데, 이렇게 마음이 아프네."

"뭐가 들었는데?"

"그냥 일반적인 거. 신용카드, 주민등록증, 운전면허증, 회원 카드, 돈 얼마, 영수증. 또……"

"사진은?"

"그래, 사진도…… 사진 때문일까?"

나는 화제를 바꿨다.

"우와. 생각보다 강물이 머네."

"나도 보이니까 굳이 알려줄 필요 없어."

나는 그의 뒤편을 가리켰다.

"저기에 내 여자친구가 살았어. 이렇게 다리를 건너면 바로 그녀 집 앞이지."

"네 지갑 안에 그녀 사진이 들어 있어?"

"아니, 없어. 내 지갑에는 여동생 사진이 들어 있지. 아주 예뻐. 보여줄까?"

"보고 싶지 않아. 예쁜 여자 사진은 아무래도 마음을 흔들리게 하니까."

우리는 난간에 상체를 걸친 채 계속 그대로 있었다.

"정말 느낄 수 있네. 바람이 먼 데서 불어와."

"나 지금 막 아주 부끄러운 생각이 들었어."

"그게 뭔데?"

"일요일 오전의 빵집. 어렸을 때 일요일마다 온 가족이 모여 있을 때면, 빵을 사 먹었어. 내가 그 심부름을 가곤 했지. 주머니에 당시로서는 큰돈인 만 원짜리를 넣고. 그 돈이면 빵집의 모든 종류의 빵을 살 수 있었지. 항상 가던 빵집이야. 주인아저씨도 내 얼굴을 알고, 어디에 사는지도 알았지. 그날은 무슨 국가 대항 축구 경기가 열렸던 것 같아. 빵집 벽면 선반에 올려져 있는 TV에서 축구 경기가 나오고 있었으니까. 오전이었으니까 아마 위성 중계쯤 됐겠지. 나는 빵을 사러 갔다가 그것을 봤어. 주인아저씨는 내가 들어오는 것도 모를 정도로 축구 중계 보는 데 열심이었어. 나도 그 옆에 가만히 서서 한참 동안 축구 중계를 봤어. 아주 조그마한 TV였는데, 화면에는 아주 새파란 잔디밭이 깔려 있고, 원색의 유니폼을 입은 선수들이 조그마한 모습으로 그 위를 계속 뛰어다녔지. 빵냄새가 났어. 만 원이면, 내 주머니에 든 만 원이면 그 빵집의 모든 종류의 빵을 살 수 있었어. 가족들 모두가 먹고도 다음 날까지 또 먹을 수 있는."

"그 생각이 왜 부끄러워?"

"부끄러워. 부끄러워 죽겠어."

"내가 복수해줄까?"

"누구한테?"

"누군가 있겠지. 분명 있어. 누군가 잘못한 거야."

"넌 아니고?"

그는 다시 미소 지었다. 그의 미소는 반복될 때마다 점점 더 아름다워졌다. 이전에 지었던 미소가 기억나지 않을 만큼. 그는 난간 위로 한쪽 다리를 올렸다. 그리고 눈을 감았다. 눈을 감고 피할 수 없는 것을 피하려 했다. 그가 눈을 감자 세상 전체가 눈을 감았다. 나는 아무것도 볼 수 없었다. 아주 짧은 순간, 소리만이 남았다.

그는 젊은 군인이었다. 스무 살도 안 된 것처럼 앳돼 보였는데, 군인이었으므로 확실히 스무 살은 넘었다고 봐야 했다. 좀더 정확히 말하면 그는 헌병이었다. 머리 위에 헌병이라고 씌어진 검은색 헬멧을 쓰고 있었는데, 군복이나 헬멧이나 다 그에게 어울리지 않아 보였다. 군인이 된 지 얼마 안 된 것 같았다. 그래도 뒤에서 누가 잡아당기는 것처럼 어깨만은 제대로 펴고 있었다. 그는 나로부터 두세 발짝 떨어져서 있었는데, 그쯤이면 적당하다고 생각한 모양이었다. 그래서 그와 나 사이에는 마치 그것을 보기 위해 거리를 둔 것처럼, 바닥에 래커로 칠한 흰색 동그라미가 있었다.

"뭐 하세요. 아저씨." 젊은 군인이 물었다.

"뭐 하는 것처럼 보이는데요?" 내가 되물었다.

"난간에 기대 있네요."

"제가 왜 그런다고 생각해요?"

"글쎄요, 강물을 더 잘 보려고?"

"그게 내가 하고 있는 일 같은데요."

"앞으로는 어떡할 건데요?"

"얼마나 앞이요?"

그는 시계를 보았다.

"40분 정도?"

"40분에 무슨 의미가 있나요?"

"교대 시간이거든요."

"지금 몇 분인데요?"

"18분."

"그거 알아요? 지금 전 세계가 18분이라는 거."

그는 잠시 생각했다.

"그러네요."

"그러니까 40분은 굉장히 많은 사람에게 의미가 있겠군요."

"그렇겠죠."

"그래도 나한테는 의미가 없어요."

"그럼 아저씨한테 의미 있는 시간은 몇 분이죠?"

"5분?"

"그건 무슨 의미가 있죠?"

"숨이 멎어도 5분 내에 심폐소생술을 받으면 살 수 있죠."

"위험한 시간이네요."

"가장 안전한 시간이죠."

"같은 의미가 아닐까요?"

나는 젊은 군인을 쳐다보았다.

"내가 떨어지면 당신은 그 무전기로 연락을 하나요?"

무전기는 그의 허리춤에 달려 있었다.

"그러겠죠."

"한번 들어봐요."

"뭘요?"

"무전기에서 무슨 소리가 들리나."

"아무 소리도 들리지 않는데요."

"그럼 무전기가 무슨 소용이 있죠? 아무 소리도 들을 수 없는데."

"내가 연락을 하죠."

"그땐 이미 늦잖아요. 아무리 빨라도 5분이 넘을걸요."

"대개는 그렇죠. 그러니까 살고 싶으면 물에 빠져도 금방 정신을 잃으면 안 돼요. 단 몇 분이라도 숨을 쉬는 게 중요하죠."

"그럼 구조대가 오나요?"

"예. 거의 5분이면 와요."

"단 몇 분이라도 버티면……"

"살 수 있죠."

"그보다 더 오랜 시간을 버틴 사람들이 왜 죽을까요?"

그는 내 말을 이해하지 못했다. 나는 난간 받침대에서 내려왔다. 나는 흰 동그라미를 내려다보았다.

"이 사람 알아요?"

젊은 군인도 그것을 봤다.

"이 사람이 아니라, 사람들이에요." 그가 말했다.

"그런가요?"

"몇 군데 더 있어요. 사람들이죠."

"봤어요?"

"많은 사람이 이 다리 위로 와요. 대부분은 다리를 건너죠. 그중 누가 건너지 않을 건지 알 수 없죠."

"난 알아요."

"그럼 아저씨가 여기서 근무를 해야겠네요."

"아뇨. 당신도 알아요." 나는 말했다.

"지금은 몰라도 금방 알게 돼요. 단지 모르는 척할 뿐이죠. 마치 존재하지 않는 것처럼, 보지 않으려 할 뿐이죠. 보지 않는다고 해서, 보이지 않는다고 해서 존재하지 않는 건아니에요. 그래서 그저 많은 사람이라고 말하는 건 잘못된거죠. 이건 아주 간단한 얘기예요. 너무 간단해서 의문을 품을 수도 없죠. 그러니까 누군가가 죽어야만 누군가가 사는거예요. 그런 세상이죠. 누군가가 돈을 잃어야만 누군가가돈을 따죠. 물론 중간에 굉장히 복잡한 과정들이 있어요. 하지만 그것은 일종의 폭탄 돌리기 같아서, 결국에는 누군가의 손에서 터지게 돼 있어요. 그리고 그건 대개 처음부터 정해져 있죠. 가장 약한 고리가 끊어지는 거예요. 사람들은 그걸 잘 알고 있죠. 다만 그들이 모르는 건, 이것이 흰색 래커로 칠해진 동그라미가 아니라는 거예요."

나는 잠시 시간을 흘려보냈다. 그가 물었다.

"그럼 뭔데요?"

"잘 봐요. 이건 그냥 바닥이에요. 지금 당신이 서 있는 그곳과 아무 차이가 없어요. 이것은 어디에나 있을 수 있어요. 흰색 래커는 어디서나 살 수 있죠. 그러니까 잘 봐요. 잘 보지 않으면 당신도 모르는 새에 이 안으로 들어올 수 있어요. 하지만 그건 아무 의미 없는 흰색 동그라미죠. 하지만 당신에게는 의미가 있을지도 몰라요. 기분이 나빠지죠. 그래서 얼른 자리를 옮기죠. 옆에 누가 있다면 왜 그러느냐고 물을지도 모르죠. 그럼 당신은 아무것도 아니라고 말하겠죠. 하지만 정말 아무것도 아닐까요? 당신은 아까 많은 사람이 다리 위로 온다고 말했죠. 그건 당신 말처럼 그저 많은 사람이죠. 그중 어떤 사람들이 강으로 뛰어들까요? 많은 사람과 어떤 사람들은 무슨 차이가 있을까요? 하지만 분명히 차이가 있어야 하죠. 만일 차이가 없다면, 당신도 나도 존재하지 않을 테니까요. 그래요. 이건 그냥 아무 바닥에나 그려 넣을 수 있는 흰색 동그라미죠. 하지만 이 안에서 세상 전부가 나타나죠. 아시겠어요? 이건 아무 데서나 살 수 있는 흰색 래커로 칠해진 단순한 동그라미가 아니에요. 우리는 이것을 치워버릴 수 없어요. 지울 수도 없어요. 누군가 이곳에서 강물로 떨어졌다면, 세상 전부가 떨어진 거예요. 누군가가 죽었다면, 세상이 죽은 거예요. 근데도 당신의 무전기에는 아무 소리도 들리지 않는다고요? 어떻게 그럴 수 있죠?"

그는 말없이 한참 동안 나를 쳐다봤다. 그러다 참을 수 없는지 자신의 발 앞에 있는 흰색 동그라미를 힐끔 쳐다봤다. 그러나 금방 다시 눈을 들어 나를 봤다.

"지금은 몇 분이죠?" 내가 물었다.

그는 시계를 봤다. "23분."

"5분이 지났네요. 전 세계가 5분이 지나서, 23분이 되었네요. 그래도 아무 일도 일어나지 않네요."

"5분은 가장 안전한 시간이니까요."

"가장 위험한 시간이기도 하고요." 나는 말했다. "이제 살아야 할 시간이네요."

짧은 계단을 올라가면 양쪽으로 여는 유리문이 있었다. 유리문을 열고 들어가면 그곳이 바로 1층이었다. 정면으로 계단이 있었다. 지하로 내려가는 계단은 어둠에 잠겨 있었다. 복도에 불이 켜졌다. 양옆으로 복도가 있었고 바깥 빛이 들어오는 창이 있어서 불을 켜지 않아도 그닥 어둡지는 않을 터였다. 우편함은 오른편 복도 입구 벽면에 붙어 있었다. 유리문 바로 옆이었다. 오른편 복도가 더 길었다. 나는 그곳에 세 개인가 네 개의 문이 있었던 걸로 기억한다. 그러나 유리문 앞에선 그것을 확인할 수 없었다. 물비린내 같은 냄새가 났는데, 아마도 지하에서 올라오는 것이리라. 오래된 건물이었다. 오래된 건물은 무엇보다 냄새로 알 수 있다. 그것은 마치 그 긴 시간 동안 건물의 벽에 스며든 그늘 냄새 같은 것이었다. 건물 전체를 하나하나 분해해서 햇볕에 말리지 않으면 결코 사라지지 않을 냄새였다. 그러나 나는 그 냄새가 좋았다.

크롬색 우편함을 살펴보았다. 층별로 한 줄씩 되어 있었다. 1층, 2층…… 203호, 204호. 다행히 우편물이 꽂혀 있었다. 시사 주간잡지였다. 그것을 뽑아 들자 뒤에 또 하나의 우편물이 있었다. 도시가스 요금 청구서였다. 이게 더 확실했다. 나는 흐릿한 불빛 아래에서 이름을 확인했다. 잡지에 붙은 주소지의 이름도 확인했다. 그러고 나서 나는 다시 그것들을 처음처럼 우편함에 꽂아 넣었다. 잠시 그냥 그 자리에 서 있었다. 아무 소리도 들리지 않았다. 아무도 문을 열고 밖으로 나오지 않았다. 복도의 센서 등만이 나의 움직임에 따라 켜졌다 꺼졌다를 반복했다.

나는 유리문을 열고 바깥으로 나와 계단을 내려갔다. 다 내려갔을 때 쯤, 건물 안에서 문이 열리는 소리가 들린 것 같았다. 가슴 한구석이 쓰윽 미끄러졌다. 왜 그랬는지 모르지만 나는 계단 아래에서 시간을 보냈다. 그러나 아무도 유리문을 밀고 나오지 않았다. 나도 다시 계단을 올라가지 않았다. 나는 골목 건너편에 셔터가 내려지고 간판에 불이 꺼진 상점을 보았다. 부엌 가구 대리점이었다. 불이 켜져 있었다면, 그것이 1년 전부터 있던 건지 아닌지 확실히 알 수 있을 텐데. 그러나 그곳에 어떤 상점이 있었든지, 나는 확실히 1년 전에 그 앞에 있었다. 나는 일부러 그 앞에 쪼그려 앉아 있기도 했다. 유리문을 보면서, 그것이 열리기를, 계단을 내려오기를 기다렸던 적이 있었다.

나는 골목을 따라 걷다가 코너를 돌아 반대편 골목길로 접어들어 다시 걸어 올라갔다. 건물의 뒤편이었다. 2층에 아직 불이 켜진 창이 있었다. 나는 창들을 하나하나 세어보았다. 모든 창에는 튼튼한 쇠창살이 박혀 있었고, 두꺼운 커튼이 쳐져 있었다. 불이 켜진 창은 그녀의 창이 아니었다. 그래도 나는 그 창에 불이 꺼질 때까지 그곳에 서서 기다려보기로 했다. 그러나 얼마 후 그것이 참 어리석은 짓이라는 걸 깨달았다. 왜냐하면 불이 켜진 창 안에 사람이 없는지도 모르기 때문이다. 빈집인 걸 들키기 싫어서, 혹은 혼자 집에 들어왔을 때 어두운 게 싫어서, 그냥 불을 켜놓았는지도 몰랐다.

나는 그녀가 아직 그곳에 살고 있어서 다행이라고 생각했다. 하지만 그것이 '그곳'이라서 다행인 건지, '살고 있어서' 다행인 건지 몰랐다. 그리고 '그곳'이라면 그건 분명 다행한 일이 아니었다. 그녀는 아직도, 마치 어떤 창에 불이 꺼지기를, 그 안에 누가 있는지도 모르면서, 기다리고 있는 것이다.

그러나 자신이 보는 창이, 그 창인지 아닌지 그녀가 확실히 알고 있을까? 그건 어떤 창이 아니라, 그저 아무 창이 아닐까? 온 세상의 창에 불이 다 꺼져도, 그녀가 들어갈 집이 아무 데도 없다면…… 그때는 무슨 일이 일어날까? 나는 그 창의 불이 꺼지기 전에 그 자리를 벗어났다. 1년 전처럼.

불타는 아이

수진은 '파파카츠' 활동을 하고 있었다. 옛날식 표현으로 '원조 교제'라고도 할 수 있겠다. 둘 사이에 어떤 미묘한 차이가 있는지, 아니, 차이가 있기라도 한지 진환은 잘 몰랐다.

어쩌면 그것은 같은 것을 다르게 부르는 것, 그러니까 일종의 번역 차이 같은 것(일본어와 한국어)일 수도 있었다. 만일 그렇다면 뭐라 부르든 아무 상관이 없는 일일 것이다.

하지만 말은 중요했다. 수진은 때때로 '파파' 하고 생각해보았다. 진환도 '파파' 하고 말해보았다. 입으로 조그맣게.

진환은 어째서 그녀가 그런 활동을 하는지 알 수 없었다. 그녀처럼 예쁘고 사랑스러운 여자애가. 그러나 한편으로 그렇기 때문에, 그 활동이 가능한 것일 수 있다.

돈이 필요한 것일까? 당연한 결론이지만 이 부분도 약간 애매하다는 생각이 들었다. 아무리 봐도 그녀는 찢어지게 가난하게 보이지 않았기 때문이다. 가난한 집의 아이처럼 보이지 않았다. 특히 그녀의 과거를 알고 있는 진환으로서는 더욱 이해하기 어려웠다. 그녀는 과거 피겨스케이팅 선수였다. TV 인터뷰도 했었다. 올해의 유망주니, 뭐니 하는 거였다. 그 영상은 아직도 인터넷에서 찾아볼 수 있다. 그녀는 인터뷰에서 말했다.

"점프요? 무섭죠. 하지만 좋아해요. 다리가 후들후들 떨릴 정도로 무섭지만 그래도 그냥 몸을 던지는 거죠. 그다음에는 아무 정신이 없어요. 착지할 때에야 점프가 성공했구나, 실패했구나 느끼는 거죠. 순식간에 일어나는 일이에요."

그녀는 점프의 순간, 다시 말해 공중에 떠 있는 순간을 잘 실감하지 못한다고 했다. 그건 반복된 훈련이 만들어내는 자동화된 동작이라는 뜻일 것이다. 하지만 미묘한 뉘앙스가 있기는 하다. 그것과는 조금 다른 것 같다는. 그녀는 마치 '무'를 향해 자신을 던지는 것 같다는 표현을 한다. 그 순간에 무언가 사라져버리는 것 같다는.

그러나 어느 순간 그녀는 반복해서 점프에 실패했다. 제대로 착지해내지 못했다. 그리고 그러한 물리적 충격은 그녀의 몸을 망가뜨렸다.

수진의 그런 활동을 알게 된 건, 진환이 그녀에 대해 연심을 품고 있었기 때문이다.

연심. 그것은 결코 미친 듯한 갈구는 아니었다. 그렇다고 단순한 호감도 아니었다. 그것보다는 조금 더 컸다. 진환은 그렇게 느꼈다.

물론 그녀와 같은 반이 되었다는 사실을 알았을 때, 새 학년 새 학기가 시작되고 교실에 처음 들어가서 그녀를 발견했을 때, 미친 듯이 가슴이 뛰었지만 그건 단지 조금 '강한' 설레는 마음에 불과했다. 가슴은 곧 진정되었고 희미한 미소만이 진환의 얼굴에 남았다.

적당한 거리가 좋았다. 이건 단지 교실에서 자리 배치만을 뜻하는 건 아니었다. 그의 마음에서도 적당한 거리가 좋았다.

그녀의 뒤를 쫓을 때도 그랬다. 그건 누가 봐도 미행하는 거였지만, 마치 스토커 짓 같은 것이었지만, 진환은 그렇게 생각하지 않았다. 왜냐하면 실제로 진환은 그녀를 뒤쫓지 않았기 때문이다! 단지 그녀가 포함된 풍경을 향해 걸었을 뿐이다. 마치 기차나 비행기의 창가 자리를 선택하듯이. 좋은 풍경을 볼 수 있다면 그것을 놓치지 않으려는 것처럼. 그러면 그것은 더 보기 좋은 것이 될 수 있었다. 똑같은 것이라도, 어떤 것이 포함되면, 전혀 다른 의미가 될 수 있다. 전체를 바꿔버릴 수 있다. 이것은 단지 진환을 변명해주는 것이 아니다.

처음부터 그랬다. 그저 우연히 학교 밖으로 나가서 걷다가 그녀를 발견했을 뿐이고, 걷는 동안, 그녀를 바라봤을 뿐이다. 그러다 길이 갈라졌을 때, 원래 진환이 가는 코스와 다른 방향으로 그녀가 꺾어졌을 때, 진환은 단지 조금만 자기 코스를 벗어나 '더' 걸었을 뿐이다. 한 백 미터쯤. 2백 미터쯤. 그것은 전혀 문제가 되지 않았다. 진환에게 무슨 급한 일이 있는 것도 아니었다. 아니, 오히려 진환은 그게 굉장히 기분 좋은 일이란 걸 알게 되었다.

마치 산책을 하는 것 같은 기분이었다.

마치 여행을 하는 것 같은 기분이었다.

사람들이 북적거려서 몇 미터만 떨어져도 그녀가 보이지 않는 번잡한 길은 아니었다. 그렇다고 인적이 아예 없는 것도 아닌, 일반적인 주택가, 아파트 단지 등을 낀 길이었다. 물론 길이 길어질수록 사람들은 줄어들었다. 그러다 갑자기 길에 딱 두 사람만 남게 되는 경우도 있었다. 적당한 거리를 두고. 그녀가 뒤돌아서기만 한다면, 뭔가 이상한 낌새를 채고, 맘먹고 돌아서 살펴본다면 진환을 발견할 수도 있었다. 어쩌면 진환은 그 순간을 자신이 기다리고 있는지도 모른다고 생각했다.

수진은 놀랄까? 그것은 이상한 일일까? 같은 반 남자애를 길에서 발견하는 게?

그럴 것 같지 않았다. 그것은 우연이라고 하면 그만이었다. 어차피 학교에서 멀어봤자 2, 30분 정도 거리였다. 충분히 있을 수 있는 일이다. 하지만 한편으로 그렇게 되지 않기를 바랐다. 그 일이 꼭 좋을 것 같지는 않았다. 그녀가 자신을 이상하게 여길까 봐 걱정돼서 그런 게 아니었다.

적당한 거리가 좋았다. 끝까지 그녀를 쫓을 생각은 없었다. 진환은 걸음을 멈추었다. 집으로부터 너무 멀리 떨어졌다. 원래 길에서 너무 멀어졌다.

진환은 자신이 그녀와 함께 산책하는 거라고 생각했다. 물론 어깨를 나란히 한 건 아니지만. 대화를 나눌 수는 없었지만. 그는 상관없었다. 그는 때때로 걸음을 멈추고 무언가를 바라보고는 했다. 다른 데 신경을 빼앗기고는 했다. 집중할 만한 무언가는 아니었다. 아무것도 아니었다. 그래도 뭔가 생각했다. 그러면 머리가 맑아졌다. 어떤 근심에서 벗어나는 느낌이었다. 그러니까 그건 진짜 산책이었다. 그녀를 놓쳐도 상관없는 일이었다. 그녀는 내일 또 학교에 올 것이다. 그리고 자신도.

그는 학교에 대해 생각했다. 그날 교실에서 있었던 일에 대해 생각했다. 불쾌한 일.

윤기란 애가 있었다. 그는 그날 진환에게 5백 원만 있으면 빌려달라고 했다. 그건 단지 동전 한 개였다. 진환은 없다고 했다. "없는데." 윤기는 아주 짧은 순간 진환을 바라봤다. 그러고 나서 물었다.

"정말 없어?"

"어."

시간이 조금 길어졌다. 너무 길지는 않았다. 윤기는 진환을 지나쳐 다른 애에게 갔다. 진환은 정말 자신에게 5백 원이 없다는 걸 알았다. 그건 진실이었다. 순간적으로 윤기를 쫓아가 그 사실을 증명하고 싶었다. 명명백백하게. 진환은 자신이 진실 외에 어떠한 무기도 가지고 있지 않다고 느꼈다.

왜 이런 일이 일어났을까?

이전에는 한 번도 없던 일이었다.

윤기는 가끔씩 애들에게 돈을 빌리고는 했다. 거의 같은 애들이었다. 서너 명 정도. 그보다 더 많을지도 몰랐다. 정확한 숫자는 몰랐다. 매 순간 윤기가 뭘 하는지 확인하는 건 아니니까. 하지만 적어도 서너 명, 아니 한두 명은 진환도 잘 알았다. 반에서 가장 약한 무리였다. 진환은 상황을 파악하기 어려웠다. 자신은 그 무리와 아무 연관이 없었다. 그들 중 친한 애는 없었다. 그저 우연이었을까? 그저 가까이에 있었던 것뿐일까? 오늘 하루뿐일까? 아니면 이제 내가 그들 중 하나가 되는 것일까? 왜?

나는 아무 잘못도 하지 않았는데. 하지만 진환은 문제가 자기 자신한테 있다는 걸 인정했다. 그랬다. 진환은 자신이 점차 학교에서 고립되어간다는 걸 느꼈다. 이전에 친했던

244

친구들이 다 반이 갈렸다. 하지만 진환은 그게 뭘 의미하는지 몰랐다. 신경 쓰지 않았다. 친구를 사귀는 게 어떤 과업이라고 여기지 않았다. 자연스럽게 일이 잘 풀릴 거라고 여겼다. 하지만 잘 되지 않았다. 진환은 점차 교실에서 혼자 앉아 있는 시간이 많아졌다. 점심 때 같이 밥을 먹던 옆자리 친구도 새로운 친구가 생겼다.

그때마다 진환은 수진을 바라봤다.

그녀는 어느 순간부터 제대로 착지하지 못했다. 그러한 그녀의 실패는 다른 어떤 선수들보다 더 도드라져 보였는데, 왜냐하면 그녀는 '빅 점퍼'였기 때문이었다. 그녀는 말 그대로 공중을 향해 몸을 던지는 것처럼 점프를 했다. 회전도, 착지도 그 순간에 그녀가 진정으로 원하는 게 아닌 것처럼 보였다. 그저 날아오르는 것. 중력을 이기는 것. 그다음에 그냥 몸이 도는 것뿐이고, 그다음에 얼음판 위로 떨어지는 것뿐이다. 그러니까 어떤 의미에서 제대로 착지하는 순간에도 그녀는 실패한 셈이다. 누군가는 그렇게 높이 뛸 필요가 없다고 지적한다. 그것보다 성공률을 높이는 게 중요하다고 말한다. 진환도 그 말에 동의했다. 그는 그녀가 더 오랫동안 피겨를 타는 것, 시즌에 참가하는 걸 보고 싶었으니까.

점수를 얻어야 했다. 실패하면 제로였다. 차라리 회전수가 부족한 게 나았다.

'그런가?' 수진이 말했다. '네 말이 맞을지도 모르겠네.'

진환은 계속 걸었다.

'그건 그렇고 윤기는 어떻게 할 건데?'

'뭘?'

'윤기가 내일 또 5백 원만 달라고 하면?'

'모르겠어. 그러지 않을 것 같은데.'

'아니, 이건 그냥 가정하는 거잖아. 만일 달라고 하면, 말이지.'

진환은 말이 없었다. 수진은 계속 말했다.

'너는 그 일이 일어나지 않을 거라고 생각하고 있지. 아니, 일어나지 않았으면 하고 바라지. 그래, 그럴 수 있어. 내일은 아무 일도 일어나지 않을 수도 있지. 윤기가 까먹을 수도 있고. 오늘 일은 그저 우연일 수도. 하지만 내일모레는? 또 그 다음 날은?

내가 얘기하는 것은 언젠가 다시 그 일이 일어날 수도 있다는 게 아니야. 어떤 일이든 언젠가 일어나기 마련이지. 거기에는 아무 중요성이 없어. 문제는 바로 지금이잖아.

문제는 바로 오늘, 아니 내일 아침에 네가 주머니에 5백 원을 챙기느냐 안 챙기느냐에 있는 거 아니야? 내일 아무 일도 일어나지 않는다 해도, 네가 아무리 그렇게 생각하고 바라도, 바로 그것은, 5백 원을 챙기느냐 안 챙기느냐는 네가 결정할 문제야. 그게 반드시 일어날 결정이지.'

진환은 걸음을 멈추었다.

수진은 계속 걸어갔다. 저 멀리서.

어느 날 그녀는 버스를 탔다. 진환은 그것을 전혀 예상하지 못했고, 그녀를 놓쳤다. 그는 한동안 정류장에 서서 그녀가 탄 버스가 달려간 방향을 바라보았다.

매일 아침 5백 원을 챙겨야 할지 말아야 할지 결정해야만 했다. 그는 자신이 그것을 잊어버릴 수 있다고, 그런 결정을 해야 한다는 사실조차 잊어버릴 거라고 생각했다. 계속해서 아무 일이 일어나지 않으면…… 언젠가는……

하지만 그렇게 되지 않았다. 그는 진실을 결정해야만 했다. 왜냐하면 그에게는 진실 외에 아무런 무기가 없었기 때문이다.

버스는 다리를 건넜다. 이 도시를 가르는 강은 정확히 부자와 가난한 자의 주거지도 갈랐다. 물론 완충지대도 있었다. 진환이 사는 동네가 그곳이었다. 그들은 부자로 태어나지 않았지만 고급 일자리를 얻을 만큼 능력을 입증한 사람들이었다. 그들의 경쟁 상대는 인공지능이었다. 그만큼 비상한 머리를 지녀야만 했다. 하지만 그렇다 하더라도 그들 중 극히 일부만이 나중에 다리 건너편에 주거지를 얻을 수 있었다. 비상한 머리와 더불어 비상한 운을 지닌 자만이.

부자들의 부는 상상을 초월했다. 왜냐하면 그것은 그들의 능력과 상관없이, 인간의 능력과 상관없이 스스로 증식되기 때문이다. 부자들에게 필요한 것은 단지 시간뿐이었다. 그리고 장벽. 그것이 꼭 물리적인 것만을 뜻하는 건 아니다. 헤지. 경제적 해자……

물론 다리를 건너는 것이 금지되어 있는 것은 아니었다. 아침마다 많은 사람이, 가난한 동네의 사람들이, 인간만이 할 수 있는 지극히 고유한 노동력을 제공하기 위해 다리를 건넜다. 청소나 요리, 육아 등의 가사 노동. 아직도 부자들 중 많은 사람이 기계보다 인간을 곁에 두기를 원했다. 하지만 그 수는 추세적으로 줄어들고 있었다.

버스나 자가용으로 건너는 건 문제가 되지 않았지만, 걸어서 다리를 건널 때에는 검문이 이뤄졌다. 버스비도 치르지 못할 만큼 돈이 없다는 의미였으니까. 그렇게 약 1킬로미터 정도 되는 다리를 아침마다 걸어서 건너는 사람들, 검문소에 자신의 신분을 증명해야 하는 사람들의 수는 추세적으로 늘어나고 있었다.

그 두 개의 추세는 서로 연관되어 있었지만 부정적으로 연관되어 있었다.

나중에, 수진의 '파파'는 진환에게 그것이 이 세계를 찢어버릴 거라고 말했다. 마치 서로 다른 방향으로 달리는 다섯 마리의 말이 죄수의 사지를 찢듯이.

진환은 버스의 창을 통해 커다란 장벽처럼 솟아 있는 강변의 고층 아파트 숲을 무심히 바라보았다. 그는 그 뒤편에 뭐가 있는지 알았다.

 다리를 건너는 것이 이번이 처음은 아니었다. 하지만 최근의 일은 아니었다. 중학교 때 몇 번인가 친구를 따라 다리 건너의 '거리'에 놀러 간 적이 있었다. 그럴 때면 그 친구 집에 가서 그의 옷을 빌려 입었다. 항상 뭔가 대단한 일이 벌어질 것처럼, 신나는 일을 할 것처럼 거리로 가지만, 별일은 없었다. 그러기에는 그들이 가진 게 거의 없었다. 그저 영화를 한 편 보거나, 커피집 창가 자리에 앉아 거리를, 거리를 지나는 사람들을, 그들과 다르게 태어난 그들을 바라볼 뿐이었다. (물론 그들 중에는 진환과 친구처럼 다리를 건너온 사람들도 포함되어 있었을 것이다. 하지만 구분하기 어려웠다. 어쩌면 진짜 다리 건너편의 사람들은 미묘하게 그 차이를 판별해낼 수 있는 게 아닐까?) 하지만 친구는 그 '거리'에 특별한 것이 있다고 생각하는 것 같았다. 마치 진환이 수진에 대해 그렇게 생각하듯이. 항상 만족하는 것 같았다. 그 마음은 진환에게도 전염되었다. 언젠가부터 진환도 그렇게 느꼈다. 여기에는 뭔가가 있어.

 가까스로 수진에게 들키지 않고 같은 버스를 탔다. 다리를 건너리란 걸 알았다.

그다음에 어디로 갈 건지는 몰랐다.

'어디로 가는 거야. 수진아.'

수진은 거리에 내렸다.

물론 처음에 '파파'를 보았을 때, 그들이 그런 관계일 거라고 전혀 예상하지 못했다.

물론 진짜 '파파', 수진의 '아빠'라고 여긴 것도 아니었다. 그 정도 나이 차로 보이긴 했지만, 분위기는 전혀 달랐다. 그렇다 해도 그저 '아는' 사람, 어쩌면 피겨스케이팅 선수였을 때 알던 관계자일 수도 있다고 생각했다. 아니면 수진은 새로운 일을 알아보고 있는지도 몰랐다. 이를테면 아이돌이라든지……

파파에게는 그런 분위기가 있었다. 누가 봐도 성공한 비즈니스맨으로 보였다. 단순한 부자가 아니라. 그게 엔터 쪽일 수도 있었다. 만일 그렇다면 수진은 핵심에 다가간 셈이었다. 저 정도 급의, 아니, 그렇게 보이는, 나이와 옷차림 등을 보았을 때, 인물과 일대일로 만난다고 하면 여러 옵션 중의 하나가 아니라 이미 확정된 멤버일 수 있었다.

그녀는 다시 무대에 설 수 있게 되는 걸까?

진환은 마음이 설렜다. 무대 위에서도 수진은 얼음판 위에서처럼 공중에 날리듯이 몸을 던지게 되는 걸까? 그때도 여전히 그녀의 목표는 착지가 아니라 단지 중력을 이기는 게 될까?

하지만 점차 그런 게 아니라는 생각이 들었다. 그러기에
는 너무 친해 보였다. 사적으로. 이것은 무엇을 의미할까?
정말로 그가, 파파가 엔터 업계의 관계자, 심지어 대표쯤 되
고, 수진이 지망생이라면, 그래도 거기에는 아무 문제가 없
을까?

이상한 것은, 그들의 그런 모습이 공개적으로 드러난 곳
에서 보여지고 있다는 점이었다.

진환은 계속 그들을 쫓았다. 레스토랑과 카페, 상점들. 그
리고 거리의 보도에서.

물론 그들이 젊은 연인들처럼, 서로 죽고 못 살겠다는 듯
찰싹 달라붙어 있는 것은 아니었다. 하지만 충분히 다정하
게 보였다. 그것은, 그런 수진의 모습은 학교에서 보기 힘들
었다. 물론 학교에서도, 친구들에게도 수진은 충분히 다정
했다. 특별히 활달하고 외향적인 것은 아니지만, 무리에서
앞에 나서 대화를 주도하는 타입은 아니지만, 많이 웃고 때
에 맞춰 적절한 제스처와 스킨십을 구사했다. 그 정도로도
충분했다. 중앙에 있지는 않았지만, 충분히 주목할 만한 매
력이 넘쳐났다. 그것은 단지 외모에 국한된 것이 아닌 것처
럼 보였다. 그녀에게 호감을 품은 남학생도 여럿이었다. 공
개적으로 속마음을 드러낸 남학생도 있었다.

하지만 여기서, 이 다리 건너편의 '거리'에서 그녀의 모습

은 조금 달랐다. 정확히 말하면 '파파'와 같이 있는 그녀의 모습은 달랐다. 물론, 이상하게 들릴지 모르겠지만 훨씬 더 성숙하게 보였다. 그리고 반대로 더 어리게 보였다. 더 편안하게 보였다. 웃긴 점은, 그녀가 여전히 교복을 입고 있다는 것이었다.

아무도 그들을 보고 비즈니스적인 만남이라고 여기지 않을 것이다.

아무도 그들을 보고, 그들의 다정함이 가족적인 것이라고 여기지 않을 것이다.

나이 차가 스무 살 이상 나는, 남자가 특별히 젊어 보이는 것이라면, 그 이상일 수도 있는, 두 남녀의 그런 모습이 어떻게 정상적인 것으로 보일 수 있겠는가? 게다가 여자는 교복을 입고 있는데!

하지만 곧 진환은 다른 사실도 깨달았다. 그들에게서 시선을 떼서, 다른 사람들을 살펴보기 시작했을 때, 사람들이 그들을 어떻게 바라보는지 그 미묘한 시선을 감별하기 위해, 큰 틀에서 다시금 거리를 바라보았을 때, 그들뿐만이 아니라는 사실을 알았다.

뭐가? 그 정도 나이 차가 나는 커플들이 말이다.

그들을 쫓으면서, 몇 시간이나 이 거리를 돌아다니면서도 진환은 그것을 눈치채지 못했다. 보려고 하니까 보였다. 물론 모든 커플이 그런 것은 아니었다. 결코 그 숫자나 비율이 많다고는 할 수 없었다. 하지만 무시할 만한 숫자도 아니었다. 문제는 그게 전혀 이상하게 보이지 않는다는 것이었다.

왜? 아무도 그들을 이상하게 보지 않으니까.

물론 수진을 아는 사람이라면, 학교에서의 그녀를 아는 사람이라면, 진환처럼 그 모습이 이상하게 보였을 것이다. 아니면, 다리 건너편의 사람들, 완충지대의 사람에게는. 하지만 그들은 대개 이곳까지 오지 않는다.

거꾸로 그렇다면 저 남자, '파파'를 아는 사람이, 저 모습을 보게 되는 건 아닐까? 만일 저들이 정말로 비정상적인 관계라면, '원조 교제'라면 그게 문제가 되는 게 아닐까? 무슨 동네 아저씨도 아니고, 얼핏 보면, 꼭 엔터 업계가 아니라도 중요한 사회적 지위를 갖고 있을 것 같은 차림새의 남자에게, 저 모습은, 저러한 관계의 폭로는 치명적인 약점이 되는 게 아닐까?

진환으로서는 상황을 파악하기 어려웠다. 그때 문득 진환은 중학교 때 친구를 본 것 같았다. 자신에게 옷을 빌려줬던 친구. 자신을 자주 이곳으로 데려와 놀게 해줬던 친구. 고등학교가 달라지고 나서 오랫동안 보지 못했다.

그의 곁에도 파트너가 있었다. 그보다 스무 살 이상, 특별히 젊어 보이는 것이라면 그 이상일 것 같은 나이 차의 파트너. 당황해서 순식간에 그들을 놓쳤지만, 그래서 실제 그 친구인지 아닌지는 확신할 수 없었지만, 그 옆에 있는 사람은 확실히 봤다. 수진의 '파파'와 비슷한 느낌의 남자는.

　나중에, 진환을 담당한 형사는 그것이 일종의 '부의 재분배'라고 진환에게 말했다. 거기에 전혀 비아냥의 뉘앙스는 없었다. 자조도 없었다. 그는 공무원이었다.

　"그것은 윤리도 도덕의 문제도 아냐. 물론 약간의 법적인 문제는 있지. 하지만 작동하지 않아. 그럴 필요가 없거든. 더 시급한 문제는 이 세계에서 점점 인간의 효용 가치가 줄어간다는 데 있기 때문이야. 너도 이해하겠지만, 실제 그 일이 벌어지기 전에는, 우리가 그것을 할 수 있느냐 없느냐를 따지지만, 그렇게 됐을 때는 그게 정상인 거야. 적응이고 뭐고 없는 거지. 다만 남겨진 사람들만 있을 뿐이지. 여전히 옛 사고에 잡혀 있는 사람들. 그러나 그들도 결국에는 사라지게 되어 있어.

　마치 잔향이 사라지듯이. 내 말 이해하겠니? 소리 그 자체에는 아무 의지도 없다는 거야. 그건 단지 공기의 떨림에 불과하고 하나의 결과에 지나지 않지.

　우리는 어떤 형태로든 다리를 지켜야 하지. 그러려면 그들에게 조금이나마 부를 이전시켜줘야 해. 최소한의 산소를 공급하듯이. 그것을 공짜로 제공할 수는 없어. 그건 원칙의 문제가 아니라 경제의 문제야. 그런 식으로는 작동되지 않아. 그런데 그들이 제공할 수 있는 게 뭐가 있어. 진정 인간적인 효용이란 게?

당연하게도 그것은 관계일 수밖에 없는 거야. 접촉, 친밀함, 그것은 기계에게서는 느낄 수 없지. 적어도 지금까지는. 요즘에야 워낙 발전이 빠르니까. 사람들의 인식의 변화도 빠르고…… 하지만 지금까지는 괜찮아. 충분한 수요가 있어.

앞으로는? 이게 가장 문제지. 그것마저 기계가 대체하게 된다면? 지금도 충분히 그러고 있지만, 그것에 대한 일말의 거부감마저 사라진다면?

지금 우리가, 즉 정부가 걱정하는 건 그것밖에 없어."

이 점에 대해 파파는 다른 의견을 가지고 있었다. 그는 그것이 절대 사라지지 않을 거라고 말했다. 그리고 그 증거가 자기 자신이었다.

마지막으로 그들이 찾은 곳은 호텔이었다. 그곳은 중심 거리에서 어느 정도 떨어져 있지만, 그렇다고 완전히 외딴 곳은 아니었다. 다만 거기까지 가는 동안, 중간쯤에 인적이 드문 길이 있었다. 길은 일직선으로 곧게 뻗어 있었다. 어느 순간 길에는 그들밖에 남지 않았다. 세 사람만.

먼 거리에서도 그들이 앞서 걸어가는 게 보였다. 뒤돌아선다면, 조용히 따라 걷고 있는 진환의 모습도 보일 것이었다. 하지만 돌아서지 않았다. 그 길은 그렇게 길지 않았다. 곧 다시 번화한 거리가 나왔다. 마치 서서히 불이 밝혀지듯이 사람들의 모습이 나타났다.

호텔은 작은 편이었다. 멀리서 봤을 때 그것은 호텔처럼 보이지 않았다. 간판을 보고 그것이 호텔임을 진환은 알았다. 건물은 6층 정도 높이로 특별한 외관 없이 네모반듯하고, 일정한 간격으로 창이 나 있었지만, 어쩐지 호텔이라기보다는 조그만 사옥 건물, 또는 무슨 대저택처럼 보였다. 그 느낌은 아마 입구가 작고, 보도보다 약간 높이 있어서 계단을 올라 들어가게 되어 있기 때문인 것 같았다. 보도에서 보았을 때, 유리문 안쪽으로 로비 같은 공간이 환하게 보였지만 그들의 모습뿐만 아니라, 다른 사람의 모습도 전혀 보이지 않았디. 심지어 직원의 모습도 보이지 않았다. 아마 어딘가 가려진 뒤쪽에 있는 것 같았다. 진환은 가만히 서서 기다렸다. 무엇을?

역시 누구라도 길에서 그들이 호텔에 들어가는 장면을 볼 수 있었다.

진환은 돌아서 주변의 풍경을 둘러보았다. 이쪽 편은 대체적으로 건물이 다 호텔 정도 높이로 낮았다. 번화가와 주택가의 중간 정도의 분위기였다.

곧이어 진환은 호텔의 뒤편으로 통하는 것 같은 골목을 발견했다. 호텔의 뒷면 또한 앞면과 다를 바가 없었다. 입구와 로비가 있는 1층을 제외하면 거의 똑같은 것 같았다. 창들이 있었고 그것은 당연히 객실의 창을 뜻했다. 창 하나당,

한 개 객실일 것 같지는 않았다. 창 두 개나, 어쩌면 세 개쯤. 진환은 괜히 그 창들을 헤아려봤다. 객실 수를 짐작해봤다. 불이 켜진 창과 꺼진 창은 거의 반반 정도 되었다. 들어간 지 채 30분이 되지 않았으니 불 켜진 창 중 하나에 그들이 있을 것이었다. 아마도.

진환은 기다렸다. 뭘?

진환은 수진에게 연심을 품고 있었다. 그것은 미친 듯한 갈구는 아니었다. 거기에는 아무런 구체성이 없었다. 물론 옛날에, 처음 수진을 TV에서 봤을 때, 그녀가 빙판 위에 있을 때, 그녀의 모습을 종종 떠올리고는 했다. 진환은 이상하게 불 꺼진 창에 더 오래 시선이 갔다. 까만 창들을 오랫동안 바라보았다. 믿을 수 없는 일이지만, 이상하게 가슴에 행복감이 차오르는 것 같았다. 마치 그녀가 첫번째 점프를 뛰기 위해 빙판을 활주하는 모습을 볼 때처럼. 너무 긴장되고 떨리지만, 뭔가 짓누르는 듯한 압박감을 느끼지만, 진환은 알았다. 그녀가 저 끝에서 점프하리라는 것을. 그리고 그것 자체가 성공이었다. 그녀는 넘어질 때조차 성공한 것이다.

그 순간 아무 기준 없이 바라보던 까만 창에 불이 들어왔다. 그리고 누군가 창가에 섰다. 3층인가, 4층이었다. 진환은 대번에 창가에 비친 그 그림자가 수진인 걸 알았다. 수진이라고 생각했다. 그림자는 오랫동안 그 자리에 서 있었다. 아래를 내려다보고 있는 걸까? 나를?

하지만 그녀가 창을 등지고 서 있는지, 아니면 창을 향해 서 있는지 구분되지 않았다. 그러나 어떤 반복된 움직임을 보이는 건 알 수 있었다. 마치 춤을 추는 것처럼. 무언가에 떠밀리는 것처럼.

진환은 자리를 떴다.

"오늘도 5백 원이 없겠지?"

윤기가 물었다. 진환은 방심했다. 되도록이면 그의 눈에 띄지 않으려고 노력했다. 뒷자리 쪽으로 가지 않으려고 했다. 그의 목소리가 들리면 복도에서 방향을 바꿨다. 교실 앞에 그가 있으면 창쪽을 바라봤다. 엎드려 자는 척하는 건 오히려 눈에 띄었다.

그건 고작 5백 원이었다. 하지만 거의 전부가 걸려 있었다. 그의 남은 학교생활 전부가. 그리고 어쩌면 그의 인생 전체도.

그런데 이번에는 교실 앞문 뒤편에서 갑자기 나왔다. 정확히 말하면 그는 계속 거기에 서 있었고, 왜냐하면 바로 그쪽 벽면에 교실에서 유일한 거울이 걸려 있었기 때문이다. 그 모습이 교실 앞문에 가려 보이지 않았다. 그게 학교에서 그의 취미라는 걸 알고 있었는데, 거울을 보는 것이. 아무 생각 없이 대화를 하며, 목소리를 내며 앞문을 지나쳐 교실로 들어왔다.

그는 여전히 거울에서 시선을 떼지 않고 머리를 매만지고 있었다. 그러나 뭐에 끌리듯이 그의 시선을 따라 거울을 봤을 때, 진환은 그와 눈이 마주쳤다. 그의 곱상하게 잘생긴 얼굴과 자신의 얼굴. 거울 안에 겹치듯이 보였다. 그리고 보였다. 자신의 불안한 듯 떨리는 눈빛이. 당연히 윤기도 그것을 놓치지 않았다. 그는 웃었고, 다시 물었다.

"그렇지?"

"뭐가?"

진환은 거울에서 시선을 돌렸다.

"5백 원 말이야. 오늘도 너는 없겠지?"

"응."

"그럼 내일은 어때? 내일도 없을 것 같아?"

"글쎄."

"재밌는 친구네."

윤기는 마침내 돌아섰다. 머리가 아주 단정했다. 아니, 솔직히 말해서 머리 스타일이 끝내줬다. 두상이 좋았다. 얼굴 형태가 좋았다. 화면발을 굉장히 잘 받을 것 같은 얼굴이란 생각을 했다. 예전부터 진환은 윤기에 대해 그런 생각을 했었다.

하지만 눈은 별로였다. 뱀 같은 느낌을 줬다. 하지만 그건 오직 자신한테만 그렇게 보이는지도 몰랐다. 뱀눈. 어쩌면 그게 윤기의 매력일 수도 있다. 멋지지 않은가?

"재밌어." 윤기는 손을 뻗어 진환의 얼굴을 만지려 했다. 진환은 반사적으로 고개를 뒤로 뺐다. 하지만 다리는 움직이지 않았다. 완전히 그의 손에서 벗어나지 못했다.

하지만 그도 더 이상 손을 뻗지 않았다. 그는 손을 내렸고 계속 진환을 쳐다봤다. 진환은 어쩔 수 없이 그의 내려가는 손에 시선을 빼앗겼다가 놀란 듯 다시 윤기를 봤다. 그는 여전히 웃는 얼굴이었다.

"내 생각에 내일은 있을 것 같아. 네가. 5백 원이."

진환은 그 말이 웃기게 들렸다. 아니, 재치 있는 말처럼 들렸다.

수진에게 이 얘기를 해주고 싶었다.

'완전 바본 줄 알았는데. 말을 참 재밌게 하지 않아? 너무 문학적이잖아.'

수진도 그것에 동의할 것 같았다.

'내 말은, 그냥 내일 너 5백 원 가지고 와. 이렇게 말할 수도 있잖아.'

'하지만 결국 같은 뜻이잖아.'

'맞아. 같은 뜻이지. 그래도 더 세련됐잖아.'

'그런 게 좋아?'

'응. 그런 말들이 좋아.'

'네가 더 바보 같네.'

'내가 더 재밌는 얘길 해줄까?'

'뭐?'

'사실 오늘 나는 5백 원이 있었어.'

그게 진실이었다. 그날 이후, 매일 아침 진환은 5백 원을 챙겼다. 그게 그가 내린 결정이었다. 그게 그가 선택한 진실이었다 그는 진실 외에 자신이 아무 무기도 지니고 있지 않다고 느꼈다. 그리고 그날, 교실 거울 앞에서 그는 그 무기를 빼앗겼다.

진환은 언제라도 윤기가 다시 5백 원이 있느냐고 묻는다면 있다고 대답하고, 5백 원을 주려고 생각했었다. 그건 고작 5백 원짜리 동전 한 개였으니까. 매일 그런다 해도, 일주일이면 2천5백 원, 한 달이면 만 원, 남은 학기를 더해봐도 결코 10만 원이 넘지 않는다.

물론 이야기는 결코 그렇게 진행되지 않을 것이다. 그렇게 간단한 계산으로 끝나지 않을 것이다. 하지만 진환은 그렇게 결정했다. 왜냐하면 윤기가 실제 원한 것도 5백 원이 아니었을 테니까.

문제는 단지 진환이 거짓을 말했다는 것, 5백 원이 있느냐는 질문에, 거울 앞에서 아니라고 대답한 데 있지 않았다.

문제는 그가 자신의 결정을 빼앗겼다는 데 있었다.

윤기는 말했다. 내일은 진환이 5백 원이 있을 것 같다고. 그것이 사실일까?

진환은 알 수 없었다. 하지만 그것은 자신의 결정이 아니었다. 자신은 이제 아무것도 결정할 수 없었다. 아니, 결정하지 않아도 된다. 진환은 이상한 기분이 들었다. 이상한 안도감이 들었다. 마치 다리를 건너면서 맨 처음 맞닥뜨리게 되는 장벽 같은 초고층 아파트 건물들을 바라볼 때처럼.

"진실은 단 한 번도 무기가 된 적이 없네." 파파가 말했다.

그는 아파트 맨 꼭대기 층 펜트하우스에 살았다. 아침에 일어나면 커다란 침실 통창으로 아침 햇볕에 하얗게 빛나는 도시의 강이 내려다보였다. 그는 무심히 그 옆을 스쳐 지났다. 엘리베이터를 타고 지하 주차장으로 내려가면 그에 맞춰 인공지능 자동차가 입구에 정확히 대기하고 있다. 사무실에 나가 오늘 그가 살펴봐야 할 안건들을 비서로부터 보고받는다. 리스크는 거의 없었다. 물론 그만큼 수익도 적었지만, 모수가 컸기 때문에, 한 개인에게는 거의 무한한 부의 크기였기 때문에, 고작 몇 퍼센트의 수익이라도 상관없었다. 모든 게 대수적 확률과 통계에 의해 결정되었다.

그의 결정은 항상 미세한 세부 조정에 지나지 않았다. 커다란 항공모함의 약 1센티미터 정도의 조타밖에 되지 않았다. 물론 큰 틀에서 보자면, 분기가 아니라 연간 단위, 또는 10년, 20년의 장기적인 방향성에서 보자면, 그의 결정이 무언가를 바꾸기는 할 것이다. 하지만 그러한 큰 방향의 전환에는 매우 자동화된, 즉, 인공지능화된 미세 조정들이 믿을 수 없을 정도로 빠르고 많이 영향을 미친다. 마치 눈에 보이지 않는 벌레들이, 흰개미 같은 것들이 나무 기둥을 갉아먹듯이. 그래서 바로 그 순간이 되면, 그러니까 10년쯤 지나고 나면, 자신이 10년 전 내린 결정이 지금의 결과에 얼마만 한 영향을 끼쳤는지 알 수 없게 된다. 하지만 상관없는 일이었다. 그는 10년 전에 내린 결정, 바로 오늘의 결정을 10년 후에는 까맣게 잊어버릴 테니까.

무력감은 없다. 왜냐하면 좀더 큰 틀에서, 이를테면, 인생 전체나, 아니면 우주적인 관점에서 보자면, 처음부터 인간은 아무것도 바꿀 수 없으니까.

게다가 10년 후에는 거의 99퍼센트의 확률로 그는 '죽어 있을' 것이다. (그는 외과적 수술이 불가능한 4기 암이었다. 암은 뼈를 비롯한 거의 모든 장기에 퍼져 있었다. 암이 그를 죽일 확률보다 항암이 그를 죽일 확률이 높았다.)

그리고 그는 나머지 1퍼센트를 자신이 채울 계획이었다. 하지만 그걸 자신의 결정이라고 말할 수는 없었다. 고작 1퍼센트를 더하는 것뿐이니까. 그에게는 그 정도의 분별은 있었다.

퇴근 후에 엘리베이터를 타고 회사 주차장으로 내려가면 아침처럼 인공지능 자동차가 입구에 대기하고 있다.

그리고 말하지 않아도 그를 목적지로 데려간다.

수진에게로. 그것도 그의 결정이 아닌 것 같았다.

수진은 진환을 바라봤다. 그는 버스 손잡이에 매달리듯 몸의 무게를 싣고 망연히 창밖을 바라보고 있었다.

그는 지쳐 보였다. 아니면, 그저 아무 생각이 없는지도 몰랐다. 잠시 뇌 기능을 정지시킨 것이다. 엄청나게 뛰어난 뇌 기능을. 그의 성적은 그저 그랬지만 아이큐만큼은 학교에서 탑 3에 들었다. 성적이 그저 그랬기 때문에, 그의 높은 아이큐는 더 주목을 받았다. 그것은 그의 아버지로부터 물려받은 것 같았다. 뛰어난 수학자이자 물리학자인. 하지만 그 가족이 이 동네에 살고 있는 걸로 봐서, 실제로는 별로 뛰어나지 않거나 아니면 그러한 작업의 가치가 그 정도인 것 같았다.

하지만 수진이 진환을 알아본 것, 학교에서도 그에게 왜인지 시선이 갔던 것은 다른 이유였다.

그녀는 그가 자신을 때때로 미행한다는 것을 알고 있었다. 그는 중학교 시절 일종의 범죄와 연관되어 있다는 의심을 받았다. 그의 가장 친한 친구가 실종된 것이다. 어느 날 그녀의 친구가 진환을 바라보며 그녀에게 얘기해준 것이다. 그것이 소문이 될 만큼 널리 퍼진 것은 아니지만, 꽁꽁 숨겨진 비밀도 아니었다. 그래서 수진은 진작에 그의 얼굴을 익혀두고 있었다.

"그래서 아직도 그 친구는 못 찾았어?"

"이게 애매해…… 죽었다는 말도 있어. 그것도 살해됐다고. 그런데 아닐 거야. 그랬다면 분명히 알려졌겠지. 잘 모르겠어. 오래전 일이니까. 실종이 된 건 알려졌지만, 만일 그후 몇 년이 지나서 시신이 발견된 거라면…… 그때는 우리가 그 소식을 듣지 못했을 수도 있지. 알다시피 요즘에는 많은 아이가 실종되잖아. 마치 실종이 무슨 전염병인 것처럼, 이제 아무도 신경 쓰지 않지. 이 세계는. 근데 진환이 더 특별한 건, 그 친구와, 그러니까 특별한 관계였다는 얘기도 있다는 거야."

그런 진환이 때때로 자신의 뒤를 쫓고 있었다. 하지만 어쩐지 그다지 두려운 기분은 들지 않았다. 그는 가끔씩 지금처럼 멍한 표정을 지을 때가 있었다. 마치 '파파'처럼.

그는 죽어가고 있었다. '무'를 향해 달려가고 있었다. 그녀는 그 기분이 뭔지 알 것 같았다. 마치 얼음판을 미끄러지는 것처럼. 갑자기 멈춰 서거나, 방향을 바꾸려 하다가는 넘어져버릴 것이다. 얼음판에 익숙하지 않은 사람이라면 그대로 두 발목에 힘을 준 채 계속 미끄러지는 게 낫다. 그러면 뭔가 다른 기회가 생길 수도 있었다. 아니면 적어도 넘어지는 것을, 어떤 결정적인 순간을, 더 뒤로 미룰 수 있다.

하지만 파파의 생각은 다른 것 같았다.

그는 어느 날에 자신의 아이 얘기를 했다.

그 애는 죽었다. 왜 죽었는지는 말하지 않았다. 그것은 그다지 중요한 주제가 아니었다. 그의 표현을 빌리면, 그 애의 죽음은 잘 처리되었다. 무슨 문제가 있었다 해도, 가령 그 죽음에 대해 어떤 책임이 있는 사람이나 기관이 있었다 해도, 그것은 적절하게 처리되었다.

아버지로서의 그에게 어떤 억울함도 없었다.

"그것은 마치 자연의 일과 같았지. 물론 그 애의 죽음은, 당연히 죽기에는 너무 어렸으니까, 부자연스런 일이었지만. 그런 얘기가 아니었지. 내가 보기에는 모든 절차가 합리적이었어. 그렇지 않았다면 나는 이의를 제기했겠지. 나에게 그 정도의 힘은 있었어. 나중에 그 애가 꿈에 나타났을 때도, 그래서 나의 잠과, 나의 일상을 방해했을 때도, 나는 다시금 그 애의 죽음과 관련된 모든 문제를 검토해봤지. 몇 번이고 기록들을 검토해봤어. 왜냐하면 꿈속에서 그 애는 나를 원망했거든. 하지만 아무런 문제점도 발견할 수 없었어.

그런데 왜 그 애는 나를 보며 이렇게 말했던 걸까?

아버지, 제가 불타고 있는 게 보이지 않으세요?

심지어 그 애의 죽음은 불과는 아무 상관이 없었어. 비유적으로도 말이야. 오히려 원망해야 하는 건 내가 돼버린 것 같아. 왜냐하면 그즈음에 내가 암에 걸려버렸다는 걸 알게 되었거든. 물론 그것은 우연에 지나지 않았지. 물론 그게 그 애의 죽음과, 또 그 애가 꿈에 나타나는 것과 전혀 상관이 없다는 걸 나는 분명히 알고 있었어. 물론, 억지로 말하자면 연관이 있을 수도 있었지. 흔히 암의 원인 중 하나를 스트레스라고 하니까. 이미 말했듯이, 그러한 일련의 일들이 알게 모르게 나를 압박했을 수도 있고…… 하지만 그게 사실이라 해도, 그게 누구를 원망할 일이겠어? 오히려 그렇게 쉽게 스트레스 받은 내가 원인이지 않겠어? 당연하게도 이미 죽어 버린 아이 자신은, 그렇지 않아? 그 애가 나를 암에 걸리게 하기 위해 죽은 게 아니잖아.

그냥 순서대로 일이 일어나는 거라고.

나는 지금껏 그러한 순서, 절차를 따지며 살아왔어. 프로토콜과 매뉴얼이야말로 나의 종교였지. 어떤 일도 나를 놀래킬 수 없어. 왜냐하면 어떤 일도 일어날 수 있으니까. 어떤 일도 그 가능성이 제로이지 않으니까. 그 모든 게 나의 고려 사항이었어. 심지어 나 자신의 죽음조차.

하지만 꿈속에서 그 애가 다시 나타났을 때, 나는 이렇게 소리쳤지.

너는 내가 죽어가고 있는 게 보이지 않니? 내가 불타고 있는 게 보이지 않아?

다음 날 나는 깨달았어. 아이가 불타고 있었다는 것을, 그 것을 내가 보지 못했다는 것을.

나는 진정으로 무력감을 느꼈지. 그리고 진정으로 죄책감을 느꼈어. 그 모든 게 나의 잘못이라고 느꼈지.

그리고 내가 만일 아이가 불타고 있는 것을 보았다면, 단지 그 애를 그 죽음에서 구해내지 못했다 해도—왜냐하면 그건 자연의 일이니까—하지만 그렇다 해도 단지 죄책감을 느꼈다면, 미안함을 느꼈다면 나는 암에 걸리지 않을 수도 있었다는 생각이 들었어. 죽지 않아도 될 수도 있었겠다는 생각이 들었어. 얼마나 어리석은 생각인지.

하지만 나는 그 생각이 너무 마음에 들었어. 갑자기 뭔가 가슴에 차오르는 느낌이었고, 얼마 뒤 그게 행복감이라는 것을 알았지. 아마 그렇게 부르는 게 맞을 거야. 왜냐하면 갑자기 나는 발기했거든.

갑자기 나는 몹시도 여자를 안고 싶어졌어. 마치 사춘기 소년처럼, 여자와 잘 수만 있다면, 무슨 일이라도 할 준비가 된 중학교, 고등학교 남자애들처럼. 그것도 꼭 진짜 여자를. 가상현실이나 섹스봇이 아니라, 지금껏 시간을 아끼기 위해 집에서 손쉽게 이용했던 그런 것들이 아니라. 진짜 인간 여자를. 그것도, 매우 이상하게도, 웃기게도, 내 나이대 여자, 마치 꿈속에서처럼, 그러니까 중학생, 고등학생 여자애를. 그래서 나는 그 조건의 여자를 구할 수 있는 방법을 찾아본 거야. 그렇게 해서 너희 서클과 접촉했고, 너를 소개받았지. 윤기라는 애를 통해서.”

윤기는 진환에게 말했다.

'내일은 있을 것 같아.'

'뭐가?'

'뭐든지.'

진환은 까만 창을 올려다보았다. 일전에 보았던 창이 어디쯤인지는 기억하고 있었다. 하지만 바로 그 창이 어느 것인지는 확신할 수 없었다. 모든 게 불분명했다. 하지만 분명한 것도 있었다. 수진이 저기에 있다는 것, 네모반듯한 저 건물 어딘가에. 그리고 지금부터 자신이 해야 할 일은 그녀를 찾아내는 일처럼 느껴졌다.

그리고 그것은 자신이 계속해오던 일이 아니었는가?

마치 저 네모반듯한 건물의, 네모반듯한 창들이 게임판의 한 칸 한 칸인 것처럼. 그것이 바둑판이거나 체스판이거나, 또는 지뢰 게임의 한 칸 한 칸인 것처럼. 이제 자신이 해야 하는 일이, 그 칸 중에 어느 칸에 그녀가 있는지 맞히는 것처럼 느껴졌다. 어쩌면 그녀는 단지 숨어 있는 것이 아닐 수도 있다. 그녀는 이동할 수 있다. 점프할 수 있고, 엎드릴 수 있다. 또 옆으로 기어갈 수 있다. 때로 두 칸이나, 세 칸을 한번에 도약할 수 있다.

그렇게 해서 그녀를 찾아내면, 판을 깨면, 게임에서 이기면, 어떤 보상이 주어질까? 당연히 그녀 자신이 보상이 되는

불타는 아이   269

걸까? 마치 게임의 엔딩처럼, 그녀가 건물에서 나와 진환의 품에 안기는 걸까? 아니면 옷을 하나씩 벗으면서 춤을 추게 되는 걸까?

그렇게 해서 최종적으로 지금 저 안에 있는, 그녀와 함께 있는 파파와 내가 역할을 바꾸게 되는 걸까? 내가 저 안에 있고, 그가 이 바깥에…… 그럴 수 있을까?

진환은 자신이 무엇을 원하는지 몰랐다. 단지 계속해서 빙판 위에서 연기하고 있는 수진의 모습이 떠올랐다. 그녀는 매우 빠른 속도로 얼음 위를 미끄러져 다닌다. 카메라가 그녀를 크게 잡기도 하고, 때로 작게, 포커싱하기도 한다. 그녀의 신체 일부분만 잘라서 비춰주기도 한다. 진환은 한숨을 내쉰다. 때로 숨이 막힐 것 같은 기분이 든다.

어떤 동작들도 떠올랐다. 특별히 카메라를 향해 만드는 동작, 표정. 빠르게 횡으로 이동하면서, 패닝하면서 손가락을 들어 움직인다. 마치 그것은 카메라를 향한 것이 아니라, 진환을 향한 것 같다. 그렇게 봐도 억지는 아니다. 왜냐하면 그녀도 그것을 잘 이해하고 있기 때문이다. 그녀가 바라보는 건 현실의 카메라이지만, 그녀의 머릿속에는, 머릿속 상상에는 그 카메라를 바라보는 수많은 사람이 들어 있을 것이기 때문이다.

그런 그녀를 내가 가질 수 있다고?

진환은 믿을 수 없었다. 하지만 그것이 현실이었다. 모든 게 불분명했지만, 분명한 게 있었다. 저 네모반듯한 건물 안 어딘가에 수진이 있다는 것, 그리고 그녀가 누군가의 소유가 되고 있다는 것, 그녀가 카메라를 벗어나, 화면을 벗어나, 바로 이 현실에서 누군가에게 안겨 있다는 것, 안겨서 움직이고, 또 움직이고…… 파파가 그녀를 '따먹고' 있다는 것.

진환은 미칠 듯한 기분이 들었다.

내가 파파에게 따먹히고 있는 게 보이지 않아?

그리고 마침내 그녀를 찾아냈다. 진환은 멍하니 그녀의 창을 바라보았다. 그녀는 손을 들어 진환에게 인사하는 것 같았다. 그리고 올라오라고 손짓하는 것 같았다. 마치 얼음 위에서 그런 것처럼. 손가락으로 자신을 가리키며, 손짓하며, 위로 올라오라고. 이 안으로 들어오라고.

"뭘 보고 있어?"

파파는 창 앞에 서 있는 수진의 등 뒤에 섰다.

"우리 반 아이요."

"어떤 애지?"

"윤기의 친구요."

"너희 서클 애야?"

"아뇨, 아직은. 아직은 윤기의 친구도 아니에요. 하지만 곧 친해질 것 같아요. 아니 친해졌으면 좋겠어요. 그래서 가장 친한 친구 사이가 됐으면 좋겠어요."

"왜?"

"저 애는 가장 친한 친구를 죽일 수 있거든요."

파파는 그녀의 어깨를 감싸 안고 그녀의 목덜미에 입술을 댔다.

"그럼 내가 먼저 친해져야겠는데."

진환은 어디서부터 일이 이렇게 됐는지 따져보았다. 그녀와 같은 반이 되었다는 사실을 알았을 때? 아니, 아무래도 그녀와 같은 길을 걷게 되었을 때부터인 것 같다. 우연히 길에서 그녀를 발견하고, 그녀를 바라보며 걷기 시작하면서부터인 것 같다. 단지 그녀가 포함된 것만으로, 세상의 풍경이 어떻게 그렇게 달라질 수 있는지.

하지만 적당한 거리가 좋았다.

이제 너무 가까이 온 것 같았다. 이제 그녀는 진환의 옆 의자에 앉아 있었다. 물론 딱 붙여놓은 의자는 아니었다. 하지만 손을 뻗으면 닿을 정도의 거리였다. 손을 뻗으면 그녀의 어깨와 그녀의 윗팔과…… 등과 허리와…… 물론 그러기 위해서는 몸을 기울여야겠지만.

파파는 진환의 앞에, 침대에 걸터앉아 있었다. 방에 이동할 수 있는 의자가 두 개뿐이었다. 세 사람은 대략 삼각형의 대형을 이루며 앉아 있었다. 각 변의 길이는 거의 비슷했지만, 그게 뭔가를 의미하는 것 같지는 않았다.

272

진환은 이건 마치 게임 같다는 생각이 들었다. 자신은 볼 수 없고 상대방만 볼 수 있는 무언가를 이마나 머리 위에 두고, 그 내용을 맞히는 게임. 아니면 매우 고전적인 의자 뺏기 게임. 자신이 왜 이 자리에 앉게 되었는지 진환은 다시금 따져보았지만, 시작은 대체로 명확했지만, 여전히 그 중간 과정이 애매했다.

마침내 파파가 입을 열었다.

"나는 자네가 꽤 곤란한 처지에 빠져 있다는 얘길 들었네."

"어떤……?"

"거의 모든 거라고 할 수도 있겠지. 당장 이 자리에 앉아 있는 것만 해도, 결코 유리한 입장에 있다고 할 수는 없을 것 같은데."

"그게 무슨 뜻이죠?"

"자네가 계속 수진을 따라다녔다는 말을 하는 거야. 거의 몇 달 동안. 그건 스토킹이지. 범죄가 될 소지가 다분하지."

"그렇게 치면 그쪽이 더 문제가 되는 게 아닌가요?"

"내가 뭐?"

"당신과 수진과의 관계. 나는…… 수진과 당신이…… 당신들이 무슨 짓을 하는지 다 봤습니다."

"다른 사람들도 다 봤어."

"아뇨. 나는 다른 사람들이 보지 못한 것을 봤어요. 여기이 호텔에서.”

“우리가 뭘 했지?”

진환은 가만히 있었다.

“자네는 전혀 상황을 파악하지 못하는군. 그래, 우리는 여기서 뭔가를 했지. 수진과 내가. 아주 즐거운 일을 했어. 그건 우리에게 충분한 의미가 있었지. 각자 그 내용이 다르다 해도. 하지만 다른 사람들에게 아무 의미가 없는 거야. 그건 오직 자네한테만 의미가 있지.

내 말을 이해하겠나? 만일 자네가 보지 않았다면 그 일은 일어나지 않았던 거야. 거꾸로 얘기하면 자네가 보기 때문에, 우리는 그 일을 할 수 있었지.”

진환은 그가 무슨 말을 하는지 이해할 수 없었다.

“좋아. 자네 말대로 나도 곤란한 입장에 있다고 하지. 하지만 나는 그것을 감당할 수 있어. 내가 그것을 잘 처리할 수 있다는 말이 아니야. 돈을 써서, 비싼 변호사를 써서 뭘 어떻게 하겠다는 게 아니야. 물론 적절한 도움을 받겠지만 특별히 뭘 하지는 않아. 나는 그냥 지켜볼 거야. 과연 이 세계가 그 일을, 그 짓을, 어떻게 판단하는지.

그런데 자네는 감당할 수 있어? 그럴 마음이 있어?”

“제가 수진을 따라다닌 거요? 그게 스토킹이 된다고요? 나는 그게 범죄라고 생각하지 않아요. 그렇게 나쁜 건 아니죠. 저는 그냥 따라다닌 거지, 그녀를 괴롭힌 게 아니라고요.”

"아니. 네가 수진을 버린 거 말이야."

"제가 수진을 버렸다고요?"

"그래. 네가 수진을 버렸지. 수진을 따먹고…… 버렸어. 예전 너의 가장 친한 친구를 버렸듯이."

진환은 순간적으로 자신이 덫에 걸렸음을 깨달았다. 게임의 판세가 기울었다고 느꼈다. 진환은 무의식적으로 수진을 바라봤는데 그녀에게는 아무 표정이 없었다. 마치 오토봇의 전원을 끈 것처럼. 대기 상태에 들어 있는 것처럼.

잠시 후 파파가 다시 입을 열었다.

"하지만 나는 그것을 문제 삼지 않을 거야. 하긴 내가 문제 삼을 일도 아니지. 그건 수진과 너의 문제니까. 수진도 널 나쁘게 만들 거라고 생각하지는 않아.

왜냐하면 수진은 널 걱정하니까. 놀라운 일이지. 자신을 버린 남자를 걱정하다니.

수진이 걱정하는 게 뭔 줄 아나?"

"뭔데요?"

"당연히 윤기 일이지."

"윤기?"

"너희 반 애, 얼굴이 아주 잘생긴 애, 윤기 말이야."

진환은 멍하니 파파를 바라보았다.

"그래서…… 자네는 내일 뭘 갖고 갈 거지?"

"네?"

"내일 자네에게는 5백 원이 있을 거야? 그렇지?"

"저한테 무슨 선택지가 있나요. 그것은 정해진 일입니다."

"그걸 누가 정했지?"

"모르겠어요."

파파는 수진을 바라보고 그녀에게 말했다.

"내가 이럴 거라 말했지. 소용없는 짓이라고."

갑자기 수진은 벌떡 일어났다. 진환은 깜짝 놀라 몸을 뒤로 뺐다. 하지만 의자 때문에 그녀와 그다지 떨어지지는 못했다.

그녀는 돌연 진환에게 소리쳤다.

"그럼 난 널 고소할 거야. 네가 날 버렸고, 스토킹했고, 날 따먹었고, 날 때렸다고. 날 괴롭혔다고."

"그게 무슨 소리야?"

"내 말은 왜 넌 날 사랑하지 않느냐는 거야."

"널 사랑해."

순간 진환의 가슴은 미친 듯이 뛰기 시작했다. 두려울 정도였다.

진환은 고개를 숙이고 양손으로 머리를 부여잡았다. 마치 연극의 한 장면처럼. 하지만 이것은 실제였다.

"하지만 그건 불가능한 일이야. 아무도 그렇게 할 수 없어. 누구나 다 너처럼 용감하지는 않아. 너처럼 점프를 뛸 수 있는 건 아니야."

잠시 후 다시 입을 연 건 파파였다.

"자, 진정해."

수진이 다시 의자에 앉는 게 느껴졌다. 진환은 고개를 들어 파파를 바라봤다.

"그럼 내가 제안을 하나 하지. 내가 이제 자네한테 뭘 부탁할 거야. 물론 그 부탁을 들어주고 안 들어주고는 온전히 자네 몫이야. 대신 내 부탁을 들어주면 나도 보상을 할 거야. 그것도 자네가 정해. 어때 괜찮지?

왜냐하면 나는 엄청난 부자거든. 그러니까 웬만한 보상은 들어줄 수 있어.

물론 지금 자네가 말기 암에 걸렸는데 앞으로 10년 더 살게 해주세요, 이런 보상은 들어줄 수 없어. 그게 가능했다면 내가 먼저 했을 테니까. 하지만 그런 것이 아니라면 내 보상의 한도는 내가 가진 돈의 양과 똑같아. 그리고 아마 자네에게 그것은 한도가 없는 것처럼 보일지도 모르겠네. 이건 과장이 아니야. 나도 내 재산이 얼마나 되는지 모르거든. 정말 끝내주지 않나?"

"그렇담 매우 어려운 부탁이겠네요."

"어렵다면 어렵다고 할 수 있지. 하지만 자네가 할 수 없는 일은 아냐. 만일 적절한 지도와 안내만 받는다면 수진도 할 수 있는 일이니까."

"그렇담……" 진환은 약간 꺼리는 마음으로 수진을 힐끗

불타는 아이

쳐다봤다. "수진에게 부탁하면 되겠네요."

"그래, 그럴 수도 있겠지. 하지만 우리는 그런 관계가 아니야. 이미 말했듯이 즐거움을 나누는 관계지. 그게 나한테는 더 중요해."

진환은 어이없다는 듯 말했다.

"그러니까 이 일은 전혀 즐거운 일은 아니군요. 아주 힘들고 괴로운 일이에요."

"맞아. 하지만 힘들고 괴로운 일도 아니야. 적어도 내 기준에서는. 오히려 이 일은 즐거움을 끝내는 일이지."

"즐거움을 끝낸다고요?"

파파는 잠시 뭔가 생각하는 것 같았다.

"어렸을 때 TV에서 봤던 만화 중에 수달을 닮은 동물이 주인공인 만화가 있었어. 어느 날 그 만화의 소제목이 '어째서 즐거운 일은 끝나는 걸까?'였지. 주인공 수달이 갑자기 그런 의문이 든 거야. 마을의 동물 친구들을 찾아가 똑같은 질문을 던지고 여러 답을 듣지. 그러다 최종적으로 마을에서 가장 현명한 동물, 아마 여우였던 것 같은데, 그가 이렇게 대답하지. '즐거운 일이 끝나는 이유는 슬프고 괴로운 일이 끝나기 위해서다.'

나는 이 대답이 참으로 인상적이라고 느꼈어. 이게 뭘 의미하는지 알 것 같으면서, 또 모를 것 같기도 했지. 즐거운 일이 끝나지 않으면 그게 슬프고 괴로운 일이 된다는 걸까?

마치 빨간 구두 동화처럼 말이지. 아니면 누군가 즐겁기만 하면, 다른 누군가는 슬프고 괴롭기만 하다는 걸까? 어느 쪽이나 말이 되는 것 같았지.

또 아니면 아무리 슬프고 괴로운 일도, 마치 즐거운 일도 언젠가는 끝나는 것처럼, 끝이 날 테니 너무 괴로워 말라는 걸까?

하지만 나는 나중에 나이가 들어서 저 말이 전혀 다른 의미라는 걸 깨달았어.

저 말의 진짜 의미는, 즐거운 일은 '반드시' 끝나야 한다는 거야.

진짜 문제는 그게 끝나지 않는 거지.

진짜 문제는 우리가 영원히 춤을 추는데, 그러한 저주의 신발을 신고 그러고 있는데, 그게 계속 즐거운 거지.

그런 게 가능할까?

우리가 과연 계속 반복하면서, 똑같은 일인데, 계속 그것을 즐겁게 여길 수 있을까? 세상에 그런 일이 있을까?

없지. 경제학을 전공한 사람으로서, 한계효용체감의법칙을 배운 사람으로서, 그런 일은 세상에 없어. 하지만 있지.

이게 뭘 의미하는지 아나? 만일 인간이 그런 일을 발견하고, 그 일에 **빠져들게** 되면, 그 끝나지 않는 즐거움을 누리기 시작하면, 즐거움이 사라지는 것이 아니라, 즐거움이 끝나는 게 아니라, 인간이 끝이 나는 거야. 인류가 멸망한다는 게 아니야. 인간을 인간으로 규정하는 정신이 사라지는 거야. 좀비처럼. 그래서 없는 거야. 왜냐하면 뭐가 있다든지 없다든지 하는 건, 누군가, 최후의 인간이 한 명이라도 남아 있어야 정의 내릴 수 있는 거니까.

그게 나 자신이었다는 생각이 들어.

나는 내가 계속 즐겁게 살아왔다고 생각했지. 아무 문제도, 위험도 없었어. 대수의 법칙을 아나? 위험이 전혀 없는 건 아니지만, 굉장히 큰 수를 가지고 오면, 그 위험을, 일종의 변동성을 평평하게 펼 수가 있어. 욕심만 부리지 않으면 언제나 충분한 수익을 얻을 수 있지.

그런 게 어떻게 가능했을까? 나는 한 번도 의심하지 않았어.

물론 다리가 그것을 가능하게 했다고 할 수도 있고, 아니면 지난 시대에 있었던 폭발적인 기술 발전 때문이었을 수도 있어. 인공지능이나 로봇이나 핵융합발전이나…… 인류는 어떤 의미에서 그 즐거운 일들을, 저주로 받아들여야만 했어.

하지만 그런 건 이제 나랑 상관없는 일이지.

그리고 내가 잃어버린 것은, 대수가 평평하게 편 위험의 변동성에 포함되어 있었던 것은, 동시에 내 아이이기도 했지.

아이가 죽었을 때 나는 슬펐어. 그게 사실이었지. 하지만 어쩔 수 없는 일이라고 생각했어. 그런 일은 언제든 일어날 수 있어. 확률적으로 말이야. 이미 말했듯이 우리가, 아니 내가 하는 일은 그것을 평평하게 펴내는 거지. 마치 롤러가 아스팔트를 펴듯이.

그러다 꿈속에서 그 애가 나타나 내게 질문한 거야. 아버지, 내가 불타는 게 보이지 않으세요? 정확히 말하면 불타는 게 아니라, 어쩌면 평평하게 펴지는 거겠지만.

그때 나는 깨달았어. 나는 전혀 즐겁지 않았구나. 아니, 즐거웠지만, 그 즐거움 속에 나는 없었구나. 그러자 아이가 웃었지.

우리가 아이들을 불태웠어.

어떤 의미에서 내가 너를 불태운 거지. 너의 여자를 따먹고, 또 따먹었지. 그러니까 너는 이제 그 복수를 할 수 있게 된 거야."

"어떻게요?"

"당연하잖아. 네가 나를 죽이면 돼. 그게 나의 부탁이야."

진환은 멍하니 그를 바라봤다.

"나는 할 수 없어요."

"그래, 너는 할 수 없어. 너에게는 이제 아무 선택지가 없어. 마지막 선택지마저 너는 버렸지. 5백 원을 가지고 갈 것이냐, 말 것이냐, 그 선택지조차 윤기에게 빼앗겼어.

너는 기꺼이 5백 원을 갖다 바칠 수도 있었고, 또 5백 원 없이, 빈 주머니로 대항할 수도 있었어. 물론 그 결과는 참

담했겠지. 네가 승리하는 일은, 그런 일은 절대 일어나지 않아. 물론 세상에 절대는 없으니까, 확률적으로 완전히 제로는 아니겠지만, 거기에는 아무 의미도 없어. 네가 윤기를 들이받아서 이길 확률이 제로는 아니니까, 또 운이 좋아서 학교든 뭐든, 너를 도와줄 수도 있겠지. 그래서 네가 이길 수도 있어. 그런 확률에 너 자신을 맡길 수도 있지. 하지만 그걸 현명하다고 할 수 있을까?

나라면 그러지 않을 거야. 왜냐하면 그건 고작 5백 원이니까. 그리고 고작 학교니까. 네 전체 인생에 비하면 그것은 매우 짧은 시간이야. 슬프고 괴로운 일도 언젠가는 끝나는 거지.

그런데 뭐가 문제일까? 즐거운 일이 끝나지 않으면 슬프고 괴로운 일도 끝나지 않는 게 문제일까? 네가 영원히 윤기에게 괴롭힘을 당하게 되는 걸까? 나는 그렇게 생각하지 않아. 아마 그런 일은 없을 거야. 확률적으로 너는 학교를 잘 졸업하고, 윤기로부터 벗어나게 될 거야.

진짜 문제는 뭐냐고?

네가 윤기를 사랑하게 되는 거야. 왜냐하면 그 애는 너무 잘생겼으니까. 너도 그렇게 생각하잖아. 네가 윤기의 사랑을 갈구하게 되는 거야. 네가 사랑받길 너무 원하게 되는 거야. 그러면 5백 원이 아니라, 5만 원, 5천만 원이라 해도 문제가 아니게 되잖아. 내 말을 이해하겠어? 너는 그 일이 너

282

무 즐겁게 되는 거야. 너는 즐겁게 그 애 앞에 무릎을 꿇고 좆을 빨기를 원하게 되는 거야. 마치 수진이 나한테 그렇게 해주듯이."

"에이 씨발, 뭔 말도 안 되는 소리를 하는 거야?"

진환은 의자에서 벌떡 일어나 파파에게 한 걸음 다가갔다.

그러자 파파는 깜작 놀란 듯 침대에서 뒤로 물러났다. 하지만 완전히 거리를 벌릴 수는 없었다.

수진은 가만히 있었다. 하지만 이전처럼 무표정, 무료한 표정은 아니었다.

진환은 어떻게 해야 할지 몰랐다. 파파는 가만히 아무 말도 않고 진환을 바라보고, 또 수진을 바라봤다. 진환은 다시금 자신이 덫에 빠졌다고 느꼈다. 하지만 비로소 뭔가를 하고 싶은 생각이 들었다. 이 게임에 참여하고 싶다.

"진정하라고." 파파가 말했다. 진환은 자리에 앉았다.

그러자 이번에는 파파가 일어나서 침대 테이블 서랍에서 뭔가를 꺼내 왔다. 그것은 헝겊 같은 걸로 싸여 있었는데, 전용 케이스인 것 같기도 했다. 손잡이 같은 게 있어서 그것을 빼내자, 마치 사람의 뼈처럼 하얀 날을 가진 칼이 나왔다.

그것은 바지 주머니에 넣어도 될 정도로 작았고, 날도 뭉툭하게 보였다. 하지만 이상한 무게감이 있었다. 무슨 특별한 용도로 제작된 것 같았다. 어쩌면 의료용 칼인시도 몰랐다. 그렇다면 보이는 것과 달리 매우 날카로울 것이다. 진환은 어쩔 수 없이 몸이 굳었다.

파파는 가만히 그 칼을 내려다보았다. 잠시 후 고개를 들고 진환을 바라봤다.

"그럼 새로운 제안을 하지. 네가 내 부탁을 들어주면, 그러니까 네가 날 죽여주면, 수진을 줄게. 수진을 보상으로 너한테 주지."

"그게 또 무슨 말도 안 되는 소리에요. 수진이 무슨 물건이에요? 그리고 당신 것도 아니잖아요."

"맞아. 정확히 말하면 나의 역할을 너한테 주는 거야. 어차피 네가 부탁을 들어주면 나는 없어질 거니까. 누군가는 그 역할을 해야 하잖아. 다르게 말하면 너는 수진한테 나를 빼앗아 간 거니까. 수진에게도 보답이 있어야지. 얘기가 그렇게 되는 거지.

물론 네가 원한다면 말이야. 네가 원한다면, 네가 수진의 파파가 되는 거야. 어때?"

진환은 머릿속이 복잡했다. 그게 가능한 일일까? 그런 일이 있을 수 있을까? 다시 또 빙판 위의 그녀 모습이 떠올랐다. 미칠 것 같은 기분이었다. 빙판 위에는 항상 그녀 혼자뿐이었다. 그녀는 너무나 빠르고 빙판은 미끄러워서 누구도 그녀를 붙잡을 수 없을 것 같았다. 그녀가 스스로 멈추지 않는 한. 잡혀주지 않는 한. 그녀가 그것을 바랄까?

"너는 수진의 생각이 궁금하지. 그녀도 그걸 원할까? 하지만 그건 하나도 중요하지 않아. 그녀의 마음에 대해서는 걱정하지 마. 그녀가 널 원한다고 말하는 게 아냐. 또 언젠가는 그렇게 될 거라고 말하는 것도 아니야.

네가 그렇게 만드는 것, 네가 그녀가 원하는 남자가 되는 게 중요할까?

그렇지 않아. 그건 루저들이나 하는 생각이야.

내가 진짜 비밀을 말해줄게. 중요한 건 네가 원하는 거야. 정말로 네가 그것을 원하느냐만 중요한 거야. 그러면, 그렇게 돼.

말도 안 되는 소리라고 하겠지. 그럼 지금 물어보면 되잖아. 단지 이렇게 물어보면 돼. 내가 널 원하길 네가 원해?"

진환은 수진을 바라봤다. 그러자 그녀는 정말 그가 뭔가 묻기를 바라는 눈치였다. 갑자기 수줍게 기다리는 것 같았다.

진환은 어쩌면 이것도 게임의 일부라는 생각이 들었다. 어차피 모두가 가짜 역할을 하는 것이다. 저 칼도 실제로는 눈에 보이는 대로 아주 뭉툭한 날을 가졌을지도 모른다. 어떤 것도, 누구의 살도, 가르고 자를 수 없을지 몰랐다.

파파는 계속 말했다.

"자, 봐봐. 보기에는 별거 아닌 것처럼 보이지만 이 날은 아주 날카로워. 하지만 짧기도 하지. 그러니까 이걸로 찌른다고 해서 크게 상처를 내기는 어려워. 물론 잘 찌르면 되기도 하지. 깊이가 아예 없는 건 아니니까. 또 여러 번 찌르면 죽일 수 있을지 몰라.

하지만 그러면 내가 너무 힘들 것 같아. 네가 잘할 수 있을 것 같지 않아. 내가 죽는 데 너무 시간이 오래 걸릴 수도 있고. 그러니까 이걸로 여기, 자. 봐봐."

파파는 진환의 주의를 집중시켰다. 그는 자기 목의 측면 부위를 손으로 가리켰다. 쇄골 바로 윗부분, 미세하게 살이 늘어진 어느 부분을 손가락으로 쓸어 보였다.

"여기, 경동맥 부근. 손으로 만지면 뭔가 미세하게 움직임이 느껴지는 곳을 잘라야 돼. 어딘지 알겠어? 내 목을 만질 필요는 없어. 네 목에 손을 갖다 대봐. 사람의 신체는 다 똑같으니까."

진환은 그의 말을 따르기 어려웠다. 왜냐하면 아직 자신의 마음을 결정하지 못했기 때문이다. 그러자 갑자기 수진이 일어나 그에게 다가왔다.

그녀는 말했다.

"자, 여기야."

그녀의 손이 진환의 목을 감쌌다. 그녀의 손은 너무나 부드럽고 따뜻했다. 진환은 살짝 놀랐지만 그대로 가만히 있었다. 그녀의 손이 계속 그의 목의 어딘가를 쓸고 누르고 어루만졌다. 갑자기 그녀의 웃음소리가 들렸다.

"괜찮아. 내가 널 죽이기라도 할까 봐? 왜 이렇게 떨어."

그녀가 점점 더 가까이 다가왔다. 진환은 압박감을 느꼈다. 하지만 너무나 행복했다. 진환은 어느새 자신이 눈을 감고 있다는 걸 알았다. 세상에 그녀와 자신, 둘밖에 없는 것 같았다. 아니, 세상이 온통 그녀가 된 것 같았다. 거인처럼. 그를 감싸 안는 것 같았다.

진환은 느꼈다. 이건 손이 아니야. 이건 그녀의 입술이야. 그녀가 자신의 목에 키스하는 게 느껴졌다. 그리고 자기 몸의 다른 부분들, 나머지 부분들에도, 그녀의 신체가 느껴졌다.

파파의 목소리가 계속 들렸다.

"그러면 나는 그저 따끔한 정도로밖에 느끼지 못할 거야. 물론 칼에 베인 거니까, 더 아플 수도 있겠지만, 아무튼…… 만일 네가 날 위해서 내가 모르는 새에 그런다면, 내가 아무 준비도 안 한 상태라면 더욱 그럴 거야. 그러니까 거의 아픔이 없다는 거야. 하지만 상처는 치명적이지. 피가 뿜어져 나오고, 그게 다 빠지는 데에는 30분도 걸리지 않아. 하지만 내가 정신을 잃는 데는 5분도 걸리지 않지. 그건 전혀 고통스러운 시간이 아닐 거야. 그러니까 아무 걱정하지 마. 이걸 아주 즐거운 일이라고 생각해. 나도 즐겁게 그 시간을 기다리고 있으니까."

하지만 진환은 그녀가 자신을 사랑해주길 바랐다.

하지만 그 마음이 중요할까? 그 마음이 즐거움으로 바뀌는 데는 몇 분이 걸릴까?

진환은 손에 힘을 주었다. 손잡이를 꽉 붙잡았다.

교실 앞문이 열리고 윤기가 들어왔다.

"오늘은 있을 거야. 네가. 5백 원이."

진환은 주머니에서 그것을 꺼냈다. 사람의 뼈처럼 하얀.

"응. 있어."

톨게이트

나는 교육생 원부를 제자리에 꽂아 넣고, 운전 학원 사무실을 나왔다. 아주 잠시였지만 실내의 에어컨 바람을 쐬다가 밖으로 나온 탓인지, 숨이 턱 막힐 것 같은 습하고 무더운 공기며 따가운 햇볕 등이 새삼 견딜 수 없게 느껴졌다. 여름의 한복판이었다. 파란색 셔츠 유니폼 차림의 운전 강사들은 그늘이 드리워진 건물 입구에 모여 서서 차가운 캔 음료수를 마시거나 담배를 피우면서 잡담을 나누고 있었다. 수강생들도 햇볕이 들지 않는 자리에 서서 교육을 기다리고 있었고, 교육을 마친 수강생들은 이마 위에 얇은 책이나 접은 신문 등을 대고 빠른 걸음으로 학원을 빠져나가고 있었다. 한여름의 뜨거운 직사광선에도 아랑곳하지 않고 우두커니 서 있는 건, 운전 연습장 이곳저곳에 버려진 듯 놓여 있는 연습용 노란 자동차들과 나뿐인 것 같았다.

나는 눈을 가늘게 뜨고 나무들을 바라보았다. 나무들은 운전 학원 뒤편에 있었다. 바람 한 점 불지 않는 것 같은데, 나무 잎사귀들이 흔들리고 있었다. 아마 나뭇잎은 아주 약한 바람에도 자신의 몸을 실을 수 있을지 모른다. 나무들은 끊임없이 사라락 소리를 내며 잎새들을 비볐다. 가만히 귀를 기울이고 있으려니까, 그 소리는 마치 누군가에게 다정하게 위로를 건네는 사람의 목소리처럼 들렸다. 괜찮아, 이미 그건 지나간 일이야, 그래, 알아. 나무들은 미소를 띠고, 그저 가만히 고개를 끄덕이거나, 그렇지 않다고 고개를 저었다.

그러나 이 기억은 잘못되었다. 나는 그해 여름 내내 귀에 이어폰을 꽂고 다녔다. 바람에 흔들리는 나무 잎새 소리를 들었을 리가 없다. 운전 학원 뒤편에 나무들이 있었던 건 사실이다. 그리고 내가 자주 그 나무들을 바라본 것도 맞다. 하지만 분명 그때 내 귀에 들리고 있었던 것은, 그 여름 한창 유행하고 있던 신인 그룹의 댄스음악이었다.

별 대단한 그룹은 아니었다. 십대를 겨냥한 전형적인 남녀 혼성 그룹으로 뚜렷한 음악적 경향도 없고, 음악을 하고 있다는 자의식도 찾아볼 수 없다. 타이틀 곡은 댄스 곡이지만, 앨범에는 느린 발라드도 몇 곡 포함되어 있다. 1집을 내고 오랜 시간이 흘렀지만 2집의 소식은 들리지 않는다.

아주 가끔이지만, 나는 이런 종류의 앨범을 사곤 한다. 노래 대부분이 터무니없이 발랄하거나 감미로워서, 가만히 듣고 있으면 세상은 어쩌면 굉장히 행복한 곳이고, 조금만 노력하면 누구나 행복해질 수 있을 것 같은 기분이 든다. 그렇게 해서 나는 거리의 음반 매장에서 테이프를 산다. 대개는 타이틀 곡을 제외하면 들을 만한 게 없다. 몇 번 워크맨에 꽂아서 듣다가, 일주일도 지나지 않아 카세트 수납장에 버려졌다가, 결국 기억에서도 멀어진다.

나는 중학교 친구의 집에서 이들의 노래를 처음 들었다. 어째서 내가 그날 그 친구의 집에 가게 됐는지, 그 전후 사정은 잘 기억할 수가 없다. 이른 아침 우리는 나란히 바닥에 누워서 케이블 TV를 보고 있었다. 그는 고등학교를 검정고시로 졸업하고, 한동안 입시 준비를 했지만 잘되지 않았다. 그 뒤부터 광고 촬영의 조명 보조부터 시작해서, 정체를 알 수 없는 카드 영업, 우유 배달 일을 차례차례 하다가, 결국 동네에서 비디오 가게를 차렸다. 당시에는 카드 영업을 그만두고 쉬고 있는 중이었다. 음악 채널에서 뮤직비디오가 흘러나왔다. 여름의 해변가를 배경으로 젊은 남녀들이 즐거운 듯이 뛰어놀고 있다. 바다는 짙은 남색으로 출렁거리고, 백사장은 눈부시게 하얗다. 나는 다음 날 그 그룹의 테이프를 샀다. 음반 매장을 나오자마자 비닐 껍질을 벗기고 테이프를 워크맨에 끼워 넣었다. 음악이 흘러나오기 시작했다. 그러자 내 귀에는 시끄러운 그들의 댄스음악밖에 들리지 않았다. 나는 그 여름이 끝날 때까지, 그 테이프를 워크맨에서 꺼내지 않았다. 그 테이프만은 일주일 만에 버려지는 운명을 피했다. 어째서였을까? 나는 아직도 그 테이프를 가지고 있다. 가끔씩 그들의 노래가 몹시 듣고 싶어질 때가 있다. 그리고 언제나 그들의 노래를 들을 때면, 그 여름 내가 다니던 운전 학원 뒤편의 나무들이 떠오른다.

지금도 그렇지만, 어렸을 때의 나도 나무 타기에 참 소질이 없었다. 한 장의 사진이 있다.

카메라를 세로로 세워 찍은 그 사진은 커다란 나무를 한 프레임에 가득 담고 있다. 사진의 위편에는 굵은 나뭇가지에 두 명의 어린아이가 제각기 의기양양한 포즈로 올라 서 있는 데 반해, 아래편으로 한 명의 어린아이가 지면에 발을 디딘 채 서 있다. 그 아이는 한 손으로 나무를 붙들고 있었는데, 나무를 한 컷에 다 담기 위해 조금 멀리서 찍었기 때문에 얼굴의 표정 같은 건 분명히 드러나 있지 않았지만, 막 울음을 터뜨릴 듯한 표정이었을 것이다. 그게 나였다. 사진의 정확한 배경은 잘 기억나지 않는다. 내가 몇 살 때였는지, 그게 어디였는지, 누가 찍었는지, 그리고 나무에 올라가기 위해 내가 얼마나 애를 썼는지, 정확하게 기억할 수 없다. 그래도 사진을 보는 순간, 마치 방금 전에 일어난 일처럼 사진 속의 아이, 바로 몇십 년 전의 나였던 그 아이의 심정만은 생생하게 느낄 수 있었다.

어째서 아무도 그 아이를 나무 위로 올려주지 않았을까?

그해 여름 내가 다니던 운전 학원은 집에서 멀었다. 전철로만 한 시간 정도 걸렸고, 그것도 두 번이나 갈아타야 했다. 그럼에도 불구하고 그곳을 택한 데는 두 가지 이유가 있었다. 첫번째는 그곳이 내 대학 동기 중 한 명의 아버지가 운영하는 학원이었기 때문이었다. 등록하러 가던 날, 직접 그 친구가 학원까지 따라와서, 정확하지 않지만, 수강료를 10만 원 가까이 할인받을 수 있었다. 두번째 이유는, 그 학원이 '경찰청 지정 학원'이기 때문이었다. 지정 학원의 경우 수강료가 비쌌지만, 학원 내에 시험장을 자체적으로 운영해서 면허를 취득하는 전 과정을 간단하게 해결할 수 있었고, 무엇보다 합격률이 높았다. 그런데 지정 학원이, 말 그대로, '지정'을 받으려면 학원의 규모가 일반 학원의 두 배는 돼야 했다. 그래서 대부분의 지정 학원은 땅값이 상대적으로 싼 시 외곽에 위치할 수밖에 없었고, 만일 지정 학원을 다니겠다고 마음을 먹는다면, 집에서 먼 것쯤은 각오해야 했던 것이다.

그런데 이제 생각하면, 나는 오히려 멀기 때문에 그곳을 택했는지도 모른다. 학원에서 집으로 돌아올 때는, 전철보다 30분이나 더 걸리는 버스를 이용했다. 나는 버스 타기를 좋아했다. 창밖 풍경들을 바라보는 것도 좋고, 그냥 이런저런 생각에 빠지는 것도 좋다. 그렇다고 여행을 좋아하는 것은 아니다. 내가 원하는 건 단순히 어딘가에서 어딘가로 움직이는 이동일 뿐이다. 목적지에는 관심이 없었다.

대개는 전철을 이용하지만 학교에서 집으로 갈 때도 간혹 버스를 이용할 때가 있었다. 나는 정문에서부터 천천히 걸어 내려오다, 전철역과 버스 정류장이 갈라지는 길목에 멈춰 선다. 맥주가 마시고 싶어지거나 거리가 보고 싶어지면, 버스 정류장 쪽으로 발걸음을 꺾었다. 정류장 앞 조그만 슈퍼마켓에서 맥주를 한 캔 사서 홀짝홀짝 마시기 시작한다. 맥주를 다 마실 때까지 버스를 타는 법은 없었다. 몇 대의 버스를 보내고, 빈 맥주 깡통을 손으로 찌그러뜨려 쓰레기통에 버린다. 밤의 버스는 내부가 항상 어두워서 꼭 동굴 속으로 들어가는 기분이 들었다. 버스를 갈아타기 위해 광화문에서 내린다. 그때쯤 혼자 마신 맥주 한 캔의 술기운이 기분 좋게 오른다. 광화문 버스 정류장은 항상 사람들로 붐볐다. 나는 버스를 기다리며 안내 표지판에 씌어진, 내가 한 번도 타보지 않은 수많은 버스의 번호를 하나하나 읽어보고는 했다.

나는 그 광화문 사거리의 버스 정류장에 대한 얘기를 여자에게 보내는 편지에 썼다. 그건 내가 여자와 멀리 떨어져 다른 도시에 있을 때의 일이었다. '이곳도 참 아름다운 도시지만, 나는 자주 그 광화문 사거리에서 바라보던 밤의 풍경들이 떠오른다. 돌아가면, 꼭 너를 데리고 그 정류장에 가고 싶다.' 이렇게 썼다. 그녀의 답장에는 그 대답이 적혀 있지 않았다. 하지만 그런 건 중요하지 않았다. 약속을 한 건 나였다. 약속을 잊어버린 것도 나였다. 내가 우연히 다시 그 버스 정류장에서 집으로 가는 버스를 기다려야 했을 때, 그제야 그 약속을 기억해냈다.

내가 운전 학원을 다니기 시작한 건 대학의 여름방학이 시작되고 얼마 후인 7월 초경이었다. 여름방학에 나는 운전 학원 말고도 영어와 일어 학원에 등록했다. 나이가 나이니만큼 나는 그 여름을 부지런하게 보낼 작정이었다. 하지만 어느 것도 잘 되지 않았다. 나는 곧잘 집이 가까운 운전 학원 사장 아들 녀석을 불러내 동네에서 술을 마셨고, 다음 날 눈을 뜨면 오전 10시가 훌쩍 지나 있기 일쑤였다. 그러면 운전 학원은 고사하고, 오후의 영어와 일어 학원도 가지 않고 집에 박혀 있었다. 등록하는 날, 친구가 너 정말 그렇게 일찍 일어날 수 있느냐고 물었을 때, 나는 진작 오후 타임으로 시간을 바꿨어야 했다.

처음 얼마간은 그래도 제시간에 학원에 도착할 수 있었다. 나를 담당했던 운전 강사는 젊은 남자였는데, 얼굴이 조그맣고 새까만 게 꼭 오소리나 너구리를 연상시켰다. 대뜸 내 나이를 물어보기에 스물여섯 살이라고 했더니, 자신의 나이에 대해선 입을 다물었다.

첫날 교육은 자동차의 출발과 정지였다. 운전석에 강사가 앉고 조수석에 내가 앉았다. 시범을 보이기 전에 강사가 물었다.

"운전해본 적 있어요?"

나는 없다고 했다. 면허 없이 운전해도 되나? 강사는 시동을 걸었다. 클러치를 밟고 기어를 1단으로 넣고—이게 1단입니다—클러치에서 서서히 발을 떼었다. 차가 움직이기 시작했다.

"알겠어요? 시동을 걸고, 클러치를 밟은 채 기어를 넣고, 천천히 클러치에서 발을 떼는 겁니다."

나는 잠자코 1단 기어를 어떻게 넣는지, 클러치와 브레이크의 위치는 어디인지 살펴보았다. 운전석 발밑에는 세 개의 페달이 있었는데, 왼쪽에서부터 차례로 클러치, 브레이크, 액셀러레이터였다. 나는 속으로 클러치, 브레이크, 액셀러레이터 하고 되뇌었다.

"정지할 때는 먼저 클러치를 밟고 브레이크를 밟습니다. 정지입니다. 그리고 나서 후진 기어를 넣습니다." 그는 후진 기어를 넣었다. 차는 뒤로 움직이기 시작했다. 처음 출발했던 곳까지 차를 후진시키고 차를 멈췄다. "할 수 있겠죠?"

우리는 자리를 바꿨다. 시동, 클러치, 1단 기어, 클러치에서 발을 떼자, 시동이 꺼져버렸다.

"클러치에서 너무 급하게 발을 떼지 마세요. 천천히, 아주 천천히 발을 떼야 합니다. 엔진에 갑자기 무리한 힘이 걸리면 시동이 꺼집니다. 다시 한번 해보세요."

나는 왼발에 잔뜩 힘을 주고, 최대한 천천히 발을 떼었다. 차가 움직이기 시작했다. 강사는 그런 식으로 하면 된다고 말했다.

"자, 여기까지 와서 정지하세요. 이번에는 후진입니다."

후진했다. 간단했다.

몇 번인가 전진과 후진을 반복하고 아무 문제가 없자, 강사는 차에서 내렸다. 지켜보고 있을 테니까 나 혼자 계속하라는 것이었다. 나는 그 시간이 끝날 때까지 전진과 후진을 반복했다.

어느새 태양은 머리 위까지 올라 여름의 뜨거운 햇살이 자동차의 커다란 앞 유리를 통해 곧장 내 얼굴에 닿았다. 강사는 그늘에 쪼그려 앉아 다른 강사가 뽑아 온 캔 음료를 홀짝홀짝 마시며 잡담을 나누고 있었다. 중간에 차가 한쪽으로 너무 기울어 바퀴가 노란색 줄이 쳐진 안전 블록에 닿을락 말락 하자, 그가 다시 와서 핸들을 바로잡아주었다. 계속 왼발에 힘을 주고 있으려니까 쥐가 날 지경이었다. 나는 시험 삼아 클러치에서 발을 떼는 속도를 조절해보았다. 얼마큼 천천히 발을 떼야 시동이 꺼지지 않는지 잘 가늠이 되지 않았다. 속도를 조금만 빨리했을 뿐이라고 생각했는데, 시동은 여지없이 꺼졌다. 그저 아주 천천히 떼어야 시동이 꺼지지 않는다는 사실만 알 수 있을 뿐, 끝내 그 중간 점을 찾을 수 없었다. 부드러운 자동차의 엔진 소리와, 이따금 코스 연습장에서 핸들을 급하게 꺾을 때 나는 노면과 바퀴의 마찰음이 들려올 뿐 주위는 조용했다. 언제부터인지 매미가 시끄럽게 울기 시작했다.

나는 여자와 언제 헤어졌는지 잘 알 수 없었다. 단순히 그 정확한 날짜를 기억하지 못한다는 의미가 아니라, 말 그대로 정말 언제 우리가 헤어졌는지 알 수 없었다. 5월 초―대학의 중간고사가 막 끝났을 무렵―여자와 나는 전화로 말다툼을 했다. 정확하게 말하면 여자가 나를 일방적으로 몰아붙였고, 나는 전화를 끊었다. 다음 날 도서관 앞 공중전화 부스에서 그녀의 회사로 전화를 했다. 처음에 여자는 전화를 받지 않으려 하더니―전화를 받은 상대방이 잠깐만 기다리라고 해서 기다리고 있는데, 희미하게 여자의 목소리가 들리더니, 다시 받아 없다고 해서 나는 아무 말 않고 바꿔달라고만 했다―전화를 받았다. 여자는 다시는 전화하지 말라고 했다. 나는 아무 할 말이 없었다. 다시 전화하지 않았다. 이게 첫번째였다.

그로부터 약 한 달 뒤, 늦은 시각 여자가 내가 아르바이트를 하던 카페로 찾아왔다. 지점장에게 양해를 구하고, 그녀를 데리고 카페 뒤 커피 자판기가 있는 골목으로 갔다. 우리는 커피를 한 잔씩 뽑아 들고, 문을 닫은 전자 제품 대리점 앞 보도 턱에 앉았다. 상품 진열대를 비추는 하얀 불빛이 바닥에 그녀와 나의 그림자를 만들었다. 골목에는 담배 불빛처럼 이따금 사람들이 나타났다가 다른 편 끝으로 사라졌다. 나는 몇 마디 농담을 건넸고, 그녀는 희미하게 미소를 지었다. 여자는, 왜 전화하지 않았느냐고 물었다. 전화하지 말랬잖아, 하고 내가 대답했다.

"끊을 때 전화하겠다고 그랬잖아요."

나는 내가 뭐라고 하면서 전화를 끊었는지 기억나지 않았다. 여자는 시골로 내려간다고 했다. 원래 그녀는 아버지와 따로 떨어져서 외할머니와 살고 있었는데, 아버지가 갑자기 몸이 불편해지셔서 시골로 내려간다는 것이었다. 아버지를 돌볼 사람이 없다는 것이었다. 그녀의 친어머니는 그녀가 기억나지 않을 정도로 어렸을 때 돌아가셨다. 그 뒤 아버지는 새어머니를 맞으셨고, 동시에 그녀는 새 오빠가 생겼다. 대학에 들어가자마자 학교가 멀다는 이유로 그녀는 외할머니 집으로 거처를 옮겼다. 그러나 내가 다른 도시에 있을 때, 그녀는 학교를 자퇴하고 회사에 취직했다. 어째서 아버지를 돌볼 사람이 없는지 나는 잘 알 수 없었지만, 이제 내가 그녀에게 그런 걸 물어도 되는지 어떤지 알 수 없었다.

"이제 서울에 있는 게 의미가 없어졌어요…… 우리 헤어졌으니까."

나는 다 마신 종이컵을 찌그러뜨렸다. 그녀의 손에 들린 빈 컵을 달라고 해서 두 개의 종이컵을 포갰다. 신호등 앞에서, 전철역까지 바래다주겠다고 했으나 그녀는 됐다고 말했다. 신호가 바뀌고 그녀가 길을 건너기 시작했다. 그녀가 반대편 보도에 닿을 때까지 서 있다가 돌아섰다. 종이컵은 버리지 못하고, 집까지 들고 왔다. 다음 날 나는 전화를 해서 시골로 내려가지 말라고 했다. 그녀는 괜찮다고 말했다. 나는 뭐가 괜찮다는 건지 모르는 채로 전화를 끊었다.

세번째 역시 그녀가 먼저 전화를 걸었다. 외국에 나가 있던 형이 서울로 돌아와서 내 방을 쓰고 있었기 때문에 형이 전화를 받았다. 나는 거실에 있는 전화기로 전화를 돌리면서, 만일 끊기면 꼭 다시 전화하라고 말했다. 며칠 뒤 우리는 예전에 자주 가던 카페에서 다시 만났고, 이유는 알 수 없었지만 그녀는 얼마간 밝아져 있었다. 시골에 내려가지 않게 되었다고 말했다. 나는 그녀의 옆으로 자리를 옮겼다. 그러나 그러지 말았어야 했다. 그 뒤 몇 번인가 약속이 어긋났고, 주말에 전화하기로 한 그녀가 전화를 하지 않았다. 나는 그녀의 집 전화번호를 몰랐다. 월요일, 회사로 전화를 했을 때 그녀는 전화를 받지 않았다. 나는 회사 직원에게 화를 냈다. 너무 화가 나서 뒷일은 생각도 못 했다. 화가 난 채로 그녀의 삐삐에 음성을 남겼다. 네게 보냈던 편지를 돌려받고 싶다고 했다. 며칠 뒤 내가 일하는 카페의 직원이, 어느 여자분이

맡기고 간 거라며 종이 가방을 주었다. 그 안에 뭐가 들었는지 하나도 궁금하지 않았다. 이게 마지막이었다. 여자를 처음 만난 게 그 전해 8월이었으므로, 우리가 만난 기간은 1년에서 꼭 한 달이 빠졌다. 그러니까 1997년 8월에서 다음 해 1998년 6월까지였다.

1998년은 내가 군대를 제대하고 복학한 해였다.

그해 1학기 내내 나는 친구의 차로 등교를 했다. 군에 있을 때 집이 이사를 했는데, 그게 요행히 같은 과 동기 녀석의 집 근처였고, 그 친구는 어디서 구했는지 몰라도 영업용 미니 승합차를 구한 터였다. 나와 마찬가지로 1학기에 복학하는 친구로, 뜬금없이 행정 고시를 준비한다고 해서 그 덕에 나도 수업에 상관없이, 내게는 거의 한밤중이라 할 수 있을 아침 6시 반에 일어나서 7시까지 친구의 집 앞으로 달려가야 했다.

우리는 강을 건너자마자 강변도로를 탔다. 아침 어스름에 달리는 강변도로의 풍경은 근사했다. 강 건너편으로 조그맣게 보이는 환한 총천연색 화면의 대형 전자 광고판을 보고 있으면, 새삼스레 내가 살고 있는 이 도시에 대한 경외심이 들기도 했다. 에어컨은 고장 나 있었지만 오디오는 훌륭하게 제 몫을 해서, 매일 아침 우리는 볼륨을 크게 하고 길거리에서 산 최신 가요 테이프를 들으며 한껏 드라이브의 기분을 냈다.

친구는 그 후 몇 번인가 행정 고시 1차에 떨어지더니, 졸업하자마자 바로 컴퓨터 학원을 차렸다. 졸업할 때 친구의 성적은 과 수석이었는데, 참고로 얘기하면 우리가 다니던 학과는 국문학과였다.

학교에 도착하는 건 8시쯤이다. 우리는 도서관 열람실에 자리를 가방으로 맡아놓고 로비의 자판기에서 커피를 한 잔씩 뽑아서 다시 바깥으로 나왔다. 아직 이른 시각이라 햇빛은 멀리 도서관으로 올라오는 길모퉁이에 걸쳐져 있었다. 가지를 길게 뻗은 나무들이 양옆으로 늘어서 있어 그곳은 마치 어딘가의 입구처럼 보였고, 햇빛은 그 안으로 들어오려고 살짝 발을 걸친 것처럼 보였다. 햇빛보다 먼저 학생들이 그 길을 따라 올라왔다. 그들 중에는 동기 녀석들도 섞여 있었다. 동기들은 하나같이 우리처럼 열람실에 가방을 내려놓고 바깥으로 나와 우리 옆에 앉았다. 이미 복학해서 한 학기를 다닌 친구도 있었고, 나와 마찬가지로 이번 학기에 복학하는 친구도 있었다. 너를 도서관에서 보게 될 줄은 몰랐네, 하고 한 친구가 내게 말했다. 나는 웃으며, 앞으로도 줄창 도서관에서 나를 보게 될 거라고 말했다. "줄창 말이야."

동기들이 커피를 다 마시고 다시 도서관으로 들어가거나 9시 수업을 들으러 문리대로 올라가면, 나는 도서관 앞 공중전화 부스에서 그녀에게 전화를 걸었다. 그녀는 일찍 나와서 사무실 청소를 하고 있다고 말했다. 나는 몇 마디 농담을 지껄였다. 전화를 끊고 나도 동기들을 따라 도서관이나 문리대로 올라갔다.

우리들이 학교에서 모이는 장소는 도서관 앞 돌계단 외에 또 한 곳 있었다. 문리대 건물 5층에 있는 예비역 협의회실이었다. 줄여서 '예협실'이라 부르는 곳이었는데, 나는 대학교 1, 2학년 때 건물 안에 그런 공간이 있는 줄은 전혀 몰랐다. 대체 예비역들이 모여서 무엇을 협의한단 말인가? 원래는 문리대 내 모든 학과의 예비역들을 대상으로 하는 공간이었지만, 처음 우리가 그 공간을 발견하고 진을 치기 시작한 이후로 다른 과 학생들은 거의 얼씬도 하지 않았다. 이제 아무도 1층에 있는 학생회실은 출입하지 않았다.

공강 시간에 모여서 잡담을 나누고, 의자에 드러누워 잠깐씩 눈을 붙이는 장소로도 예협실은 훌륭한 역할을 했지만, 확실하게 자기 몫을 할 때는 아무래도 중간고사니 기말고사니 하는 시험 기간 때였다. 일단 시험 기간에는 도서관에 자리를 잡기가 힘들었을뿐더러, 개인적으로는 시험 과목의 노트 필기며 족보며 예상 문제와 그 답을 정리한 프린트를 잔뜩 얻을 수 있다는 점이 무척 요긴했다. 아무리 넓은 시험 범위고 어려운 과목이라 해도, 그들이 정리해놓은 프린트를 한 번 읽고 들어가기만 하면 말이 되든 안 되든 답안지를 빼곡히 채울 수 있었고, 예상했던 것보다 훨씬 좋은 성적을 받을 수 있었다. 그렇게 해서 3학년 1학기의 내 성적은 경이로운 3.9대였는데, 그것은 이전에도 그리고 이후에도 한 번도 받아본 적 없는 성적이었다.

그렇게 예협실에 모여들었던 동기 녀석들 중 몇몇은 대학원에 진학했고, 몇몇은 교직을 이수해서 고등학교 선생이 되었고, 누군가는 유학을 갔고, 또 누군가는 잡지 회사의 편집부에 취직했다.

그러나 1학기 동안 학교생활이 내내 유쾌했던 것은 아니었다. 학기가 끝날 무렵 나는 몇 가지 실수를 저질렀고, 그 대가를 치러야만 했다. 둘 다 술로 인한 실수였다.

어느 날 동기 중 한 녀석이 자신이 쓴 소설이라며 내게 보여주었다. 군대에 있는 동안 할 일이 없어서 썼다는 것이었는데, 이제 제목도 내용도 기억나지 않는다. 다만 군대를 소재로 삼았다는 점만 기억하고 있다.

군대에 가기 전에 나도 소설을 썼었다. 나는 학과 내의 소설 창작 모임에 들어갔고, 창작집에 작품을 싣기도 했다. 하지만 이제 쓰지 않는다. 2학년이 되어서 나는 소설 모임에 아무 이유 없이 나가지 않았다. 2학년 2학기에 나는 두 개의 교내 문학 공모전에 작품을 제출했지만, 둘 다 예심에도 오르지 못하고 떨어졌다. 하나는 내가 있던 창작 모임의 두 선배가 공동 수상했고, 다른 하나는 후배가 수상했다. 두 선배가 공동 수상한 문학 공모전의 시상식이 끝나고 나는 동기와 당구를 쳤는데, 그 친구는 내게 실망했느냐고 물었다. 나는 당구를 이겼다.

공동 수상한 두 명의 여자 선배들은 이제 소설을 쓰지 않는다. 한 명은 학교 선생이 되었고, 다른 한 명의 소식은 모른다. 내가 마지막으로 쓴 소설은 어느 여자에게 주었고, 파일은 지워버렸다. 내가 바랐던 것이 무엇이었는지 나는 아직도 잘 모르겠다.

그의 소설은 그다지 재미가 없었다. 그러나 나는 그 자리에서 별다른 말을 하지 않았다. 그런데 얼마간의 시간이 흐르고 우연히 술자리에서 그를 만났을 때, 나는 그의 소설에 대해 혹평을 했다. 술이 엄청나게 취해서 나는 내가 무슨 말을 하는지도 몰랐다. 소설뿐만 아니라 그에 대해서도 심한 말을 내뱉었다. 예전부터 친하게 지냈던 것도 아니고, 그에 대해선 거의 아는 게 없었으므로, 그것은 도저히 이해할 수 없는 일이었다. 다음 날 나는 사과를 했지만, 그는 나의 사과를 받아주지 않았다. 그 뒤로 우리 둘은 어쩌다 같은 자리에 앉게 돼도 서로에게 말을 걸지 않았다. 내가 알고 있는 한 그는 그 뒤에 소설을 쓰지 않았고, 졸업하고 한동안 소식이 들리지 않더니 최근에야 어느 대기업의 홍보실에 취직했다는 소식을 들을 수 있었다.

두번째 실수는, 그 전후 사정이 잘 기억나지 않는다. 역시 나는 학교 앞에서 술을 마셨고, 집으로 돌아가기 위해 가방을 찾으러 도서관으로 올라갔다. 도서관에는 등교를 같이 하는 친구가 늦게까지 행정 고시 공부를 하고 있었고, 그의 차를 타고 얌전히 돌아가기만 하면 되는 것이었다. 그런데 무슨 이유에선지, 나는 도서관의 수위와 싸움을 벌였다. 그 결과 나는 한 달 동안 도서관 출입 금지를 당했다. 한 달이 지나고 2학기가 시작되어도 다시는 도서관에 가지 않았다.

운전 학원을 다니기 시작하고 한 달 정도 지난 8월 말경 우연히 학원에서 동기 형을 만났다. 삼수를 해서 나보다 한 살 많은 형으로, 나는 그를 처음 만났던 날의 일을 잘 기억하고 있다.

그날은 오전에 입학식과 오후에 신입생 환영회가 있던 날이었다. 입학식장에서 나는 국문과 선배들을 만났고, 그들을 따라 환영회가 벌어지는 술집으로 갔다. 술집은 지하에 위치했는데, 그 지하로 내려가는 벽면에는 어느 운동가의 구호가 적혀 있었다. '젊은이여 분해당하지 말라.' 그러나 그 구호와는 반대로 술집은 1년도 지나지 않아 주인이 바뀌고 철저하게 분해당했다.

내 앞자리에 그가 앉아 있었다. 나는 일이 돌아가는 상황을 지켜볼 요량으로 주변 사람들과 별 대화를 나누지 않고 묵묵히 술만 마셨고, 그 역시 별말을 하지 않았다. 그는 자신이 삼수생이라고 소개했다. 그도 나도 처음으로 참석하는 국문과 술자리였다. 그날 나는 집에 들어가지 못했다. 학생회실에서 눈을 떴을 때 맞은편 소파에 그가 누워 있었다. 2학기에 그는 중앙 영화 동아리에 가입했고, 수업 때를 제외하고는 자주 얼굴을 보지 못하게 되었다.

한번은 그가 동아리에서 영화를 찍을 때 함께했던 적이 있었다. 내가 특별히 무슨 스태프로 참여한 것이 아니라, 말 그대로 구경을 한다는 것이 이틀 밤을 함께 꼬박 새며 따라다니게 되었던 것이다. 영화의 전체적인 줄거리는 기억나지 않지만, 맥도날드 앞에 서 있던 피에로 인형이 소재였던 것은 생각난다. 그것이 아마 미 제국주의를 상징했던 것 같다. 나도 엉겁결에 단역으로 한 장면 출연했다. 촬영이 끝나고 그는 영화가 완성되면 꼭 내게 보여주겠다고 했지만, 더빙이니 자막이니 하는 후반 작업에 들어가는 돈을 구하지 못해서 영화는 끝내 완성되지 못했다. 2학년 때 그는 학교를 휴학하고 총무로 영화판에 뛰어들었다. 내가 군대를 막 제대했을 무렵, 나는 그의 이름을 영화 포스터의 제작부 스태프들 목록에서 발견할 수 있었다.

교육을 마치고 우리는 당구를 치러 갔다. 제작부 일을 하다 보니까 면허증이 없으면 정말 불편하더라고 그는 말했다. 지난 작품이 흥행에 성공해서—나도 영화관에서 그 영화를 봤다—이번 작품에서 그는 제작부장으로 승진했다고 한다. 이번 작품은 아직 개봉을 하지 않았다. 나는 그 영화에 대해서 물었다.

"형편없어, 감독이 해외 유학파인데, 정말 아무것도 몰라. 영화는 코믹 멜로인데, 난데없이 자신이 좋아하는 오우삼 감독에 대한 오마주라면서 「영웅본색」의 주제가를 삽입하자고 우기는 바람에 그거 뜯어말리느라고 혼났다. 보지 마라."

"형도 영화 찍어야지."

"그래야지."

그는 당구대를 한 바퀴 돌며 공의 위치를 가늠하더니 다시 허리를 숙여 자세를 잡았다.

"근데 유학 안 갔다 오고, 영화과 같은 데 안 나온 나 같은 놈이 영화 찍으려면, 이 판에서 스태프로 구르면서 시나리오 열심히 써서 그걸 들고 도는 수밖에 없는데. 어떻게 될지 잘 모르겠다."

그는 다음 영화 작업에 들어가기 전에 빨리 면허를 따야 한다고 말했다. 학교는 어떻게 할 거냐고 물었더니, 일단 제적은 막아놨는데 아주 짐 같다고 대답했다. 게임이 끝나고 시내에서 약속이 있다고 해서 금방 헤어졌다. 게임은 그가 이겼고, 예전 규칙대로 내가 돈을 냈다. 운전 학원을 갈 때마다 유심히 사람들을 살펴보았는데, 그 후로 학원에서 그를 다시 만나지 못했다. 그는 몇 년 뒤 단편영화를 하나 찍었고, 그해 TV에서 방송되는 영화제에서 최우수 단편영화상을 수상했다. 문리대로 올라가는 길에, 그가 속해 있던 중앙 동아리의 이름으로 축하 플래카드가 걸려 있었다. 나는 9시 수업에 늦어 걸음을 재촉하다 그 플래카드를 보았고, 그날 수업에 들어가지 않았다.

얼마 뒤 나는 교육 시간을 다 채우고, 장내 기능 검정에 응시해서 합격했다. 남은 건 도로 주행 교육 열 시간과 검정뿐이었다. 그 무렵 이미 학교는 2학기 개강을 했고, 나는 교육 시간을 오후로 잡았다.

사실 그녀와 완전히 헤어지고 나서도 계속해서 나는 그녀의 삐삐에 음성을 남겼다. 회사로 전화도 몇 번 걸었지만, 매번 다른 직원이 받았고 나는 슬그머니 전화기를 내려놓았다. 나는 먼저 그날 화를 냈던 것에 대해 사과했다. 하지만 화가 났던 이유에 대해서는 너도 책임이 있다고 말했다. 물론 이제 와서는 상관없는 일이 되어버렸지만. 나는 아무래도 네가 왜 그렇게 행동했는지 이해할 수 없고, 그 설명을 듣고 싶다고 말했다. 내가 원하는 건 해명이다. 그것 외에 바라는 것은 아무것도 없다. 직접 얼굴을 마주하고 네 입으로 설명을 듣고 싶다. 그럼 그다음에는 깨끗하게 사라져주겠다. 이렇게 말했다. 하지만 그녀는 연락하지 않았다.

그녀의 회사와 우리 집은 상당히 가까웠는데, 걸어서 20여 분밖에 걸리지 않았다. 오후 5시가 되면 나는 담배와 동전 몇 개와 워크맨을 챙겨서 집을 나섰다. 어느새 여름의 더위도 한풀 꺾여서 나는 하늘색 스웨터를 꺼내 입었다. 스웨터의 까끌까끌한 감촉이 맨살에 닿았고, 그 느낌은 내게 무언가를 떠올리게 했다.

나는 신호등을 건너 한길로 죽 걸어 내려갔다. 중간에 주머니에서 동전을 꺼내 어느 빌딩 앞에 있는 자판기에서 커피를 뽑았다. 동네 친구 녀석과 술을 마시고 밤에 헤어질 때면 항상 커피를 뽑아 마시던 자판기였다. 비록 인스턴트커피였지만 분말이 아닌 고급스러운 알갱이 커피로, 막 뽑아냈을 때 채 녹지 않은 그 알갱이들을 눈으로 확인할 수 있었다. 우리는 그 자판기 커피를 '세상에서 가장 맛있는 자판기 커피'라고 불렀다. 나는 한 손에 커피를 든 채 계속 걸어 내려갔다. 주유소를 지나고 몇 개의 꽃집을 지났다. 신호등이 있는 사거리가 나왔다. 길을 건너면 그녀의 회사가 있다. 나는 길을 건너지 않은 채 이어폰을 귀에 꽂고 커피를 마시며 반대편에 서 있었다. 이전까지 나는 길 건너편이 그렇게 먼 줄 몰랐다. 막상 그곳에 서서 그녀 회사 입구에서 나오는 여자들을 바라보자, 도저히 그 얼굴을 알아볼 수가 없었다. 처음에는 보도 안쪽 빌딩 앞에 서 있다가, 조금씩 앞으로 걸어나가서 차도 앞까지 나가 섰다. 6시 반이 넘어가면서 날은 점점 어두워지고 도저히 얼굴을 알아볼 수 없을 때가 되면 다시 왔던 길로 되돌아갔다.

나는 단 한 번 그 자리에서 그녀를 보았다. 어쩌면 이전에도 몇 번쯤은 그녀를 보았을지 모르지만, 확신할 수 없었다. 언제나 너무 빨리 지나쳤기 때문이었다. 그러나 그날은 그녀가 회사에서 나오더니 신호등 반대편에 서서 내 쪽으로 얼굴을 향했다. 하지만 길을 건너려는 건 아닌 것 같았다. 그녀는 나와 헤어질 때보다 머리가 더 길고, 여성스러워졌다. 시간이 흐르고, 신호가 몇 번인가 바뀌었다. 나는 그동안 계속 그녀를 바라보고 있었다. 그녀가 문득 나를 향해 고개를 고정시키는가 싶더니 가방에서 안경을 꺼냈다. 나는 그녀가 나를 발견했다는 걸 알았다. 신호가 바뀌면 건너가서 그녀에게 말을 걸어야겠다고 생각했다. 그러나 신호가 바뀌기 전에 어떤 남자 하나가 그녀에게 다가갔고, 그녀는 남자를 알은 체했다. 이윽고 그녀와 남자는 길을 조금 올라가더니, 그곳에 세워져 있던 승용차에 올라탔다. 차가 출발하자 나는 거의 무의식적으로 그 차를 따라 반대편 길을 달렸다.

그날 밤늦게 무슨 말을 남겨야 할지 모르는 채, 그녀의 삐삐 번호를 눌렀다. 삐삐 배경음악이 달라져 있었다. 전람회의「새」였다. 나는 아무 말도 남기지 않았다. 다음 날 학교로 올라가는 길에 음반 매장에서 전람회의 테이프를 샀다. 수업도 들어가지 않고 텅 빈 예협실에 혼자 앉아서 그 노래를 반복해서 듣고, 그 가사를 읽고 또 읽었다.

내 손에 플라스틱 재질의 딱딱한 운전면허증이 쥐어진 건 그해 10월 1일이었다. 면허증에 그 날짜가 정확하게 씌어져 있다. 오전에 네 시간의 시청각 안전 교육을 받고, 교육이 끝나자 그 자리에서 교육관이 한 사람 한 사람 이름을 호명해서 운전면허증을 나눠주었다.

도로 주행 시험은 기능 시험보다 훨씬 간단했다. 기능 시험과 마찬가지로 학원에서 도로 주행 교육을 받았던 코스가 바로 시험 코스였는데, A, B, C, 세 코스를 연습해서 그중 한 코스를 시험 보는 것이었다. 교육 중에는 거의 실수가 없었지만 막상 시험을 볼 때는 긴장한 탓인지 몇 가지 실수를 저질렀다. 그러나 감독은 그대로 합격시켰다.

"이제 정말 운전을 하게 될 텐데, 그때는 정말 조심해서 해야 합니다."

나는 그저 고개만 끄덕였다.

2학기 강의 중에 굿을 취재해서 리포트를 작성해야 하는 과목이 있었다. 그날 나는 같은 조의 동기들을 설득해서 굿이 벌어지는 종로까지 내가 운전하는 차로 이동하기로 했다. 조원들 중에는 행정 고시를 준비하는 친구가 끼어 있고, 특별히 운전 학원 사장을 아버지로 둔 녀석도 리포트와 상관없이 동행하기로 했다. 그 둘은 모두 군대에 있을 때 운전병 출신이었다. 좌회전 신호 제일 앞에서 시동을 꺼뜨려 뒤에 줄줄이 서 있던 차들도 다음 신호까지 기다리게 만든 점을 제외하고는 별 사고 없이 종로까지 갈 수 있었다. 돌아올 때는 자동차 전용 도로를 타야 했기 때문에 행정 고시를 준비하던 친구가 대신 운전했다. 그날 우리는 굿을 취재하면서 사진을 두 통쯤 찍었는데, 남은 필름으로 우리끼리 사진을 찍었다. 그 사진들은 아직도 가지고 있다. 그중 한 장의 사진은 내 독사진으로, 나는 하늘색 스웨터를 입고 노란색 꽃밭을 배경으로 벤치에 혼자 앉아 있었다. 사진의 왼편에는 안내 표지판이 세워져 있었다. 날이 막 저물 무렵이라 플래시가 자동으로 터졌는지, 내 얼굴의 윤곽은 흐릿하게 번져 있었다. 나는 무릎 위에 팔꿈치를 대고 팔을 늘어뜨리고 있었는데, 손에는 굿판의 팸플릿이 들려 있었다. 그리고 입술을 다물고 희미하게 미소 짓고 있었다.

10월이 끝날 무렵, 중학교 때 친구 녀석이 갑자기 잠적을 해버렸다. 오랫동안 연락이 없어서 전화를 해봤더니, 휴대폰도 삐삐도 모두 끊겨 있었다. 마지막으로 그와 연락을 한 지가 언제인지 기억나지 않았다. 집 전화번호도 주소도 몰랐다.

내가 혼자 차를 제법 운전할 수 있게 된 건 그해 가을도 훨씬 깊어서였다. 길가에는 손바닥보다도 훨씬 큰 낙엽들이

어지럽게 흩날렸다. 이따금 나는 그 큰 낙엽들을 발로 밟아보곤 했다. 그러면 아주 듣기 좋은 버석거리는 소리가 났다.

강동 쪽에 살고 있는 친구가 있었는데, 우리 집에서 그 친구 집까지는 죽 한길로 가면 되는, 비교적 초보 운전자에게는 편한 코스였다. 나는 버스를 타고 가겠다는 그 친구를 굳이 내 차에 태웠다.

"괜찮아, 이제 나 운전 잘한다니까."

집 앞 골목을 빠져나와서 도로에 올라선 뒤로, 한 번도 좌회전 우회전 없이 직진만 했다. 저녁 무렵이라 도로는 차들로 가득했고, 신호 대기에 걸릴 때마다 차를 멈추고 나는 친구 쪽을 바라보며, "나 운전 잘하지?" 하고 농담을 걸었다. 몇 번인가 일부러 끼어들기도 해보고, 차가 멈추었을 때 장난삼아 액셀러레이터를 밟아 공회전을 시켜보기도 했다. 문제 될 건 아무것도 없었다. 친구는 집 앞에서, "커피나 한잔할래?" 하고 물었다. 우리는 골목에 차를 세우고 자판기 커피를 마셨다.

"운전면허를 따면, 꼭 이렇게 골목에 차를 세우고 커피를 마시고 싶었어" 하고 내가 말했다.

"옆에 여자를 태우고 말이지." 친구는 맞장구를 쳤다. 나도 그 말을 받아 몇 마디 농담을 더 지껄여댔다.

친구는 차에서 내리기 전, 집으로 돌아가는 더 빠른 길을 알려주었다. 정작 본인은 운전을 할 줄 모르지만, 주변의

316

친구들이 하나같이 차를 운전하고 다녀서 그 동승 경력만 10년이라고 했다.

"이 길로 죽 가서 우회전을 하면 1차선의 좁은 길이 나오는데, 거기는 아파트 단지 바로 옆이라 요철이 많아. 계속 가다 보면 우측으로 올라가는 진입로가 나오고 거기로 올라가면 바로 둑방길이거든. 둑을 따라 계속 달리란 말야. 그게 우리가 왔던 길 아래편으로 이어져서 너희 집 근처까지 가."

나는 알겠다고 말했다. 친구는 손을 흔들고는 골목 안쪽으로 사라졌다. 나는 차의 시동을 걸고 담배를 껐다. 나는 친구가 설명해준 대로 차의 방향을 바꾸지 않고 그대로 직진했다. 그런데 그 친구의 설명이 잘못되었는지, 아니면 내가 길을 잘못 찾은 건지, 그날 나는 길을 잘못 들어서 서울을 벗어나 고속도로까지 나가게 되었다. 우회전을 했을 때 1차선의 좁은 도로가 나오는 건 맞았다. 그 길이 아파트를 끼고 있어 요철이 많은 것도 그대로였다. 그런데 우측으로 올라가는 진입로가 아무리 가도 보이지 않았다. 포기하고 방향을 바꿀까 싶을 때쯤, 진입로 비슷한 좁은 길이 우측에 나왔다. 나는 망설이지 않고 그 좁은 길에 올라섰는데, 놀랍게도 반대편에서 내려오는 차가 있었다. 그 차는 신경질적으로 상향등을 깜박였다. 나는 들리지도 않을 텐데 입으로 미안하다고 중얼거리면서 차를 후진시켰다. 그리고 무슨 생각을 했는지 방향을 돌리지 않고 가던 길로 계속 달렸다. 얼마 가지 않아 아파트 단지가 끝나고 길이 넓어졌다. 나는 안심하고 표지판을 확인하기로 했다. 첫번째 표지판이 나왔지만 내가 알고 있는 지명이 하나도 없었다. 차를 멈추고 물어보고 싶어도, 길가에는 상점 하나 없었고 지나가는 행인도 없었다. 양옆으로 조금 높은 지대에 주택들이 늘어서 있을 뿐이었다. 2차선의 넓은 도로임에도 도로 위를 달리는 차들도 그렇게 많지 않았다. 나는 일단 첫번째 신호등에서 유턴을 하기로 작정하고, 1차선에 차를 붙였다. 그러나 일이 틀어지기로 단단히 맘을 먹었는지, 아무리 달려도 좌회전 신호만 있을 뿐 유턴 신호가 없었다. 이제 생각하면 내가 뭔가 착각하고 있었던 게 분명했다. 나는 어느새 그저 앞차를 따라가고 있었다. 앞차가 우회전을 하자 나도 우회전을 했다. 좁은 길이 이어지더니 다시 길이 넓어졌고, 차들이 빠른 속도로 달리는 3차선 도로가 나왔다. 도로 전방 멀리 보이는 게 주황색 칠의 톨게이트라는 사실을 깨달았을 때는 이미 늦은 일이었다. 나는 간단하게 체념하고, 속도를 줄이면서 톨게이트로 들어섰다. 통행권을 받아 들면서 나는 톨게이트의 여직원에게 길을 잘못 들었는데 다시 돌아오려면 어떻게 해야 하느냐고 물었다. 의외로 여직원은 하나도 놀라지 않고, 15분 정도 달리면 용마로 빠지는 진입로가 나오니 그쪽으로 들어갔다가 유턴해서 다시 나오든지 국도를 이용하든지 하라고 설명했다.

"표지판은 빨리 나옵니까?"

"예, 안 놓치실 거예요."

나는 감사하다고 말하고 차를 출발시켰다. 얼마 가지 않아 나는 갓길에 차를 세웠다. 라디오의 주파수가 잡히지 않았다. 채널을 이리저리 돌려보았지만 마땅하게 잡히는 데가 없었다. 할 수 없이 가방에서 워크맨을 꺼냈다. 그 안에 있는 테이프를 꺼내 차의 오디오에 집어넣었다. 여름 내내 들었던 바로 그 노래가 흘러나왔고, 나는 시트를 뒤로 젖히고 담배를 한 대 물었다. 담배 한 대를 다 피우고 다시 또 한 대를 물었다. 금방 차 안은 담배 연기로 가득 찼고, 나는 연기를 빼기 위해 창문을 열었다. 고속도로 위를 빠른 속도로 달리는 자동차들의 바퀴 소리와, 어느새 차가워진 밤의 공기가 새삼 내가 아직 도로변에 있다는 것을 일깨워주었다. 나는 어디로 가려는 것일까?

공기 중에는 첫눈의 예감이 스며 있었다. 나는 창밖으로 고개를 내밀고 하늘을 올려다보았다. 길게 숨을 내쉬었다. 희미하지만 하얀 입김이 새어 나오는 걸 볼 수 있었다. 하늘은 별 한 점 없이 컴컴했다.

지난겨울 눈이 많이 내리던 밤이 떠올랐다. 그건 첫눈은 아니었다. 어둑어둑해지면서부터 갑자기 눈이 쏟아지기 시작하더니, 눈발은 점점 굵어졌다. 발로 밟으면 뽀드득 소리가 나는 함박눈이었다. 나는 종종걸음을 치며 여자의 회사

근처까지 갔다. 회사 앞 사거리 신호등 건너편에 여자가 보였다. 눈발이 거세고 굵어서 여자는 나를 발견하지 못한 것처럼 보였다. 고작 저녁 6시를 막 넘겼을 뿐인데도 도로 위는 이상할 정도로 텅 비어 있었다. 비록 눈이 내리고 있다 해도, 그 정도로 차들이 없다는 건 이해 못 할 일이었다. 어쩌면 내 기억이 잘못되었는지도 모른다. 사람들의 모습도 거의 눈에 띄지 않았다. 마치 신호등을 사이에 두고 그녀와 나, 단둘만이 세상에 남겨진 것 같았다. 이윽고 신호가 바뀌고 나는 그녀 쪽으로, 그녀는 내 쪽으로 걸음을 옮겼다. 중간까지 와서야 그녀는 나를 발견했다. 나는 그녀의 어깨를 감싸 안고 내가 서 있던 자리로 돌아왔다. 보도 위로 올라서자 그녀는 내 코트의 깃을 올려주고 목도리를 바싹 당겨 매주었다. 그때 나는 맨손이었는데, 그녀는 손목 부근에 하얗고 보드라운 털이 달린 장갑을 벗더니 내 손을 잡았다. 나는 그녀의 손을 잡은 채 코트 주머니 안으로 손을 집어넣었다. 그날 우리가 어떻게 약속을 했고, 그다음 어디로 갔는지는 기억나지 않는다. 다만 나는 그녀를 데리고, '세상에서 제일 맛있는 자판기 커피'가 있는 빌딩까지 걸어갔다. 나는 그녀에게 말했다.

"정말이야, 이 커피는 세상에서 제일 맛있는 자판기 커피라고."

그녀는 빌딩 처마 밑에서 한 손에는 빨갛게 언 내 손을 잡고, 한 손에는 하얀 김이 올라오는 자판기 커피를 들고, 고개를 끄덕여주었다.

"정말 맛있네."

여자는 헤어질 때면 항상 내게 열까지 세어보라고 말했다. 열까지 세면, 그럼 이제 가요,라고 말하며 일어섰다. 나중에 열까지 세어보라고 하면, 나는 일부러 천천히 센다거나, 엉터리로 아홉 다음에 다시 하나를 세는 등 장난을 치곤했다. 마지막으로 그녀가 자리에서 일어섰을 때, 그녀는 열까지 세어보라고 요구하지 않았다. 그건 너무한 일이었다.

나는 담배를 끄고 차의 시동을 걸었다. 그런데 발을 어디에 둬야 할지 알 수 없었다. 어떻게 차를 움직이지? 운전 학원의 첫날 내가 배운 게 뭐였지? 그렇지. 왼쪽부터 클러치, 브레이크, 액셀러레이터. 나는 왼발로 클러치를 밟고 1단 기어를 넣었다. 그리고 천천히, 왼발에 힘을 잔뜩 주고 마치 첫날 교육 때처럼 발을 뗐다. 나는 여전히 중간 점을 알지 못했다. 차가 움직이기 시작했고 나는 힘차게 오른발로 액셀러레이터를 밟았다. 왼쪽 깜박이를 켜고 갓길을 벗어나 고속도로 위로 들어섰다. 그녀와 헤어지고 내가 제일 먼저 한 일은 운전 학원에 등록하는 일이었다. 이제 나는 운전을 할 줄 알게 되었다. 그녀가 원하는 곳이 어디든지, 이제 나는 그곳으로 그녀를 데려다줄 수 있는 것이다.

톨게이트의 여직원이 말한 진입로가 나올 시간은 훨씬 지나 있었다. 하지만 나는 표지판도 진입로도 보지 못했다. 이미 지나쳤는지도 모른다. 초록색 도로 표지판을 언뜻 본 것 같기도 하고, 도시의 불빛도 보였던 것 같다. 내 시선은 줄곧 바로 앞 노면만 향해 있었다. 문득 나는 그녀가 진심으로 나를 사랑했다는 걸 알 수 있었다. 그녀와 헤어지고 처음으로 나는 마음 깊이 행복감을 느꼈다.

개구리 남자

회색 철문을 열자 바로 밖이었다. 옥상은 학원에서 유일하게 담배를 피울 수 있게 허락된 공간이었다. 쉬는 시간마다 나는 그곳에 올라갔다. 학원 건물의 전체 면적을 그대로 간직한 넓은 옥상에는 거의 아무것도 없었다. 회색 시멘트 바닥, 시멘트 담, 하늘. 비가 오거나 올 것 같은 날씨에는 하늘도 회색이었다. 철망에 둘러싸인 급수 탱크만이 노란색이었다. 학원의 정면, 담 가까이에는 국기 게양대가 있었다. 칠도 없는 시멘트 블록으로 받침대를 만들고, 세 개의 깃대가 하늘을 향해 높게 솟아 있었다. 깃발을 보기 위해서는 고개를 한껏 젖혀야 했다. 텅 빈 학원 옥상에서 게양대의 시멘트 블록은 유일한 앉을 자리가 되었다. 5월이 되고, 날씨가 더워지면서 옥상에 올라오는 학생들이 많아졌고, 조금이라도 늦게 도착하면 자리는 이미 꽉 차 있었다.

수업이 시작할 시간이 가까워져 오면 자리는 비었다. 어느 날인가 늦게 올라갔는데도 자리가 있었다. 나는 담배를 물고 불을 붙였다. 한 대를 다 피웠을 때에는, 다른 학생들은 옥상을 내려간 후였다. 복도 자판기에서 뽑은 커피가 아직 남아 있었고, 담배를 한 대 더 피우고 싶었다. 그리고 그렇게 했다. 그렇게 한다고 해서 특별히 문제가 생기는 건 아니었다. 학원은 학교와 달라서 강사들은 빈 책상에 대해 신경 쓰지 않았다. 강사들은 거의 전부가 마이크를 들고 수업을 했다. 그만큼 한 반에 학생들이 많았다. 가끔은 옥상의 열린 문을 통해 아래층에서 수업하는 마이크 소리가 들려오고는 했다. 교실에서 들을 때보다 훨씬 더 듣기가 좋았다.

그 뒤로 나는 쉬는 시간마다 옥상에 올라가는 것을 그만뒀다. 그리고 반대로 쉬는 시간에 교실에 있게 되었다. 고등학교 때 같은 반이었던 친구나, 새로 알게 된 몇몇 친구와 잡담을 나누고는 했다. 어느 순간에는 그들이 내 이름을 크게 부를 때도 있었다. 그럴 때마다 나는 괜히 깜짝 놀라고는 했다. 우리가 하는 얘기 중에는 여학생에 대한 것도 있었다. 아니, 대개 여학생에 대한 얘기였다. 우리 반뿐 아니라 다른 반의 여학생 얘기도 했다. 물론 예쁜 여학생에 대한 얘기였다. 또 그 여학생이 어떤 남학생을 사귄다든지, 또 그 여학생을 이제부터 내가 꼬시겠다든지 하는 얘기였다. 얘기에 그치는 경우도 있었지만, 실제로 실행에 옮긴 친구도 있었다. 우리

는 다른 반의 예쁜 여학생을 보기 위해 우르르 몰려가기도
했고 복도를 지나다가도 서로 눈짓을 하며 손가락으로 가리
키기도 했다. 어느 순간에는 아침에 일어나자마자 그저 어
떤 여학생을 보려고 학원을 가는 게 아닌가 싶은 기분이 들
기도 했다.

그녀는 그다지 예쁘지는 않았다. 따져본다면 중간에서 약
간 상위권을 향해 머리를 내미는 정도였다. 누군가 재 예쁘
지 않으냐고 물어보면, 단지 몇 사람만이 괜찮지라고 말할
정도였다. 나는 그녀가 항상 포니테일이라고 불리는, 뒷머
리를 한꺼번에 졸라맨 머리 모양을 하고 있었던 걸 기억한
다. 피부가 유난히 희고 눈매는 선명하지 않았지만 뭔지 모
를 나른함과 신비로움이 느껴졌다. 어쩌면 흐리멍덩하다
고 할 수도 있었겠지만. 나중에 그녀를 떠올릴 때면 무엇보
다 빨간색 카디건이 떠올랐다. 포니테일 머리와 흐릿한 눈
매, 빨간색 카디건. 나는 그녀를 빨간색 카디건이라고 불렀
다. 그러나 나는 그녀와 한 번도 대화를 나눠본 적이 없었다.
수업 중이나 쉬는 시간이면 나는 그녀를 바라보면서 시간을
보냈다. 아니면 옥상의 국기 게양대에 있었다. 그때도 그녀
생각을 하고는 했다. 어쩌면 그녀의 눈매가 흐릿하게 보인
것은 눈동자 색깔이 이국적이었기 때문인지도 몰랐다. 푸른
빛까지는 아니더라도 회색에 가까운. 항상 바로 앞이 아닌,
어딘가 먼 곳을 바라보는 것처럼 보이는 눈이었다. 그건 사

물이나 상대방이 아니라, 자기 자신을 바라보는 눈 같았다. 나중에 나는 그녀가 대학에 또 떨어졌다는 소식을 들었다. 이듬해 봄, 대학에 붙은 학생들을 위주로 반창회 비슷한 모임이 있었는데, 나는 그곳에서 처음으로 여학생들과 대화를 나눠본 것 같았다. 그들의 모습은 몰라보게 달라져 있었다. 말도 잘했다. 우리는 지하에 있는 넓은 호프집에서 일렬로 테이블을 붙여놓고 맥주를 마셨다. 나는 내 앞에 앉은 여학생에게 학원의 옥상 얘기를 했다.

"난 한 번도 올라가본 적이 없어." 그녀가 말했다. 나는 어떻게 그럴 수 있지,라는 표정으로 그녀를 봤다. 실제로 그렇게 말했는지도 모르겠다. 나는 옥상에 대해 설명했다. 노란색 급수 탱크며, 시멘트 바닥과 울타리 벽, 그리고 국기 게양대에 대해 얘기했다. 그녀는 내 말을 주의 깊게 듣지 않았다. 내 옆에 앉은 다른 남자의 얘기가 더 재밌었던 것이다. 그러다 문득 내게 물었다.

"국기 게양대에 무슨 깃발이 있었는데?"

"국기가 있었겠지."

"깃대가 세 개였다며?"

그랬지, 깃대가 세 개였었지. 그러나 나는 그중 한 개도 정확히 기억나지 않았다. 그렇게 자주, 또 오래 그 아래 앉아 있었으면서 나는 어째서 거기에 무슨 깃발이 달려 있는지 보지 않았던 걸까? 빨간색 카디건은 다시 학원으로 갔을까?

그녀는 여전히 머리를 포니테일로 묶고 빨간색 카디건을 입고 있을까? 어쩌면 나는 그녀에게 말을 붙여봐야 했었는지도 모른다.

그러나 깃발은 중요했다.

그것은 무엇보다 사람들이 많이 모인 곳에서, 이를테면 대규모 집회에서 자기 자리를 쉽게 찾을 수 있도록 도와주는 표지판 역할을 했다. 화장실을 갔다 오는 등의 개인행동을 하고 나서 다시 원래 있던 자리로 돌아오려면 먼저 깃발을 찾아야 했다. 이상하게도 오랫동안 그 아래 있었는데도 잠깐 그곳을 벗어났다 돌아올 때면 깃발은 예상했던 자리에서 쉽게 발견되지 않았다. 마치 내가 나갔다 온 동안 무슨 이유인가로 사람들 모두가 자리를 옮긴 것처럼. 간신히 깃발을 발견하고 자리로 돌아와 나는 그녀에게 묻는다. 자리 옮겼었어요? 그럼 그녀는 아니라고 대답한다. "계속 여기에 있었어." 찾는데 힘들었냐고 그녀가 묻는다. 나는 못 찾을 뻔했다고, 집에 돌아갈 뻔했다고 과장하며 대답한다. "다음 번에는 나랑 같이 가." 그녀가 말한다.

어디를? 어디를 같이 갈 수 있을까?

정문을 나선 대열은 도로를 따라 걷기 시작했다. 한낮은 지나 있었지만, 햇빛에 달궈진 아스팔트는 여전히 한낮의 열기를 간직하고 있었다. 사람들은 겉옷을 벗어 가방에 넣거나 한쪽 팔에 걸쳤다. 마치 휴일에 어디 놀러라도 가는 분위기였다. 실제로 아무도 심각하게 생각하는 것처럼 보이지 않았다. 보통 때라면 결코 걷지 못할 차도, 아스팔트 위를 걷는데도 이건 아무것도 아니라는 듯한 표정들이었다. 깃발은 대열의 앞쪽에 모여 있었고, 중간에도 더러 그것보다 작은 깃발들이 똑바르게 또는 비스듬하게 누군가의 어깨에 걸쳐져 대열을 이끌고 있었다. 간혹 구호가 외쳐졌고 노래가 불렸다. 그 소리가 그치면 일순간 침묵이 감돌았으나 이내 다시 즐거운 듯한 웅성거림이 침묵을 간단히 밀어냈다. 그리고 다시 구호, 노래. 우리는 계속 걸었다. 어디로 가는 건지 몰랐다. 나는 지금 걷는 이곳이 어디인지도 몰랐다. 단지 차도 위를 걷는 것만으로 나는 조금 흥분했다. 가슴이 뛰었다. 이를테면 나는 어떤 현장에 있는 기분을 느꼈다. 인도에 있는 사람들 대부분은 무관심하게 자기 갈 길을 갔지만, 적지 않은 사람들은 우리를 쳐다보았다. 이건 마치 무슨 대회 같구나.

주위는 환했고, 길은 이보다 더 넓을 수 없었다. 우리는 이 도시의 심장부를 통과하고 있었다. 게다가 같이 걷는 사람들의 숫자도 엄청났다. 못 돼도 만 명은 확실히 넘었다. 그리고 내 옆에는 그녀가 있었다.

또한, 깃발은 우리가 어느 편에 속해 있는지를 나타냈다. 그래서 그들은 우리가 누구인지 쉽게 알 수 있었다. 우리가 상대해야 할 어떤 그들은.

내가 본 것은 그들과 우리 사이에 있던 텅 빈 공간이었다. 그녀가 나를 뒤로 끌고 갔다. 동기 중 몇몇은 앞쪽에 남았다. 그들은 마스크를 쓰고, 똑같은 티셔츠를 입었다. 손에는 기다란 쇠막대기를 쥐었다. 그것은 영화 〈스타워즈〉 시리즈에 나오는 광선 검처럼 보였다. 물론 그건 광선 검이 아니었다.

대회의 시작을 알리는 듯한 다연발 최루탄 소리가 들렸다.

학원 수업이 모두 끝나면 야간 자율학습 시간이 곧바로 이어졌다. 토요일도 예외는 아니었다. 다만, 자율학습이 낮부터 시작돼서 저녁을 먹기 전에 아이들 대부분이 집으로 돌아간다는 차이만 있었다. 나는 빨간 카디건의 여자가 가방을 챙기는 걸 보고 불현듯 따라서 가방을 챙기기 시작했다. 처음부터 그러려고 마음먹었던 것은 아니었다. 창밖에 보이는 오랜만의 맑은 하늘색이 내 마음을 사로잡았다. 동시에 교실에 가득 차 있는 침묵이 지겨워졌다. 그녀가 눈치채지 못하게 내가 먼저 교실을 나왔다. 학원 앞 버스 정류장에서 그녀를 기다렸다. 나는 그녀가 이곳에서 버스를 탄다는 걸 알았다. 소풍이라도 가는 기분이었다. 그녀를 시야에 두면서 나는 버스를 기다리는 척했다. 가방을 고쳐 메고, 뭔가 그럴싸한 자세를 취하려고 몸의 무게중심을 다리 이쪽 저쪽으로 옮겨보았다. 물론 그녀는 내 쪽을 쳐다보지 않았다. 아마도 내가 같은 반 학원생이라는 것도 알지 못할 것이다. 그렇기 때문에 그녀가 버스에 올라타고, 뒤따라 내가 올라탔을 때 문제 될 것은 없었다. 나는 등받이 위로 솟아 있는 그녀의 뒷머리를 볼 수 있었다. 언제나 똑같은, 포니테일의 머리 모양.

그녀의 뒷머리가 움직였다. 창밖을 내다보는 것이다. 나도 그녀를 따라 창밖을 보았다. 버스는 다리를 건너고 있었다. 태양은 여전히 하늘 한가운데 걸려 있는 것 같았지만 얼마간 그 눈부신 빛을 잃었다. 생각보다 시간이 많이 지나 있었다. 이제 금방 해가 질 것이었다. 그 전에 그녀는 집에 도착할 수 있을까? 나는 그녀가 무사히 집에 도착하기를 바랐다. 가방을 책상 위에 올려놓고 빨간색 카디건을 벗고 세면대에서 손을 씻고 세수를 마친 뒤 그녀는 머리끈을 풀 것이다. 거울 앞에서 빗으로 단단히 뭉친 머리를 빗는다. 부엌에서는 어머니의 요리하는 소리가 들린다. 토요일이니까 대단하지는 않더라도, 전날 먹었던 음식을 그대로 내지는 않을 것이다. 그녀는 냄새로 오늘의 요리가 무엇인지 금방 알아챈다. 그녀는 다시 머리를 묶고 편안한 옷으로 갈아입고 거실로 나와 소파에 앉아 TV를 켠다. 다리를 소파 위로 올려 발바닥을 가장자리에 대고 무릎을 치켜세워 양손으로 끌어안는다. 그녀는 아직 열아홉 살이고, 재수생이었지만 그다지 낙담하고 있지는 않다. 그녀는 자신의 성실성을 믿고 거기에 약간의 운만 더해지기를 바랄 뿐이다. 그것은 그렇게 큰 운은 아니다. 성적도 나쁘지 않다. 물론 지난해에도 성적은 나쁘지 않았다. 가족들은 그녀를 사랑하고, 그녀도 가족들을 사랑한다. 식탁 위에 그릇을 놓는 소리가 들린다. 슬슬 일어나서 어머니를 도와야 한다. 토요일이니까, 특별한 경우가 아니면 저녁 식사는 가족 모두가 참석하는 걸로 되어 있다. 그러나 그녀는 소파에 앉은 채 꼼짝하지 않는다. 학원의 뒷자리에서 들었던 어떤 이름이 떠오른다. 그 이름의 주인공이 누구인지 모른다. 그러나 특이한 이름이었다. 그는 누굴까? 그녀는 뒤를 돌아본다. 뒤에는 아무도 없다. 그 이름은 그녀를 위한 것이 아니었다.

그녀가 버스에서 내렸고, 나는 한 정거장 더 가서 내렸다. 낯선 동네였다. 그녀가 사는 동네에서 한 정거장 떨어져 있는 거리. 햇빛은 노란 빛깔이 되어 있었다. 아주 조용하고 인적이 없는 거리. 도로 위에 차들도 많이 지나지 않았다. 주택가는 도로보다 더 높은 언덕 위에 자리 잡고 있었다. 완만한 언덕이 길게 이어져 있다. 붉은색 벽돌, 파란 기와 처마, 평평한 옥상과 그 위로 비죽 나와 있는 굴뚝. 좁은 정원에는 나무가 심어져 있고, 현관문은 은빛으로 번쩍거렸다. 좁은 골목에는 차들이 주차되어 있고, 더 좁은 골목에는 가로등이 달린 전신주만 한편에 서서 낮은 담장을 넘겨다 보고 있었다. 나는 어딘지도 모를 골목길을 혼자 걸었다. 깊숙이 들어가자 어느덧 다시 큰길 사거리가 나왔다. 그렇게 큰길은 아니었다. 차 두 대가 교행할 수 있을 정도의 아스팔트 도로. 사방의 건물들은 기껏해야 5층 정도였는데, 그 1층에는 슈퍼마켓이나 미용실, 정육점 등의 간판을 내건 상점들이 있었다. 그래도 여전히 사람의 모습은 찾아보기 어려웠다. 햇빛만이 점점 그 노란 빛을 더했고, 세상을 일순간에 몇백 년 전으로 돌려버린 듯 오래된 사진 속 거리처럼 바래게 만들었다.

우리는 그 몇백 년 전의 고요 속에 서 있었다. 갑자기 아무런 소리도 들리지 않았다. 아니, 들리긴 들렸는데 분명 그렇게 멀리까지 도망쳐 온 게 아니었음에도 소리는 누군가 신경질적으로 볼륨을 줄여버린 듯 희미하게 지워져 있었다. 끊임없이 흐르는 눈물과 옷과 머리칼에 달라붙어 있는 최루가스 냄새만이 우리가 막 도망쳐 나온 세계를 증명하고 있었다. 유난히 좁고 어두운 골목이 내 시선을 붙들었다. 골목의 양옆으로는 5층 정도 되는 빌라가 나란히, 그 골목의 끝지점까지 마주 보고 있었다. 차가 들어가지 못하도록 철제 가림막이 입구에 놓여 있었다.

"독일의 어느 마을에는 피리 부는 사나이의 골목이 있대요."

그녀는 나를 돌아봤다. 그녀의 눈에도 눈물이 고여 있었다.

"피리 부는 사나이가 아이들을 데리고 사라져버린 골목이요, 그게 있대요. 안내판이 세워진 관광 코스로."

"그 사나이가 저 새끼들을 데리고 사라져버렸으면 좋겠는데."

"아뇨. 피리 부는 사나이는 아이들만 데리고 갈 수 있어요. 어른들은 절대 따라가지 않죠."

그녀는 손등으로 조심스럽게 눈물을 훔쳤다. 코밑이 번들거렸지만 나는 그것에 대해서 아무 말도 하지 않았다. 나도 마찬가지일 테니까.

"어쩌면 그건 뻔한 상징일지도 몰라요. 아이들이 사라지는 건, 아마도 그들 모두가 어른이 된다는 거겠죠."

"그렇게 되나. 슬픈 얘기네."

"슬프다기보다는 무섭죠."

"뭐가?"

"아이들이 사라진다는 게."

"아이들은 계속 태어나잖아."

"사실은 그게 더 무서워요."

그녀는 웃었다. 무슨 얘길 하는 거야,라며 핀잔을 주더니 어느 길로 가야 할지 가늠하려는 듯이 사방을 둘러보았다. 나는 주머니에서 담배를 꺼내 입에 물었다. 그걸 보고 그녀도 한 대 달라는 듯이 손을 내밀었다. 나는 한 대 더 꺼내서 입에 물고 불을 붙인 다음 그녀에게 건네주었다. 그녀는 눈을 동그랗게 뜨고 나를 바라봤다. 나는 싫어요?라고 물었다. 그녀는 슬쩍 웃더니 그대로 내가 건네준 불붙인 담배를 물었다.

"어쩨 굉장히 멀리 온 것 같네요. 달리기가 그렇게 빨랐나."

"내가 길을 잘 잡은 거지."

그녀는 담배 한 대를 다 피우고 바닥에 버리고 발로 비벼 껐다. 그리고 다시 큰길로 나가야겠다고 말했다.

"전철을 타자."

나도 고개를 끄덕이고 담배를 바닥에 떨어뜨렸다.

"너무 조용해요." 내가 말했다. 이렇게까지 조용할 수 있을까? 마치 사진 속에 들어간 것 같았다. 전날 그녀는 나를 데리고 벽면에 사진이 붙어 있는 강의실로 들어갔다. 입구에서부터 이어진 줄이 벽면을 따라 한 바퀴 빙 돌았다. 사진들은 이제는 이 세상에 없는 사람들의 모습을 담고 있었다. 사람들은 천천히 움직였다. 그만한 사람이 모인 것치고는 강의실은 아주 조용해서, 마치 모두가 침묵 외에는 그 사진을 대할 다른 방법을 모르는 것 같았다.

나는 골목을 가로질러 가는 고양이 한 마리를 보았다. 흰바탕에 갈색과 검은색 무늬가 들어가 있는. 그다음에 본 것이 무엇인지 나는 얼른 파악하지 못했다. 맞은편 골목 입구에 사람들이 나타났다. 그녀도 그것을 볼 수 있도록 그녀의 어깨를 잡았다. 그러나 그보다 빨리 사람들이 가까워졌다. 여전히 소리는 들리지 않았다. 그녀가 나를 잡아끌었다. 그녀는 나보다 더 멀리 보았고, 더 자세하게 보았다. 우리는 가까운 상가 건물의 입구로 들어갔다. 보기보다 건물 내부는 넓었다. 계단은 복도 중앙에 있었다. 가장자리를 따라 늘어선 상가들은 유리문을 꼭 걸어 잠그고 있었다. 그 유리 너머로 어른들이 앉아 있는 게 보였다. 그들은 아무 소리도 내지 않았다. 아이들이 사라진 마을의 어른들처럼. 빵 굽는 냄새가 났다. 빵집을 바로 지나쳐서 계단을 돌아 올라갔다. 그녀는 나를 바깥을 내다볼 수 있는 2층 창가로 이끌었다. 소리는 이미 확실하게 들리고 있었다. 그동안 들리지 않았던 것을 벌충이라도 하려는 듯이, 바로 내 등 뒤에서 들리는 것 같았다. 골목을 가로질러 뛰어가는 학생들은 그다지 빠르지 못했다. 그들은 이미 최루가스 연기에 사로잡혔고, 자신들의 발걸음 소리와 공포에 사로잡혔다. 어느 것이 결정적으로 그들을 바닥에 쓰러뜨렸는지는 모르겠다. 하얀 헬멧은 얼굴이 없었다. 그들은 마치 그들이 몰고 다니는 연기 그 자체가 뭉쳐져서 만들어진 존재처럼 보였다. 그 흰빛 속에 언뜻언뜻 검은 막대가 보였다. 욕설과 비명 소리, 어디서 들리는지 알 수 없는 발걸음 소리. 내가 마지막으로 본 건 우리가 있는 상가 건물로 들어오는 둥둥 떠다니는 듯한 하얀 헬멧이었다. 그리고 확실히 1층의 문이 열리는 소리를 들었다.

계단을 올라오는 발걸음 소리는 듣지 못했다. 그건 단지 상상일 뿐이었다.

화장실은 넓고 깨끗했다. 맞은편 벽 천장 가까이에 달린 환풍기는 열심히 그 투명한 푸른색 프로펠러를 돌리고 있었다. 그 윙 하는 소리는 단순한 기계음이었지만 나를 흥분시켰다. 화장실 문을 연 건 그녀였지만, 화장실에 먼저 들어온 건 나였다. 나는 그녀가 문을 잠그려 하는 걸 말렸다. 갇히면 나갈 데가 없었다. 나는 청소 도구함이 들어 있을 마지막 칸막이를 잡아 열었다. 다행히 잠겨 있지 않았다. 더 다행한 건 제대로 된 대걸레 자루가 있었던 것이다. 나는 재빠르게 대걸레를 자루에서 제거했다. 그리고 그것을 바닥에 비스듬히 세워 발로 분지르려 했다. 그녀가 뭐 하느냐고 물었다. 묻는 것과 동시에 내 팔을 잡았다. 나는 이것을 부러뜨려야만 끝이 뾰족해진다고 설명했다. 일일이 설명할 필요도 없는 일이었다. 급하게 대걸레를 빼는 중에 손바닥이 그 쇠자루에 찢겼고 피가 자루를 타고 천천히 흘렀다. 그녀는 결국 자루를 부러뜨리려는 나를 제지했다. 그리고 빨간색 여자 그림이 그려진 칸막이 안쪽으로 나를 데리고 들어갔다. 문을 잠갔다. 그것은 놋쇠로 된 손가락 굵기만 한 빗장이었다. 내가 보기에 그것은 어떤 문도 제대로 잠글 수 없는 빗장이었다.

피가 굳어서 걸레 자루에서 손을 떼어내는 게 어려웠다. 그제야 시간이 굉장히 많이 흘렀음을 깨달았다. 화장실에 들어올 때만 해도 환풍기가 달린 창문 너머로 햇빛이 들어왔는데 이제는 가까이 있는 그녀의 얼굴도 확인할 수 없을 정도로 어두워졌다. 그래도 그녀의 숨소리는 확실하게 들렸고, 점점 더 뚜렷하게 들렸다. 환풍기 돌아가는 소리는 잦아들었다. 나는 그것이 내 안에서 들리는 다른 소리처럼 느껴졌다. 시험 삼아 조그맣게 헛기침을 내보았다. 그녀가 내 손을 꽉 붙들었다. 작은 손이었다. 고작 그 정도 크기의 손으로 내 손을 잡고 있었다. 나는 손의 위치를 슬며시 바꿨다. 단지 몇 도쯤. 그래도 거기에는 확실한 메시지가 있었다.

"빵냄새 맡았어요?"

나는 최대한 목소리를 낮췄다. 잠시 후 그녀도 조심스럽게 되물었다.

"빵냄새?"

"1층에 빵집이 있었어요. 냄새가 아주 좋아요."

"빵 좋아해?"

"어렸을 때 일요일마다 빵을 사다 먹었어요. 가족들 전부가 모여서 빵을 먹었죠."

"있다 내려가서 사 먹자."

그러나 우리가 내려갔을 때 빵집은 문을 닫았다. 우리는 손을 놓고 밖으로 걸어 나갔다. 밖은 어두웠다.

인문대 건물 뒤편은 항상 어둑어둑했다. 건물의 그림자

가 항상 드리워졌다. 그러나 이른 아침, 첫 강의가 시작되기 전 9시쯤에는 전혀 상황이 달랐다. 빛이 폭포처럼 쏟아지는 것 같았다. 그녀는 그 환한 아침 햇살 속에 서 있었다. 강의 의자 등을 이용해서 천을 양쪽으로 당겨 팽팽하게 펼쳐 놓고, 굵은 붓으로 그 위에다 무언가를 쓰거나 그리고는 했다. 플래카드나 깃발을 만드는 것이었다. 나는 강의에 들어가기 전, 현관 지붕 아래에서 한 손에는 자판기 커피를, 다른 한 손에는 담배를 들고 그런 그녀를 가만히 바라보고는 했다. 9시 강의는 대개 12시까지 이어졌다. 점심을 먹으러 가는 동기들 틈에 섞여 계단을 내려와서, 나는 잠깐만 기다리라고 말하고는 뒷문으로 나가 그녀가 아직도 그곳에 있는지 살폈다. 없었다. 그림자는 완전히 제자리를 잡았다.

그러나 그녀를 보는 건 그다지 어렵지 않았다. 학생 식당이나, 건물 앞 벤치나, 그리고 대개 학생회실에서. 그녀는 다른 운동권 학생에 비해 옷을 잘 입는 편이었다. 말투나 몸짓도 연극적으로 보일 만큼 크고 유난스러웠다. 학생회실에 들어가기 전부터 그녀의 목소리나 웃음소리를 들을 수 있었다. 그때마다 나는 그 앞에서 망설이고는 했는데, 어쩐지 반가우면서도 한편으로 거부감이 들었다. 학생회실에서 웃고 떠드는 그녀를 보는 게 싫었다.

그녀에 대한 몇 가지 소문을 들었다. 그리고 학생회에 대한 소문도 들었다. 2학년 운동권 선배들이 1학년 신입생 명단을 펼쳐놓고 각자 맡아야 할 학생들을 나누었다는 소문이었다. 운동권으로 포섭하기 위해서.

"뭘 쓰고 있어요?"

그녀가 고개를 들었다. 동공이 빠르게 작아지는 게 보였다. 동공이 작아지는 건 눈이 부시기 때문일까? 아니면 그 반대일까?

"수업 안 들어가?"

"선배는요?"

"수업이 없어."

"나도 없어요."

"있잖아."

"선배도 있잖아요."

"어떻게 알아?"

"몰라요."

나는 그녀에게 자판기 커피를 건네주었다. 그녀는 이제 허리를 완전히 펴고 꼿꼿이 서서 그 커피를 받아 들었다. 나는 몇 걸음 뒤로 물러나서 벤치에 앉았다. 그녀는 그곳에 가만히 서 있었다. 나는 그녀를 그냥 쳐다보았다. 그녀는 기묘한 각도로 허리를 살짝 굽히더니 웃으며 다시 폈다. 그러고 나서 그녀와 나 사이에 놓여 있는 기다란 천을 돌아서 내게 다가왔다.

"그렇게 보고 있으면 뭘 어쩌자는 건데."

나는 아무 대답도 하지 않았다. 그녀는 내 옆에 앉았다.

"그래, 너는 몰라. 그렇게 말하는 게 좋아."

"몰라요. 이 말이 좋아요?"

"그래 그 말이 좋아. 모른다는 말."

"매일 그 말을 해줄게요."

"좋아. 매일."

"몰라요."

"맞아. 몰라." 그녀는 깔깔거리며 웃었다.

그러나 그녀와 달리 다른 선배들은 그 말을 좋아하지 않았다. 그리고 사실은 그녀도 그 말을 별로 좋아하지 않았을지 모른다. 누가 바보를 좋아하겠는가?

그 후로 차츰차츰 그녀와 만나는 빈도를 높여갔다. 일부러 그녀와 만날 약속을 잡지는 않았다. 그럴 기회가 오면 그 기회를 놓치지 않으려고 애썼다. 그리고 확실히 느끼건대 2학년 선배들이 나눴던 분류 중에 나는 그녀에게 속했다. 처음부터는 아니더라도 어느 순간부터 그렇게 되었다.

어느 날 우리는 정문이나 후문이 아닌, 학교를 빠져나가는 새로운 통로를 향해 걸었다. 그녀가 그 길을 가르쳐주겠다고 했다. 그녀가 그 길에 대해 내게 아느냐고 물었다. 나는 몰라요,라고 대답했다. 그녀는 또 깔깔거리며 웃었다. 기억이 정확하지는 않지만 우리는 학교 앞 술집에서 있을 어떤 뒤풀이 모임에 참석하러 내려가는 중이었다. 낮 동안에 행사가 있었다. 그래서 우리는 둘 다 약간 지쳐 있었다. 그녀와 단둘이 걷게 될 기회가 자연스럽게 왔다. 학생회실에서 출발해, 모임이 있을 술집까지의 거리는 그다지 멀지 않았다. 길어야 20분 정도. 해가 지고 나서 어둠이 찾아오기까지의 어스름한 시간이었다. 그 길은 인문대 건물 앞에 있는 커다란 우물 같은 노천극장을 한쪽으로 끼고, 다른 쪽으로는 대운동장을 낀 길이었다. 노천극장이나 대운동장이나 지면보다 훨씬 아래쪽에 바닥이 있었기 때문에, 마치 두 개의 커다란 웅덩이 사이에 놓인 제방 같은 길이었다. 그 길을 따라 올라가면, 멀리서는 그럴듯하게 보이지만 가까이 다가가서 보면 조악하기 그지없는 왕관 형태의 지붕이 덮인 음악당 건물이 있었고, 그것과 바짝 붙어서 7, 8층 정도 높이의 학생회관 건물이 있었다. 우리는 노천극장을 낀 완만한 곡선을 천천히 돌아갔다. 난간을 따라 서 있는 나무 잎사귀 사이에는 벌써 어둠이 내린 듯했고, 사람들의 모습은 보이지 않았다. 바닥에는 희미하게 마지막 낮의 빛이 만들어낸 그림자나, 아니면 그냥 어둠 자체인 듯한 거무스름한 얼룩이 깔려 있었다.

나는 그녀에게 우물에 대한 얘기를 하고 있었다.

"우물은 남자 개구리만 나갈 수 있어요. 그런 우물이죠. 그런데 어느 여자 개구리 한 마리가 우물을 나가고 싶어 했죠. 우물 밖 세상이 궁금했어요. 그래서 남자 개구리를 찾아가 어떻게 하면 우물 밖으로 나갈 수 있는지 물었죠. 그러자 남자 개구리가 되물었어요. 정말 그 방법을 알고 싶으냐고. 여자 개구리는 그렇다고 대답했죠. 남자 개구리는 나랑 하룻밤을 자면 가르쳐주겠다고 했어요. 여자 개구리는 망설였지만 결국 우물 밖으로 너무 나가고 싶었기 때문에 남자의 제안을 받아들였어요. 다음 날이 되었을 때 여자 개구리는 이미 남자 개구리가 우물 밖으로 나가버렸다는 것을 알았어요. 그래도 여자 개구리는 포기하지 않았죠. 다른 남자 개구리를 찾아갔어요. 정말 그 방법을 알고 싶어? 나랑 하룻밤을 자면 가르쳐줄게. 여자는 다시 그 남자 개구리와 하룻밤을 잤어요. 그 남자 개구리 역시 우물 밖으로 달아났죠. 그래도 여자 개구리는 결코 포기하지 않았죠. 그리고 결국 우물 밖으로 나가는 방법을 알게 됐어요. 어떻게 여자 개구리가 우물 밖으로 나갔는지 알아요?"

"죽어서?"

"아뇨. 죽긴 왜 죽어요. 어떻게 나갔는지 알고 싶어요?"

그녀는 알려달라고 했다.

"나랑 하룻밤을 자면 가르쳐줄게요."

그녀는 언제나처럼 깔깔거리며 웃었다.

그녀에 대한 소문 중의 하나는 학생회관과 관련되어 있었다. 학생회관에는 동아리 방이 있었는데, 대개 취침을 할 수 있도록 팔걸이가 없는 기다란 소파가 있거나, 심지어 간이 침대가 있는 동아리 방도 있었다. 그녀가 그곳에서 우리 과 선배인 총학생회 간부와 잠을 잤다는 것이었다. 장소도 문제가 되었지만, 문제가 되었던 다른 하나는 그 선배에게 오래된 여자친구가 있었다는 것이다. 그 선배는 지금 수배 중이다. 나는 그의 이름만을 알고 있을 뿐이었다.

우리는 학생회관을 왼편에 두고 계속 걸었다. 지대는 다시 낮아져서 또 다른 높은 건물을 정면에 두게 되었는데, 그 건물의 옆길을 통과해, 길도 아닌 조그만 틈으로 된 통로를 따라 걷자 개구멍 같은 좁은 문이 나왔다. 그 아래를 통과하자 바깥이었다. 단독주택들이 밀집한 골목이 나왔다. 골목은 내리막 경사를 이루었다. 나중에 나는 그 골목에 사는 동기 녀석을 알게 되었다. 그 동기 녀석의 하숙집이 그 근처에 있었다.

여자아이가 쭈뼛거리며 안으로 들어올지 말지 망설이고 있었다. 나는 선배들의 눈을 피해 마을회관 뒤편에 앉아 담배를 피우고 있었다. 해가 지고 어둠이 내리기 전, 보랏빛으로 물든 하늘 한편에 달이 떠 있었는데, 마치 표백한 뼛조각처럼 보였다. 담배 한 대를 끝까지 피우고 나서, 여자아이 쪽으로 고개를 돌리고 손짓을 했다.

"들어와. 괜찮아."

여자아이는 달리기 학교 대표 선수라고 했다. 그래서 그런지 얼굴이 까맣고, 드러난 팔다리도 까맸다. 나는 고개를 끄덕였다. "좋지. 다리도 튼튼해지고. 건강해져." 키는 제일 작지만 가장 빠르다고 했다. "키는 자랄 거야. 지금은 작지만, 나중에는 커져."

여자아이는 내게 사탕을 주었다. 나는 웃음이 나왔다.

여자아이가 말했다. "전 서울에 있는 대학에 갈 거예요. 오빠처럼…… 여기서 떠날 거예요." "그러려면 공부를 열심히 해야 해. 부모님 말 잘 듣고." "전 부모님이 없어요." 나는 당황했다. "그래도 공부 열심히 해야 해. 키도 나중에는 지금보다 훨씬 커질 거야. 게다가 넌 예쁘니까." 여자아이는 뒤로 한 발짝 물러섰다. "난 나쁜 사람이 아니야." "알아요. 나쁜 사람이 아니에요. 그래도 나쁜 짓 하면 갈 거예요. 난 아주 빨라요."

여자아이는 말이 없다.

"오늘따라 말이 없네. 또 도망갈 거야?"

"도망가지 않아."

그 말을 하고 나서 여자아이는 다시 입을 다물었다. 나는 사탕 껍질을 벗기고는 사탕을 입안에 넣었다.

"도망가는 건 오빠 쪽이죠."

"난 여기 있는데."

"지금이 아니라 나중에 갈 거잖아요."

"다시 또 오면 되지. 겨울에 또 올게."

"언니 오빠들이 여기 왜 왔는지 알아요."

"왜 왔는데?" 여자아이는 대답하지 않았다.

"내가 뭘 바라면 들어줄 거예요?"

"들어주지. 들어줄 수 있는 거라면."

"오빠도 내 나이 때 뭔가를 바랐어요?"

"물론 바랐지."

"그게 이루어졌어요?"

나는 내가 초등학교 6학년 때 뭘 바랐는지 기억을 더듬었다. 아니, 그냥 그러는 척했다.

"글쎄. 모든 일이 이루어지진 않았겠지."

"세상에는 절대 이루어지지 않는 일이 있어요."

"그게 뭘까?"

"지금 당장 내가 오빠 나이가 되는 거죠."

"그걸 바라는 거야?"

"예."

나는 웃으며 말했다. "그건 이루어질 텐데. 단지 시간이 걸릴 뿐이지."

"그때까지 오빠가 지금 나이로 있을 수 있어요?"

"그건 지금 이루어진 것 같은데." 여자아이는 눈을 흘겼다. 제법 눈을 흘길 줄도 안다.

"내 이름도 잊어버릴 거예요."

"잊어버리지 않아." 하지만 나는 잊어버릴 거라는 걸 안다. 시간이 하는 일이 바로 그것이다.

"오빠도 슬픈 게 있어요?"

"이제 얼마 안 있으면 너랑 헤어지는 게 슬프지." 여자아이는 금방 가버릴 것처럼 나를 쳐다봤다.

"난 여기서 벗어날 거예요."

"그래, 그러려면 공부 열심히 해야 해."

"공부 못하면 안 돼요?"

"글쎄. 뭐 여러 가지 방법이 있겠지. 하지만, 결국 다 비슷한 거야."

"내가 아무것도 모른다고 생각하죠. 아무것도 모르는 건 오빠예요. 그리고 분명 다 잊어버릴 거예요."

나는 잠자코 시간을 흘려보냈다. "절대 잊어버리지 않을게."

여자아이가 떠나고 나서도 나는 한동안 그 자리에 쪼그려 앉아 있었다. 진지하게 내가 그녀 나이였을 때 정말로 무엇을 바랐는지 생각했다. 아무래도 잘 생각나지 않았지만, 이상하게 맨 먼저 떠오르는 것은 자전거였다. 그러나 그렇게 무언가를 갖고 싶다는 바람을 치자면 너무 많았다. 그리고 자전거를 가지고 싶다는 바람은 그리 어렵지 않게 이루어졌다. 레몬 맛 사탕도 떠올랐다. 그 사탕에는 특별한 점이 있었는데, 포장 방법이 여느 사탕과는 달랐다. 우선 셔츠 가슴 주머니에 쏙 들어갈 만한 작은 종이 갑에 담겨 있었다. 그리고 종이 갑을 열면 마치 알약 포장처럼 하나하나 투명 캡슐에 싸여 있어서 손가락으로 툭 눌러서 빼내게 되어 있었다. 그런 포장판이 두 개 정도 종이 갑 안에 들어 있다. 판때기 하나에 여덟 개의 사탕이 들어 있었으니까, 전부 더하면 열여섯 개의 사탕이 들어 있는 셈이었다. 나는 그것을 하루치의 알약으로 삼았다. 레몬 맛 사탕이 아니라, 레몬 맛 알약이었다. 어리긴 해도 바보는 아니어서, 실제로 그렇게 여겼던 건 아니고, 단지 그런 척했다. 그런 게 재밌었다. 알약에, 모든 알약이 그렇듯이 신비한 효험이 있는 척했다. 다른 누구에게 그렇게 말한 건 아니다. 혼자 그랬다. 나는 혼자 자전거를 타고 동네의 이곳저곳을 돌아다녔다. 입안에 있는 사탕이 다 녹으면, 자전거를 멈추고 종이 갑을 주머니에서 꺼내 들었다. 남은 알약의 숫자를 확인하고, 그날의 남은 시간을 따져봤다. 한 시간에 하나나 두 개 정도가 적당했다. 잠자는 시간이나 밥 먹는 시간을 제외하면 그 정도로 충분했다. 그런데 대체 그 알약에는 어떤 효험이 있었을까? 투명인간이 될 수 있었나? 아니면 그냥 힘이 세지는 정도였을까?

그날 밤 평가 시간에 나는 고학번 선배에게 대들었다. 농활에서 처음 얼굴을 본 선배였다. 알약을 먹었나? 물론 그건 아니었다. 분반 활동 때 마을 청년들과 함께 술을 마셨다. 술을 마신 건 문제가 되지 않는다. 오히려 술을 마시지 않는 게 문제가 되는 활동이었다. 무슨 일인가로 동기들 전체가 혼이 나고 있었다. 아주 정중하고 세련된 형태로 비판받았다. 태도에 문제가 있다는 것이다. 자잘한 규칙들이 많이 있었다. 규칙을 지키는 건 어렵지 않았다. 규칙을 대하는 태도가 문제였다. 나는 그런 건 아무것도 아니라고 생각했다. 그리고 그렇게 말했다. 본래 뭔가를 강하게 주장하는 타입이 아니어서, 분명 술 때문이었다고 생각한다. 아니면 단지 그 선배가 맘에 들지 않았기 때문인지도 모른다. 나중에 생각해보면 나는 그 선배가 어린애에 불과했다고 여겼던 것 같다. 사람은 그가 하는 일이 어른의 일이라고 해서 항상 어른이 되는 건 아니다. 어린애의 일을 해도 어른은 어른이고, 반대로 어른의 일을 해도 어린애는 어린애다. 모든 게 어린애 장난같이 여겨졌다. 선배는 나를 밖으로 데리고 나가서 집으로 돌아가라고 가슴팍을 세게 밀쳤다. 나는 비틀거렸지만 넘어지지는 않았다. 나는 그가 실수하는 거라고 생각했다. 웃음이 나왔다. "씨발, 네가 실수하는 거야. 내가 누군지 알아?" 나는 그날 밤 내가 했던 말들을 거의 기억하지 못했다. 다만 마지막으로 그녀를 찾았다는 것만은 기억했다. 나는 그녀의 이름을 불렀다. 그녀도 나도 깜짝 놀랐다.

　동기 중에 못생긴 여자애가 있었다. 못생겼다고 해도 보기 싫지는 않았다. 다만 여자로서의 매력이 전혀 없었다. 항상 남자애 같은 옷을 입었다. 한 번도 치마를 입은 걸 본 적이 없다. 그리고 대번에 알아볼 수 있을 만큼 가난했다. 아마 찢어지게 가난한, 그런 정도는 아니었을 것이다. 만일 그랬다면 대학에도 오기 어려웠을 거고, 운동에 그렇게 적극적이기도 힘들었을 것이다. 아주 자연스러운 가난이 그녀에게 달라붙어 있었다. 그녀는 내가 자전거를 바랐던 어린 시절에 무엇을 바랐을까?

농활의 팀별 마을 활동이 끝나고 마지막 날에 각지로 흩어졌던 팀들이 시골 폐교에 집결했다. 돼지머릿고기와 맵고 뜨거운 국물과 막걸리가 돌려졌다. 노래를 부르고, 구호도 외쳤다. 율동도 배웠다. 술자리는 실내로 옮겨져서 계속되었다. 무슨 이유에선지 누군가 자신이 쓴 농활 일기를 낭독했다. 일순간 간증을 하는 듯한 분위기가 되었다. 넓은 교실 구석에서부터 차곡차곡 자리에 누운 사람들로 채워지기 시작했다. 목소리를 낮춰야 했고, 빈자리들이 생겨나고, 계속 자리가 바뀌었다. 문득 옆을 보니, 못생긴 동기 여자애가 있었다. 나는 그녀에게 알약에 대해서 얘기했다.

"알아? 레몬 맛 사탕인데, 포장이 특별한."

그녀는 그것을 몰랐다. 왜 모르지? 그건 우리 동네에서만 팔던 거였나. 그럴 리는 없었다. TV 광고는 아니더라도 잡지나 신문의 지면 광고에 나왔던 사탕이었다. 그녀는 결코 젠체하는 여자는 아니었지만, 다른 얘기를 하고 싶어 했다. 알아야 할 다른 얘기가 있다고 했다. 나는 그녀의 얘기를 들었지만, 이번에는 내가 몰랐다. 나는 말했다. "몰라요."

그녀는 그 말을 좋아하지 않았다.

내 가슴팍을 밀쳤던 선배는 모기약을 들고 다니면서 사람들의 발에 뿌려주고 있었다. 이렇게 해야만 모기에 물리지 않는다는 것이었다. 여학생들은 특별히 종아리까지 뿌려줬다. 내 발에도 뿌렸다. 나는 잠자코 있었다. 누구도 모기에 물리는 걸 좋아하지는 않으니까. 다만 나는 그 선배의 얼굴도 모기에 물리지 않기를 바랐다. 그렇게 해주고 싶었지만, 그러기에는 술이 덜 취해 있었다.

깃발은 처음에는 몰랐는데 점점 무거워졌다. 그러니까 이 말은 어떤 것이든 그 일을 시작하는 것보다 계속 지속시키는 게 더 어렵다는 말과 같다. 그것은 단순한 힘의 문제가 아니라 기술의 문제였다. 어떤 일을 지속시키는 데에는, 그 일을 시작하는 것과는 전혀 다른 종류의 기술이 필요했다. 그래서 때로 실제 그 일을 시작할 때의 기술과 태도, 어떤 마음들을 잊어버리고는 했다. 그것을 잊어버리는 것이, 앞서 말한 그 일을 지속시키기 위한 전혀 다른 종류의 기술이 되기도 한다.

다행이라면 다행한 일인데, 나는 잊어버릴 어떤 것도 처음부터 가지고 있지 않았다. 그것은 내게 두꺼운 광목천이 달린 기다란 막대기에 지나지 않았다. 나는 그 못생긴 여자 동기가 어렸을 때 바랐던 것이 예뻐지는 게 아니었을까 생각해봤다. 정말 그럴까? 나로서는 그녀가 예뻤으면 더 좋았을 것이다. 하지만 여자는 그녀 말고도 많으니까, 그녀가 꼭 예뻐질 필요는 없었다. 하지만 그녀에게는 중요했다. 바로 자기 자신이었으니까.

그렇게 봤을 때 깃발은 내게 별로 중요하지 않았다. 그래도 몇 번이나 손의 위치를 바꿔가면서 그것을 똑바로 들기 위해 애썼다. 대오가 멈추면 깃발들은 앞쪽으로 나갔다. 내 주변으로 나처럼 깃발을 든 기수들이 모여들었다. 이건 마치 신호 대기에 걸리면 차들 틈을 슬금슬금 빠져나와 앞쪽에 모여드는 오토바이나 스쿠터 들의 모습과 비슷했다. 나는 옆 사람의 얼굴을 봤다. 슬쩍, 무겁지? 하고 물어보고 싶었지만 내 말이 들릴 것 같지는 않았다. 그에게는 깃발보다 더 무거운 게 있는 것 같았다. 나는 높이 솟아 있는 깃발들을 보았다. 바람이 잠잠했으므로 깃발에 무엇이 씌어져 있는지 확인하기는 어려웠다.

"무슨 깃발인데?" 한 번도 옥상에 올라와본 적이 없다는 학원의 여학생이 물었다. 글쎄, 그건 옥상에서는 보기 어려운 거야. 너무 가까이에서는 잘 볼 수 없지. 깃발은 멀리 떨어진 사람들이 보라고 드는 거니까. 그 후에 나는 몇 번인가 그녀를 만났다. 그녀는 못생긴 여자 동기보다 수십 배는 더 예뻤다. 키도 컸고, 허리도 잘록했다. 특히 다리가 예뻤는데, 그녀가 치마를 입고 나온 날에는 데이트가 훨씬 즐거웠다.

그런 날에는 어쩔 수 없이 섹스에 대해 많이 생각하게 된다. 그 치마 속이 궁금한 것이다.

"그날은 좀 이상한 날이었어. 아저씨들이 많았지. 어른들이 많았어. 물론 나이로 치자면 비슷비슷했겠지만, 그것과는 다른 의미에서 어른들이었지. 이러니저러니 해도 우린 학생들이었으니까. 아침에 일어나 옷을 챙겨 입으면서 좋아하는 여학생을 생각하거나, 아니면 그냥 여러 여학생을 생각하지. 많이 생각하지는 않더라도 전혀 생각 안 한다면 거짓말이지. 학교 정문을 통과해서 건물에 있는 강의실에 올라가지. 쉬는 시간에는 복도에 나와 담배를 피워. 화장실에서 오줌도 싸고. 점심 때에는 학생 식당에서 밥을 먹지. 가끔 밖으로 나오기도 해. 선배들이 밥을 사주겠다고 하면 우르르 따라나서기도 하고, 어떤 선배와는 따로 약속을 잡기도 하지. 학생회실 알림판에 뭔가 씌어져 있지만 그다지 관심을 두지는 않아. 학생회실에서 우리는 다시 담배를 피우고 자판기 커피를 나눠 마시고, 그저 하릴없이 소파에서 뒹굴거리지. 날적이라 부르는 일기장도 있어. 누구나 거기에 뭔가를 쓸 수 있고, 읽을 수 있지. 그걸 쓰면서도 또 어떤 여학생이나, 여러 여학생을 생각해. 생각하지 않을 수 없는 거야. 내가 다른 사람에게 어떻게 보이는지 신경 쓰지 않을 수 없지. 때로 그건 실제로 나 자신이 어떤 사람인지 잘 모르기 때문인지도 몰라. 또는 나 자신이 어떤 사람이든 될 수 있다고 생각하는 거지. 선배 중 하나가 오늘 나랑 어디 같이 가지 않겠느냐고 신입생들에게 묻지. 여러 방식으로, 또 여러 경로를 통해 사람들을 모으지. 동아리나, 학회, 그저 같이 가지 않을래, 또는 점심을 같이 먹으면서. 깃발을 챙기고, 확성기라든지, 북이라든지, 목장갑, 마스크, 기타 등등. 쇠 파이프를 학생회실에서 본 적은 없어. 그건 아마도 좀더 은밀한 곳에 모아두었다가, 다른 경로를 통해 운반되는 거겠지. 일종의 무기고 같은 게 있겠지. 아니면 그냥 철제 캐비닛 같은 데넣어두고 잠가놓는지도 모르지. 쇠 파이프에도 종류가 있어. 길이에 차이가 있지. 길이에 따라 용도도 조금씩 달라. 나는 긴 게 좋았어. 더 무겁고, 더 존재감이 있어. 진짜 광선검 같지. 이건 농담이 아니라 정말로 조지 루커스가 다스베이더라는 인물을 디자인할 때, 그 가면의 모티브가 방독면이 아니었을까 싶은 생각도 들어. 전경들이 쓰는 방독면 말이야. 조지 루커스도 젊었을 때는 데모꾼이지 않았을까? 하지만 그 아저씨들은 우리와 달랐지. 그냥 출발지가 다른 거야. 그리고 대개 출발지가 다르면 목적지도 달라지. 겉으로 보면 비슷한데, 아주 미묘한 차이가 생겨. 미묘하다 해도나중이 되면 그 차이가 의미를 만들어낸다는 걸 알게 돼. 그런데도 사람들은 그 미묘한 차이를 무시하지. 모두 똑같은거라고 생각해. 그렇게 되면 실제로 어떤 일도 아무 의미가없는 거야. 장소가 달라지면 의미도 달라져. 같은 입구로 들어가도 올라가는 층이 달라. 나오는 시간도 달라지지. 그다음에는 어떤 것도 더 이상 똑같지 않아. 물론 이건 섹스에 대한 얘기야. 너는 관심 없겠지만."

학교 앞의 어떤 건물은 1층이 술집이고, 2층이 노래방, 3층이 여관이었다. 4층이나 5층은 모르겠다. 4층이나 5층까지 있었는지도 모르겠다. 우리는 그 건물을 발견하고 즐거워하면서 저건 일종의 원스톱 서비스 같은 거라고 말했다. 1층에서 2층으로, 2층에서 3층으로 그저 올라가기만 하면 된다. 그다음 번에는 곧장 3층으로 올라갈 수도 있겠지. 그래서 3층에서 2층으로, 2층에서 다시 1층으로 내려오는 순서도 성립된다. 혹은, 3층, 1층, 2층도 되고, 2층, 3층, 1층도 된다. 실로 여러 조합이 가능한 것이다. 그리고 그 조합마다 차이가 있다. 상대와 관계의 성격이 달라지는 것이다. 한 사람과 오랜 시간을 보내면서 차이가 생길 수도 있고, 매번 다른 사람이 될 수도 있다. 하지만 같은 것도 있다. 절정의 순간, 사정의 순간은 언제나 똑같다. 그래서 어쩌면 거기에는 아무 의미가 없는지도 모른다. 사람들이 흔히 가장 중요하다고 여기는 순간이야말로, 가장 의미 없는 순간인지도. 그러나 잘 생각해보면 실제로 그 순간이 없다면, 그 건물에는 아무런 특별함이 없어진다. 이걸 두고 무의미가 의미를 발생시킨다고 말할 수 있을는지도 모르겠다. 하지만 실제 양상은 훨씬 더 복잡하다.

그녀와의 첫 섹스에서 나는 쉽게 사정에 이르지 못했다. 생각보다 그녀의 가슴이 작아서인지도 모르겠다. 젊었을 때는 그런 사소한 것들이 마음에 큰 영향을 끼친다. 사소하게 여겨지지가 않는다. 아니면 반대로 너무 흥분했기 때문일 수도 있다. 그도 아니면 선풍기 때문인지도. 선풍기는 침대 맞은편 벽면에 붙어 있었는데, 그 바람이 곧장 내 맨 등에 닿았다. 마치 침대에 누운 그녀를 향한 바람을 내가 막아선 자세였다. 나는 그녀의 바람막이거나 이불이 된 셈이었다. 피부에 소름이 돋을 정도의 차가운 바람이 결국 나를 그녀 위에서 내려오게 했다.

"왜, 안 돼?"

"너무 추워."

나는 그녀 옆에 누워 빠른 속도로 돌아가는 선풍기 날개를 쳐다봤다.

"선풍기 꺼."

"응."

그러나 나는 그대로 누워 있었다. 시간은 천천히 흘러갔다. 내가 작아지는 것이 확실히 느껴질 정도로. 그녀의 손이 그것을 잡았다. 그녀의 손은 작았고, 차가웠다. 그래도 나는 그녀의 손에 완전히 잡혔다. 차가워, 하고 나는 말했다. 그녀는 금방 따뜻해질 거라고 했다.

"해줄까?" 그녀가 물었다. 나는 고개를 끄덕였다. 그녀의 머리카락이 내 가슴을 타고 배를 향해 비질하듯이 쓸려 갔다. 조금 있다 그녀는 고개를 들었고, 침대에서 벗어나 가방이 놓인 소파 쪽으로 갔다. 나는 그녀의 벗은 몸을 보았다. 어두워서 잘 볼 수 없을 것 같았지만, 그녀의 흰 살은 자연스럽게 검은색 어둠과 구별됐다. 머리칼의 검은색만이 어둠에 가려져, 마치 그녀는 목 없이 몸만 있는 조각상처럼 보였다. 그녀는 가방을 뒤적거려 머리끈을 찾아내 머리칼을 묶었다. 그리고 돌아서서 나를 보았다. 나는 상체를 반쯤 일으킨 채 그냥 계속 그녀를 쳐다보았다.

"그렇게 보면 어쩌자는 건데."

그녀는 침대 쪽으로 빠르게 다가와서 몸을 던지듯이 침대 위로 올랐다. 그리고 다시 고개를 숙였다.

빙글빙글 푸른색 날개가 돌아간다. 투명한 푸른색이다. 눈을 가까이 대면 그것을 통해서도 세상을 볼 수 있다. 차이가 있다면 온통 푸르게 보인다는 것뿐이다.

그날의 시위는 해가 지고 나서도 계속되었다. 일진일퇴를 거듭했다,라기보다는 한번 쑥 치고 올라간 후로 계속 뒤로 밀려났다. 검은 아스팔트 위에, 화염병이 깨진 그 형태로 남아 있는 잔불이 유난히 붉게 보인다 싶을 때에야, 이미 해가 졌다는 걸 알았다. 그 불빛을 제외하면, 아니, 그 빛 때문인지도 모르겠지만, 세상은 온통 푸르게 보였다. 거리 양편 성급히 밝힌 상점들의 불빛이나, 머리 위 저편에서 아무 소용

없이 색깔을 바꾸는 신호등 불빛도, 그 푸른빛에 힘없이 붙잡혀 의기소침해진 듯 보였다.

마치 동이 터오는 새벽의 골목 같다. 전신주 등은 똑같은 밝기인데도 점점 작아져서, 그 필라멘트의 모습을 드러낸다. 마치 살에 감싸여 있던 뼈가 드러나는 것처럼. 어떤 보이지 않는 작은 존재가 살을 파먹고, 그 피를 남김없이 말라붙게 한 것처럼. 하지만 거기에는 어떤 슬픔도 없다. 단지 색이 바뀐 것뿐이다. 어떤 것들이 더욱 깨끗해지는 것뿐이다.

그 푸른빛 속에서 멀리 검은 방패를 바닥에 대고 검은 헬멧을 쓴 사람들이 보였다. 주렁주렁 카메라와 가방을 허리춤에 늘어뜨린 남자 하나가 무료한 듯이 이리저리 몇 발짝씩, 그들과 우리 사이의, 텅 빈 공간에서 움직인다.

뒤에서 건너온 생수를 한 모금 마시고 옆 사람에게 건네준다. 그는 거의 입에 대는 둥 마는 둥하더니 바로 또 옆으로 건넨다. 그래도 입술에 물기가 남아 있다. 그것을 제외하면 그의 얼굴은 이제 막 세수를 마치고 뽀송뽀송한 수건으로 닦아낸 듯 깨끗하다. 눈물이나 콧물, 땀 한 방울 묻어 있지 않다. 더러 최루 분말 때문에 희끗희끗해진 부분이 보였지만, 눈물 콧물 범벅이 되고 먼지가 섞인 시커먼 땀이 번들거리는 나를 포함한 주변 사람들의 얼굴에 비하면, 그건 화장 수준이었다. 물론 이 표현에는 약간의 과장이 섞여 있지만, 그를 보는 나의 놀라움에는 전혀 과장이 없다. 그는 칼잡이였다. 그의 손에 들린 쇠 파이프가 내 것과 똑같은 길이와 무게를 가졌다는 게 믿기지 않을 정도였다. 그것은 더 빨리 목표 지점에 도달했고, 더 정확하게 타격을 가했다. 기묘한 각도에서 출발해서 기묘한 곡선을 그리며, 마치 그것 자체가 공간을 만들어내듯 보이지 않았던 틈을 찾아 들어갔다가, 춤을 추듯이 되돌아 나왔다. 몇 번이나 그의 쇠 파이프가 나를 구했다. 그는 등 뒤로 한 손을 뻗어 익숙한 자세로 가방의 지퍼를 열더니 바나나 하나를 끄집어냈다. 보기보다 어려운 동작을 능숙하게 해낸다. 다시 지퍼를 잠그고 바나나 껍질을 벗겼다. 그러더니 반으로 잘라서 자른 부분을 자기가 갖고 껍질이 아직 붙어 있는 아랫부분을 내게 내밀었다. 먹어요, 그가 말했다. 나는 괜찮다고 한 번 사양했다. "괜찮습니다." 그러자 그도 괜찮다고 했다. 나는 바나나를 받았다. 바나나를 한 입 베어 먹었을 때 가방에 들어 있는 초코파이 생각이 났다. 나는 가방을 벗어 앞으로 옮긴 다음에 지퍼를 열고 초코파이를 꺼냈다. 그처럼 나도 그것을 반으로 잘라서 그에게 건네줬다. 그는 나를 보고 고맙다는 미소를 지어 보였다. 나는 용기를 내서 물어봤다.

　"굉장하시던데요. 혹시 무술 같은 거 하세요?"

　그는 입으로 초코파이를 오물오물 씹으며 고개를 저었다. 그의 턱 근육이 울룩불룩 움직이는 게 또렷하게 보였다. 다부진 턱이었다. 짙은 눈썹과 오똑한 코. 전체적으로 봤을 때

미남은 아니었지만, 하나하나 따져보면 빠지는 데가 없다. 옛날식 기준으로 보면 잘생긴 얼굴이다. 삼십대는 돼 보였지만, 그건 그의 복장이나 분위기 때문인지도 몰랐다. 반대로 보이는 것보다 훨씬 더 나이가 많을 수도 있었다. 그는 지방에서 올라왔다고 했다. 시위의 성격으로 봤을 때, 그는 농민이었다.

"어깨에 너무 힘이 들어가 있어요. 그렇게 휘두르면 어깨 나가요." 그가 말했다.

"아, 예. 오늘 처음 잡아봐서요."

"근데 왜 이렇게 앞에 나왔어요?"

"그게 어떻게 하다 보니까 밀려 나왔네요. 겉보기에 잘 휘두르게 생겼나?"

나는 웃었지만, 그는 웃지 않았다. 그저 몇 번 고개를 끄덕일 뿐이었다. 정말 내가 그렇게 생겼는지 확인하려는 듯 빤히 쳐다보면서. 어떤 결론을 내렸는지 모르겠지만, 그는 금방 고개를 바로 하고 전방을 쳐다봤다.

"바나나는 직접 가져오신 건가요?"

"근처에서 샀어요."

"아, 예." 바보같이, 바나나는 어디서든 살 수 있는 건데 엉뚱한 질문을 했다.

"좋아하시나 봐요."

"괜찮죠. 먹기도 편하고 배도 든든해져요."

"예전에는 비쌌죠."

"지금도 싸지는 않죠."

나는 바나나가 얼마 하는지 몰랐다. 초코파이보다는 확실히 비싸겠지. 그는 가만히 앉아서 계속 전방을 쳐다봤다. 어둠은 조금 더 깊어져 있었다. 그만큼 불빛들은 힘이 세졌다.

"힘은 어깨에서 나오지 않아요. 허리에서 나오죠."

"허리요?"

"예, 허리. 좀더 정확히 말하면 허리 힘도 아니죠. 허리는 그냥 받쳐주는 거에요. 중요한 건 회전이에요. 몸의 회전. 그게 어깨를 통해서 이 손끝으로 전해지는 거에요. 물론 그 출발점은 다리예요. 다리의 움직임이 중요해요. 그래서 모든 운동에서 제일 먼저 배워야 하는 게 스텝이 되는 거예요. 단단한 하체, 유연한 허리, 정확한 자세, 그리고 빠른 눈. 어깨는 아껴요. 내일 고생해요. 펜을 써야 하는 학생 같은데."

"펜을 쓸 때는 허리 힘이 필요하지 않죠."

"그래서 펜이 칼보다 강하다고 하는 거겠죠."

"정말 그렇다고 생각하세요?"

"펜이나 칼이나 똑같죠."

"다르죠."

"예, 달라요. 하지만 강해지고 싶다면 마찬가지라는 거예요. 옛 금언에 이런 말이 있죠. 하나가 둘이 된다는 것은 좋지 않다. 사무라이에겐 한길뿐이다. 어떤 길이든 마찬가지다. 이걸 깨달을 때 모든 것에 통달하고 진리에 다가갈 것이다."

"사무라이요? 일본의?"

"『사무라이의 길』이란 책이 있어요."

"나도 한번 읽어봐야겠군요."

하지만 나중에 생각이 나서 그 책을 찾아봤을 때, 그런 제목의 책은 국내에 출판되지 않았다. 아마 그는 일본어를 읽을 줄 아나 보다.

그는 또 말했다.

"펜이나 칼이 단순한 도구이기 때문에 똑같은 게 아니에요. 만일 도구라고 한다면 오히려 다르죠. 전혀 달라요. 그 자체를 하나의 길로 여길 때 같아지는 거예요. 그래서 그것은 하나죠."

"어렵네요."

"흔히 칼과 내가 하나가 된다는 말이 있죠. 이 말이 바로 둘이 하나가 된다는 거예요. 그러기 위해서는 하나가 죽어야 하죠."

"그건 칼을 내 몸처럼 쓴다는 말 아닌가요?"

"칼을 내 몸처럼 쓴다? 뭐라 딱 잘라 말할 수가 없군요. 그건 아무 뜻이 없는 말처럼 들려요. 분명하게 말해서, 칼과 내가 하나가 된다는 건, 내가 죽어야 한다는 말이에요. 내가 없어야 해요."

"내가 칼이 된다, 이런 말인가요? 그럼 반대로 칼이 내가 된다는 말은요?"

"아뇨, 핵심은 죽음이에요. 당신이 그 쇠 파이프를 휘두를 때, 그리고 그것이 적의 머리를 때릴 때, 그건 당신이 휘두르고 때린 게 아니에요. 쇠 파이프가 그런 거죠."

"위험한 생각이군요. 인간이 도구가 되어야 한다는 말처럼 들리네요."

"그러지 않으면 강해질 수가 없죠. 강해지지 않으면 이길 수가 없어요."

"왜 이겨야 하죠? 그렇게 치면 지금 우리가 들고 있는 쇠 파이프나, 저기 전경들이 들고 있는 곤봉이나 똑같은 건데?"

"다르죠. 우리가 옳죠."

"옳다고요? 우리는 도구일 뿐인데. 우리가 든 쇠 파이프가 옳다고요?"

"옳음은 우리가 가질 수 있는 게 아니에요. 찾을 수 있는 것도 아니고요. 발견되지도 않죠. 그건 마치 태어나는 것과 같아요. 우리가 그것을 사는 것과 같아요."

"우리가 사는 게 올바른지 올바르지 않은지 어떻게 확신하죠?"

"그건 자신이 그냥 여기에 있다는 게 증명하죠."

"여기에 있다?"

"확신이란, 의심을 통해 다가가는 게 아니라, 확신 그 자체를 통해 태어나요. 태어남은 항상 무無로부터 비롯되죠."

"잘 모르겠어요. 내겐 당신의 말이 맹신처럼 들려요. 그런 확신은 저들도 가지고 있는 거예요."

"그렇다면, 우리도 가지지 못한 거죠."

"맞아요. 우리도 가져선 안 돼요. 뭐가 옳은지 그른지 잘 살펴야 해요. 의심하고 판단해야 한다고 생각해요."

"좋아요. 그런 게 좋죠. 그러면 언젠가는 당신이 결코 의심할 수 없는 어떤 하나를 발견할 테죠. 그럼 그걸 옳다고 확신하세요."

"코기토 같은 건가요?"

"코기토?"

"그러니까 '나 자신'이죠. 나의 존재. 내가 여기에 있다."

"글쎄요. 그건 내가 한 말 아닌가요?"

"다른 것 같은데요."

"난 그걸 죽음이라고 이해해요. 늙거나 병들어서 죽는 육신의 죽음이 아니라, 산 죽음이죠. 그게 둘이 하나가 된다는 말이에요."

"하하. 내가 쇠 파이프가 되는 게 코기토가 되네요."

"사무라이의 길은 죽음에 근거한다. 따라서 죽음에 대한 명상은 필연적이다. 심신을 경건히 하고 명상에 임하면서 활, 총, 창, 검은 물론 성난 파도에 쓸려 가거나 불길 한가운

데 던져지거나 번개에 맞을 때, 거대한 지진으로 급사하게
될 때, 절벽에서 추락하거나 병사할 때, 주군의 죽음 앞에 할
복할 때 등 늘 자신의 죽음을 염두에 두어야 한다. 이것이 바
로 사무라이 정신이다."

나는 입을 다물었다. 바나나를 받아먹는 게 아니었다. 갑
자기 그가 자리에서 일어섰다. 그러고 보니 전방의 상황이
달라졌다. 푸른빛은 완전히 사라지고 가로등의 붉은빛이 거
리를 지배하고 있었다. 아스팔트 위의 잔불도 사그라졌다.
방패 너머로 전경들의 움직임이 부산했다. 모두를 자리에
서 일어났다. 쇠 파이프를 바닥에 세우면서 소리를 냈다. 처
음에는 무의식적으로, 그다음에는 의식적으로 쇠 파이프로
바닥을 쳤다. 나는 그 울림을 손끝에서 느낄 수 있었다. 가슴
에서도 느꼈다. 어깨가 아팠다. 그의 말이 맞았다. 조금 쉬고
났더니 통증이 느껴졌다. 손바닥도 내 손바닥이 아닌 것 같
았다. 분명 내일 아침 펜을 쥐는 것조차 어려울 것이다. 그다
지 열심히 필기를 하는 타입은 아니었지만. 내가 쇠 파이프
가 되라고? 옆에서 그가 말했다.

"이번이 마지막이에요. 잡히지 마세요."

"예?"

"도망갈 자리를 잘 살피라고요."

그의 입이 마스크에 덮여서 목소리가 잘 들리지 않았다.
나는 머리를 좀더 가까이했다. 그는 그런 나를 보더니, 마스

크를 내리고 말했다.

"선인들 말에 적을 잡는 것은 매가 새를 잡는 것과 같아 수천 마리의 무리 속으로 들어가도 목표한 새 외엔 관심을 두지 않는다 했다."

"사무라이의 길인가요?"

"당신이 매인지 새인지 잘 생각해요."

물론 나는 새였다. 불행히도 나를 목표로 한 매가 있었다. 그 후로 나는 그를 보지 못했다. 사무라이가 잡힐 리가 없다. 그는 매였다. 경찰서 책상 앞에 앉아서 나는 계속 몰라요,라고 말했다. 그들도 이 말을 좋아하지 않았다. 정말 좋아하지 않았다. 화장실에서 오줌을 누는데도 계속 그 말을 좋아하지 않는다는 걸 가르쳐줬다. 그녀만이 몰라요,라는 말을 좋아했다. 나는 그런 그녀가 좋았다. 가슴이 작아서 실망했지만, 그녀에게는 실망하지 않았다. 헤어지자고 했을 때조차 실망하지 않았다. 누구라도 여자의 헤어지자는 말에 실망한다면 그는 그녀를 사랑조차 하지 않은 것이다.

다음 날 아침 나는 그녀보다 일찍 깨어난다.

그녀는 내게 등을 보인 채 내 옆에 누워 있다. 나는 슬그머니 몸을 일으켜 침대 위 벽면에 나 있는 창의 덧문을 연다. 아주 조금만. 그래도 방은 금방 환해진다. 나는 다시 원래 있던 자리로 돌아와 눕는다. 그녀는 깨지 않았다. 나는 그녀의 등을 본다. 동그란 어깨와 검은 머리칼이 흘러내린 흰 목덜미. 나는 미칠 것 같은 기분이 든다. 슬며시 그 등에 내 가슴을 대본다. 팔을 뻗어 그녀의 어깨를 안는다. 그녀는 으음, 소리를 내며 몸을 움직이지만 계속 그 자세 그대로 있다. 나는 그녀의 가슴을 손으로 잡는다. 작은 가슴이다. 그녀의 목덜미에 코를 묻는다. 그리고 한참을 그대로 있었다. 아주 오랜 후에 나는 때때로 그녀의 등을 떠올린다. 그녀는 등을 보인 채 내 옆에 누워 있다. 얼굴이 보이지 않지만 나는 그녀가 누구인지 안다. 다시 미칠 것 같은 기분이 든다. 왜냐하면, 내 옆에는 아무도 없기 때문이다. 나는 혼자 내 방 침대에 누워 있다. 고개를 바로 하고 베개를 높인 후에 책을 읽는다. 어떤 때에는 그녀가 침대 발치 너머에 서 있다. 알몸인 채로. 책을 읽고 있는 나를 바라보고 있다. 나는 책을 옆에다 내려놓고 그대로 누워, 고개만 앞으로 꺾은 채 그녀를 본다. 그녀는 침대에 올라오지 않고 말한다.

"그럼, 나랑 같이 가."

"어디를?"

그녀는 내 질문에 대답하지 않는다. 깔깔거리며 웃는 건 아니지만, 그만큼 환한 미소가 그녀의 얼굴에 걸려 있다.

"미안해. 나는 우물을 나가는 방법을 몰라."

그래도 그녀는 그 자리를 떠나지 않는다. 미소를 그치지도 않는다. 미소를 그친 건 나였다. 왜? 왜 넌 웃지 않는 거지? 우물을 나가는 방법은 아무도 몰라. 만일 알고 있다면 여기에 있지 않겠지. 우물을 나가는 방법을 아는 모든 개구리는 모두 나가 있겠지.

나는 그렇지 않다고 말한다. 그렇지 않아. 우물을 나간 개구리가 우물을 나가기 위해서는 먼저 이곳에 있어야 한다. 최초의 개구리가 한 마리 있었던 거야. 그리고 그 개구리는 여전히 이곳에 남아 있어. 다른 개구리에게 우물을 나가는 방법을 알려주기 위해 남아 있는 거야. 누가 그 최초의 개구리일까? 나는 아니었다.

나는 여전히 그녀의 등에 가슴을 댄 채 그녀를 끌어안고 있다. 그녀가 깨어나지 않기를 바라면서.

하지만 그녀는 깨어났다. 나는 그녀에게서 떨어져야만 했다.

포커판에서 쓰는 말 중에 '학교 간다'라는 말이 있다. 판을 시작하면서 기본적으로 내야 하는 돈인데, 2백 원이나 5백 원, 좀 센 곳은 천 원 정도 했다. 네 명을 기준으로 치면, 그렇게 4천 원이 기본 판돈으로 놓이고, 첫 세 장의 카드를 받으면서 레이스가 시작된다. 대개 쌓인 돈의 절반까지만 레이스를 할 수 있는 하프제를 했다. 그러니까 첫 세 장을 받고 나서, 보스는 2천 원까지만 돈을 걸 수 있다. 2천 원이라고 하면 작은 돈처럼 보이지만, 실제로는 바로 다음 사람이 그것의 배를 걸 수 있고, 또 그다음 사람이 그 배를 걸 수 있어서, 돈은 기하급수적으로 불어날 수 있다. 심지어 한 바퀴를 돌아서, 다시 보스 차례가 되었을 때, 거기에 더 돈을 걸 수 있다. 몇 바퀴라도 돌 수 있다. 고작 첫 세 장인데도 말이다. 그래서 천 원짜리 학교는 거의 쳐본 적이 없다. 대개 2백 원이다. 학교는 매 판 가야 했다. 돈을 따든 잃든, 판에 끼려면 학교에 가야 했다.

그녀와 헤어지고 나서 나는 학교에 잘 나가지 않았다. 대신 2백 원짜리 학교에 갔다. 2학기 들어 친해지게 된 동기의 하숙집이 하우스였다. 그녀가 가르쳐주었던 길, 어느 저녁 뒤풀이 모임에 가기 위해 통과했던 개구멍 같은 좁은 문을 이용해 나가면, 5분도 걸리지 않는 거리에 있었다. 점심 시간이나 공강 시간을 이용해 갔다 올 수도 있었다. 멤버들은 충분했다. 방 하나가 하우스가 아니라, 하숙집 전체가 하우스였다. 2층 주택 측면에 붙은 가파른 철제 계단을 통해 2층에 올라가면 별도의 철문이 나오는데 문을 열면 복도가 있고, 그 양옆으로 여섯 개의 방 모두에 카드가 있었다. 주인 아줌마는 학생들이 방을 비우면 그 문을 열고 들어가서 온 방 안을 뒤져 카드를 찾아내 가위로 싹둑싹둑 잘라버리고는 했다. 그러나 카드는 24시간 문을 여는 편의점에서도 만 원이면 살 수 있었다. 한창때는 정말로 그 여섯 개의 방 모두에서 포커판이 벌어지고는 했다. 낮에 가도 한 방은 항상 문이 열려 있었다.

아니, 정확하게 따져보면 내가 그 하우스를 처음 드나들기 시작한 건 그녀와 헤어지기 전이었다. 그녀가 그런 나를 못마땅하게 여겼던 게 기억이 난다. 학교를 잘 나오지 않는 것에 대해 뭐라 했던 적이 있다. 보고 싶어서였을까? 그렇지 않았던 것 같다. 굳이 감추려고 하지도 않았지만 그렇다고 드러내놓고 연애를 한 것도 아닌데, 소문은 의외로 빨리 났다. 그리고 내가 듣는 소문과 그녀가 듣는 소문의 내용이 달랐다. 양도 달랐다. 어쨌든 나는 학교를 잘 나가지 않았고, 나간다 해도 학생회실에 들르지 않았으니까. 그녀가 선생님처럼 나를 꾸짖은 건 아니다. 그녀가 내가 운동에 열심인 학생이 되기를 바랐던 것도 아니다. 하지만 그게 전혀 문제가 되지 않은 것도 아니었다. 그녀는 2학기가 되면서 학생회보다 총학생회에서 더 많은 시간을 보냈다. 총학은 학생회관에 있었다. 학생회관과 동기의 하숙집은 5분 거리도 되지 않았다. 하지만 우리가 그 중간 지점에서 만난 적은 없다.

그녀와 마지막으로 여관에서 밤을 보낸 날, 저녁에 그녀가 전화를 했다. 그녀는 집회를 마치고 학교에 돌아와 있다. 나도 택시를 타고 학교에 갔다. 그녀는 노천극장에 있다고 했다. 커다란 우물 같은 노천극장. 우물 바닥으로 내려가는 계단처럼, 스탠드가 측면을 빙 두르고 있다. 늦은 시간이라 생각하지 않았는데, 어쩐 일인지 교내의 가로등이 모두 꺼져 있다. 노천극장까지 올라가는 데는 문제가 없었다. 그저 어둠 때문인지 주위가 무척 고요하다고 느꼈을 뿐이다. 아무도 그 넓은 캠퍼스 안에 있지 않은 것처럼. 무슨 빛인지 알수 없지만 희미한 빛이 길을 밝혔다. 하지만 노천극장은 더욱 어두웠다. 그곳은 커다란 우물처럼 땅 밑으로 파고들어가 있기 때문이다. 돌난간 사이사이에 있는 여러 입구 중에 하나로 들어가 노천극장 스탠드의 맨 위 칸에 섰다. 노천극장 바닥이 보이지 않았다. 몇 미터 앞 정도밖에 보이지 않았다. 스탠드를 따라 걷는 건 문제가 되지 않았다. 바닥으로 내려가는 것도 가능했다. 문제는 노천극장이 무척이나 넓다는 것이다. 그리고 그녀는 정확한 위치를 말하지 않았다. 나도 막상 와보기 전에는 그럴 필요가 없다고 생각했다. 한 바퀴를 빙 둘러볼 수는 있다. 하지만 모든 계단을 빙 둘러보는 건 어려웠다. 단지 두세 칸 정도를 한 묶음으로 삼아서 둘러본다고 해도 많은 시간이 소요될 것이다. 그래도 나는 천천히 방향을 잡고 걸어가기 시작했다. 몇 미터 앞, 보이지 않는 어둠 속을 뚫어져라 쳐다보며, 그녀가 보이기를 바랐다. 몇 번인가 그녀가 바로 앞에 있다고 느껴지는 순간이 있었다. 그러나 마치 그녀가 어둠 속에 숨어, 바로 그 몇 미터 앞 바로 뒤에 숨어, 장난치는 것처럼 계속 뒤로 물러나는 것 같았다. 얼마간의 시간이 흐르자 초조해졌다. 그녀가 혹시 벌써 가버린 걸까? 내가 늦은 게 아닐까? 아니면 점점 더 늦어지는 걸까? 그것도 아니라면 실제로는 내가 그녀의 전화를 받지 않은 게 아닐까? 반대편 끝까지 갔다가 다시 되돌아 나왔다. 몇 칸 아래로 내려서서 출발지까지 돌아왔다. 그곳은 인문대 바로 앞으로, 그녀가 있을 법한 가장 유력한 곳이었다. 나는 그녀의 이름을 불렀다. 가슴이 두근두근했다. 이름을 불러도 될까? 내가 여기서 그녀의 이름을 불러도 될까? 내가 그녀를 계속 가지고 있어도 될까? 나는 조금 더 크게 불렀다. 그래도 저 건너편까지는 들리지 않을 것이다. 인문대 앞에서 출발해 노천극장을 끼고 빙 돌아, 그 건너편까지 가는 길이 총학생회로 가는 길이다. 거기서 좀더 가면, 개구멍 같은 좁은 출구가 나오고, 동기의 하숙집에 갈 수 있다. 그녀가 그 길을 가르쳐줬다.

하숙집의 여러 방에는 나름의 등급이 있었다. 초급, 중급, 상급식으로. 그것은 포커 실력을 나누는 기준이면서 동시에 판돈의 기준이었다. 구체적으로 말하면, 초급은 20만 원 정도면 충분히 즐겁게 포커를 칠 수 있었고, 상급은 최소 백만 원 이상을 들고 들어가야 했다. 백 만 원 이상, 아니 그보다 더. 아무도 자기 지갑에 정확히 얼마가 들어 있는지 말하지 않는다. 하룻밤에 백 만 원이다. 한 달 내내 학교 앞에서 아르바이트를 하면 약 40만 원 정도를 벌 수 있다. 그런 자리에도 줄을 섰다. 나는 초급에서 쳤다. 잃을 때도 있었지만, 본전치기에 가까웠고 대부분 땄다. 운이 좋으면 들고 간 돈의 두 배를 챙겼다. 다음 날 아침에 중국집 계산을 내 돈으로 했다. 한번은 상급반에서 의대생 하나가 넘어왔다. 중급이 거나 상급이었다. 멤버가 부족해서 방이 열리지 않았다. 실력은 그다지 뛰어나지 않아 보였다. 다만 돈이 많았다. 처음 몇 번은 동기가 여기는 초급이라고 말하면서 그의 돈지랄을 제지했다. 그는 웃으면서 미안하다고, 패가 워낙 좋아서 참을 수가 없었다고 사과했다. 그러나 도박판이란 게, 한번 달아오르기 시작하면 이것저것 따지기가 어려웠다. 가진 돈의 규모가 다르면 같은 실력이라 해도 따라갈 수가 없다. 나는 간신히 본전을 맞췄지만, 나머지 멤버들은 개털이 됐다. 의대는 심지어 중국집 계산도 하지 않았다. 척 봐도 명품으로 보이는 장지갑을 안주머니에 쏙 집어넣고 잘 쳤다며 나가버렸다. 나중에 동기가 의대 아버지가 지방 유지라는 말을 해줬다. 지방에서 나이트 몇 개를 가지고 있고, 룸이나 가라오케 같은 유흥업소, 기타 등등. 허여멀겋고 나름 샤프하게 잘생긴 얼굴에 비해 집안이 어둑어둑했다.

아무래도 내가 본격적으로 달리기 시작한 건 그녀와 헤어지고 나서부터였다. 며칠 밤을 연달아 새울 때도 많았다. 아침이 돼도 집으로 돌아가지 않고 목욕탕 수면실에서 잠을 잤다. 시내의 대형 서점에 가서 포커에 관련된 책을 사들였다.『포커를 잘 치는 법』『포커 백단』『세븐 카드의 비밀』등등. 낮 동안 도서관에서 그것을 읽고 밤에 하우스에 가서 실습을 했다. 그렇게 불타는 나와 반대로 하우스의 인기는 점점 사그라들었다. 기말의 각종 리포트와 시험 기간이 끼었고, 기말시험이 끝나고 방학이 되자, 지방에서 올라온 하숙생이 대부분이었던 멤버들은 집으로 내려갔다. 의대는 돌아가지 않았다. 방은 통합되었다. 나는 그를 의대라고 불렀고, 그는 나를 인문이라고 불렀다. "인문 아저씨, 학교 가야지." 돈을 크게 잃고 나면 말 그대로 머릿속이 백지장이 된다. 다음 판 학교 가는 것도 잊어버릴 정도로. 나는 내 앞에 있는 동전 다섯 개를 세어서 판의 중앙에 밀어 넣었다. 학교가 커졌다. 판돈이 커졌다. 그리고 나는 자꾸 잃기만 했다. 덤비기 때문이었다. 아니면, 위축돼 있기 때문이었다. 나는 의대의 실력이 나보다 뛰어나다고 생각하지 않았다. 의대의 패가 보였다. 다만, 따라갈 수가 없었다. 이건 공정하지 못하다고 생각했다. 의대의 지갑에서는 끊임없이 돈이 나왔다. 허연 돈이었다. 가까운 동네 슈퍼마켓에서는 바꿀 수 없는 10만 원짜리 수표였다. 그걸 바꾸려면 편의점까지 가야 했다. 일찌감치 돈을 다 잃고 구경만 하던 사학이 그 돈을 바꾸러 갔다. 담배와 컵라면, 자양 강장 음료 등을 사고 남은 돈 중 얼마를 개평으로 챙겼다. 의대는 마시고 힘내자며 그 자양 강장 음료를 돌렸다. 힘내서 계속 털리라고? 열 개들이 두 박스의 자양 강장 음료를 다 마시고 나면 대충 돈이 말랐다. 날이 밝기 전에 판이 끝나는 경우도 있었다. 의대는 지체 없이 자리에서 일어났다. 그리고 잘 쳤다며 그 방을 나갔다. 새벽

첫 열차가 오기 전까지 나는 그 방에 남아 있어야 했다. 또는 목욕탕이 문을 열 때까지. 방 안에는 백 밀리리터짜리 짙은 갈색의, 안에 음료가 남았는지 남지 않았는지 눈으로 확인할 수 없는, 자양 강장 음료 병이 이곳저곳에 놓여 있었다. 나는 조금이라도 남은 병이 있는지 하나하나 손에 쥐고 흔들어보며 확인했다. 남은 건 없었다. 아니, 남았다 해도 바닥에 남은 아주 조금일 뿐이었다. 그건 처음부터 알고 있었다. 나는 그냥 병을 흔들어본 것뿐이었다. 그녀와 영원히 같이 갈 수는 없었다. 언젠가 끝날 거라는 걸 알고 있었다. 다만 나는 그 시간이 너무 빨리 왔다는 것에 당황했다.

나는 아버지의 지갑에 손을 댔다. 카드에서 돈을 인출하고 지갑은 통째로 길가의 우체통에 집어넣었다. 4백만 원이었다. 한 학기 등록금의 네 배였다.

마지막 판에서 나는 그 돈의 절반을 잃었다. 남은 절반이었다. 내 패는 5구째 이미 메이드된 플러시였다. 나는 의대가 그 액면을 벙커로 여기길 바랐다. 처음부터 세게 나갔다. 나는 의대의 페어를 보지 못했다. 플러시와 스트레이트는 봤다. 스트레이트는 가능성이 있었고, 플러시는 깔린 패가 너무 많았다. 설혹 플러시라 해도 나는 에이스를 들고 있었다. 어느 쪽이든 상관없었다. 아니, 어느 쪽이든 그가 족보를 만들길 바랐다. 마지막 베팅에서 그가 나의 레이스에 두 배를 더했을 때 나는 내가 졌다는 걸 알았다. 뭐지? 그가 들고 있는 패가 뭐지? 집일까? 아니다. 나는 결국 그의 페어를 발견했다. 하지만 나머지 두 장이 이미 깔렸다. 집이 되려면 들고 있는 세 장이 모두 똑같아야만 한다. 마지막 히든에서 한 장이 들어와야 한다. 어떻게 그럴 수가 있지? 나는 콜만 받을 수 없었다. 그가 집이라는 사실을 믿을 수 없었다. 나는 나머지 돈을 모두 밀어 넣었다.

"우와, 인문 아저씨 세네."

"집인가?"

"알면서 나 용돈하라고 돈 대준 거네. 인문 아저씨, 인제 그만 치고 집에 가라고, 마지막에 집이 됐어요."

어떻게 그럴 수 있느냐고? 나도 몰라. 알았다면 나는 이곳에 있지 않겠지. 의대는 지갑에 돈을 차곡차곡 챙겨 넣었다. 그 큰 장지갑이 작았다. 나머지 돈을, 마치 카드를 치듯이 바닥에 탁탁 소리를 내며 정리하더니 반으로 접어 고무줄로 묶었다. 의대는 진짜였다. 고무줄까지 준비하는 놈이었다. 마지막 카드는 운이 아니라 실력이었다. 그걸 자꾸 운이라고 보니까 돈을 잃는 거다. 내가 돈을 몽땅 잃은 건 그 마지막 카드 때문이 아니었다. 나는 자리에서 일어설 수가 없었다. 남들이 나를 어떻게 보는지 신경 쓸 여력이 없었다. 동기는 아무 말도 하지 않았다. 다시 카드가 돌았다. 의대는 내 앞에 카드를 놓으려 하다가 멈췄다.

"인문 아저씨, 학교 안 가요?"

내게는 아직 학교 갈 돈 5백 원 정도는 있었다. 하지만 그것까지 밀어 넣으면 집에 갈 돈이 없었다.

"부지런히 학교 가야지 뭐 좀 배우죠."

나는 간신히 자리에서 일어났다. 동전들을 챙겼다.

"아저씨, 내가 큰돈 들여 학교 왔는데 가기 전에 하나만 가르쳐줄게요."

나는 의대를 보았다. 의대는 갈색 병의 자양 강장 음료를 한 모금 마시고 바닥에 내려놓았다. 재떨이에서 타고 있던 담배를 집어 다시 입에 물었다.

"치지 않으면 잃지도 않아요."

그러나 이 말은 틀렸다. 다 잃어야만 치지 않을 수 있다. '포커판에 앉아 30분 내로 봉을 발견하지 못한다면 바로 네가 봉이다.' 이건 어느 영화에 나오는 대사다. 그러나 어쩌란 말인가? 내가 봉이란 걸 깨닫게 되었다 해도 그래서 어떻게 하란 말인가? 치지 말라고? 그러나 봉이 왜 봉이겠는가? 봉은 돈을 잃는 사람이다. 봉이 없으면 포커판이 성립되지 않는다. 누군가는 언제나 봉이 되어야 한다. 다 잃어야만, 껍데기까지 홀딱 벗겨져야만, 그곳을 벗어날 수 있다. 포커판은, 봉이 자신이 봉이라는 사실을 모르게 하기 위해 모든 수단을 동원하는 곳이다. 아니, 봉이 자신이 봉이라는 사실을 모름이, 포커판 그 자체다. 포커판이 봉을 만드는 게 아니라, 봉이 포커판을 만든다. 포커판은 봉 때문에 성립되고, 봉을 위해 열리는 것이다. 내가 봉이라고? 그렇다면, 내가 없으면 너희는 누구의 돈을 따서 그 자양 강장 음료를 사 마실 수 있겠는가? 물론 여기에는 아무런 속임수가 없다. 공정하다. 운과 실력뿐이다. 운도 실력이다. 그게 올바른 것이다. 좋은 게 올바르고, 아름다운 게 올바르다. 왜냐하면, 속임수가 이 세계를 만들었기 때문이다. 이 세계의 질서이기 때문이다. 30분 내로 봉을 발견하지 못했다고? 그렇다 해도 어쩔 수 없다. 다음 30분을 기약하는 수밖에, 시간을 연장하는 수밖에. 아버지의 돈을 훔쳐내면서, 두들겨 맞으면서, 학교에 가야 한다. 아무도 돈을 다 잃기 전에는 여기를 벗어날 수 없다. 그러려고 만들어진 세계이니까.

그녀가 나를 먼저 발견했다. 그녀가 나의 이름을 불렀다. 나는 그녀를 안았다. 어둠은 포근했고, 달콤한 향기가 났다. 그녀는 땀 때문에 피부가 끈적끈적하다고 했다. 몸을 만지지 못하게 했다. 빨리 씻고 싶어. 우리는 손을 잡고 고개를 내려왔다. 거기서부터는 일직선으로 교문까지 연결됐다. 교문은 어둠 속에서 바라봤을 때, 무척 멀게 느껴졌다. 교문 밖학교 앞 거리는 여전히 불빛들이 환했다. 가로등과 상점의 불빛들이 붉은 안개처럼 교문 너머에서 떠돌고 있었다. 나는 마치 교문이 꿈에서부터 빠져나가는 출구인 것처럼 느꼈다. 가까워질수록 마음이 아팠다. 그러나 사실은 그 반대인지도 몰랐다. 저 너머가 꿈이고, 이곳이 현실인지도 몰랐다.

때로 꿈이 현실보다 끔찍했다. 꿈이 끔찍한 현실을 만들어
냈다.

건널목 맞은편에 그녀가 서 있었다. 왕복 2차로의 짧은 건
널목이었기 때문에 나는 그녀를 잘 볼 수 있었다. 그리고 그
녀 옆에 서 있는 남자도. 학교에서는 한 번도 본 적이 없는
얼굴이었다. 머리칼이 짧았다. 스포츠형까지는 아니었고,
살짝 가르마를 탈 정도였다. 힘 있고 굵은 머리칼이 자연스
럽게 이마 위로 뻗쳐 있었지만, 전체적으로 단정한 머리였
다. 면도도 깔끔하게 했다. 만일 그가 수배 중이라면 상당히
부지런한 사람임이 분명했다. 그녀는 그 남자를 보면서 깔
깔거리고 웃으며 무슨 말인가를 했다. 그녀의 허리가 기묘
한 형태로 굽혀졌다가 펴졌다. 나는 그녀가 나를 그냥 지나
치기를 바랐다. 모르겠다. 그런 걸 바랐다면 왜 그녀와 멀리
떨어져서 건너지 않았는지 모르겠다. 그녀는 나를 발견했
다. 그녀는 여전히 웃음을 그치지 않았다. 그러나 그 웃음의
주인은 내가 아니었다.

"어, 왜 내려가? 학교 안 가?"

나는 그녀에게 존댓말을 했다.

"또 밤샜구나." 그녀가 말했다. 신호등이 바뀔 것 같았다.
그녀는 반대편을 향해, 남자의 뒤를 따르며 총총히 걸어갔
다. 그녀는 걸으면서 내게 말했다.

"학교 좀 잘 나와."

학교 앞에 선배들이 잘 가는 치킨집이 있었다. 동기들도 그곳에서 자주 모였다. 그 치킨집 입구 벽면에는 어느 재야 인사의 강연회 포스터가 붙어 있었다. 날짜는 수년 전이었다. 그래도 그냥 붙어 있었다. 검은색 두루마기를 입은 백발이 성성한 재야인사의 상반신을 클로즈업하고, 그 위로 '젊은이여 분해당하지 마라'라는 강연회의 제목인지 뭔지 모를 문장이 쓰여 있었다. 분해당하지 말라고? 젊은이가 무슨 닭 다리인가? 나는 생각했다. 만약 뭔가 멋진 문구를 써넣고 싶었다면 포인트를 잘못 잡았다. 분해 당하는 게 문제가 아니라, 점점 단단해지는 게 문제였다.

테이블엔 분해된 닭다리튀김이 놓여 있었고, 그 앞에 모기약 선배가 앉아 있었다. 모기약 선배가 올 거라고 아무도 내게 말해주지 않았다. 그를 중앙 자리에 놓고 양옆에 여학생들이 앉아 있었다. 남자 동기들도 있었고, 끄트머리에 못생긴 여자 동기도 있었다. 나는 못생긴 여자 동기 앞에 앉았다. 그 자리만 비어 있었기 때문이다. 모기약 선배의 목소리가 들렸지만 다른 목소리도 들렸기 때문에 처음에는 그럭저럭 술이 맛있었다. 못생긴 여자 동기는 내게 학교 좀 잘 나오라고 말했다. 나는 학교가 너무 멀다고 말했다. 못생긴 여자 동기는 고개를 끄덕였다. 어느 순간부터 선배의 목소리가 다른 목소리들을 압도했다. 언제나 많은 사람이 모인 술자리가 그렇듯이 자리가 이동되었다. 나는 마지막까지 처음의 자리에 앉아 있었는데, 어쨌든 아무도 못생긴 여자 동기 앞을 차지하려고 애쓰지 않았다. 그러다 못생긴 여자 동기가 자리를 옮겼고, 나도 자리를 옮겼다. 선배의 목소리가 더 크게 들렸다. 하지만 작게 들리든, 크게 들리든 별 차이가 없었기 때문에 오히려 그게 나았는지 몰랐다. 선배는 어떤 얘기를 하고 있었다. 시위에서의 무용담이 끝나고, 갑자기 양담배니 비싼 미제 청바지니, 일본식 주점 같은 얘기들이 나왔다. 나는 슬쩍 레몬소주가 정말 맛있는 강남의 어느 술집을 얘기해봤다. 아무도 그 술집이 어디에 있는지 궁금해하지 않았다. 나는 그곳은 레몬소주뿐만 아니라, 쓰키다시로 나오는 무찜이 정말 맛있다고 또 말해보았다. 선배는 못마땅해했고, 다른 화제로 넘어갔다. 놀랍게도 이 세상에 대한 이야기였다. 미국이니, 제국주의니, 식민지니, 자본이니 하는 단어들이 테이블에 쏟아졌다. 그것들은 하나하나 분해되어 튀겨졌고, 사람들의 입속으로 들어갔다. 다들 술에 취해 있었기 때문에 뭐든 씹을 수 있었다. 선배의 옆자리는 양쪽으로 여학생이 앉거나, 한쪽만 여학생이 앉거나 했는데, 둘 다 남자인 경우는 없었다. 나는 그것도 대단한 재주라고 생각했다. 못생긴 여자 동기는 앉지 못했다. 심지어 모기약 선배는 못생긴 여자 동기 쪽으로 시선도 주지 않았다. 나한테도 마찬가지였다. 아무래도 못생긴 여자 동기와 나는 선배에게 커플처럼 보였나 보다. 이제 당연한 순서처럼, 책의 제목들이 나왔다. 프랑스와 독일식의 멋진 발음의 이름들이 나왔다. 하이데거, 비트겐슈타인, 알튀세르, 베르그송, 니체, 데리다, 푸코, 칸트와 헤겔도 나왔다. 그리고 마르크스. 마르크스까지 분해해서 튀겨낼 수 있다니, 대단한 재주였다. 칼잡이였다. 나는 시험 삼아 어느 책의 제목을 말해보았다.

"선배, 혹시 『사무라이의 길』이라는 책 읽어봤어요?"

"사무라이? 일본에 대한 책인가?"

당연하다.

"그건 안 읽어봤고, 『국화와 칼』이라는 책은 읽어봤지. 재밌어. 어렸을 때 읽어둘 만해. 여기서 그거 읽은 사람 없나?"

선배가 『국화와 칼』에 대해서 더 길게 이어 말할 것 같아 말을 끊었다.

"『사무라이의 길』에는 이런 얘기가 나와요."

"어떤 얘기?"

"못생긴 커플에 대한 얘기요."

"못생긴 커플?"

"들어봐요. 이건 일종의 에피소드예요. 어느 날 사무라이가 주점에서 술을 마시는데, 한 여자가 테이블에 혼자 앉아 울고 있는 걸 발견했어요. 그곳은 언제나 사람으로 붐비는 곳이었죠. 사무라이는 상황이 어떻게 된 건지 몰랐죠. 문득 보니까 한 여자가 혼자 앉아서 울고 있는 거예요. 처음에 사무라이는 그녀가 처음부터 혼자 있었다고 막연히 생각했는데, 무심코 바라보다 물 잔이 두 개인 걸 발견했죠. 누군가 앉아 있었던 거죠. 아마도 남자였겠죠. 사무라이는 뻔한 상황처럼 느꼈죠. 물론 아닐 수도 있지만, 사무라이는 그녀가 남자에게 차였다고 생각했어요. 그래서 사람이 많은 그 술집에서 주변의 시선에도 아랑곳하지 않고 울고 있는 거겠죠. 사무라이는 그녀가 고통받고 있다고 생각했어요. 이건 아주 흔한 일이죠. 그런데 말이에요. 사무라이가 그녀를 유심히 살펴보게 된 건 다른 이유였죠. 그녀가 아주 못생겼더란 말입니다. 이렇게 말해서는 안 되는 일이지만, 정말로 남자에게 차일 만한 얼굴이라고 사무라이는 생각했어요. 용케도 남자를 사귀었다 싶었죠. 물론 이건 농담에 불과하겠죠. 하지만 또한 그것은 분명한 사실이에요. 분명히 말해서 예쁜 여자가 울고 있는 것과 못생긴 여자가 울고 있는 것은 전혀 달라요. 전혀 다르게 보이죠. 거기에는 신념이고 뭐고가 없어요. 그것이 올바른 견해인지 아닌지도 없죠. 사무라이는 그녀가 울고 있는 모습을 보면서 깊은 슬픔을 느꼈어요. 사무라이는 그녀가 받고 있는 고통이 인간의 실존적인 고통이라고 느꼈어요. 예쁜 여자가 울고 있는 모습을 보았다면 그렇지 않았겠죠. 그것은 어떤 면에서는 연민을 불러일으키죠. 그것은 어떤 면에서는 아름다운 모습이에요. 거기에는 꽝장히 아름다운 이야기가 숨어 있을 것 같아요. 그것은 환상에 불과하죠. 하지만 못생긴 여자가 당하는 실연은 엄연한 현실이에요. 그것이 실제 인생이라고 사무라이는 생각했어요."

나는 잠시 말을 끊었다. 맥주잔을 들었다가 내려놓았다. 선배는 가만히 있었다.

"이 이야기가 다음에 말하는 건, 못생긴 커플이에요. 어떤 못생긴 여자가 있어요. 그녀는 자신이 못생겼다는 것을 알아요. 모를 리가 없죠. 사람들이 그렇게 취급하니까요. 하지만 그녀도 남자를 사귀고 싶어요. 사랑받고 싶죠. 하지만, 잘 되지 않아요. 적어도 자신이 사귀고 싶은 잘생긴 남자들은 자기를 거들떠보지도 않아요. 항상 자기보다 예쁜 여자만 바라보죠. 그래서 못생긴 여자는, 그보다 조금 못한 남자라도 괜찮다고 생각하죠. 자기만큼 못생긴 남자라면 자기에게 관심을 줄지도 모른다. 여자의 그러한 생각은 못생긴 남자의 생각과도 일치합니다. 그래서 못생긴 커플이 탄생하는 거예요. 하지만 그들은 행복하지 않아요. 사람들은 그들을 손가락질하면서 못생긴 것들이 끼리끼리 놀고 있다고 수군대죠. 못생긴 남자는 못생긴 여자에게 이제 그만 헤어지자고 말하죠. 하지만 못생긴 여자는 용감했어요. '뭔가 잘못됐다. 못생긴 게 어떻단 말인가?' 그래서 못생긴 여자는, 깃발을 만들어요. 깃발에는 못생긴 얼굴을 그려 넣었어요. 일종의 못생긴 사람들을 위한 깃발이죠. 못생긴 사람들의 연합을 구성하겠다고 여자는 결심했어요. 그리고 거리로 나갔어요. 여자는 자신만만했죠. 당연히 세상에는 못생긴 사람들이 많았으니까요. 잘생긴 사람보다, 예쁜 여자보다, 못생긴 사람들이 더 많았죠. 그들은 줄어들지 않아요. 왜냐하면 얼굴이 어떤 형태로 생겼느냐가 중요한 게 아니라, 못생겼다는 의미가 중요했으니까요. 아무리 예뻐도, 세상 사람 모두가 그 정도 수준이라면 거기서 가리고 가려서 또 못생긴 여자가 나와요. 아무튼 여자는 깃발을 흔들었어요. 그래, 나는 못생겼다, 하지만 그게 어떻단 말인가? 예쁜 여자는, 못생긴 여자가 있으니까, 예쁜 것이다. 하지만 놀랍게도 아무도 그 깃발 아래로 모이지 않았어요. 왜냐하면 그것은 자신이 못생겼다는 것을 인정해야 하는 거니까요. 못생긴 사람들은 자신이 그래도 조금은 괜찮지 않나 생각했고, 또는 앞으로는 예뻐질 수 있다고 믿었으니까요. 또는 못생긴 사람들은 자신이 못생겼다는 것을 부끄러워했어요. 그들은 자기 자신을 싫어했고, 다른 못생긴 사람들도 싫어했어요. 그래서 그 못생긴 여자의 깃발을 향해 돌을 던졌죠. '집어치워라.' 하지만 여자는 설명했죠. '이건 꼭 못생긴 사람들만 모이라는 게 아니야. 잘생긴 사람도 가입할 수 있어. 그렇지 않아? 이건 뭔가 잘못된 거잖아.' 하지만 잘생긴 사람들도, 그녀의 말에 동의하고 그녀를 격려했지만, 선뜻 다가가지 않았어요. 어쨌든 자기 일이 아니니까요. 하지만 어느 용감한 '잘생긴 남자 하나'가 그 깃발에 다가갔어요. 하지만 막상 거기에 서자 그게 만용이란 걸 깨달았죠. 왜냐하면 예쁜 여자들이, 그러니까 예전에는 잘생겼다고 따르던 예쁜 여자들이 등을 돌리기 시작했죠. 용감한 잘생긴 남자는 처음에는 왜 그런지 몰랐어요. '이봐, 나는 여전히 잘생겼잖아.' 하지만 문제는 그 남자 옆에 있는 못생긴 여자였어요. 예쁜 여자들은 못생긴 여자 곁으로 오려고 하지 않았어요. 아니, 그 깃발 아래로 가려고 하지 않았죠. 그리고 그 남자 말고도 다른 잘생긴 남자는 많았어요. 결국 그 용감한 잘생긴 남자도 깃발을 떠났어요. 사실 그 용감한 잘생긴 남자는 자신의 그런 용감한 행동이 더 많은 예쁜 여자가 자신을 따르게 할 거라고 생각했던 거예요. 그래도 못생긴 여자는 깃발을 접지 않았죠. 그리고 그녀는 길을 떠났어요. 어딘가 못생긴 여자가 대접받는 나라를 찾아서. 하지만 그런 여자의 생각은 사실, 잘못된 거죠. 왜냐하면 못생긴 여자가 대접받는 나라는, 예쁜 여자가 배척당할 테니까요. 거기서는 못생긴 여자가 예쁜 여자고, 예쁜 여자가 못생긴 여자예요. 결국, 마찬가지죠. 사무라이는 거기서 큰 깨달음을 얻었어요. 못생긴 여자를 위한 나라는 없다. 못생긴 여자가 대접받기 위해서는 할복하는 수밖에 없다. 그럼 사람들은 그녀를 추앙하겠죠. 세상 못생긴 여자들을 위해 희생한 위대한 순교자로서 말이죠. 그녀의 초상화는 그래도, 아주 조금은 예쁘게 그려주겠죠. 차마 아주 예쁘게는 아니더라도 살아생전 그대로의 모습을 그려 넣을 수 없으니까요."

나는 여러 방해를 물리치고 간신히 이야기를 끝마칠 수 있었다.

"그게 『사무라이의 길』이란 책에 나오는 이야기야?"

"몰라요. 난 그 책을 읽어보지 못했으니까요."

"난 네가 무슨 얘길 하고 싶은 건지 모르겠다."

"좋아요, 다시 한번 그 말을 해봐요."

"무슨 말?"

"모른다는 말."

"뭐?"

"내가 무슨 말 하는지 알아요?"

"몰라."

"잘했어요. 선배는 모른다는 말의 가치를 알아야 해요."

선배는 가만히 있었다. 주위가 일순간 조용해졌다. 나는 못생긴 여자 동기를 봤다. 그녀는 내 말에 아무런 반응도 보이지 않았다. 무표정했다. 나는 그 얼굴이 너무 무서웠다. 나는 그녀가 웃기를 바랐다. 이건 농담이니까. 그냥 농담으로 여겼으면 좋겠다고 생각했다. 그냥 이 모든 이야기가 농담이었으면 좋겠다고 생각했다. 나는 선배에게 말했다.

"선배, 궁금한 게 있어요."

"뭔데?"

"선배는 똑똑하니까 아마 알 거예요."

"뭐냐니까."

나는 망설였다. 굳이 그럴 필요는 없었다. 하지만 오랫동안 궁금했다.

"선배는 어떻게 개새끼가 되었어요? 이렇게."

선배는 손에 들고 있던 맥주를 내 얼굴에 뿌렸다. 모기가 없는 겨울이었는데도 말이다.

나는 덧창을 완전히 열었다. 무릎을 침대에 대고 창틀에 팔을 걸친 채 밖을 내다보았다. 그녀는 씻으러 화장실에 들어갔다. 여관의 바로 앞은 대로였고, 그 건너편에는 국철 역이 있었다. 그 국철 역은 매일 내가 이용하는 역이었다. 나는 그곳에서 이 여관을 본 적이 없다. 가만히 살펴보자, 그곳에 앉아서도 이곳이 보일 것 같았다. 나는 오랫동안 그 사실을 잊었다. 1년 후, 아니 정확하게 말하면 1년 반 정도 후에 나는 그곳에 앉아서 이 여관을 보았다. 훈련소를 떠나 자대 배치를 받으려고 전방으로 가는 길이었다. 그곳에 내려 다음 열차가 올 때까지 우리는 커다란 더플백을 바닥에 깔고 모자도 벗지 못한 채 줄을 맞춰 앉아 있었다. 그래도 뭔가를 보는 것까지 막지는 않았다. 훈련병들은 고작 두 달간 떠나 있었을 뿐인데 그저 바깥세상이 신기했다. 특히 여자들은 그저 보는 것만으로 가슴이 두근두근했다. 우리를 인솔하던 헌병이 문득 자기가 담배를 사다주겠다고 했다. 훈련소에서는 담배를 피울 수 없었다. 옥상에서도 피울 수 없다. 훈련병들은 환호했고, 대표로 한 훈련병이 모자를 벗어서 그 안에 돈을 걸었다. 담배가 돌려지고 한두 개의 라이터로, 또 불붙은 담배에서 담배로 불을 붙였다. 두 달 만에 피우게 되는 담배는 머리를 핑 돌게 했다. 그만큼 맛있었다. 몸이 아주 기뻐하는 게 느껴졌다. 그리고 나는 이 여관을 보았다. 여관의 이름도 선명하게 보였다. 용궁장. 여관 이름치고는 낭만적이었다. 용궁을 나가기 위해 목소리를 버렸던 여자. 침묵은 생각보다 가혹했다. 나는 우물에 대해 생각했다. 우물을 나가고 싶었던 여자 개구리에 대해 생각했다. 그러다 나는 그 우물 이야기의 새로운 판본을 만들어냈다. 그것은 이렇게 시작한다.

　

　우물을 좋아했던 남자 개구리가 있었다. 남자 개구리는 부족한 게 없었다. 모든 것에 만족했다. 그런데 어느 날 한 여자 개구리가 그를 찾아왔다. 그리고는 말했다.

　"우물 밖으로 나가는 방법을 알고 있지. 그걸 나한테 알려줘."

　"우물 밖? 그게 뭐지."

"몰라? 여기는 우물이고, 바깥이 있다고."

"여기가 우물이야? 이렇게 넓은데?"

"아무리 넓어도 우물은 우물이야. 어서 나가는 방법을 가르쳐줘."

"나는 몰라."

"잘도 모른다는 말을 하는군."

하지만 남자는 정말 여자가 무슨 말을 하는지 잘 몰랐다.

"어떻게 그럴 수 있지? 너는 남자 개구리잖아. 남자 개구리는 우물 바깥으로 나가는 방법을 알고 있다고."

"그럼 다른 남자 개구리를 찾아가봐."

여자 개구리는 한숨을 쉬었다.

"이봐, 그렇게 약해 빠진 소리나 하다니. 자, 그럼 나랑 하룻밤을 자."

"왜?"

"나랑 하룻밤을 자면 우물 밖으로 나가는 방법을 알게 될 테니까."

"나는 알고 싶지 않은데?"

여자는 한심하다는 듯이 남자 개구리를 쳐다봤다. 그러나 여자 개구리는 포기하지 않았다.

"그래? 그럼 그냥 자."

"별로 그러고 싶지 않아."

"이봐, 내가 예쁘지 않아? 날 만져보고 싶지 않아? 너 여자랑 한 번도 안 자봤지."

남자 개구리는 여자 개구리를 봤다. 여자 개구리는 기묘한 방식으로 허리를 굽혔다가 폈다. 남자 개구리는 그 모습이 무척 예쁘다고 생각했다. 그래, 자자. 그런다고 해서 나한테 무슨 큰일이 있겠는가?

둘은 하룻밤을 보냈다. 다음 날 아침, 여자 개구리는 다시 물었다.

"자, 이제 우물 밖으로 나가는 방법을 알려줘."

"글쎄 모른다니까."

"알았어, 그럼 이제 그만 헤어져."

하지만 남자 개구리는 이미 사랑에 빠진 후였다. 그러나 여자 개구리는 완강했다.

"날 사랑하지 않아? 어떻게 그럴 수 있지. 우린 하룻밤을 잤잖아."

"물론 널 사랑했지. 하지만 넌 내 유혹에 넘어왔어. 그걸 참았어야지. 이제 모두 끝났어. 나는 다른 남자 개구리를 찾아가야 해."

"내가 그 남자 개구리만큼 너한테 잘할게."

"미안해. 나도 정말 미안하게 생각해. 하지만 너는 우물 밖으로 나가는 방법을 모르잖아."

"내가 알아 올게. 내가 반드시 알아낼게. 그때까지만

다른 남자 개구리에게 가지 말아줘."

여자 개구리는 남자 개구리를 의심스럽다는 눈초리로 쳐다봤다. 그러나 남자 개구리가 불쌍하게 보여서 그렇게 하기로 했다.

"네가 다시 돌아왔을 때 모른다는 말을 하면 그때 나는 당장 떠날 거야. 알았어? 모른다는 말은 안 돼."

"그래, 알았어. 내가 알아 올게."

남자 개구리는 우물 밖으로 나가는 방법을 찾아내기 위해 길을 떠났다.

그러나 이 이야기의 놀라운 반전은 다음에 있다.

남자 개구리는 다른 남자 개구리들을 찾아가서 물어봤지만, 그들도 역시 우물 밖으로 나가는 방법을 알지 못했다. 그러다 어떤 생각이 떠올랐는데, 여자 개구리와 자면 우물 밖으로 나가는 방법을 알게 된다는 그녀의 말이었다. 망설였지만, 결국 그는 다른 여자 개구리를 찾아갔다.

"나랑 하룻밤 자."

그 여자 개구리는 웃었다.

"나는 너랑 잘 수 없어."

"왜, 내가 멋지게 생기지 않았어? 나는 이미 여자랑 자본 경험도 있다고. 다 알아."

"그래 너는 멋지게 생겼어. 자고 싶어. 하지만 너는 여자잖아."

"내가 여자라고?"

"그래, 여자와 여자는 섹스를 할 수 없어. 그건 불가능하다고. 너는 남자를 찾아가야 해."

"나 남자야."

"너는 네가 여자라는 사실을 모르는 여자야."

"그럼 남자는 어딨지?"

"남자는 모두 우물 밖으로 나갔지."

"그게 정말이야?"

"글쎄…… 정말 우물 밖에 남자 개구리가 있을까?"

여자 개구리는 알 듯 말 듯한 미소를 지었다.

'내가 여자라고? 그럼 섹스는? 아이들은 어떻게 태어나지?'

"태어남은 항상 무에서 비롯된다. 이게 둘이 하나가 된다는 말이다. 이걸 깨달을 때 모든 것에 통달하고 진리에 다가갈 것이다."

사무라이가 말했다.

그녀가 화장실에서 나왔다. 나는 얼른 창을 닫고 침대에 앉았다. 그녀는 고개를 숙이고 젖은 머리칼을 늘어뜨려 수건으로 비비며 방 한가운데 서 있었다. 팬티만 걸친 채. 나는 침대에서 뛰어나가 그녀의 허리를 감싸 안았다. 그녀의 젖은 머리칼이 채찍처럼 내 얼굴을 때렸다. 나는 그녀를 침대 위로 눕혔다. 그녀는 수건을 놓지 않았다. 그녀는 깔깔거리고 웃으며 말했다.

"지금 막 씻고 나왔잖아."

"하고 싶어."

* 소설 속 『사무라이의 길』과 관련한 몇몇 대사는 짐 자무시의 영화 「고스트 독」(1999)에서 인용했습니다.

이창異窓

김형중
(문학평론가)

1

소설집 말미에 붙는 '해설'의 역할은 말 그대로 작품의 이런저런 면모를 '풀어서 설명'하는 데 있다. 그럴 때 대개 해설자는 '일반' 독자에 비해 조금이라도 더 많은 '문학 능력'을 소유하고 있을 것으로 가정되곤 한다. 그리고 훌륭한 평론가들은 그런 역할을 (완벽히는 아닐지라도) 제법 잘 수행해낸다. 그러나 해설의 역할이 제대로 수행되지 못하는 경우도 적지는 않은데, 해설자의 '문학 능력'이 보잘것없을 때, 그리고 그가 풀어서 설명해야 할 텍스트들이 필연코 복잡하고 난해한 이론(들)을 요청할 때이다.

텍스트가 해설에 대해 이론을 '요청한다'고 했거니와 대체로 '직서적literal'인 작품들은 그다지 난해한 이론들을 요청

하지 않는다. 그러나 작가가 특정 철학자나 문학 이론가 혹은 정신분석가의 저작들을 참조했고, 작품을 쓰는 과정에서 (의식적이든 무의식적이든) 그 이론에 대한 얼마간의 이해를 가진 독자를 '내포 독자'로 설정했음이 명백할 경우 사정은 달라진다. 『개구리 남자』에 실린 중단편 소설들이 바로 그런 사례인데, 가령 이런 구절들을 읽고 나서도 해설자가 (어설프게나마) 라캉의 이론을 참조하지 않을 도리는 없다.

상징은 바로 그 우연을 필연으로 바꾸어줍니다. 왜냐하면 사람들은 우연을 두려워하기 때문입니다. 일이 아무 이유 없이 일어난다는 걸 견딜 수 없기 때문입니다. 하지만 상징이 언제나 성공하는 건 아닙니다. 그리고 또 누구에게나 성공하는 것도 아니죠. 그 상징이 실패할 때, 상징조차 우연을 필연으로 바꾸지 못했을 때, 그다음에 무엇이 그 자리에 나타날까요? <u>유령입니다.</u> (「스토킹」, p. 89, 이하 밑줄은 인용자)

꿈속에서 그 애는 나를 원망했거든. 하지만 아무런 문제점도 발견할 수 없었어.
그런데 왜 그 애는 나를 보며 이렇게 말했던 걸까?
<u>아버지, 제가 불타고 있는 게 보이지 않으세요?</u> (「불타는 아이」, p. 266)

첫번째 인용문의 '유령입니다'를 '실재the Real입니다'로 바꾼 후 라캉을 어느 정도 알고 있는 독자들에게 저 문장을 내밀었을 때, 독자가 그 저자를 '세미나' 하던 시절의 라캉으로 오인하지 않기는 힘들어 보인다. 이른바 'RSI'(실재-상징-상상) 이론을 저처럼 간명하게 요약하는 문장을 소설 속에서 찾게 되는 일은 아주 드물기 때문이다. 두번째 인용문은 더 그러한데, "아버지, 제가 불타고 있는 게 보이지 않으세요?"라는 소제목으로 알려진 중년 남성의 꿈 이야기는, 프로이트의 『꿈의 해석』에서 먼저 소개되었다가 라캉의 열한번째 세미나 『정신분석의 네 가지 근본 개념』의 제5장 「투케와 오토마톤」에서 아주 중요하게 재론되기 때문이다. 저 두 인용문만이 아니다. 이제 살펴보겠지만 김종옥의 소설집 『개구리 남자』는 라캉의 '거울 단계'를 떠올리지 않을 수 없는 수많은 거울 이미지, 그리고 그가 '시관적 충동의 장'이라 부른 관음과 응시의 변증법에 대한 묘사로 가득하다. 이 소설집은 분명히 라캉적 해설을 '요청한다'.

2

그러나 알다시피 라캉이 호락호락한 이론가는 아니다. 최상급 난도의 현란한 사변은 말할 것도 없고, 전기의 라캉과 후기의 라캉이 다른 데다, 자주 잠언풍의 수수께끼, 기이

한 수식數式, 복잡한 도형으로 엄밀한 개념 사용을 대신하는 것이 그의 (거의 악의적인) 장기다. 심지어는 종종 자신이 했던 말을 잊어먹거나 번복하기조차 한다. 그런 판국이니 라캉의 이론에 대한 엄밀한 이해는 다른 기회로 미뤄두고, 이 글에서는 『개구리 남자』 속 인물들이 극화하고 있는 정신분석학적 상황을 더듬더듬 따라가면서 텍스트들과 친해져보려 한다. 먼저 한 번 읽으면 잊히지 않을 것처럼 강렬한 제목의 꿈 이야기부터 시작해보자.

프로이트의 보고에 따르면, 저 꿈의 주인은 오랫동안 병치레를 하던 아들을 잃은 아버지다. 그는 아들의 시신을 옆방에 안치해두고 늙은 시종에게 지켜달라고 당부한 후 쪽잠을 잔다. 그가 잠든 사이 시종의 부주의로 화재가 발생하고, 아들의 시신도 불에 휩싸일 참이다. 그때 꿈속에서 아들이 살아 있는 형상으로 나타난다. 그러고 나서 말한다. "아버지, 제가 불타고 있는 것이 보이지 않으세요?"

도대체 이 꿈 장면에 잠재된 의미는 무엇일까? 이 질문에 대한 김종옥의 간명한 답은 저 꿈이 인용된 「불타는 아이」가 아니라 다른 표제작 「개구리 남자」에서 찾을 수 있다.

나는 마치 교문이 꿈에서부터 빠져나가는 출구인 것처럼 느꼈다. 가까워질수록 마음이 아팠다. 그러나 사실은 그 반대인지도 몰랐다. 저 너머가 꿈이고, 이곳이 현실인지도 몰랐다.

때로 꿈이 현실보다 끔찍했다. 꿈이 끔찍한 현실을 만들어냈다. (「개구리 남자」, pp. 379~80)

장자의 '호접몽'을 연상시키는 저 문장들 속에서 꿈에 대한 프로이트적 해석은 부인된다. 프로이트에게 꿈은, 설사 그것이 표면적으로는 악몽으로 비친다 하더라도 예외 없이 '소원 성취'(그리고 그 덕에 얻는 수면의 연장)이다. 그러니까 예의 꿈에서 아버지는 죽은 아이가 마치 살아 있는 것처럼(소원) 자신의 침대 머리맡에 나타나는 것(성취)을 본다. 그렇게 꿈은 아들이 살아 있기를 바라는 그의 소원을 (아주 일시적이나마) 성취시킨다. 프로이트적 해석에 따르면 그렇다는 얘기다.

그러나 꿈에 대한 김종옥의 입장은 그와 다른 듯하다. "때로 꿈이 현실보다 끔찍했다"라는 말은 꿈이 예외 없이 소원 성취라는 프로이트의 전제를 정면으로 반박한다. 이제 우리는 끔찍한 현실을 피해 꿈속으로 도피하는 것이 아니라 끔찍한 꿈을 피해 현실로 도피한다. 소원은 역으로 꿈에서가 아니라 현실에서, 그것도 회피와 방어의 방식으로 이루어진다.

이런 해석은 저 꿈에 대한 라캉의 해석과 일치한다. 라캉에 따를 때, 죽은 아이는 불타면서 아버지에게 끔찍한 진실을 고지한다. '아버지, 제가 죽기를 바란 적이 있으시죠.' 개

연성은 충분한데, 아이는 오래 앓았고(오랜 병에 효자 없다) 분명 유년기 언젠가 한 여자(물론 어머니!)를 두고 아버지와 (이제 그 욕망과 기억은 무의식 속으로 가라앉았겠지만) 경쟁한 적이 있기 때문이다. 그럴 때 꿈의 주인 입장에서는 차라리 깨어나 현실 속으로 돌아가는 편이 낫지 않았을까? 현실로 돌아가면 그는 다시 아들을 오래 돌본 도덕적이고 비참한 부친일 수 있고, 불타는 아이의 시신에 대해서도 시중에게 책임을 물을 수 있을 테니 말이다. 말하자면 꿈이 극화하는 '실재'로부터 도망쳐 꿈 바깥의 적절한 (상징적) 위치 속으로 도망가는 것, 그렇게 자아 이상을 회복하는 것, 그것이 저 꿈의 진짜 의미이다.

3

다소 길게 끔찍한 꿈 이야기를 늘어놓은 데에는 이유가 있다. '악몽이 실재의 고지이고 현실은 그 실재로부터의 도피처다'라는 저 태도가 바로 『개구리 남자』의 여러 텍스트에서 김종옥이 일관되게 유지하고 있는 소설적 전제이기 때문이다. 작가에게 우리가 보는 현실은 '의심할 만한 대상'이다. 고통을 피해 택한 도피처가 흔히 '상상적으로'(만) 안전을 보장하듯 꿈이 고지하는 실재를 피해 도피한 현실 또한 얼마간 상상적으로 가공되기 마련이다. 따라서 만약 사태의 진실을 원한다면 우리는 바로 그 현실을 바라보고 있는 우리의 눈 자체를 의심해야만 한다.

이런 사태를 라캉이 '시관적 충동의 장'이라 부른 영역으로 이동시켜보자. 눈eye과 응시gaze의 영역이 거기다. 라캉에게는 눈만 아니라 (그가 부분대상들이라 칭한) 코, 귀, 가슴, 입 등이 모두 부분 충동의 장을 형성하지만, 굳이 눈을 선택한 것은 김종옥의 이번 소설집 전체를 아우르는 키워드가 바로 (훔쳐보는) '눈'이기 때문이다. 여기 몇 개의 눈이 있다.

진규는 교실을 둘러보았다. 승오는 주희가 어디 있는지 파악했다. 자기 자리에 앉아 있었다. 창가 자리. 그녀를 바라보는 게 어렵지는 않았다. 다행히 승오의 자리보다 앞쪽이었고 각이 크지 않은 대각선이어서 누구도 승오가 그녀를 바라본다고 생각하지 않을 것이다. 물론 그녀의 얼굴이 보이는 건 아니었다. 간신히 머리칼 사이로 그녀의 뺨과 턱선 정도가 보일 뿐이었다. 그럼에도 가만히 보고 있으면, 가끔 가슴이 터질 듯이 행복감에 빠졌다. (「춤추는 소녀」, p. 206)

옆에 진규가 있었고, 진규는 바로 그녀를 바라보고 있었다. 주희의 눈은 승오와 마주쳤고, 곧바로 진규와 마주쳤다. 하지만 그녀는 전혀 당황하지 않았다. [……]

그것은 전혀 이상하게 보이지 않았다. 전혀 주목할 만한 장면이 아니었다.

그럼에도 승오는 마치 그런 그녀를 처음 본 것 같은 기분이 들었다. 교실 앞을 가로지르는 그녀의 걸음걸이. 그게 마치 그의 인생에 있어 굉장히 중요한 장면처럼 느껴졌다. (「춤추는 소녀」, pp. 207~208)

첫번째 인용문으로부터 우리는 '훔쳐보는 눈'이 추구하는 '쾌'의 첫번째 조건을 추출할 수 있다. 눈은 바라보는 대상으로부터 숨겨져 있어야 한다. 각이 큰 대각선 후방이든 엘리베이터 철판에 비친 거울상이든(「엘리베이터」), 사무실의 깊숙한 의자든(「스토킹」), 몰래 설치한 CCTV든(「골프백」) 마찬가지다. 시관적 충동이 추구하는 쾌는 그냥 '보는' 데서가 아니라 '훔쳐보는' 데서 발생하기 때문인데, 그런 의미에서 '거리와 은폐'는 눈이 추구하는 쾌락의 필수 조건이다.

두번째 인용문으로부터 우리는 '훔쳐보는 눈'이 추구하는 쾌의 또 다른 조건을 추출할 수 있다. 그것은 대상의 성질과 관련되는데, 훔쳐보는 대상은 대개 아직 온전히 성취되지 못한 (혹은 성취하지 않은) 욕망의 대상이어야 한다. 「춤추는 소녀」에서 그려지고 있는 주희와 승오와 진규 간의 '욕망의 삼각형'이 그 좋은 사례인데, 주희가 진규와 자신을 번갈아 보는 순간 승오의 충동은 강화된다. 주희가 아직 승오가 독차지하지는 못한 대상임이 드러나기 때문이다. 덧붙여 마

치 르네 지라르의 '욕망의 삼각형' 구도를 재구성한 것처럼
도 보이는 두번째 인용문에서 승오의 욕망이 강화되는 만큼
대상, 즉 주희 또한 이상화된다는 점은 주목을 요한다. 삼각
형 탓에 "전혀 주목할 만한 장면이 아니었"던 주희의 걸음
이 승오에게는 "인생에 있어 굉장히 중요한 장면처럼 느껴"
진다. 말인즉슨 삼각 구도가 훔쳐보는 눈으로 하여금 대상
을 항상 실제보다는 더 이상화된 형상으로 보게 만든다. 소
위 '밀당' 놀이가 그렇지 않던가!

　이는 일종의 투사 메커니즘이기도 한데, 속담에 따르면
이런 상황에서 대상은 '사돈이 산 논'과 비슷해진다. 배앓이
의 주인에게 '논'이란 그저 벼를 기를 수 있는 땅이 아니라,
나는 가지고 있지 않지만 사돈은 가지고 있는 진귀하고 숭
고한 그 '무엇'의 위치로까지 격상된다. 그렇다면 대상(논)
이 가지고 있는 실제 성질이 주체의 배앓이(욕망)를 유발하
는 것이 아니라 반대로 배앓이가 논을 반드시 가져야만 할
절대적인 무엇으로 만든다고도 할 수 있겠다. 즉 대상은 논
이어도 좋고 밭이어도 좋고 집이어도 좋다. 무엇이건 그것
은 실제 그것이 지닌 가치나 용도가 아니라 항상 그보다 더
한 무엇으로 간주될 것이기 때문이다. (이왕 속담을 가져왔
으니, 한 번 더 가져오자면) 그럴 때 주체의 눈은 이를테면
'콩깍지 낀' 눈이 된다. 그리고 라캉은 언젠가 그 콩깍지 낀
눈을 그려 보인 적이 있다.

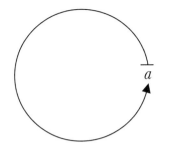

저 원을 안구라고 가정해보자. a가 위치한 자리는 눈동자이고 a는 콩깍지다. 왜냐하면 라캉 자신이 저 a(대상 소문자 a)를 이렇게 정의하기 때문이다. "내가 네 안에서 사랑하는 너 이상의 것". a를 콩깍지에 비유한 것은 이런 이유인데 눈에, 마치 카메라의 프레임과 필터처럼, 콩깍지가 낀 사람이 보는 대상은 실제 대상이라기보다는 항상 그가 '보고 싶은 무엇' '대상이 가지고 있지 않은 무엇'일 것이기 때문이다. 시선은 그런 식으로 오인하고 잘못 본다.

그렇게 읽을 때, 「엘리베이터」「골프백」「스토킹」「춤추는 소녀」「불타는 아이」「개죽음」 등 『개구리 남자』에 실린 거의 모든 작품의 남성 주인공들은 콩깍지 낀 눈의 주인들이다. 그들은 하나같이 훔쳐본다. 그리고 훔쳐보는 그들의 눈에 비친 이미지 속에서 대상들은 모두 실제 그 자체보다 아름답고 관능적이고 신비하다. 훔쳐보는 자의 눈에 대상은 이렇게 보인다.

자리에 앉은 그녀는 옆모습이 보였는데, 그것도 약간 사선 방향으로, 약 45도 정도 뒷모습이 걸친 옆모습이었다. 그러니까 그건 햇빛 때문인지도 몰랐다. 정확히 그녀의 자리 앞, 아주 조금 못 미쳐서 햇빛은 바닥에 사다리꼴 모양의 빛의 웅덩이를 만들었다. 그리고 그 너머의 그녀는 멀고 아주 흐릿하게 보였다. 마치 어떤 얼룩처럼. 또는 흔들리는 어떤 덩어리처럼. 그러니까 그게 그녀인지 몰랐다. (「스토킹」, p. 80)

4

그러나 우리 모두 경험적으로 알다시피 콩깍지는 눈에 그리 오래 붙어 있질 않는다. 세월 때문만은 아니다. 어떤 조건에서 콩깍지는 벗겨지고 '시관적 충동의 장'은 파열된다. 그것은 '응시' 때문이다. 복잡한 설명은 생략하고 범박하게 '눈'을 '바라봄'이라고, 그리고 '응시'를 '보여짐'이라고 해보자. 눈은 응시 앞에서 좌절의 위기를 맞는다. 이런 상황은 히치콕 감독의 영화 「이창」에서 가장 탁월하게 극화된 바 있다.

사진작가인 남성 주인공은 모종의 사고로 다리가 부러져 자신의 아파트 거실에서 창밖을 내다보는 일로 소일하는 중이다. 명백히 그의 시선은 관음증적인데 넓은 그의 거실 창을 통해 건너편 아파트 사람들의 내밀한 사생활을 관찰할 때, 그는 그늘에 가려진 채 응시로부터 보호받기 때문이다. 그러니까 그는 훔쳐보는 중이었고, 와중에 살인 사건으로 추정되는 몇 장면을 보게 된다. 문제는 그다음이다. 내내 관찰당하는 입장이었던 살인 용의자와 그의 눈이 마주친다.

이제 시선은 일방적이지 않다. 시선과 응시가 겹친다. 그리고 얼마 후 바로 자신이 앉아 있는 자리 뒤편에서 살인범이 출현한다. 영화 속에서 그 장면의 충격은 이루 말할 수 없을 정도인데, 관객 역시 훔쳐보는 자로서 관음에 동참하고 있던 터라 더 그렇다. 시관적 충동의 장에 필수적인 '거리와 은폐'가 사라진다. 쾌는 순식간에 공포로 돌변한다.

요컨대 시관적 충동의 장은 응시의 등장과 함께, 말하자면 보던 자가 보여지는 자로 역전되는 순간 위기에 빠진다. 그것은 마치 드라마 속 주인공이 촬영의 규범을 깨고 카메라 정면을 응시하며 관객에게 '당신, 나 보고 있지?'라고 묻는 상황과 유사하다. 그리고 이 순간이 바로 관음증적 주체의 눈에 씐 콩깍지가 벗겨지는 순간이기도 하다. 실제 대상objet이 a의 상상된 완전성을 침범한다. 눈은 당황하고, 대상과 주체가 맺는 상상적 관계는 깨질 위기에 처한다.

김종옥 소설 속에서 이런 장면은 아주 흔하다. 가령 「엘리베이터」에서 내내 관음의 대상이던 여성이 엘리베이터 문밖에서 권총을 들고 갑자기 출현할 때, 「골프백」에서 CCTV 속 한다경이 형사 송은철을 느닷없이 올려다볼 때, 「스토킹」과 「개죽음」에서 교수 K와 죽은 선배가 마치 무소부재의 존재인 것처럼 여기저기서 튀어나올 때 등등. 그렇다면 이제 김종옥의 소설들을 두고 '시관적 충동의 장'을 극화하고 있다고만 말해서는 불충분하다. 그는 시관적 충동의 장이 '응시'에 의해 어떻게 파괴될 위기에 처하는가를 극화하는 데 능한 작가이기도 하기 때문이다.

5

그러나 사태는 좀더 복잡하다. 『개구리 남자』에서 (주로 여성의) 응시에 의해 파괴될 위기에 처한 (남성의) 시관적 충동의 장이 정작 완전히 파괴되는 장면은 흔치 않기 때문이다. 히치콕의 영화에서와는 달리 훔쳐보는 눈은 응시에 노출된 이후에도 여전히 훔쳐본다. 그것이 가능한 이유는 놀랍게도 대상이 그것을 욕망하기 때문이다. 달리 말해 이 소설집의 여성 주인공들은 남성 주인공들의 시선을 되레 욕망한다.

날 봐줘요. 계속. 계속.

그녀는 그것을 끄는 법도, 저장된 메모리 카드를 꺼내는 법도 알지 못했다. 하지만 그래야 한다는 걸 알았다. 영상을 지워야 한다. 그러니까, 내가 이걸 발견했다는 걸 이것의 주인이 몰라야 한다. (「골프백」, pp. 44~45)

"[……] 말도 안 되는 소리라고 하겠지. 그럼 지금 물어보면 되잖아. 단지 이렇게 물어보면 돼. 내가 널 원하길 네가 원해?"

진환은 수진을 바라봤다. 그러자 그녀는 정말 그가 뭔가 묻기를 바라는 눈치였다. <u>갑자기 수줍게 기다리는 것 같았다.</u>
(「불타는 아이」, p. 285)

첫번째 인용문에서 한다경은 자신의 아버지가 자신을 몰래 촬영하고 있었다는 사실을 알게 된다. 그러나 이어지는 행동은 분노나 항의가 아니다. 반대로 그녀는 자신이 카메라를 발견했다는 사실을 아버지가 모르도록 흔적을 지운다. 그녀가 아버지의 시선을 욕망하기 때문이고, 그 시선이 자신의 응시에 의해 거둬들여지기를 바라지 않기 때문이다.

두번째 인용문에서도 사정은 마찬가지다. 진환과 수진과 파파가 그리는 삼각 구도에서 파파는 정신분석학적으로 상당히 의미심장한 질문을 던진다. 수진이 원하는 것은 진환 자신이 아니다. 진환이 자신을 원한다는 사실, 혹은 굳이 진환이 아니라도 누군가 자신을 '대상 a'로서 이상화하는 상태 그 자체이다. 말하자면 그는 자신을 계속 스토킹하는 진환의 눈에 낀 콩깍지를 욕망한다. 사랑이란 결국 사랑받는 자신에 대한 사랑이라는 라캉의 냉소가 이런 식으로 극화된다.

「춤추는 소녀」에서도, 「골프백」에서도, 「개죽음」에서도 저와 같은 상황이 자주 등장한다. 요컨대 김종옥 소설에서 남성들의 시관적 충동의 장은 쉽사리 깨지지 않는다. 왜냐하면 여성들의 응시 욕망이 그들을 지원하고 결국 그 장이

유지되도록 협력하기 때문이다. 협력이라고 했거니와, 이제 연인들은 연기를, 끝날 것 같지 않은 밀당 놀이를 시작한다. 여성 주인공은 자신이 보여지고 있다는 사실을 알지만 내색하지 않는다. 남성 주인공은 연인이 자신에 의해 보여지고 있다는 사실을 알고 있다는 것을 알지만 역시 내색하지 않는다. 마치 둘 중 하나라도 그 사실을 수면으로 드러내면 사랑은 영영 깨지기라도 한다는 듯이…… 그것은 눈에 낀 콩깍지를 조금이라도 더 오래 눈동자에 붙어 있게 하려는 양성의 분투에 가깝다. 왜냐하면 그 기나긴 밀당 놀이가 끝나면 실제 대상과 a는 분리되고 a란 결국 일종의 환상이었음이 드러날 것이기 때문이다.

일종의 연애소설집이라 불러도 무방한 『개구리 남자』에 실린 대다수의 작품에서, 연인들이 항상 어느 정도의 거리와 연기와 열정의 포기와 친밀성의 불안에 노출되어 있는, 아니 정확히는 노출되어야만 하는 이유도 그와 같다. 그들은 별 열정도 없고 고백도 없고 애증도 없이 만나고 헤어지기를 반복한다. 훔쳐보고 노출하기는 하지만 마치 서로에게 서로를 들켜서는 안 되는 사람들처럼, 상대의 심연을 들여다보는 것은 극도로 위험하기라도 하다는 듯…… 그런 의미에서 「골프백」에 등장하는 소품 '골프백'은 이 작품집 전체를 관통하는 어떤 주제를 정확하게 암시하는 누빔점과 같다. 한수와 한다경이 운반하는 골프백 안에는 무엇이 들어 있을까? 한다경은 돈이라고 생각한다. 송형사는 아내의 시신이라고 생각한다. 그렇다면 열어 보면 되지 않나. 그러나 그렇지 않다. 한다경의 아버지가 한 말이 있다. "아무것도 없기 때문에 봐서는 안 되는 거야"(「골프백」, p. 51).

그렇다. 정작 대상의 실체를 알게 되면, 그러니까 (「춤추는 소녀」의 주희가 시도하는 도약처럼) 착지에 성공하면 사랑은 실패한다. 반대도 마찬가지다. 대상의 실체를 모를 (정확히는 회피할) 때에만, 그러니까 착지에 실패할 때만 사랑은 계속된다(주희의 도약은 그래서 항상 성공하는 셈이기도 하다). 이것이 김종옥식 연애소설의 교훈이다.

6

그러나 눈과 응시에 관한 김종옥의 탐구는 여기서 멈추지 않는다. 프로이트의 것이건 라캉의 것이건 정신분석학의 남성중심성에 대해서는 비판이 많다. 특히 훔쳐보는 남성, 노출하는 여성의 테마는 충분한 논란의 여지가 있다. 그러나 해설에 불과한 오늘의 지면에서 이에 대해 길게 언급하는 것은 무리일 테니, 김종옥 소설 속 (훔쳐보기의 능동성에 비해 수동적으로 읽히는) '응시 욕망'의 사회적 차원에 대해서만 몇 마디 덧붙여보자. 사태는 다시 더 복잡해진다.

시관적 충동의 장에는 '훔쳐보는' 남성 주체가 있다. 그런데 이번에는 강조점을 '보다'에서 '훔쳐'로 옮겨보자. 그러면 훔쳐보는 행위는 보지 말아야 할 '대상을 본다'는 점보다 그것을 '누군가에게 들키지 않고' 본다는 데에 본질이 있음이 확인된다. 이 말을 다시 곱씹어보면 시관적 충동이 추구하는 쾌락이란 훔쳐보는 대상에서 기인하는 것이 아니라 훔쳐본다는 사실 자체, 즉 내가 이런 짓을 하고 있다는 사실을 알아서는 안 되는 '타자'를 속이면서도, 내가 이런 짓을 하고 있다는 데에서 기인한다고 말할 수도 있겠다. 그렇다면 라캉의 콩깍지 낀 눈의 도형은 이렇게 다시 그려질 수 있다.

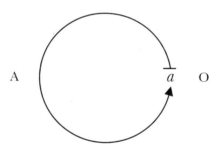

시관적 충동의 장에서 대체로 보여지는 대상은 여성이다. 여성은 남성의 응시, 단 콩깍지가 끼어 있는 남성의 응시를 욕망한다. 그렇다고 남성이 응시를 욕망하지 않는 것은 아니다. 자신의 뒤에서 자신이 여성을 관음하고 있다는 사실을 알아챌 수도 있는 (그러나 동시에 영영 알아채주지 않기를 바라는) 또 다른 응시(라캉은 이 응시를 '대타자Autre'의 것이라고 말한다)를 그는 전제하고 욕망한다. 그렇지 않고서야 '훔쳐보기'는 그저 '보기'에 불과할 따름이기 때문이다. 그런 의미에서라면 우리 모두는, 여성이든 남성이든 타자의 응시를 욕망하는 셈이다.

시관적 충동의 장에서 우리는 응시를 내면화한 주체다. 그리고 이 지점에서 김종옥의 소설에 개인 심리의 차원이 아닌 사회적 차원이 열린다.

7

잘 알려져 있다시피 '응시의 내면화'를 사회적 차원의 주제로 응용한 사람은 『감시와 처벌』의 푸코다. 그 유명한 '일망감시시설' 말이다. 벤담의 판옵티콘 모델이야말로 (해부학에 기반한 임상의학과 함께) 푸코에게는 권력의 응시가 개인의 신체를 어떻게 훈육하는지를 보여주는 가장 좋은 사례였다. 그러나 그 모델은 이제 어딘가 후진 구석이 있어 보이는데, 푸코가 CCTV와 유튜브와 인스타그램과 틱톡을 알았을 리는 만무하기 때문이다. 바로 지금, 만개한 응시 욕망의 놀이터에서는 권력이 우리를 응시하는 것이 아니라 우리가 응시를 욕망한다.

「골프백」의 CCTV, 「스토킹」의 선거 포스터, 「춤추는 소녀」의 유튜브 동영상, 그리고 소설집 도처에 등장하는 그 많은 거울상 이미지가 바로 그 만개한 응시 욕망의 시장을 지시한다면 무리한 해석일까? 그러나 설사 작가가 의도하지 않았다 하더라도, 하루하루 매 순간 낱낱의 일상을 보여주고 또 훔쳐보지 못해 안달이 난 세계, 하나같이 눈에 콩깍지가 낀 채 보정된 자신의 이미지와 실제 자신의 이미지조차 구별하지 못하는 눈들의 세계, 눈으로 먹고 눈으로 입고 눈으로 가지만 정작 '경험'은 사라져가는 세계, 요컨대 세계 전체가 '시관적 충동의 장'으로 변해가는 시절의 세태를 그의 소설에서 읽어내지 못한다면 그것은 옳은 독법이 아니다. 왜냐하면 『개구리 남자』의 수록작 전체가 최종적으로는 다음과 같은 경고를 향해 배열되어 있기 때문이다.

"잘했어요. 선배는 모른다는 말의 가치를 알아야 해요."
(「개구리 남자」, p. 388)

세상 모든 '주의'는 다 '아는 것처럼' 떠들어대는 운동권 선배 앞에서 (통쾌하게도, 이제 곧 주인공은 그에게 "선배는 어쩌다 그렇게 개새끼가 되었어요?"라고 물을 참이다) 뱉은 저 말은 정말이지 맞는 말이다. 우리는 '모른다'는 말의 가치를 알아야만 한다. 알튀세르는 언젠가 (강하게 라캉의 영향력을 암시하면서) '이데올로기란 개인이 세계와 맺는 상상적 관계'라고 말한 적이 있다. 이데올로기란 말이 중요한 것이 아니라 우리가 세계를 '상상적'으로, 말하자면 있는 그대로가 아니라 보고 싶은 대로 본다는 말이 중요하다. 다시 이 글 초입의 꿈 얘기로 돌아가서, 현실이 아니라 악몽이 되레 실재를 지시하고, 현실은 악몽으로부터 스스로를 방어하기 위해 우리가 구축한 꿈인지도 '모른다'. 우리는 어쩌면 콩깍지를 격자 삼아 현실을 보고 있는지 '모르고', 대타자의 부재하는 응시 속에서만 일탈을 꿈꾸며 살아가고 있는지도 '모른다'. 모른다, 모른다.

아이러니하지만 라캉은 바로 그렇게 상상적으로 '알고 있던' 세계로부터 스스로를 분리해 '모르는 자'가 되는 개인을 진정한 의미에서 '주체'라 불렀다. 이제 『개구리 남자』의 화자들이 그 주체의 영역으로 천천히 이행해 갔으면 하는 바람이다. 쉬운 일은 아닐 터이니 (시관적 충동의 장이 파열할 경우 종종 발생한다고 하는 착란의 위험은 부디 피하면서) 정말 천천히 천천히 말이다.

작가의 말

이야기란 무엇일까?

최근에 매우 심한 스트레스를 받는 상황을 겪었다. 그럴 때 나의 대처법은 영화나 소설을 보는 것이다. 드라마 등을 보는 것이다. 새로운 것은 아니다. 예전에 보았던 것을, 굉장히 혼란스러운, 우울한 상태에서, 가만히 이것저것 떠올려 보다 적당한 것을 골라낸다. 그리고 그것을 그냥 본다. 이것은 나의 오래된 방책이다.

지금보다 훨씬 젊었던 시절에 우연히 발견한 방책이다. 그때 나는 밤을 꼬박 새워가며 영화 한 편을 서너 번 반복해서 봤던 것 같다. 연달아서.

그것이 어떻게 나의 마음을 위로했을까? 스트레스를 완화시켜주었을까?

내가 이러한 심리적 기제에 대해 잘 아는 것은 아니지만,

최근에 문득 그것은 '이야기가 언제나 끝이 나기 때문'이 아 닐까라는 생각이 들었다.

우리가 받는 끔찍한 스트레스에는 결코 뚜렷한 해결책이 없다. 어떻게 해도 상황은 바뀌지 않는다. 그게 진실이 아닐 수도 있다. 뭔가 해결책이 있을 수 있고, 되돌아보면 그런 게 있었던 것 같기도 하고, 또는 해결책을 모색할 수도 있다. 하 지만 내 경험상, 그러한 노력은 결코 스트레스를 완화시켜 주지 못한다. 그것이 순전히 개인적인 궁지일 수 있지만, 절 대적인 궁지다. 한마디로 말하면, 때로 인생이 거의 끝장난 것처럼 느껴지는 것이다. (어떤 것이 훼손된 채로 영원히 복 구되지 않는다. 그리고 그것은 사실이다.)

그러니까 이것은 어떤 면에서 아이러니한 일이다. 그럴 때 이야기를 보는 게, 이야기를 읽고, 경험하고, 맞닥뜨리는 게 도움이 된다니…… 게다가 그것이 결국 끝이 날 것이기 때문이라는 게……

이야기를 통해 몇 번이나 똑같은 결말을 경험한다. 이미 말했듯이 그것은 내가 잘 알고 있는 이야기다. 그것은 몇 시 간 전에 내가 봤던 이야기고, 내가 경험했던 끝이다. 그렇게 끝이 반복될수록 내 마음은 나아진다.

이야기가 끝이 나는 것처럼, 내가 겪는 스트레스, 내가 처한 절망적인 상황이나 마음도 끝이 날 거라고 여겨져서일까?

그럴 수도 있지만 조금 다르게 느껴진다.

그렇게 끝이 나니까, 뭔가 의미가 생기는 것처럼 느껴진다. 거기에 어떤 내용이 생겨난다.

나는 때로 이야기가, 특히 지극히 대중적인 장르물들이 게임처럼 느껴질 때가 있다. 게임 등이 원작인 이야기(영화나 드라마)도 여럿 있다. 나는 그래서 한때는 이야기의 구조란 게 게임이랑 참 유사하구나 싶었던 적도 있다. 주인공이 있고, 상대방(적)이 있고, 대결, 위기, 해결 등등. 이야기와 게임은 많은 부분을 공유하고 있다.

그러나 구별되는 게 딱 한 가지 있다면 이야기에는 항상 끝이 있다는 것이다.

게임을 하는 사람은 끝을 바라지 않는다. 물론 마지막 스테이지까지 깨는 걸 원하지만, 그래서 끝내는 걸 원하지만, 게임 자체는 끝나지 않길 바란다. 무한히 반복할 수 있기를 바란다. (어쩌면 이것은 '쇼트폼'을 보는 것과 비슷하다. 계속 화면을 아래로 내리는 것과 비슷하다. 또 매우 자본주의적이기도 하다. 무한히 성장하기를 바라는.)

하지만 이야기를 읽는 사람은 그렇지 않다. 때로 너무 재밌는 이야기는 끝나지 않길 바라기도 하지만, 그래도 언젠가 끝이 난다는 걸 잘 알고 있다. 그것이 이야기인 한. 끝을 잘 받아들이고 있기 때문에 재밌게 읽을 수 있다.

아리스토텔레스는 『시학』에서 이야기(플롯)란 '시작과 중간과 끝'이 있는 것이라고 말했다. 나는 그의 이 말이 바로 그러한 뜻이라고 이해하고 있다.

여기 묶인 나의 소설들이 좋은 것인지, 읽을 만한 것인지, 어떤지는 모르겠다. 하지만 다 끝이 있다. 그것이 누군가에게 위로가 되었으면 하는 것이 현재 나의 바람이다.

2024년 4월

김종옥

수록 작품 발표 지면

엘리베이터 미발표작
골프백 『현대문학』 2021년 1월호
스토킹 『악스트』 2020년 1/2월호
개죽음 『문학동네』 2018년 여름호
춤추는 소녀 『악스트』 2023년 1/2월호
다리 위에서 『리토피아』 2019년 겨울호
불타는 아이 『솎』 2023년 하권
톨게이트 〈문장웹진〉 2016년 6월호
농담 『문학과사회』 2019년 봄호